# 碧血江南魂

肖飞 著

江苏凤凰文艺出版社
JIANGSU PHOENIX LITERATURE AND ART PUBLISHING, LTD

## 《碧血江南魂》编委会

主　任：崔凤芳

副主任：陈建凯　包立本

编　委：岳剑峰　岳培忠　岳国须　岳喜高

　　　　陈莉莉　殷显春　周永峰　殷益峰

支持单位：

江苏省常州市名人研究会

江苏省宜兴市岳飞思想研究会

江苏省丹阳市岳飞思想研究会

# 《碧血江南魂》编委会

**主　任：**崔凤芳

**副主任：**陈建凯　包立本

**编　委：**岳剑峰　岳培忠　岳国须　岳喜高

陈莉莉　殷显春　周永峰　殷益峰

**支持单位：**

江苏省常州市名人研究会

江苏省宜兴市岳飞思想研究会

江苏省丹阳市岳飞思想研究会

# 前 言

岳飞是中国历史上伟大的民族英雄，他的爱国主义精神和高尚品格为历代人民所敬仰，其不畏艰难困苦、自强不息的精忠报国情怀一直激励着无数中华儿女。

岳飞刚刚进入青年时期，正值金军大规模入侵中原之际，家乡沦陷，无辜百姓遭殃。为了解救国难，他义不容辞地加入抗金队伍，以“驱逐胡虏、救民水火、恢复山河”为己任，挽狂澜于既倒，扶大厦之将倾，精忠报国，至死不渝。他以自强不息的进取精神和坚韧不拔的顽强意志，以及卓越的军事才干和不懈的奋发努力，建功立业，成为叱咤风云的杰出英雄人物。

岳飞集大忠、大孝、大仁、大廉、大正、大信、大义、大智、大勇等中华传统优秀品质于一身，展现出一个完美的中华血性男儿形象。他的言行已经化为中华民族珍贵的“岳飞精神”。“岳飞精神”全面、丰富、深刻，集中体现出爱国主义的精神内核。

岳飞抗金历程中，在江南地区只有短暂的两三年时间。然而，这里却是岳飞一生事业之重要转折点，正是在这里他由一名默默无闻、无所归属的“偏裨”将领脱颖而出，独立组建抗金劲旅“岳家军”，开始成为南宋委以重任的将帅，位列“中兴四将”之首。可见，江南地区是岳飞辉煌事业的起点，也是岳家军的发祥地。同时，岳飞“冻死不拆屋，饿死不掳掠！”的军纪、“文臣不爱钱，武臣不惜死，天下太平矣”的名言、“撼山易，撼岳家军难！”的威望，以及震撼人心的《满江红・写怀》诗词，均在这个时期面世。

如此，岳飞在江南地区的抗金事迹，理应浓墨重彩描绘之。江苏民间文艺家、文史学者、作家肖飞先生历经十数年，走遍当年岳飞江南抗金之处，参观岳飞抗金遗址，走访岳飞文化研究者，以及参阅了大量相关文史资料，于 2020 年底完成长篇历史小说《碧血江南魂》，被江苏省常州市文学艺术界联合会列为 2021 年重点文学作品。

《碧血江南魂》是一部叙述南宋抗金名将岳飞在江南地区浴血抗金及岳家军形成、崛起的长篇历史小说，以期纪念伟大的抗金英雄岳飞，传承其爱国主义精神。

《碧血江南魂》以故事说人物，以人物说历史，以历史说文化，以文化说精神，讲述岳飞从一个贫家之子成长为一代抗金名将的崛起过程。书中描述了岳飞及岳家军在江南地区的 20 多次战斗场面，主要叙述岳飞及岳家军从建康陷落，继而转战广德、智取溧阳、屡战宜兴、保卫常州、解救丹阳、克复建康、驰援楚州、屯兵阴沙等一系列抗金斗争，时间跨度于建炎三年(1129 年)至绍兴元年初 (1131 年 )。塑造了岳飞、李娃、张宪、张其汝、王贵、姚安人、祁敬德、唐赛儿、刘经、傅庆、完颜兀术等数十个人物形象；贯穿了以抗金战斗为主线，以创建形意拳、军中爱情为辅线的动人故事。其间，有宋军泣血奋战的军事斗争，有军民鱼水情的动人场面，有江南文化及地方物产的特色展示，有金兵残暴恶行的真实披露，有奸细叛国乱军的阴谋行动……

《碧血江南魂》体现“写史不拘史，虚构不脱实”的文学创作特点。书中所叙述的主要人物和抗金战斗均有史可查,但又赋予其艺术色彩和动人情节，加强了战事的场景渲染和人物的个性展现，展卷读来，似见其人，如历其境。对于一些情节的交代，体现了“有话则长，无话则短”的作文方法，细节描写不惜笔墨，过程交代数笔而过。

《碧血江南魂》整篇的故事情节中，将忠与奸、正与邪、善与恶、爱与憎、亲与情网罗交织，有机结合，一波未平，一波又起，扣人心弦，令人动容。面对这些荡气回肠的英雄传奇，读者可有感于主人公们坚贞不屈的民族气节和轰轰烈烈的爱国行动，从而重塑、完善自己正确的世界观和人生观!

弘扬岳飞精神，最好的行动就是实现岳飞精神当代价值最大化，为共圆中华民族伟大复兴的中国梦而努力奋斗。

# 目　录

# 引 子

中兴诸将，谁是万人英？
身草莽，人虽死，气填膺，尚如生！
年少起河朔，弓两石，剑三尺，
定襄汉，开虢洛，洗洞庭。
北望帝京，狡兔依然在，良犬先烹。
过旧时营垒，荆鄂有遗民，
忆故将军，泪如倾。
说当时事，知恨苦，不奉诏，伪耶真？
臣有罪，陛下圣，可鉴临，一片心！
万古分茅土，终不到，旧奸臣。
人世夜，白日照，忽开明。
衮佩冕圭百拜，九泉下，荣感君恩。
看年年三月，满地野花香，卤簿迎神。

——宋·刘过《六州歌头·题岳鄂王庙》

建炎三年十一月廿七日清晨，建康府城东。

狼烟弥天，朝霞似血。

在一片矮灌木的小山坡上，岳飞手持沥泉丈八矛，伫立良久。

他神情凝重地注视远处那一道道蓬直冲天的狼烟。

“贤弟，怎么办？”王贵提着大刀拍马上前，急吼吼地问道。

岳飞朝他略略点头，纹丝不动。

少顷，徐庆也赶了过来，只见他满脸血污，盔甲凌乱，气喘吁吁地叫道：“大哥，俺来了，俺们往哪儿走啊？”

岳飞侧过脸来，用怜爱的眼光朝他一瞥，欲言又止。

不多久，将士们陆陆续续地聚拢过来，站立在岳飞身前背后，黑压压的一大片。

现场，死一般的寂静，只有那破损的旌旗在晨风中猎猎作响。

有些受伤的兵士或坐在地上，或卧倒路旁，不时发出低沉的呻吟。

此时，岳飞仍神情严峻，目不斜视。

然而，他胸中却波澜起伏，忧心如焚，情不自禁地喃喃自语道：“神佑贤弟，神佑贤弟！”

岳飞口中一直念叨的“贤弟”，乃宋军统领张宪，正在为部队突围而断后。

虽说距保卫建康战役结束尚不足半个时辰，岳飞却觉得像挨过了数年光景，那往日投军抗金的场景，正一幕幕地浮现在他眼前……

# 第一章 大鹏初现 志存高远

宋大观四年春日，河南汤阴县。

汤阴历史悠久，商代属于商都的畿辅之地，西伯姬昌（周文王）被纣王囚于县北羑里城，七年著述出《周易》。

话说，这一日，汤阴县孝悌村北面山坡的一条小道上，十几只小山羊“咩咩”地欢叫着，奔跑着。八岁的大鹏，长得比同龄的孩子壮实，身背着一大捆柴草跟在羊群后面。那捆柴草像座小山包，似乎比他人还大，从侧面看，只见他那快速挪动的双腿。

大鹏一边在羊群后面追逐，一边却高声背诵道：“……提兵调将，决胜奇能。五申三令，赏罚分明。教场演武，训练精兵。穿杨百步，箭中红心。跑马比试，各显威风。摇旗呐喊，擂鼓鸣金。排兵布阵，挂印先锋。擒王讨贼，选吉起营。忠心赤胆，为国忘身。秋毫无犯，约束严明。班师奏凯，得胜回朝。”这是《杂字·武备门》中的一段词语，虽然他对其中含义还不甚明了，却十分喜爱，每每背诵，格外带劲。

大鹏刚刚来到村口，却见有四个男孩子拦住了他的去路。为首一个是本地员外王明家的公子王贵，比大鹏年长两岁。后面跟着的三个，与大鹏年龄相仿，一个是木匠徐三喜家的儿子徐庆，一个是茶商汤万山家的儿子汤怀，还有一个是佃农吉兴林家的儿子吉青。

大鹏抬头一看，只见王贵叉腰站着，喝道："你小子天天背柴，倒像头小毛驴。来，来，给俺们学学毛驴，叫一个！"后面三个小孩也应声和道："对，叫一个，叫一个！"

大鹏放下柴草，一本正经地问道："王贵哥，这毛驴怎样叫啊？"王贵一脸不屑，说道："这还不会？俺来教你，哦——啊——哦啊——哦啊——"大鹏一听，说道："这毛驴子的叫声哪，倒是很好听的！"后面三个孩子也一起拍手叫道："很好听，很好听啊！"

这时，王贵脸上红一阵白一阵，知道上了大鹏的当了，不禁恼羞成怒，大叫道："你，你小子敢戏弄俺！"举起拳头就朝大鹏打去。大鹏不慌不忙，向右边一闪，等王贵身子冲过时，在他左臂上用力一拍。

王贵一拳打空，又被大鹏侧边拍打，一时站立不住，竟一个"倒栽葱"，摔倒在地。那三个孩子急急上前，忙不迭地将他拉了起来。

王贵拍拍身上的尘土，指着大鹏，叫道："快给俺上去揍他！"接着，他带领三个孩子一拥而上。

大鹏毫无惧色，不躲不藏。一时，几人混打一气。不一会儿，四人将大鹏推倒在地，压在他的身上，要他认错。而大鹏偏不认错，仍在地上拼命挣扎。

正当此时，忽听一声大喝："快快住手，以多欺少，不知羞耻！"大家一时怔住，立刻住手站起身来。来者正是本地秀才李臻华家的女儿李娃，小名孝娥，与王贵同岁。

大鹏也爬了起来，一看，李娃杏眼圆睁，满脸通红，怒不可遏。

王贵急忙上前，讨好地说道："哎，小娘子，不要生气，俺们闹着玩呢。"李娃瞪了王贵一眼，走到大鹏面前，给他拍打着身上的尘土，怜惜地问道："大鹏，摔痛没有？"大鹏一边闪躲，一边说道："孝娥姐，谢谢你，俺没事。"

说着，又背起柴草。

王贵在一旁尴尬地望望李娃，对大鹏说：“好吧，今日看在俺的小娘子面上，饶了你！”大鹏只是不响，径自走开了。

李娃转脸对着王贵，嗔怪道：“说啥呢，谁是你家小娘子！”王贵嬉笑着说道：“前天，俺老爹不是向你家提亲了吗！”李娃脸一红，斥责道：“呸，癞蛤蟆想吃天鹅肉，俺才不会嫁给你呢！”说完，头一扬，转身走开了。

且说，大鹏赶着羊群回到了孝悌村南边的家里。

这是一座典型的北方农家四合院。土夯的院墙，竹木搭建的院门。进院门，迎面正中三间茅屋为正屋，东西各一间厢房，东厢是厨房，西厢是牛羊厩屋。

听见动静，正屋里走出了一位四十开外的妇人，她便是大鹏的母亲姚氏大娘。姚大娘名文娟，原是本县姚家沟人氏，她嫁给丈夫岳和二十余年，生活自给有余。姚文娟心善，遭逢灾年，每家的口粮都相当紧张。她与岳和用小米掺野菜熬成稀米粥，一天只吃早晚两餐，而将强行节余的米粥接济逃荒乞食者。姚文娟的善行受到乡里民众的赞扬，因此乡人皆称她为姚安人，以示对姚氏的敬重。

大鹏生于北宋崇宁二年二月十五日，姚安人生他时已经三十六岁。姚安人生有五个孩子，可惜只存活三个，大鹏大名叫岳飞，表字鹏举，还有一个亲姊岳娴、一个小弟岳翔。

大鹏进了院门，一见母亲，忙放下背上的柴草，掸了掸衣裳，上前躬身一礼，说道：“母亲，孩儿回来了。”姚安人上前一步，搀起大鹏，说：“鹏儿，累着了吧？”大鹏抬起红扑扑的脸，应道：“母亲不必挂心，孩儿不累！”言毕，大鹏即将小羊和柴草分别置于东、西厢房。

这时，姚安人端来一盆水，放在大石磨盘上，让大鹏擦洗。大鹏擦洗完毕，连蹦带跳地走进屋里，取出课本《百家姓》《千字文》，摊在石磨盘上，准备吟读。姚安人曾在冬学里念过村书，平时也教儿女识文断字。

姚安人走过来，说道："鹏儿，为娘近日积攒了几分银子，你可以拿去买些纸笔来，学写字句。"大鹏听后，想了一想，说道："母亲，不必去买了，孩儿自有纸笔。"姚安人问道："哪里来的纸笔？"大鹏答道："母亲，待孩儿取来便知。"他当即转身去西厢屋里取了一只竹编畚箕，径直走出门去。

大鹏来到村前小河岸边，在河滩边捞了半畚箕河沙，又折了几根杨柳树枝。大鹏将河沙端回家来，对姚安人说道："母亲，这个纸笔不消银钱去买，再也用不完的。"说罢，将河沙铺在石桌上，用刀将柳枝头削成笔的模样，在桌上一划，沙面上清清楚楚显出一道划痕。

姚安人一见，微微笑道："这倒也好。鹏儿是如何想得此法？"大鹏答道："孩儿常与村北张其汝一块玩耍，他家爷爷是本村的老秀才，经常对他谈古论今，也给他讲过古人沙盘习字的故事。"姚安人叹道："想这张其汝，从小便有家学渊源，将来一定很有出息。"大鹏听罢，不服气地说道："孩儿听从母亲教诲，只要刻苦努力，也会有出息的！"姚安人抚摸了一下他的头，说道："俱道寒门出公侯，但愿鹏儿能有腾达之日！"

说话间，姚安人用树枝在沙面上写下"岳飞"两字，让大鹏先读两遍，再在沙盘上仿写两遍。大鹏果然聪明非常，很快便能读、能写。

姚安人见他能熟练地书写了，便解释道："鹏儿，岳飞是你的大名。'岳'做姓氏，虽是个小姓，却来自唐尧时代。'岳'亦指高大的山，如'五岳'即为五大名山，东岳泰山，西岳华山，南岳衡山，北岳恒山，中岳嵩山。其山岳巍峨、厚重，倘若做人亦似山岳，必力敌万钧，胸怀坦荡，志存高远哉！"大鹏连连点头，答道："孩儿是男子汉，自然也就是一座山岳！"

姚安人接着又说："'飞'字，有突飞猛进、飞黄腾达之意。俺生你时，适有大鹏飞落屋顶，故为你取名为'飞'。其中含义，也一目了然。"大鹏说："是的，大鹏可高飞，孩儿也想高飞，自然须心怀壮志，方能一飞冲天！"

姚安人闻之，颔首赞道："甚好，甚好！鹏儿果然见识不凡。然做人最为紧要之处，仍是怀有忠、孝、诚、善，言行合乎天地人伦，方成得大器。”大鹏应承道：“母亲，孩儿记住了。”

姚安人又写下一个“忠”字，说道：“忠，有忠心赤胆、忠孝两全、忠肝义胆之意。为人者，第一须忠于内心，不可违背良知。第二须忠于天地，不可暴殄万物。第三须忠于家国，不可叛逆卖国！”大鹏听之，心头豁然开朗，眉目大舒，顿时对母亲一拜，说道：“母亲今教儿以忠孝为纲，这将是俺一生行事之准则，不敢有违！”

姚安人扶起大鹏，说道：“既然明白其理，便牢记勿忘！”大鹏应道：“谨遵母亲教诲！”

此后，大鹏便每日清晨在庭院读书，上午到河边牧牛放羊，下午上山冈打柴，黄昏临沙盘习字，晚上于灯下听讲，若非特殊缘故，从未耽误，比其他孩童付出了多倍的努力和艰辛，且磨炼成了钢铁般的意志。

在村上，大鹏有一个知心朋友叫张其汝，张其汝比自己小三个月，他的父亲常年在外经商，自己一直与爷爷张恺琛在一起生活。

大鹏天天读书习字，没用多长时间便将村学里的书本读完。他听说张恺琛老先生藏书甚多，便经常让张其汝带一些书本过来，借给自己阅读。两人还经常在一起讨论书中文章的道理，甚为投机。

三年后，政和四年初春时分的一天下午。

大鹏背了一捆柴草下山回村，在一道山冈下的路口，停下歇息。此时，他已然成为膀大腰圆的准小伙儿，站立如松，行走生风，两条剑眉一对豹眼，透出一股英俊硬朗之气。

不多时，张其汝兴冲冲跑过来，递给他两本书，说道：“大鹏哥，这是俺翻箱倒柜找出来的好书《孙子兵法》与《吴起兵法》。”大鹏接过来，略翻几页，大喜道：“好书，真乃好书也！”张其汝说道：“此书为俺爷爷所珍藏，一般不以示人，你须三日还来。”大鹏应承道：“这个自然，俺可连夜读之。”

三天后的下午，在山冈路口，大鹏与张其汝如期而至。大鹏立即取出书本，还于张其汝。

此时，张其汝面露喜色道：“俺家爷爷听说大鹏哥酷爱读书，敏而好学，答应让你直接到书房阅书。”大鹏一听，大喜，说道：“俺自求之不得，却恐怕多有打扰。”张其汝说道：“俺家爷爷爱才，自不必计较许多了。”大鹏喜道：“煞好，先见前辈，再作打算吧。”

次日卯时，张家书房内，一排书架上码着密密匝匝的藏书。张恺琛身着儒服，手捧书本，正襟危坐。

大鹏跟着张其汝走进书房，拱手施礼道：“阿公有礼，晚辈大鹏拜见！”张恺琛应道：“好，好。听汝儿言道，你爱书如命，果真如此否？”大鹏一脸愧色，答道：“晚辈惶恐，无资置书，多有叨扰了。”

张恺琛闻之，“哈哈”大笑，说道：“同为近邻，不必计较，今后随时可来阅书。”大鹏闻此，赶紧上前，向张恺琛叩头致礼：“晚辈荣幸，愿受教诲！”

张恺琛扶起大鹏，问道：“可曾习字？”大鹏答道：“跟母亲习过。”张恺琛又问：“可会作诗？”大鹏又道：“勉强会得。”张恺琛笑笑，接着问道：“既然如此，老夫当要一试。”张恺琛当即让张其汝备妥笔墨纸砚。

大鹏坦然提起毛笔，略一思索，随即轻吸一口气，一挥而就。但见纸上一首“七律”赫然醒目：“读史由来羡虎头，无须谈笑觅封侯。胸中浩气凌霄汉，腰下青萍射斗牛。英雄自合调羹鼎，云龙风虎争相投。九州亟待男儿志，一任时人笑敝裘。”

张恺琛抚须眯眼，观之良久，评道：“字字内紧外松，雄浑沉着，柔中见刚，圆中有方，正是方兴未艾的苏体。虽笔法略显生硬，但其神韵贯通之处，竟似浸淫此道多年。”大鹏甚为惶恐，说道：“勉强凑数而已。”张恺琛闻之，又是“哈哈”一笑，说道：“国势日衰之际，能有此等求学晚生，足慰老夫平生矣！”

自此，大鹏一有空暇，便至张家阅书。张恺琛以“岳飞”之大名称之，还多赠纸笔，言传身教儒学经典。

此后，岳飞与张其汝、王贵、徐庆等一应小伙伴，皆到张家学习。此外，几人又经常相约聚集一起，玩游戏，练搏斗，捉鸟虫，摸鱼虾，沉浸在快乐的小天地里。

夏季，一日黄昏时分。岳飞身穿一件白色对襟小褂，背着一捆柴草从山坡下来。

离村口不远，李娃身着一袭湖蓝的薄纱裙，站在路边。她一见岳飞，便急切地叫道：“大鹏，歇一会儿，俺有话对你说来。”

李娃的父亲李臻华秀才，为人正直且又善良，李娃自幼随父读书，聪明能干。李、岳双方本是通家之好，岳飞与李娃年纪又相仿，时而相见，并不回避。

几年过后，十三岁的李娃已长成大姑娘模样，出落得如一朵清秀的芙蓉花。她在闺中习字描红，绣花缝裳，甚是精巧。王员外虽然曾经为儿子王贵向李家提亲，终因李娃无意，李秀才借故回绝了这门婚姻。

然而，李娃却对岳飞十分有好感，经常借机与他见面谈心。不料，岳飞自觉家境贫寒，总是沉默寡言，对李娃的表示不置可否。如此一来，李娃却越发想要与他相处，开导于他，让他快乐一些。

这时，岳飞放下柴草，用毛巾擦擦额头上的汗水，问道：“孝娥姐，有事吗？”李娃不语，却突然一下子冲向前来，抱住岳飞，略带伤感地说道：“大鹏，俺要走了！”

李娃这一抱，似乎用尽了全力。

岳飞原先本能地想要挣脱，不料李娃的双手抱紧了他的整个身体。岳飞浑身像触电一样酥麻，继而又感受到一种舒适惬意，也情不自禁地打开双手抱着她。

良久，岳飞终于醒悟过来，轻轻地推开李娃的双手，急切地问道：“孝娥姐，为什么要走，要到哪儿去？”李娃也觉得有点唐突，松开双手，说道：“俺爹爹今春考上举人，放了一任县吏，三天后要去外地上任，全家都得随行。”

岳飞一听，也感到意外，便又问道：“此次别离，何时才能会见？”李娃苦笑道：“俺也不知，或许三年，或许无期。”岳飞闻之，亦顿生伤感，轻声道：“那，孝娥姐多保重了！”

李娃却一脸正色，问道：“俺走后，你会想俺、想俺们吗？”岳飞一时语塞，看着李娃期待的目光，迟缓地答道：“会，会想的……”说着已是红了脖颈。

李娃也知道岳飞生性寡言，既然说出口，必然是心里话，心中不免甚感欣慰。李娃不等岳飞说完，便从怀里掏出一只碧血玉佩，递给岳飞，说道：“那，你想俺时，便看看此物吧。”

岳飞怔住，一时不知所措。李娃却将玉佩塞在他的怀里，乘势在他左脸颊上亲了一口。岳飞还未反应过来，李娃说了句：“君勿负俺！”红着脸，急急逃开了。

岳飞呆呆地站着，手摸着被李娃亲过的脸颊，半晌才缓过神来，似乎有些失落，不禁热泪涌出。

一个深秋的傍晚，张家书房。岳飞阅书良久，正要离去，张恺琛却招呼岳飞来到后院。

岳飞施礼，问道：“前辈可有吩咐？”张恺琛对他细细端详了一番，说道：“闻尔等常于野外角斗习武，并无师授。”岳飞应道：“大丈夫以天下为心，当精于文治武功。奈何无师，则以社戏演艺而互为效仿。”

张恺琛一声叹息，说道：“吾祖上曾为武职，当今抑武扬文，故而三代弃武。

其实所阅古籍，不乏武学。”岳飞略加思索，说道：“前辈莫非指《孙子兵法》？”张恺琛微微一笑，径自在庭院徘徊，低声背诵起《孙子兵法》的开篇：“道者，令民与上同意也，故可以与之死，可以与之生，而不畏危。天者，阴阳、寒暑、时制也。地者，远近、险易、广狭、死生也。将者，智、信、仁、勇、严也。法者，曲制、官道、主用也……”

岳飞闻之，突然兴奋起来，一阵燥热，身形暴起，随着恩师诵吟，自行演练拳脚。

于是，一人诵吟，一人比画，不知不觉过了半个时辰。张恺琛停下诵吟，岳飞也收住拳脚。

张恺琛用赞许的目光，又将岳飞上下打量了一番，说道：“果不其然，飞儿竟一点即通。”他接着说道：“《孙子》虽属兵法，亦能指导技艺。汝可以其为纲，专以击败北方强虏为目标，自编拳法，岂不痛快淋漓！”岳飞拱手施礼，说道：“前辈指点，让学生醍醐灌顶，日后定当潜心研习。”

如此将近三载，岳飞每夜据籍而练，骤停骤起，阅一阵，练一阵，又悟一阵。

又一日傍晚，岳飞独自在张家书房后院开练。只见他意随心动，拳随意动，想发则发，想收则收，伸体屈形，随心所欲。

张恺琛在一旁观看良久，不禁喝彩道：“好，好一个‘形意’拳法！”岳飞闻之大喜，停下身手，说道：“学生只是胡乱操练，前辈竟一语提领。‘形意’——拳之精髓矣！”于是，岳飞又与老先生详细谈论拳术与兵法传承、创新之道。

张恺琛再三叮嘱岳飞每日操练，且要详尽记录，将此整理成册，以便扩散传播。岳飞遵嘱，自此每日练毕即记。如此日长时旷，已记下了数十页。

然而，好景不长。正当岳飞在恩师指导下，文武皆有长进之时，张恺琛却年老体弱，身患重疴，卧床不起，不久便撒手人寰。

# 第二章　名师高徒　精心育才

话说，岳和、姚安人一日发现儿子习武，且拳法新奇，便找岳飞详细询问。

岳飞见问，答道：“此为孩儿由恩师张老先生指导，据《孙子兵法》自创的‘龙虎十三’形意拳。”岳和闻之，大为惊异，却叹道：“鹏儿素有报国之志，为父却无力延请名师，甚愧！”姚安人略一思想，说道：“俺家三弟好习武术，不如请来教授鹏儿。”岳和说道：“敢情好事，明日可前去请来。”

次日，岳和请来姚家三弟姚金永。姚金永，年近四旬，中等身材，紫脸短须，一只酒糟鼻。他曾是功夫好手，只是沉湎于酒壶之中，名声不济。

不料，姚金永见岳飞一通拳术演练下来，连连摇头，道：“外甥此等功夫，已在俺这老舅之上，万万不可让俺给耽搁了。”姚安人闻之，问道：“那，何人可教？”姚金永说道：“俺有好友陈广，武艺绝伦，尤擅长枪，人称‘枪王’。鹏儿能拜他为师，岂不大好？”岳飞喜道：“俺亦曾听闻‘枪王’名声，倘若当面受教，必遂外甥之心愿！”

几日后，晨光初露，陈家演武场。陈家门下九徒各着一身武士装，呈“三三”阵形排列在场。

“枪王”陈广阔步而来。他六旬光景，三绺长须，着一袭素白长衫，目露精光，面带威严，脚步劲健。岳飞紧跟身后，精神抖擞，意气风发。

陈广在台阶上站定，朗声说道："俺今收一徒，虽是岳家异姓，陈家子弟亦不可区分彼此！"众弟子齐答："谨遵师命！"

陈广又道："按俺陈门规矩，先由陈九授一段枪，次由陈八授二段枪，直至陈大授九段枪。陈大总揽日常训练，但有要紧之事，才须向俺禀报！"言毕，掉头便走开了。

三个月后，陈家演武场，众人列队站定。向师尊陈广施礼完毕，大师兄陈大勇朗声道："岳师弟天资过人，三个月便学会陈家枪，可喜可贺。经师父首肯，今日即可出师门矣。"岳飞闻之出列，禀称道："弟子方脱懵懂，岂能离开，望恩师成全！"言罢跪倒在地。

陈广问道："初习九段枪法，可有领悟？"岳飞说："九段枪法，非有根器者不能学之，故不可尽人皆学。"陈广看看岳飞，一抚长须，笑道："哈哈，这也是了。三月所学，仅枪技皮毛而已。今后所授，除传陈家十段枪，还传杨家枪绝技。"岳飞即大礼跪拜，道："弟子深蒙厚爱，必不负师父苦心！"

陈广继而说道："陈家枪源出陈氏祖先陈霸先，先祖凭一杆大枪扫平天下，开创陈朝。枪诀云：'神鬼莫测陈家枪，扫清六合平八荒。'"岳飞应承道："弟子原为报国而学枪技，陈家枪又名'平天下'，正遂俺之心愿！此外之一切艰难曲折，及至功名利禄与身家性命，皆不在俺考虑之内！"陈广闻之，频频点头，自此教授枪技真传。

一日在密室，陈广与岳飞对枪。两条枪抖成两团光影，犹如两条出水蛟龙，翻来滚去，难分难解。突然，岳飞一条枪光华一凝，破开对面光影，直入中宫。陈广大笑道："巧中生拙，拙复为巧，圆转如意，了无痕迹。此已不是陈家枪，可名岳家枪。妙哉，妙哉！"岳飞收回近抵陈广胸口的大枪，跪倒叩头："多谢师父教诲！"

又经数月，陈家练武厅内。陈广坐在厅堂中央，岳飞垂手肃立。陈广对岳飞说道："谚云：'月棍，年刀，一辈子枪。'然你不及半年，已悟透陈家枪法与杨家枪法之奥妙。明日，你即可还家矣。”岳飞热泪盈眶，拱手道：“师父尽毕生所学，施教徒儿。俺愿伺候师父身侧，永不言离。”陈广笑道：“你须以自家志向使命为重。俺有众徒儿照应，你不必更多牵挂。”

岳飞无奈，次日惜别师父、师兄，返回家中。

一日，村上有几个同龄兄弟因家中缺钱缺粮，想去拦路抢劫。他们听说岳飞学过武功，便乘姚安人外出之时，来约请岳飞同去。岳飞想到母亲平时的教导，没有答应，反而劝说道：“家贫，可想其他办法克服。拦路抢劫、谋财害命的事儿，万万不能干！”众兄弟再三恳请他帮忙助威，岳飞始终没有答应，他们只得悻悻离去。

不一会，姚安人从外面回来，岳飞便把情况一五一十地告诉了母亲。姚安人正色道：“鹏儿做得对，人穷志不穷，俺们不能做那些伤天害理的事儿！”言罢，又让岳飞将家里一些粮食给他们送去，让其暂度几日，另行外出寻找生计。

政和五年三月的一日，忽然有一老者赶到岳家造访。来者年约五旬，脸容清癯，长须及胸，身穿粗衣布服，上下却极为整洁。岳飞一见，此人正是当年的秀才李臻华，忙即拱手为礼，笑喊了一声：“李大爷！”李臻华摸了摸三绺胡须，眯起眼看了岳飞一会儿，说道：“可是大鹏贤侄，竟然是英俊儿郎矣！”

岳飞便将李臻华让入家中，又对屋内高喊道：“爹爹，李大爷来了！”屋内岳和闻声赶了出来，未到跟前便喊道：“李兄好！稀客啊，稀客！”李臻华赶上一步，两人对脸拱手一礼。接着，两人双手又握在一块，对视一番，皆不禁老泪纵横。岳飞一旁说道：“两老，还是先坐下再叙吧。”

岳和与李臻华在正屋落座后，岳飞又奉上茶水。

岳和问道：“兄长几年前出门赴任，便无音信，此次何以返回？”李臻华答道：“俺离开后，在江南当了几年小吏，委实琐事繁杂。上月辞职回乡，昨日往麒麟村，方才得知你家搬迁之事，这才寻了过来。”岳和道：“李兄一别多年，杳无音信，真正想煞小弟了！”

李臻华笑道：“这下回来了，便可长期相伴了。”岳和抚摸李臻华的手背，轻轻拍打几下，道：“正是，正是，再也不分开了！”“哈哈哈”两人对视，大笑起来。良友重逢，诉不尽分离想念之情，聊之甚欢，依依不舍。

岳飞闻言大喜，本想询问李娃之情，又怕刚刚见面有些唐突，便未开口。

次日一早，李臻华又送来一些江南的土产物品，还将一些笔墨纸砚和十几套书本送于岳飞。岳飞有了书本阅读，喜出望外。

此后，李臻华常到岳家来，与岳和谈心，观岳飞读书。他对岳飞学习格外用心，孜孜指点，不厌其详。有时，李臻华还将岳飞唤到自己家中去，与其讲解课文，且仍令其习武，不使中断。这当然是岳飞最高兴的事了，他又可见到李娃了啊！

此时，李娃已经一十六岁，身材丰满，凹凸有致；鹅蛋脸上，白皙如脂，柳眉杏眼，顾盼生情；举手投足，婀娜多姿，较三年前，更透出几分成熟女子的风韵。她随父在外，除了钻学女红，也习文练武，其才貌兼优，令人羡慕。曾有多个官商人家上门说亲,无奈李娃一一推却。后来,父亲李臻华追问得紧了,她才讲起欲委身岳飞的心思。李臻华在汤阴时，也十分喜欢岳飞，料想他日后定能成就一番功业，因此也就不再催婚了。这次返回汤阴，也是经李娃再三建议，得而成行。

且说，李娃与岳飞重逢，格外欣喜。但见岳飞，身高八尺有余，虎背熊腰，国字脸上，鼻直口方。脸皮白中泛红，双眼透出一股英气，说话声如铜钟，行走脚带风火，业已成长为一个英俊硬朗的青年。

两人在庭院相见，稍有羞赧生疏，四眼对视良久。李娃毕竟生来大方爽直，还是先开口问道：“大鹏弟，别来安好？”岳飞答非所问，却应道：“孝娥姐一路奔波，辛苦了！”李娃嘻嘻一笑，又问道：“几年以来，大鹏可曾记想过俺？”岳飞竟脱口说道：“孝娥姐常常入梦而来。”李娃娇嗔道：“几年未见，大鹏竟会油嘴学说了啊。”岳飞一下子红了脸，急切辩解道：“孝娥姐冤死俺了，大鹏岂敢妄言！”言罢，急切从怀里掏出那块碧血玉佩，对李娃晃了晃。李娃见他如此窘态，“扑哧”一笑，道：“既有真心，也不枉俺时时惦念了！”

李娃言毕，从身边包裹里拿出一件淡蓝色肚兜，双手递给岳飞，说道：“这便是俺惦念你的证实。”

岳飞接过一看，只见肚兜中央，一只大鹏鸟振翅翱翔，左侧一轮旭日光破晨曦，右侧下方水波粼粼，右上方绣有一首小诗，诗曰：“大鹏一日同风起，扶摇直上九万里。忆君心似西江水，日夜东流无歇时。”此作绣工精细，栩栩如生，灵动生情，寓意绵延。

岳飞知晓，诗句为唐代诗人李白《上李邕》与鱼玄机《江陵愁望有寄》之集句，既有对才子奋发之期盼，又喻恋人思念之情愫。他不禁怦然心动，热血上涌，扑上前抱住李娃。

却说，李臻华在一次谈话中，无意中提起了好友周侗，说他近日在村旁柳林设馆授徒。岳飞闻之，即向李臻华表示，欲拜周侗为师，请求推荐成全。

说起这周侗，可非寻常之人。周侗生于北宋康定元年，字光祖，华州潼关人，人称“陕西大侠铁臂膀周侗”。他是北宋末年之武术大师，以箭术高超闻名。周侗因为主张抗辽抗金，在政治上甚不得意，因此专心武学，确立了官派正规武术的若干套路，如五步十三枪戳脚、创新之少林翻子拳，以及棍法等。他悉心传授武功，在御拳馆期间带教出高徒二人，一个是玉麒麟卢俊义，一个是豹子头林冲，皆为梁山泊英豪。

数日后，李臻华和周侗老先生约好，收岳飞为徒。同时，周侗也将王贵、徐庆、汤怀三人收入门下。原来，周侗早就有心收教岳飞。他年已七十有六，所收徒弟并不多，因此对岳飞格外看重，想把平生所学，全部传授给他。自此，岳飞早来晚去，与师门众兄弟一起读书习武。

此年中秋节后，周侗又命岳飞搬到周家居住，传授他兵法战阵之学。周侗对岳飞十分严苛，稍有差错，决不宽宥。好在岳飞天资颖悟，一点就透。岳飞对于周侗，自是敬畏有加，师徒二人亲如父子。

一日，周侗意外地请来姚安人，提起欲收岳飞为义子，姚安人当即同意。周侗大喜，择日收岳飞为义子，又让岳飞与其他数位学生结拜成异姓兄弟。

政和七年夏日，周侗带着弟子同去沥泉山上的庙中，访见老友方丈慧海大师。慧海大师当即送给岳飞一柄丈八矛枪和一匹战马。此枪矛尖闪着银光，枪杆刻有“沥泉神矛”字样；战马名千里追风驹，一身棕红鬃毛。回家后，周侗即开始教徒弟们练习十八般兵器、弓术以及搏斗技。

两年后，即重和元年，岳飞十六岁。他经过多年勤学苦练，终于精通十八般武艺，且获得周侗之全部精湛箭术。岳飞年纪不大，却能挽弓三百斤，用腰部开弩八石。习射学习锻炼了岳飞的头脑和眼睛，让他能够在复杂的战斗中，迅速找到最关键的突破点，一击即中，从而可赢得战斗之胜利。

此时，其他人均有变化。王贵，十八岁，生得五大三粗，身高九尺，脸色赭红，连腮虬须，不怒自威，使用擒龙大板刀。徐庆，十六岁，身材中等偏上，五官端正，稳重忠诚，武艺精湛，擅长浑铁长枪。汤怀，十五岁，身材壮实，略显粗笨，舞一柄劈狼开山斧。另一学伴吉青，十六岁，身材中等，紫黑脸膛，性子急躁。吉青不胜读书，练武却极肯下苦功，且勇猛大力，周侗便传授他一对追命狼牙棒。岳亨、霍锐、周义均为当地农家之子，聪明机警，皆学了文武两门。

当年冬月初，周侗约李臻华、岳和小酌。三人敬爱和谐，酒过三巡，周侗看了看左右两位老友，便说道：“俺看飞儿年届十六，孝娥也逾二八。两人青梅竹马，情谊笃厚。今老夫便牵一条红线，成秦晋之好，不知两位贤弟意下如何？”李臻华、岳和听他此说，竟不约而同抚掌大笑，齐声道：“正合心意！”当即定下婚期吉辰。

按照地方风俗，婚礼要请三姑六婆八大姨，摆上数十桌酒宴，风风光光，热热闹闹。然而，岳飞家境贫困，无力撑起偌大场面。三人商量婚事时，周侗提议："俺们酌情举办婚礼，摆个几桌走走形式便可。"李臻华应声道："如此甚好，不必讲究那套繁文缛节。"岳和一听，急了，连连摇头道："不可，不可，如此太委屈孝娥姑娘了！俺岳家再穷，也要办个像样的婚宴。"

周侗却高声喝道："不必拘泥，听俺安排！岳、李两家，加上俺师门，办喜酒五桌，寓意五子登科。一应布置和杂务由俺门下弟子操办。新房由岳贤弟摆设，酒宴由李贤弟置办。"岳和还想要张口，周侗眼一瞪，手一挥，正色道："各自办理，违令责罚！"李臻华当即一抱拳，道："遵命！"岳和无奈，也只好勉强点点头。

佳期当日，简易新房布置妥当，李家置办了荤素食材酒水，请来几位厨子，在厅堂、厢房内摆设五桌。婚礼也极其简单，王贵、徐庆、吉青、姚振抬了喜轿，从李家接来李娃。周侗主持新人拜堂仪式，即开席畅饮，少不了邻里乡亲上门贺喜。虽然婚礼简易，然而岳家喜气洋溢，笑声不断。

是夜，岳家新房。斗大的"双喜"红字贴在墙面中央，一对喜烛忽闪忽闪跳动着烛光。岳飞送别岳丈李臻华、师父周侗及一干亲友们，回到新房，轻轻扣上房门。

这时，李娃坐在炕边，正在做鞋面，一见岳飞进门，便放下手中活计，站立起来，道："大鹏，过来啦！"岳飞抬眼一看，但见李娃着粉红玫瑰香绸紧身袍，下罩翠绿烟纱散花裙，腰间用金丝软罗巾系成一个大大的蝴蝶结，外披一层金色薄纱，肌肤晶莹如玉，略施粉黛，鬓发低垂，斜插碧玉钗，显得体态修长妖冶，勾人魂魄。

岳飞上前扶着李娃，让她坐下，说道："委屈孝娥姐了，岳飞这厢有礼了。"言罢一躬到地。李娃急忙上前，搀起他，说道："大鹏是奴家相公，岂可行此大礼！"岳飞握住李娃双手，道："孝娥姐是俺一生所爱，想不到俺岳飞无能，竟无法给你体面婚礼、像样首饰，真让岳飞羞愧难当！”李娃笑道：“大鹏说哪里话来，那些皆为身外之物，孝娥只求情真意切，心心相印！”岳飞闻之，一把将李娃拥入怀中，两人紧紧抱在了一起。

岳飞婚后，仍照旧跟随周侗习文练武。

宣和元年七月十四日，岳飞的长子岳云诞生。周侗见岳飞武功见长，圆满完婚又生子，双喜临门，十分高兴。

此日，周侗叫来王贵等数位弟子，设宴为岳飞庆贺。餐后，周侗一时兴起，与众徒弟骑马赛力。众人上马后，王贵一个呼哨，数马如弦上之箭，飞驰而去。一路上，周侗快马加鞭，岳飞等人随后追上，一番你追我赶，兴尽而归。

周侗回到了书房后，因为太热而脱了外裳，不料却染上风寒，卧床不起。仅过数日，周侗已经无痊愈之望。众好友、弟子围绕床头，束手无策。

宣和元年九月十四日，周侗房内，李臻华、岳和、王明及岳飞等人围在周侗病榻前，周侗看着眼前一张张难过的脸庞，灰白的脸上掠过一丝笑容，气息微弱，断续说道：“几位贤弟，若要孩儿们——日后——有所成就，必须——使其跟随飞儿——一起——建功立业。希望——成全——他们——”周侗说到这里，一口痰液涌上喉咙，“咕噜、咕噜”两下，竟气压喉底，撒手尘寰，享年七十九岁。

岳飞跪拜在病榻前，痛哭不已，众人莫不悲伤万分。当时，王员外整备衣衾棺椁，灵柩停在王家庄。慧海大师带领众僧道做了七七四十九日经事，方将周侗送往沥泉山西侧山坡安葬。

岳飞自幼孝敬长辈，对师父周侗感情颇深。周侗去世后，岳飞在墓地搭了一个简易的草棚，独自守墓。自冬季起守至次年三月，在亲友再三劝说下方才返回。

岳飞自周侗墓地独自守墓回来后不久，因岳家的经济负担日渐沉重，这个不足二十岁的青年，便只能强忍悲痛，背井离乡，出外谋生。

且说，北宋末年，宋徽宗君臣采用联金灭辽的政策，他们看到辽国即将被新兴的金国所吞灭，于是就想趁机收复当初被后晋石敬瑭出卖而割让给辽国的燕、云等十六州。宋朝两次集结时，因战斗力最强的陕西军北伐，辽军居然将宋军打得一败涂地。

宣和三年，岳飞二十岁，已达成丁之年，遭逢这种兵荒马乱的年景，生计更加艰窘。全家再三商量，认为岳飞凭借一身武艺，出外当兵，尚是一条谋生之路。于是，岳飞拜别众人，与王贵、徐庆几人赶往真定府(今河北正定)应募“敢战士”。

宣和四年十月，忽然传来父亲岳和亡故之噩耗。岳飞哀痛至极，与敢战士同伴洒泪而别。自此至宣和六年冬，岳飞丁忧三年，一直居家为父亲守孝。

宣和七年，相州夏雨频频，河北等路发生涝灾，收成锐减，连年饥荒。宋朝实行灾年招兵，岳飞与舅家表弟姚振等前往应募。岳飞被分拨到河东路平定军(今山西平定县)，这是他第二次从军。

# 第三章　岳母刺字　张所赠书

话说，宣和七年底，金军分两路南下。完颜斡离不（宗望）军遂自河北路长驱直入，进逼宋朝都城东京开封府。岳飞亲眼看见家乡百姓悲惨的遭遇，心中无比悲痛，更生出保国卫民赤诚之情。故而，他积极地要求参加抗金之战，解除人民之痛苦，挽救国家之命运。

这日，完颜兀术率金军攻破平定军城，宋军再次溃败。

岳飞带领少数宋军突围而出，徐庆与姚振的妻小在此战事中遇难。岳飞对兄弟们说道："俺们可先回汤阴老家休整，而后再结伴投军杀敌。"姚振揩干泪水，说道："俺誓死追随岳大哥，迟早要为俺浑家报仇！"王贵、徐庆也道："国仇家恨不报，俺等誓不为人！"四人分乘四匹马，手持兵刃，在斜阳余晖之下南下。

数日后，王贵、徐庆、姚振来约岳飞出发，再投军营。徐庆开宗明义道："俺们有约，务须报仇雪恨。此来，只为商议投军杀敌之事。"

岳飞第二次从军归来，壮志难酬，由不得心灰意懒。宋靖康元年三月十七日，次子岳雷出生后，岳飞居家操持多日，意欲奉母携家避往江汉，故而对再次投军未置可否，面有难色。

王贵、徐庆见岳飞迟疑不决，颇为不快。姚振急忙解释道："姑母高龄有疾，岳大哥乃大孝之人，不忍离别。不如俺们先行从军，岳大哥日后再议。”

这时，姚安人掀开麻布门帘，颤巍巍从卧室走出。王贵、徐庆、姚振急忙上前施礼。姚安人虽是个普通的农家妇女，却深明大义，她决不愿意拖累儿子，因而积极勉励岳飞从戎报国。

姚安人问道：“鹏儿不语，莫非是贪生怕死？”岳飞扑通一声跪倒在地，仍凝噎无语。姚振忙说道：“战阵之上，大哥出生入死，英勇无比，绝非胆怯之辈。请姑母容他从长计议。”

姚安人说道：“鹏儿不必管俺。从军报国，才是第一要事！”岳飞哽咽道：“如今中原正遭战祸，汤阴故里亦刀剑加身，俺如不能奔赴战场，当为不忠；然而母亲高龄，又三天两头有病，俺如不能侍奉榻前，当为不孝。忠孝不能两全，儿子实难决断。”姚安人又说道：“番人入侵，鹏儿效忠朝廷，报得死难乡亲的深仇大恨，便是至忠至孝！俺自有翔儿与两位儿媳照应，你不必挂念丝毫。”岳飞低声说道：“让母亲退避三舍，也是权宜之计。”

姚安人怒气未消，厉声道：“俺们全家无论逃避到哪里，早晚也必落于敌手。要往江汉逃避，你自己去，俺们绝不会跟你走！”

岳飞从未见过母亲这样生气，暗暗思忖：俺前几日还议论不做南迁打算，平日也常以忠义二字激励众兄弟，如何今日也做此想？想到这里，他忙说道：“孩儿原是一时之念，蒙母亲教训，如梦初醒。母亲莫要生气，孩儿改过即是。”

姚安人知道岳飞的性情，见他认错，也就消气了，便道：“起来吧。”岳飞施礼道：“谢过母亲大人。”一旁，姚振搀他起身，岳飞垂手肃立。

姚安人接着又问道：“既然鹏儿能识大体，不知何时起身？”岳飞忙答道：“但听母亲吩咐，孩儿随时可走！”

姚安人苦笑一声，道：“你若再受上一点闲气，又跑回来，岂不更使俺痛心！俺想在你背上刺几个字，留点记号，以免你再有退缩之念。你愿意吗？”岳飞慨然答道：“儿子遵命！请母亲针刺吧。”当即又在姚安人面前跪下。

此时，姚安人让李娃将岳飞上衣解开，现出脊背。

姚安人提笔蘸墨，在岳飞背上写下四个大字。李娃又奉针待用，姚安人右手执钢针走近岳飞。哪知针尖贴近岳飞背上，还未刺进肌肤，姚安人的手便抖个不停，眼泪也唰地流将下来。

李娃早知婆婆心疼儿子，分明是不忍下手，欲上前婉言劝告。岳飞见母亲迟疑，忙道：“儿子素不怕疼，请母亲放心下针吧。”

姚安人头几针手还在发抖，后来见岳飞谈笑自若，再一想到所见难民流离之惨和自己的心愿，便把心一横，这才一针接一针，照着墨迹笔画刺了下去。但见一针针刺下，一丝丝鲜血渗出，凝为细微血珠，鲜艳夺目。

姚安人手持钢针，颤颤抖抖，好不容易刺下三十多针。当她刺下第三十九针时，突然头晕眼花，眼前模模糊糊一片殷红的啼血杜鹃，右手麻木无力，手指再也无法捏住钢针，顿时昏倒在地，那钢针当啷一声落地无影。

一旁，李娃赶紧上前，搀扶起姚安人，急切喊道：“母亲醒来，母亲醒来！”姚振也上前帮忙，扶着老人坐了下来。岳飞顾不上穿衣，赤裸着上身，转过来跪在姚安人面前，泣不成声，安慰道：“母亲啊，您且宽心，孩儿无碍啊！”

不一会儿，姚安人苏醒过来。她一睁眼，又挣扎着要站起来，慵慵说道：“让俺再来持针，切不可半途而废了！”大家齐声劝她稍事歇息。

李娃建议道：“儿媳可为母亲代刺。”姚安人抬头望了望李娃，点点头，轻声道：“那，就有劳贤儿媳了！”于是，岳飞重新在原处半跪，姚安人在当面坐定。

李娃另择一根钢针，在灯盏火头略略一烧，左手轻轻按住岳飞裸背，右手捏住钢针，屏息瞄准墨字。李娃正要下针，只听姚安人又急切嘱咐道：“贤儿媳，可要小心了！”话未说完，眼泪早已夺眶而出。

这边，李娃应声道：“母亲放心，儿媳自会仔细了！”言毕，她接着在姚安人扎过的针眼之后，刺下了第四十针。

针尖刺至皮肉，岳飞不禁又为之一颤，之后便纹丝不动，任由李娃持续下针。李娃平日女红娴熟，且年轻手捷负有内功，刺针自然快了许多。不消一个时辰，李娃又在岳飞背上刺了四百二十九针，连带姚安人所刺的，共有四百六十八针。

但见那四个墨字已被星星血点勾勒，不一会儿，又似开出朵朵红色花瓣，分外醒目。此时，李娃长嘘一口气，满脸汗水如注，后背衣裳早已透潮。她顾不得擦拭汗水，便去拿来自制治伤药水，为岳飞背上涂抹。

岳飞半跪于地，仍面不改色，纹丝不动。

少顷，姚安人趋前问道："飞儿可知，为娘所刺何字？"岳飞即答道："母亲所刺，乃'尽忠报国'四字。儿子再无犹疑，明日即与众兄弟从军！"

姚安人闻之，两行热泪又忍不住挂将下来。一旁，王贵、徐庆探头见得四字，全身一震，忽地站得笔直，神情凛然。姚振紧抿嘴唇，咬紧牙关，暗暗攥紧一对拳头。岳翔望望姚安人满头白发，不由得怅然若失。

这边，李娃忙将岳飞背上血迹揩尽，染上了赤色，敷好伤药，以防溃烂。而后扶起岳飞，缓缓为他穿上衣服。此时，姚安人已是面如纸白，站立不稳，姚振、岳翔连忙扶住，将她送往卧室。

是夜，岳宅卧房里。岳飞坐在床头，李娃伏在岳飞怀里哭泣。

李娃说："大鹏，自结发以来，近年常与你分离。虽知你是志向高远，然总要顾及奴家与孩儿啊！"岳飞说道："孝娥姐是明理之人，如今国难当头，生灵涂炭，且说姚、徐二贤弟之妻，皆已遇害，俺们岂可不为亲友报仇？"李娃停住哭泣，频频点头。

岳飞叹道："我自幼便喜在村中看艺人作场，熟知三国时关羽、张飞的英武忠烈，羡慕不已。自投军杀敌以来，虽只做一员偏将，亦是甘心效命！"李娃说道："奴家虽是女流，自幼却喜读《资治通鉴》等史书。大鹏当效法

历代圣贤，碧血丹心，精忠报国，而成其大业。”岳飞应道：“敌未灭，何以家为。孝娥姐煞是自家知己，启示甚妙，可谓天下第一贤妻也！”李娃长叹一声，说道：“奴家不慕虚名，但愿大鹏与众兄弟平安归来，重温天伦乐趣，即心满意足矣！”

岳飞听罢，再也无语，只是将李娃紧紧拥入怀中。

次日拂晓，岳飞与李娃分别取出贴身携带的碧血玉佩，合在一起，似见玉光泛起间，鹏鸾相拥而舞，且有丝竹音韵。两人不约而同说道：“愿俺们以此为念，永不相忘！”

岳飞体格健强，又有慈母爱妻照护，不消三日，背上针刺伤疤脱去，字迹越发鲜明。岳飞见身体已无妨碍，便辞别母亲、妻儿，与一应兄弟，再次从军。

岳飞过去两次投军，其实大多是为了谋生而迫不得已。到了第三次从军之时，岳飞已经成长为一个自觉的爱国者。“尽忠报国”这四个字不仅刻在岳飞的背上，也印于岳飞的心中。在往后的峥嵘岁月里，岳飞确立了“驱逐胡虏、救民水火、恢复山河”的奋斗目标，始终以百折不挠的精神，履践着自己和母亲共同的庄严誓言。此是后话，按下不表。

且说，靖康二年四月，开封城破，徽、钦二宗以及皇族全部被金兵俘虏，此即为“靖康之耻”。宋徽宗赵佶第九子赵构于五月初一日在南京应天府即位，将靖康二年改为建炎元年，成了南宋的开国之君，后来庙号称宋高宗。

建炎元年八月，金国四太子完颜兀术为左副元帅，领兵四万，从燕山渡河，攻山东。娄室为右副元帅，领兵四万，从同州渡河，攻陕西。大兵共一十二万，分作三路而进。

边境消息报入南京，高宗闻奏大惊，诏陕西、河北、京东、京西各路，招兵入卫京城。封张所为河北西路招抚使，召集两河忠义，以防金兵。赐予铜钱一百万贯，以充军用，又给空名诰身一千余道，有功者许量功授职，一切以便宜行事。

建炎元年八月间，岳飞投奔张所的河北西路招抚司。

招抚司有一位幕僚赵九龄，字次张，与岳飞接触后，很快就对岳飞十分赏识，认为这个青年是“可造之大才”。

此日傍晚，赵九龄对张所道：“俺今日为大帅寻得一个天下奇才。”张所大为惊喜，问道：“次张阅人甚众，从不曾如此盛赞，此是何人？”赵九龄答道：“此人姓岳名飞，刘钤辖上午带来，俺与他长谈半日，因此得知。”张所问道：“与王彦都统制及王经、寇成二统制相较，他当如何？”赵九龄道：“寇成、王经二将，是统制之才。王彦老成持重，是都统制之才。岳飞虽是年少，却是统帅之才。”张所闻之大喜，道：“既是如此，俺当连夜与他详谈。”

当天夜间，在张所书房里，张所一见岳飞身貌出众，动静过人，遂以宾客相待。他初步了解岳飞的经历和志向后，便有意考他，问道：“闻听鹏举曾多次征战，勇冠三军，自料能敌多少虏人？”岳飞答道：“勇冠不足恃，用兵在先定谋。兵法曰：‘上兵伐谋，其次伐交，其次伐兵，其下攻城。’谋者，胜负之机也，故为将之道，不患其无勇，而患其无谋。”

张所见岳飞见识独特，更加认定岳飞将才难得，决定予以破格提拔。于是，张所对岳飞道：“如今招抚司分为五军，王经为前军统制，张翼为右军统制，寇成为中军统制，郭青为左军统制，白安民为后军统制。本帅且借补你为修武郎，暂充中军统领。稍后当建第六军，由你任统制。”岳飞即跪拜在地，恳切感激道：“大帅开恩，飞甚惶恐！日后定然奋发，不负大帅知遇之恩！”

次日，张所叫过一员小将，对岳飞道：“此是老夫义子张宪，年方二十，随老夫数年，少有进步。今归拨于尔，望多多帮扶。”

岳飞看那张宪，但见他俊眉朗目，脸如潘安，身高八尺，矫健灵动，侠气凛然。岳飞起身拱手道：“令公子为将门之后，佐飞之力，岂敢不尽心待之！”张宪施礼道：“愿随将军效力！”当即，岳飞与张宪碰拳结好。

自此，张所将岳飞从白身的效用“借补”修武郎、閤门宣赞舍人，充任中军统领。之后，又很快将其超升三官，借补从七品的武经郎，升任统制。当时，王贵、姚振、汤怀、孟邦杰、梁兴、董荣、李进、张峪、胡青、刘遇、王进皆在幕下。不多日，岳飞旧日部下吉青、霍锐、傅庆，也带了五百多名健儿来投。

建炎元年九月中旬，河北招抚使张所勉强拼凑了七千装备不良的军队，任命王彦为都统制，率领岳飞等将士前去收复卫州等地。岳飞率领部下五百骑兵冲锋陷阵，连连获胜。

岳飞在太行山准备乘胜北追时，忽然闻报张所传令，命张宪、岳飞先后回大营议事。

原来，李纲只当了七十五天宰相，即被宋高宗罢免，李纲的抗金措施也随之全部被废弃。河北西路招抚使张所上奏，反对黄潜善和汪伯彦主张放弃河北与河东，与金国划河为界的卖国行径，并且弹劾黄潜善“奸邪”，张所因此受到贬逐岭南的报复。

这一日，岳飞进得大帐，亲兵领他走进大帅书房。岳飞抬头一望，只见张所端坐中堂，右侧立一白袍小将，正是先行回营的大帅义子张宪。

岳飞上前躬身施礼，称道：“末将岳飞拜见大帅！”张所早已起身向前，双手向上扬起，说道：“鹏举免礼，一旁看座。”岳飞直起身后，又抱拳道：“大帅座前，末将岂敢造次。”

张所微微一笑，道：“今日不为军务，只叙情谊，望鹏举勿拘礼数。”岳飞一听，见张所目光真诚，道谢后便在右侧落座，同时向一旁的张宪颔首致意。

张所问道：“鹏举如何看待当前局势？”岳飞答道：“回大帅，敌强我弱。”张所又问道：“何以应对？”岳飞再答道：“回大帅，敌方虽逞猖狂，然宋军士气高涨，宁玉碎而勿瓦全，可作一击！”张所抚掌笑道：“果然尔与吾，心照不宣，可谓志同道合耳！”岳飞抱拳道：“末将不敢妄攀高见。大帅可有新谋，调遣末将？”张所苦笑一气，摇了摇头道：“非也，老夫今日已经卸职，另有新帅到任。”

随即，张所告之受奸贼诬告陷害，业已被贬去官职，将流放岭南。

岳飞一听，怒火中烧，站立起来大喊道：“气煞人哉，让末将前去理论一番！”张所举手一按，示意岳飞坐下。

张所待岳飞重新坐定后，说道：“鹏举啊，你文武并重，诚义并举，是将帅之才。然性躁言直，却为不足。吾今将行，找尔嘱之三事，这便是第一桩事。”岳飞忙致歉道：“一时怒起，望谅恕！愿听大帅教训。”

张所正色道：“以往俺喜尔率真，故不拘小节，扬尔所长用之。日后新帅上任，定难以容忍尔冒失犯上，故而尔要切记，凡事须冷静处置，三思而后行。否则，即使真心诚意，竭力尽职，也难免被厌恶，甚者招致罪祸。”

张所一番话语情真意切，岳飞静静聆听，不禁动容，应道：“大帅之良言，末将受教了。今后一定牢记教诲，补短扬长，冷静处事，以报大帅知遇之恩。”

张所说道：“好，好，望尔日后前程顺畅，也不枉老夫一番用心了。”岳飞问道：“大帅还有何事嘱咐末将？”张所一听，脸上略显为难，稍稍向身旁张宪一瞟，欲言又止。岳飞随着他的目光也看了一下张宪，主动问道：“莫非事关张宪贤弟？还是……”

“哎，正是想将犬子，相托于你。”张所急切打断岳飞话头，说道：“宪儿原为老夫侄儿，只因其父为奸贼所害，母亲自尽，自幼落孤，千里投亲。老夫为掩人耳目，纳为螟蛉，习字练武，也算聪慧用功。”岳飞说道：“小将军文武皆备，早有耳闻，近日结伴，业已体察！”

张所接着说道：“老夫精气乏力，如今受贬，再也难以带教。思想再三，托付于尔，方可无忧。”张所言罢，朝张宪一招手，道：“宪儿过来。”张宪应声道：“是，父帅！”随即跨上两步，在张所跟前躬身立定。

张所站起身来，一手拉着张宪，转向岳飞，说道：“老夫欲令宪儿拜在尔之门下，听从使唤。”岳飞一听，顿时大惊，立起身来，大声喊道：“不可，不可，俺自当小将军为贤弟看待！”

张所不予理会，即命张宪行弟子之礼。那张宪遵命，抢先一步，在岳飞面前双膝跪地，朗声道：“老师在上，受学生大礼参拜！”说罢一拜倒地，磕了一个响头。

岳飞见状，忙赶上前去，单膝跪地，两手托着张宪臂膀，说道：“折煞鹏举了，贤弟快起！”一把使劲便往上拉，再也不让张宪继续磕头了。

谁知拉者无意，跪者有心。岳飞这么一使劲，却让张宪多心了。张宪心想，久闻岳飞受过高人指点，武功了得。从未单独切磋，今日正好见识一番。

张宪想到这里，暗暗发力，一招“移山填海”，身子顿时如千钧之山，压在岳飞双臂上。岳飞防不胜防，双臂突然往下一沉，立即感到对方正在发功，便也毫不迟疑，一个“盘古托天”稳住了双臂，双臂仅仅下沉一寸，又被托回原处。张宪见状，越发用力，然而岳飞却纹丝不动。

双方相持不下，张宪虽然年少气盛，这时却对岳飞钦佩不已。他高声说道：“学生愿追随老师，至死不渝！”岳飞回应道：“鹏举愿与贤弟并头奋进，同难共死！”两人又不约而同地说道：“从此同建功业，决不离弃！”

两人嘴上虽然说着，然而臂力不减，犹如铁打铜铸一般。

少顷，张宪脸色略变，他似乎用尽全力了，而岳飞仅用七分之功，两人抗与压的对峙之势却始终未变。

这些，早被张所看在眼里，他见双方同心合力，甚是欣喜，一躬身，一手拉住一人手臂，“哈哈”一笑，说道：“正合老夫心意！”随即搀起两人。岳飞、张宪立起身来，对视一眼，也心照不宣地开怀大笑起来。

张所示意岳飞重新落座后，再次朝他上下打量了一番，说道：“鹏举，尔等既然能相互扶助，那老夫便要将最后一事相告。此举老夫思虑多日，可谓至关重要矣！”岳飞再一欠身，说道：“请大帅明示。”

张所转过身去，走到书柜前面，从书柜上方托起一只黄布包，十分虔诚地捧在胸前，转过身来摆在书案上。继而，他退后三步，躬身一拜，恭敬地说道：“子房公及张氏列祖列宗在上，后辈张所有言禀告。《太公兵法》乃吾族祖传之宝物，且有不传女子、不传外姓之祖训，所本不该有违。然今外邦入侵，山河裂分，所本应竭力抗敌，以死报国。无奈体弱而乏力，宪侄年幼，暂难以承接重任。今有岳家才俊鹏举者，文韬武略，忠心可嘉，足可承此重任。故，所欲将宝物传至于尔，托尔传教宪儿习之。此一忤逆之举，所愿担任何惩罚之责，望先辈开恩玉成！”张所言罢，跪下，连磕三个响头。

此时，岳飞、张宪也早已依次跪在张所身后，同时磕头致敬。

张所立起身来，再次捧起黄布包，转身来到岳飞跟前。岳飞也立身恭候，见张所早已泪流双颊，不觉也心脏收紧，热泪夺眶而出，当即再次跪倒在地，身后的张宪仍长跪在地。

张所躬身将黄布包递送给岳飞，并扶他起身，说道：“鹏举啊，此祖传之宝堪比老夫之身家性命，你务必与之形影不离，用心研读！”岳飞手捧黄布包，泣道：“恩师重托，末将敢不以性命担之？违心者，五雷轰之！”

张所这才破涕为笑，示意岳飞打开黄布包，这时张宪也上前捧住。两层黄布片打开后，一册古籍呈现面前，封面赫然大字为《太公兵法》，岳飞不禁欣喜万分。

说起来，这《太公兵法》可不是一般的古籍，此为当年汉相张良所有。张良生于秦庄襄王元年，字子房，韩国（今河南省新郑市）人，秦末汉初杰出谋臣，与韩信、萧何并称为“汉初三杰”。

张良年轻时，一天在沂水圯桥头遇高士黄石公，获得一部《太公兵法》。从此，张良日夜研习兵书，俯仰天下大事，终于深明韬略、文武兼备，成为一个足智多谋的“智囊”。张良精通黄老之道，凭借出色的智谋，协助汉王刘邦赢得楚汉战争，建立大汉王朝，册封为留侯。汉高祖刘邦评价他说：“夫运筹策帷帐之中，决胜于千里之外，吾不如子房也。”

故而，这《太公兵法》也成为历代兵家所奢望获得之宝书，只因张家祖训甚严，一般族人和外姓人士就很难面观其珍了。岳飞今日获此古籍，真可谓天赐之宝，自然十分珍惜，且潜心攻研，再教习张宪，用之战场，立下赫赫战功。此是后话，且按下不表。

此时，岳飞重新包好兵书，捧在手中，张宪也收拾停当，背起行囊，两人告别张所，步出书房。

张所立于中堂，手拈长髯，微笑着看着他们的背影远去，眼中不禁又泛起泪花……

# 第四章　归属杜充　军迁建康

话说，建炎元年六月，爱国大臣宗泽赶赴东京开封府，担任东京留守兼开封府尹，负责守卫北宋故都。此后，宗泽即着手整顿毁废的城防设施，沿大河建立连珠寨，规划光复国土的大计。

宗泽出生于浙江义乌，家境贫寒，但他从小就有大志，在考中进士之后，多年来都在地方任职，颇有建树。不过，由于宗泽疾恶如仇，刚正不阿，经常得罪朝廷中的权贵，因而久久不能得志。宗泽此时已经六十七岁了，却是人生中第一次得到皇上的重用，堪称“宋代的廉颇”。宗泽到任后，立即整军备战，招募义勇军士，不到半年就招募了一万精兵。

不久，金军数千铁骑来围攻，老帅宗泽亲自披甲上阵，站在城门之上，与士卒并肩作战。金军攻势受挫后，宗泽又指挥部队乘胜追击，大败金军。此后，宗泽又率军与金军血战十三次，屡战屡胜。自此，金军对宗泽又害怕又钦佩，都称他为“宗爷爷”。

岳飞闻之，即率领自己曾脱离王彦的部属，南下东京开封府，直接去投奔德高望重的东京留守宗泽。宗泽早就知道岳飞骁勇善战，认为岳飞确实是一位十分难得的“将材”。之后，岳飞跟随宗泽老将军多次击败金军，屡立战功，逐渐成长为抗金名将。

建炎元年十二月，金军大举南侵，其中有一路金兵进犯孟州（今河南孟县）的汜水关。宗泽当即委任岳飞为踏白使，率领五百骑士，前往侦察敌情。岳飞率部在汜水关一带与金兵发生遭遇战。岳飞带兵鼓足勇气，所向无敌，一举击败金兵。当岳飞凯旋回到东京开封府后，宗泽立即提拔岳飞为统领，不久又提升岳飞为统制。

从建炎二年正月开始，岳飞参加了滑州保卫战，又接连在胙城县（今河南延津县东北）、卫州汲县西的黑龙潭、龙女庙侧的官桥等处击败金军，获得胜捷，岳飞还俘虏了一个金兵千夫长蒲察维尔。在宗泽麾下，岳飞保持了“每战必捷”之纪录。

宗泽十分看重岳飞，便将岳飞招来，授予岳飞一些阵图，让岳飞学习研究。宗泽对岳飞说道：“尔勇智才艺，虽古良将不能过。然好野战，非古法，今为偏裨尚可，他日为大将，此非万全计也。”岳飞告退后，只是将阵图粗略地看一遍，竟置而不顾。

待到宗泽再次召见，要岳飞谈谈学习心得。岳飞认为自己掌兵不多，若按一定的阵势，正好使金人得以看清己方的虚实，反而容易被女真骑兵所歼灭。即应道：“兵家之要，在于出奇，不可测识，使能取胜，若平原旷野，猝与敌遇，何暇整阵？”

宗泽略有不满，再问道：“依尔之见，如何克敌呢？”岳飞很率直地说了自己的看法，回道：“阵而后战，兵法之常，运用之妙，存乎一心。”宗泽略一沉思，不觉赞叹道：“妙乎，别出心裁也！”自此也更加看重岳飞。岳飞此话富有哲理，且为用兵之精髓，后来竟成了流传千古的军事格言。

宗泽一生力主抗金，坚决反对京都南移，不到一年时间，接连上了二十四封《乞回銮疏》，大意道：“祖宗基业可惜，陛下父母兄弟蒙尘沙漠，日望救兵。西京陵寝为贼所占，今年寒食节，未有祭享之地，而两河、二京、陕石、淮甸百万生灵陷于涂炭，乃欲甫幸湖外，盖好邪之臣，一为贼虏方便之计，二为奸邪亲属皆已津置在南故也。今京城已增固，兵械已足备，士气已勇锐。望陛下毋阻万民敌忾之气，而循东晋既覆之辙。”这就是历史上著名的“乞回銮二十四疏”，请求宋高宗回驾东京，主持抗金。

无奈宗泽一片忠心，丝毫不能改变宋高宗等人的立场。朝廷中的一些权贵不仅不支持宗泽的抗金部署，还一再加以破坏，甚至称宗泽招募的义兵是贼寇、强盗。宗泽义愤填膺，不久心力交瘁，忧愤成疾，终于一病不起。

岳飞和其他官员、将领纷纷来到宗泽的病榻前问安。宗泽却不谈自己的病情，仍然强振精神，慨然说道：“我因河山破碎、百姓流离，心中悲愤，旧病复发，只要尔等能够消灭强敌，收回故土，我则死而无恨！”诸将慷慨应命，泪流而出。

建炎二年七月初一，宗泽的病情不断加重，他在弥留之际仍念念不忘北伐，并无只言片语提及家事。他长吟唐朝爱国诗人杜甫的两句诗：“出师未捷身先死，长使英雄泪满襟。”继而，宗泽满怀悲愤地大声疾呼：“过河！过河！过河！”与世长辞，享年七十岁。

这天，东京开封府城内，悲风回荡，愁云泣雨，每个角落都是一片号啕痛哭之声，广大军民诚挚地悼念爱国老臣宗泽不朽的英灵。宗泽的灵柩由其子宗颖和爱将岳飞一起送至镇江，与夫人陈氏合葬于镇江京岘上，墓前石碑上刻着：“大宋濒危撑一柱，英雄垂死尚三呼。”

岳飞一生，受宗泽教诲最深，他并非是宗泽麾下的第一等武将，却是宗泽最忠实的继承人。岳飞聆听了宗泽最后的心声，从“唾手燕云”的壮志到“联结河朔”的远谋，从治军的整肃到律己的严格，岳飞身上处处保留着宗泽的遗风余烈。后来，南宋学者评论宗泽，其中有道：“虽身不及用，尚能为我大宋得一岳飞！”

话说，赵构见宗泽已死，乐得做点人情，封赠他为观文殿学士，但并未照他遗表所说。赵构随命粮饷杜充继任为东京留守，韩世忠为浙东制置守镇江，刘先州为江东定抚使守太平（当涂）、池州（贵池）。岳飞随之归属杜充部下。

杜充生于北宋熙宁七年，古相州（今河南安阳）人，字公美，为人喜好功名，生性残忍好杀人，缺少谋略。杜充代替宗泽担任东京开封府留守后，立即反其道而行之，中止了宗泽的北伐部署。当年秋天，金军没有大规模渡过黄河南侵，但河东和河北的最后一批抗金武装活跃的州县，包括北京大名府和五马山寨，全部在此时被攻占。

再说，此杜充平日妒贤嫉能，不能容物，先忌岳飞的威名，后见他的部下只八百骑兵，又觉金兵人多势盛，这样少的人马，怎会屡建奇功？心疑岳飞是宗泽的亲信，有意为他贪功冒赏，便命岳飞往保宋室诸帝陵墓。岳飞到了陵墓不几日，便探得金人要来掘墓，忙和众人商计，一面飞马去向杜充告急，一面自以轻骑迎敌。

八月初二，岳飞与金人大战于汜水关。刚刚对阵，望见金兵阵前一员大将骑着一匹快马，飞驰示威。忙将身后所佩弓箭取下，左手一箭，当时射死。继而，右手铁锏一挥，一马当先，往前冲去。将士跟踪赶上，大破金兵，杀伤甚众。

杜充闻报，才知这一支人马名不虚传，便调岳飞往竹芦渡防御敌人。但交代在和议成败未定以前，除非金兵大举进攻，不许妄动。岳飞无法，只得和金兵相持。过了几天，宋军粮草将要用尽。岳飞知道杜充不会发粮草来，除了杀敌夺粮，更无别计。

岳飞当即先命吉青、霍锐带三百名骑兵埋伏在山下树林之中，每人一手举着两个火把，到时点燃，往来走动，以为疑兵。再命张宪、施全、傅庆、汤怀等人，分带四百轻骑，左右埋伏。岳飞自和徐庆带了百骑前往挑战。先用长弓硬弩连射好几名敌将，激怒金兵，等金兵大举追来，略一交锋，就回转马头，诈败而逃。金兵不知岳飞有意诱他深入，连追了三四十里，望见前面林野里，火光密布，灿若繁星，误以为宋军援兵大至。正当金兵惊疑之际，岳飞、徐庆忽然回马杀来。不消三个回合，便将金兵两员主将杀死。

同时，张宪等六人又由左右杀到。吉青、霍锐等三百轻骑又将火把踏灭，一拥而来。四方八面都在喊杀，黑夜之间，金兵不知来了多少宋军。前军一溃，后军自然慌乱，互相践踏，四散奔逃。岳飞带了众人跟踪追击，杀伤金兵好几千，所得粮械马匹不计其数。

杜充见自己到任不久，寸功未立，岳飞竟能以少胜多，立此奇功，当时一高兴，便奏补岳飞为武功郎，徐庆等也各有升赏。

建炎二年岁末，岳飞奉杜充之命返回开封。

岳飞回军不久，王贵忽然带着妻儿寻来。原来王贵在金兵攻破汴京以前，往江汉奉亲避难。近年又因父母双亡，听说宗泽留守东京，招纳豪俊。正要来投，不料宗泽死在任上，欲行又止。新年初，好友岳亨恰巧来访，说岳飞现在东京屡次杀敌，建立奇功，于是相约同来。岳飞见王贵比以前老练得多了，岳亨也是族弟和同门师弟，当下忙引二人去见杜充。杜充便命王贵、岳亨为偏将，均归岳飞带领。

却说，杜充一味摆出那留守大臣的官架子，每日专以声色自奉，全不操演人马。宗泽原有的许多兵将又招疑忌，被陆续调走。汴京根本重地，留守部下兵才两三万，还有许多老弱在内，余下都是他冒领肥己的空名额。

岳飞见连劝两次不听，便自行率领部下八百多人，每日操演。一面轮流派出将士，将方圆数百里内的地理形势查探明白，画成详图，连一座小土堆、一株小树都不放过。岳飞再前往查看几回，然后召集部下将士，将地图仔细查对，重画详图。稍微空闲，便按照地图与部下将士商计战阵攻守之法。

建炎三年正月，杜充命令岳飞领兵消灭盗匪张用、杜叔五、孙海、王状况等部。张用是岳飞同乡，曾当过汤阴的弓手，并和曹成、李宏、马友绍等是拜把兄弟，有几万兵力，王善部也从一旁保护。此外，与张用勾结的王善也会随时前来助战。

岳飞欲以“兵寡不敌”为理由，婉言推辞，但暴戾恣睢的杜充顿时怒气冲冲，声称岳飞若不出战，当即砍头。岳飞无法抗命，只能以不到千人的部众，出击追剿这些已成为盗匪的民间武装。

岳飞骁勇善战，不仅在内战中立下军功，也解救了杜充个人的危困，加之两人的同乡关系，杜充既然需要依靠岳飞，便要在某种程度上提拔岳飞。岳飞因功升任武德大夫，授英州刺史。武德大夫比武略大夫高三官，但仍属正七品。为此，一时竟出现了岳飞为杜充的“爱将”之传言。

然而，岳飞是一个有远大志向的爱国军人，绝不会因此便对杜充感恩戴德。因为有了以往擅自脱离王彦领导的沉痛教训，岳飞尽管对杜充的做法强烈不满，也不得不委屈在其节制之下。

建炎三年四月，岳飞随同都统制陈淬前往淮宁府解围，攻击王状况盗军。然而，这其实正是杜充铸就之大错。杜充具有刚愎自用、凶残严酷、好猜忌等恶劣品性，难以服众。在杜充的不良管理下，原本愿意接受宗泽领导的抗金武装内部开始离心离德、分崩离析，而引发自相残杀的内战，使一些原本抗金的武装沦为金国女真人的帮凶。

且说，南宋建炎三年五月初八，高宗一行先驻跸城西南凤凰台侧的神宵宫（即保宁寺），并以建康古为名都，而御笔改江宁府为建康府。南宋时期，建康府居民达二十五万人，是国内重要的商业城市。建康府地处长江下游，是商品交换的经济枢纽，把长江中游地区、淮河流域、太湖、钱塘江的产品售购连接起来。建康与临安的商业往来密切，市场繁荣。

赵构慷慨激昂道：“建康之地，古称名都。既是前代创业之方，又是仁祖兴王之国。朕本繇代邸光膺宝图，载唯藩潜之名，实符建启之义。盖天人之允属，况形胜之具存，兴邦正议于宏规，继夏不失于旧物，其令父老再睹汉官之仪，亦冀士夫无作楚囚之泣。江宁府可改为建康府，其节镇旧号如故。”表示要在这里领导抗金，恢复北宋的河山。

可是，当他听到金兵又要南下的消息，却连忙再一次逃往杭州，并派一个惯于弃城出走的懦将杜充来担任“建康留守”的重要职务。

建炎三年六月，杜充畏敌如虎，无意抗金，干脆借南下“勤王”之名，擅自撤离开封，移军建康。岳飞苦劝道：“中原之地，一尺一寸都不能够舍弃。如我军一走，则此地就非大宋所有，他日若想再来收复，非用数十万军队不可。”

然而，杜充一意孤行，岳飞深知杜充此行此举，无非是要将长江以北的国土和人民拱手让与金人，岳飞十分气愤。但是，面对着这个刚愎自用且暴戾恣睢的长官，岳飞也只能按捺一腔怒火，随其南下。东京留守司的大军很快就南撤了。

这时，西路的侵略军由江西而湖南，如入无人之境，连烧带杀，抢掠奸淫，搞得烽火连天，人烟断绝。这些受金兵蹂躏过的地区，同时又遭到官兵、盗贼的骚扰，以及官吏的榨取。当时，监察御史韩璜亲眼看到湘、赣农村的惨状，他在奏折中写道：“自江西至湖南，不论州县与乡村，一望焦炭坏瓦，到处残破，十室九空。臣访问缘由，就是由于金兵未到，溃败之兵先到，金兵既去，袭逐之兵又来，官兵盗贼，抢掠相同，城市乡村，几乎普遍受到了搜索。盗贼去了，人民的痛苦还没有解除，官吏不务安抚，反而更加剥削。兵将所过纵暴，而唯事诛求。人民痛苦的声音，到处都可以听得到的，民心的散叛，不绝如丝。”这不啻是一幅湘、赣农村的地狱画图！

岳飞自三年前背井离乡，随康王赵构从北京大名府退至南京应天府，有过痛苦经历和感受，但尚未经历如此伤感的长途退却，真是别有一番滋味在心头。岳飞和将士们的心情皆极为沉重，他们五步一徘徊，十步一回首，向被宋高宗和杜充丢弃的故土依依惜别。

时值建炎三年七月初，岳飞所部终于渡过波澜壮阔的长江，进驻建康府。至此，宗泽以兵力数量和民心战胜金军的计划完全被杜充破坏，开封从此成为金国和伪齐的领土。金军因暂时专注于解决宗泽遗留在河北的抗金武装，而无法长驱南侵。但是，在杜充主持前沿军务期间，宋朝却丧失了五分之二的国土。

然而，无论是以宋高宗为首的偷安求和派，还是吕颐浩、张浚等倾向抗金的宰执大臣，都对杜充怀有莫名其妙的敬意。南宋朝廷的一份升官制词简直将杜充吹嘘得神乎其神："徇国忘家，得烈丈夫之勇；临机料敌，有古名将之风。比守两京，备经百战，夷夏闻名而褫气，兵民矢死而一心。"

宋廷开始任命杜充为知枢密院事，官至执政，已是超擢。可是杜充仍嫌枢密院副长官太小，"自言中风在告"。宋高宗也明了杜充之意，但认为在"遭世多艰，临川望济"之际，必须重用这位"天下奇才"，故又破格任命杜充为右相，又兼江、淮宣抚使，全权负责江防。宋高宗只留张俊一军做护卫，其余刘光世、韩世忠、王燮等军，都拨属杜充，将国家的安危存亡委托于杜充一身。

宋高宗自从南宋小朝廷建立以来，一意对金国奉行妥协求和政策，只图苟且偷安于东南一隅。建炎三年十月，在宋高宗赵构接连向金国最高统治者上书乞哀之际，金太宗完颜晟乘宋江防尚未巩固，由元帅左监军完颜昌领军进攻淮南。又以完颜兀术为统帅，率军号称十万，分兵南下，企图攻取江、浙、徽，灭亡南宋。

江南战场的金军分兵两路。西路军由完颜拔离速、完颜彀英、耶律马五等率领，十月由黄州渡江屠洪州，劫掠长江中游的湖北、江西一带；东路军是完颜兀术亲率的金国军队主力，也是金国女真兵的精锐，直捣临安。战初，金军首先攻破寿春（今安徽寿县），继占庐、和（今合肥、和县）二州。由黄州（今湖北黄州）渡江，先后攻入江西、湖南和湖北三路，一路烧杀劫掠。

完颜兀术剽悍非凡。他在一次灭辽的战斗中，箭矢用尽，就徒手夺取辽兵的长枪，刺死敌方八人，活捉五人。每当战斗打得异常激烈、难分难解之际，完颜兀术便脱掉头鍪，暴露出光秃秃的脑袋和辫发，冒着骤雨般的矢石冲锋陷阵。

此时，驻江州(今江西九江)的刘光世军闻风逃窜，致使金军在西路的一支偏师得以横行几千里。只是南方一些村民自动组织抵抗，才使那些金兵遭受一些损失，而有所忌惮。

完颜兀术看准宋室君臣庸懦无能，只用三千人马，便将扬州行在不战而得，一面却以全军之力将韩世忠战败，以致江淮一带全成了敌骑蹂躏之地，被祸害的人命财物不可计数。金人因扬州百姓和一些无人统率的残军纷纷起来抗敌，自知立脚不住，便纵兵掳抢，把扬州城烧了个干净，方始退兵而去。

建炎三年十一月，江、淮宣抚司宋军进袭匪军李成所部。金兵立即去支援李成匪军，击败宋军，掳获宋军的大部分船舰。此后，完颜兀术军攻打太平州(今安徽当涂县)的采石渡和慈湖失利，改由建康府西南九十里的马家渡过江。宋朝水军统制邵青仅有一艘战船，率十八名水手进行拦击，艄公张青身中十七箭，邵青等力竭败退。另一水军统制却不战而逃。南宋在长江下游的防线，已被金军节节突破，土崩瓦解了。

# 第五章　建康陷落　兵退江南

话说，早在金军欲渡江之前，杜充身为全权负责长江防务的宋军统帅，却深居简出，不见部将。除了诛杀无辜以立威之外，杜充没有任何应敌之方。

当时，岳飞也曾强行进入杜充衙门后堂。杜充五十开外，身高体壮，五官端正，三绺长须，举止儒雅。此时，他正半卧在躺椅上，两个侍女在旁，一个泡着花茶，一个与他捶腿。

一见岳飞闯进来，一名亲兵上前拦住。岳飞说道："俺要见杜相！"亲兵回道："无有杜相召见，闲人不得擅进！"岳飞又道："俺有紧急军报！"此时，杜充早已听见岳飞说话声，便发令道："让鹏举进来。"

岳飞进屋，一边施礼一边说道："金虏大敌，近在淮南，睥睨长江，包藏不浅。卧薪之势，莫甚于此时，而杜相公乃终日宴居，不省兵事。这是为何？"

杜充一脸阴鸷之气，嘬了一口茶，不紧不慢说道："鹏举啊，军中大事，自有本相定夺，无须担心。"岳飞慷慨进谏道："万一敌人窥吾之怠，而举兵乘之，相公既不躬其事，能保诸将之用命乎？诸将既不用命，建康失守，相公能复高枕于此乎？虽飞以孤军效命，亦无补于国家矣！"

岳飞凭借着得力部将的身份，恳请杜充出来视察军队，部署应对行动。一向凶暴的杜充也并未对岳飞怒斥，只是敷衍搪塞一番，说道："来日当至江浒。”岳飞闻之，怒火中烧，高喊道：“只怕来日，俺等已成刀下鱼肉！”

杜充为之一震，用眼瞟了岳飞一眼。换作别人，如此言语，杜充早就令手下赶出门去，甚至降罪处罚。然而，杜充知道，朝廷很多人都在仰仗他，上至皇帝，下至臣子，无一不夸他是擎天之臣。实际上，杜充能有今天，全靠岳飞和那一帮能征惯战的部将南征北战，为他苦苦支撑，不然他杜充早就完蛋了。

此时，杜充目光朝两个侍女一扫，下颌稍稍一扬，两侍女便退了下去。杜充用手向岳飞招了招，微笑道：“鹏举贤弟勿恼，坐下细谈。”岳飞急切说道：“俺站着便可，杜相到底作何打算？”杜充“嘿嘿”一笑，道：“俺们暂且不谈军情。” 岳飞大为不满，反问道：“军情如此危急，还聊什么闲情闲趣不成？”

杜充软声细气道：“俺来问你，俺俩可是老乡，俺平常可对你不薄啊？”岳飞应道：“此话不差，俺岳飞确是蒙杜相照应再三。”杜充道：“这就好，那么，俺俩就是那什么，那一根绳上的两只蚂蚱，要想在一起，做到一块……”

岳飞急急打断他的话头，问道：“杜相究竟所讲何意，不妨直说！”“好，好，”杜充干咳了几下，道，“那俺也不转弯抹角了。你看啊，金兵来势汹汹，朝廷腐败无能，俺们如果拼命，即是送命矣！”岳飞坚定说道：“金兵虽然凶狠，然俺大宋将士斗志尚旺，只要齐心协力，驱逐金寇，并非难事！”杜充神秘地压低声音，说道：“鹏举有所不知，朝廷并无抗战之意，主和之声甚高。”岳飞怒气又升，大声吼道：“此皆奸臣弄事，圣上受之蒙蔽矣！”

杜充心中早有不战之心，本来想拉岳飞一同降金，见岳飞抗战如此坚决，一时难以说动，便上前拍了拍岳飞的肩膀，说道：“那，鹏举贤弟再回去细细考虑，少安毋躁。”

如此，杜充试探岳飞，见他毫无动摇之意。岳飞的苦谏也无济于事，杜充自然只当是耳边风，仍然深居宅院，闭门不出。

岳飞回营，与众将领谈起与杜充之事，感慨道：“可叹如今，却因杜充节制，心志不得丝毫伸展。如能独自成军，何愁虏人不灭？”王贵应道：“杜充那厮，浅陋平庸，鹏举岂得久居其下？须是及早思忖独自成军之计。”徐庆等亦附和道：“岳大哥领军，俺们皆随之不辍！”

再说，杜充此时得到了金兵将要渡江的消息，他的手下尚有六万兵力。都统制陈淬向杜充献策，道：“金兵人数虽多，但是只有二十艘战船，一艘不超过五十人，一次只能有千人过江。我们把军队埋伏在江边芦苇密丛中，等他们上岸一批就抓获一批，后面的金兵又不知道。等到金兵渡过长江，我们也就全把他俘虏了。”然而，杜充只是哼哼诺诺，并未有所行动。

建炎三年十一月十八日，杜充得知金军正在渡江的紧急战报后，才慌忙命令都统制陈淬率领岳飞、戚方、刘立、路尚、刘纲等十七员部将，统兵两万赶往马家渡迎战，又命王燮指挥一万三千兵马策应，自己却慌忙准备乘船逃命。

马家渡距离建康很近，此处江水较窄，但水势不急，是南北双方渡江作战的重要通道，宋金、宋蒙都曾在此发生战斗。南宋初年的马家渡之战，是极其重要的一场战役。金军当时有二十艘大舰船，每次可载一千人渡江，首先登岸的是渤海万夫长大挞不野，他的军队驱逐了守岸的少量宋军。

十一月二十日，都统制陈淬的两万兵抵达马家渡时，金将鹘卢补、当海、迪虎的部队都已渡江，金国军队兵势甚盛。

陈淬生于北宋熙宁七年，字君锐，莆田（今福建兴化市）人。哲宗绍圣初，应进士试不第。时辽国方强，宋派吕惠卿知大名府，帅督鄜延。陈淬戎服往见，惠卿与其交谈，很器重他，补三班奉职。陈淬与辽兵战于乌原，杀十余人，擒其砦主，因功升左班殿直、鄜延路兵马都监，累迁武经郎。宣和四年，授真定路分都监兼知北砦、河北第一将。陈淬镇守北砦三年中，敌人无敢越雷池半步。不久，升任忠州团练使、真定府路马步副总管。宣和七年，金兵入侵真定，陈淬以孤军御之，将士三千人殉国，陈淬的妻儿八人被金军杀害。

国仇家恨，使陈淬抗金义无反顾。

建炎元年，陈淬为诸军统制。宗泽命他狙击金兵于南华，大败金兵。兼大名府都总管兵马钤辖，升知恩州。金将王善拥兵十万长驱两河（河北、河南），袭击恩州。陈淬与长子仲刚出兵拒战，金兵以飞刀投向陈淬，仲刚急忙以身掩蔽父亲，自己却死于飞刀之下。次年，王善部又包围陈州，陈淬大败王善之兵，升任宿州安抚使。不久，宋军统制李成叛宋降金，高宗下诏以淬为御营使、六军都统、淮南招抚使讨之，三战三捷。

在马家渡此战中，陈淬率领将士保留了宗泽统兵时的战斗作风，勇敢地与金军搏战。

二十日上午，金军几次正面冲击都被宋军强射击退。岳飞则率右军和金国汉军万夫长王伯龙部对阵。二十日下午，乌猪和万夫长完颜当海、完颜迪虎领了精骑，绕至宋军左翼阵后，岳飞部将王贵射杀了万夫长完颜迪虎。

二十五日，当岸防将官张超失守。正当战事打得很激烈的时候，御营前军统制王燮率军先逃，其他部将也溃走了。杜充的心腹大将王曼，听说杜充有降敌之意，亦带了所部数万人马，当先逃退。于是，杜充部下的其余将官，全部溃散。

二十六日，杜充接到马家渡的败报后，率亲兵三千弃城逃到江北的真州（江苏仪征），住在真州长芦寺。真州守将向子忞劝杜充由通州、泰州一起去浙江，与宋高宗的随从会合，但杜充已经有二心，拒绝了向子忞的建议。

此后，完颜兀术旋即让杜充友人、降将唐佐写信劝降，并派人告诉杜充："如果投降，便将中原封给你，如同张邦昌故事。"即允许杜充组织傀儡政权，杜充立即无耻地叛国投敌，向金人投降。宋高宗赵构得知杜充投敌后，"不食者累日"，说道："朕待杜充，让他从庶人到官拜宰相，可以称得上厚恩了，因什么缘故反叛？"即下诏削去杜充爵位，将其子杜嵩、杜岩、杜昆，女婿韩汝流放广州。

至绍兴二年，杜充的孙子从流放地逃到相州投奔杜充，杜充的副手胡景山乘机诬陷杜充阴通南宋。完颜宗翰撤了杜充的职，并严刑拷打，问道：“你难道打算重新回到南朝吗？”杜充回答道：“即使元帅让我回归南朝，我也不敢啊。”完颜宗翰大笑，相信所谓杜充私通南宋是不可能的事。绍兴七年，杜充被金国任命为燕京三司使。绍兴八年，升签书燕京行台尚书省事。次年，迁行台右丞相。绍兴十一年，《绍兴和议》签订，同年杜充病死。此是后话，暂且不表。

却说，宋军大将王燮突然率部逃跑，这立即影响到整体战局，剩下的宋军顿时军心动摇，方寸大乱。陈淬部下的统制戚方，首先带了一支人马逃出去当了强盗，其他宋将也率部“鸟奔鼠窜”。金军于是得以乘机击溃宋军。

陈淬兵穷势尽，仍不后退，孤军力战，力尽被俘。金兵主帅劝降，陈淬踞胡床大骂，金兵把大刀交架其胸前，他神色自若，不为所动。最后，陈淬与次子仲敏同时被杀害。陈淬生前曾自题其像，说：“数奇不是登坛将”，但仍不愧为一位抗金英烈之士。

当时，岳飞只是右翼后应，骑兵部集也就两千五百人左右。在此严峻形势下，岳飞仍然率领着孤军，坚持和金兵苦战。岳飞出击时，前面的各路军队已败退。于是，岳飞即以王贵、傅庆率一千五步兵正面进攻，自己和徐庆率约一千骑兵迂回侧击。

金军虽不多，却也有五千之多，完颜兀术也在其内，更有合扎猛安的一千多精骑，敌兵人数远远大于宋军。岳飞自己组织反击，孤军苦斗，且战且退。同时还截住了扈成、刘经的两千败兵，守定江宁。惨烈交锋后，岳飞部下步兵损失一半，骑兵已不足八百。

二十六日申时，完颜兀术亲领进攻的军队，由马家渡过江，随即包围建康。

且说，南宋建立初期，建康依靠其重要的历史地位及优越的地理条件，北据大江，外阻长淮，内控湖海，长江天堑，实为东南要会之地。宋建康府城市结构与水陆交通比较完善，建康府内设四坊为翔鸾坊、滨江坊、舜泽坊与嘉瑞坊，宋时建康城陆门五座，水门三座。可见其交通发达，水路通行，便于商旅运输，不过陆路拉货拉车之牲畜多为牛，彼时战事不休，马匹多为军用。

建康城水系发达，建康府城即临长江，城内秦淮河与青溪构成贯穿全城的水系。宋时，虽有王安石围湖造田，但是建康府在一定程度上继承六朝水运，并且宋时建桥技术发达，在此基础上架设桥梁，保证耕地面积之余又兼备水路运输。

南宋建康府城城垣因袭杨吴、南唐旧址，其周长、形制及范围等，殆与之同。城墙周长二十五里四十四步，城墙顶部有女墙和雉堞。城墙上端宽二丈五尺，下端宽三丈五尺，高二丈五尺。城墙之外、城壕之里筑有宽四丈一尺的低矮羊马墙。由尊贤坊东出曰东门，由镇淮桥南出曰南门，由武卫桥西出曰西门，由清化市而北曰北门，由武定桥溯秦淮而东曰上水门，由饮虹桥沿秦淮而西出折柳亭前曰下水门，由斗门桥西出曰龙光门，由崇道桥西出曰栅寨门。

共计陆门五座，水门三座。陆门中城西有二门：北称西门，南称龙光门。城之东、南、北三面各设一门。三座水门中，栅寨门是古运渎一支出城通道，上、下水门则是秦淮河进出府城的重要通道。东门、南门、西门、北门外侧皆有一重瓮城，为横长方形。唯南门因是正门，瓮城门面南，直对主城城门和御街。东门、北门瓮城皆“屈曲开门”，可避免攻城时敌人长驱直入城内，从而构成曲折迂回的形势。

岳飞平日留意，熟知建康地形，于是与众将计议，可利用曲折迂回的城门、街道、水系，实施“锦折形”战术。又命姚振与王贵夫人纪秀英，保护家眷先行撤退。众将一时也无主意，皆曰：“我等皆听岳统制调遣！”

岳飞带领王贵、张宪率兵一千，自北向南杀出，将由西向东的金兵骑队横向冲散，然后由汤怀、吉庆领兵在巷道内斩杀。岳飞等再从南向前百步，由南向北杀出，又一轮横向冲杀。如此循环数次，分而击溃，杀得金兵晕头转向，既找不到主攻之的，又进必损之。

此战中，但见岳飞一枪一骑，迎头而出，往来冲突，使得金人不敢近前，正好让他独逞威风。如此这般，岳飞率兵三进三出，连斩金军三将，大溃金兵。

岳飞孤军作战，直至天色昏黑，也没有一个援兵到来，同时辎重都给先前溃兵运走了，士兵又缺乏粮食。岳飞恐怕寡不敌众，迫不得已，方才领了部众杀将出来，退守建康城东北的钟山，择险立营，歇息了半夜。

却说，纪秀英使双股剑，她将三岁小儿子绑缚于背后，组织难民有序撤退。一路上，逃难民众逐渐增多，一时竟成数千人之众，撤退的速度明显放慢。不多一会儿，一股先行的金兵骑队追了上来，姚振、纪秀英与众将士拼命搏杀，在难民身后竖起了一道生死屏障。

难民们眼看就要逃出东门，不料，六旬的祁婆婆突然摔伤，难以行走，纪秀英急忙回头去搀扶。

这时，一个金将冲上前来，手持狼牙棒狠狠地朝纪秀英背后砸下。纪秀英抬起身来，一个“虞姬旋转”，用双股剑往上一挡，架住了狼牙棒。随即腾身跃起，旋转左右双剑，将那金将逼退数步。不料，一旁另一个金将上前，在纪秀英背后用长矛戳刺过来，一时间竟将纪秀英连同背负的儿子，前后身子一戳而穿，两人当即死亡。

姚振见状，提马上前，将此金将从左肩向下，一劈两半。先前那金将转头想逃，又被姚振搭箭射落马下。此时，祁婆婆早已昏瘫在地上，姚振令两难民将她扶起带走。不一会儿，汤怀、吉青遵命前来接应，终于护送难民一起退居钟山。

钟山位于建康城东，因山顶常有紫云萦绕，又得名紫金山，自古被称为“江南四大名山”之一。钟山与后湖相依相望，奠定建康城先天形胜。其间龙蟠虎踞，山势蜿蜒逶迤，形如莽莽巨龙，山水城林浑然一体。故而，当年诸葛亮有“钟山龙蟠，石头虎踞，此帝王之宅也！”之盛赞。

钟山山体东西长十四里，南北宽约六里，周长达六十里，是苏南茅山山脉的余脉——宁镇山脉的最高峰。山势整体呈弧形，中部向北凸出；东段向东南方向延伸，止于马群、麒麟门一带。西段走向西，经太平门附近入城，隆起为富贵山、覆舟山和鸡笼山。当夜，岳飞领兵驻扎于东南方向的小茅山峰。

是夜，岳飞与扈成、刘经定下突围之策。即由岳飞、刘经、王贵、徐庆打头阵，在金兵布兵相对薄弱的东南处撕开一个口子；扈成、姚振、吉青护卫病残士兵及家眷、难民随后冲出；张宪、汤怀等断后。

二十七日凌晨，天还未明，岳飞领军突然往攻敌营。金兵早有防备，见有动静，便一拥而上，双方混战一起。宋军数次冲击突围，均被金兵挡住。眼看敌营一时难以攻破，岳飞急切思忖，欲另谋他法。

此时，只听得一阵轰响，陈大勇等九位拳师带领九十九名门生，出现在敌营寨口。只见他们，个个外领披风、内着短扎，清一色的白蜡杆铁枪，舞动起来，一人便是一扇风轮。百十扇风轮转动，不见人影，但听得呼呼声响，如飓风刮过一般，碰者非死即伤。陈门师徒一路前行，杀开一条血路，渐渐向突围的宋军靠拢。

两支队伍尚有一箭之远，对方领头的陈大勇高声喊道："大鹏师弟，师父命俺们前来接应。俺们星夜兼程，迟延勿怪！"岳飞闻之，一掬英雄之泪，高声回应道："岳飞拜谢师父大恩，叩谢师门兄弟救援！"随即发令道："全军听令，奋力向前，冲啊！"宋军将士个个精神抖擞，齐声呐喊："冲啊——杀啊——"

两队会合，同踹敌营。一场恶战，金兵死伤千余，宋军死伤三百余人，陈门弟子损失过半。岳飞带领宋军主力突围出去，陈大勇带领剩余弟子回师门复命。

建炎三年十一月二十七日，金兵攻陷建康。

# 第六章　茅山集结　养精蓄锐

建炎三年十一月二十七日清晨，建康府城东。岳飞手持沥泉丈八矛，身靠千里追风驹，岿然不动，良久，仍然凝视那接天连地的烽火烟云。

初冬之风渐凉，莽莽苍苍的钟山渐渐披上了一层苍黄。排成人字的大雁由北向南不停飞过，因为担心从山间不停发出的箭矢，大雁比往年飞得更高。也有失群的孤雁一边悲鸣，一边在高天寻找自己的伙伴。当它的目光往下一瞥，就会看见钟山上的火烟，山间破损的营寨，倒在道边的死者。孤雁似乎对这些不感兴趣，它依然在高空一边飞翔，一边悲鸣，一边寻找雁群。

忽然，有人高喊道："张宪将军回来了！"

说时迟，那时快，只见一匹白马泼喇喇飞奔而来，径直来到了岳飞身旁。

身着白袍银甲的张宪翻身下马，上前抱拳一躬，说道："老师，断后统领张宪报到！"岳飞转过身来，弯腰扶起浑身血污的张宪，急切地问道："贤弟辛苦了，有多少兄弟冲出来了？"张宪一咬牙关，答道："回老师，断后将士伤亡大半，余者全随学生杀出来了！"

岳飞长嘘一口气，张口欲语又止，抿着嘴角，眉头紧蹙。少顷，他用目光将身前身后的将士们巡视了一遍，眼角沁出大颗大颗泪珠，在烟熏的脸颊上画出了两道白痕，滚落在盔甲前襟上。接着，岳飞双手抱拳，向众将士弯腰深深一躬。

“岳大哥！”“岳将军！”将士们见状，全都拱手拜下，顿时哭喊声一片！

岳飞用手背一抹泪眼，双臂向上一挥，高声喊道：“将士们，俺们这仗打得太窝囊了！这么多好兄弟离开了，真正痛煞俺岳飞也！”他稍一停顿，又道：“如今，胡虏猖獗，百姓遭劫，朝廷败逃，军心散落，俺们何去何从？”

岳飞这一问啊，犹如一把食盐撒入热油锅里，众将士议论纷纷。试想，当前的形势，还真的让大家难以择选。金兵势头正旺，兵力集中，要正面硬拼，当然是以卵击石。朝廷节节败退，逃不择路，根本难以追随。在这种情况下，好多散兵游勇或在当地落草为寇，自霸一方；或卑颜屈膝，降于金兵。再有一条路，就是解甲为民，重新沦为女真刀俎之鱼肉。

岳飞见大家议论纷纷，莫衷一是，当即左手一扬，全场顿时鸦雀无声。岳飞厉声说道：“当今，国破家亡，妻离子散，百姓生灵涂炭，怎不令人生切齿之恨，怒火中烧！吾辈既为军伍，岂能坐视不管，岂敢贪生不前！岳某对天盟誓，不灭胡狗，不卸盔甲，不收失地，愧对祖宗！”

他话语未落，将士们早已举起手中刀枪，异口同声喊道：“吾等愿听岳将军调遣，誓死相随！”岳飞转愁为喜，大声喊道：“诸位将士，既为同心，当共赴前程，至死不渝！”众将士齐声高喊：“共赴前程，至死不渝！”

那么，当下去向何处呢？

岳飞当即召集几位将领聚到身边，说道：“日后如何打算，俺们就此计议。”王贵性子急，抢先说道：“俺看还是整集军队，再找金兵一拼！”徐庆忙道：“眼下将士伤亡过半，人心不稳，还是先找地方休整数日为好。”这时，身边闪过一将，拱手称道：“岳将军，末将有一言相告。”岳飞定睛一看，乃偏将李宝，便道：“李贤弟速速道来。”

原来此李宝为江南人氏，早年离乡出外闯荡，后投入岳飞麾下，虽未建立大功，却一直忠诚实意。李宝当即说道：“如今我军新败，断粮缺饷，伤亡过甚，已无再战之能。依末将之意，可撤至茅山休整，养精蓄锐，而后凭借山势，与敌周旋，再作计议。”

岳飞听毕，稍有沉思，击掌赞道：“李贤弟之言，正合岳某之意，不知众位兄弟意下如何？”王贵、张宪、徐庆等皆高声应诺：“凭将军定夺！”

岳飞见众将士心齐气昂，便让各部当即统计将士人数。少顷，张宪汇总报道，共计五千余人，其中伤者两百有余。

岳飞当即发令，命王贵和李宝为正副先锋，领三千人马开路，姚振、吉青领一千人马断后。张宪、徐庆主中，其中伤者皆集中一起，率领兵士五百余人护卫。各部相隔一里，岳飞自为监军，领五百人前后贯通接应。王贵等人当即各领其部，整队待命。

岳飞见各部整合停当，即高举令旗，用力一挥，指向东南方。王贵一拎缰绳，大声喝道：“架——”那坐骑一扬前蹄嘚嘚地奔跑起来，大军随后纷涌而行。

说起来，杜充之出逃与降敌，其实并非完全是一件坏事，对于岳飞说来实为幸事。岳飞从此得以摆脱那个刚愎自用且暴戾凶残的上司杜充之羁束，自成一军，开始独当一面的抗金斗争。

风餐露宿，一路无话。次日巳时，有探马来报，前头人马已至建康府句容县郊外，王贵传令，稍事歇息，又放出数拨哨岗。

大约一袋烟工夫，东边哨岗发现有金国骑兵围上。王贵知道，在旷野遇上金人的骑兵，唯有集结成队，靠人多来抵御，方有一线之生机。即令三千宋军聚成一团，摆好八卦阵势，手握长短兵器，准备迎战。同时派兵通知宋军后部，相机配合接应。

果然，在宋军的外围，不一会儿便出现了几队金国骑兵，呈扇形从东南方围了上来。很明显，这是一支约有千人的骑兵队伍，带兵领将则是二路军的副大将完颜银可。完颜银可本是从溧水抽调过来增援建康的，一见半途遭遇的宋军人数不少，也不敢贸然动手。他知道，虽然这些宋军看来势弱，却是有备而待。

金宋两国交战多年，金人也知晓这些宋兵的用意。看上去，假如金兵硬要冲杀上来，宋军固然抵挡不住，但宋军如做困兽之斗，金兵的伤亡也不会少。这里是郊外，既没粮食又没饮水，所以金兵也不急着主动进攻，先把宋军围困起来。几位金将则在外围慢慢地遛马踱步，还朝宋军指指点点，不时傲慢地哈哈大笑，竟然想要将这些宋军活生生困死。

冬天的太阳下山早，申时刚过，天色已经开始暗了下来。金兵已经把宋军困住颇长一段时间了。包围圈中的宋军将士却也心中暗喜，原来他们打算等到天黑之后，即发起突围。

突然间，金兵不知从哪里运来了许多柴草，堆在了外围，一时燃成一个大火圈。金兵又大声对宋军喊道："天黑了，你们也是逃不出去的。再不投降，你们就等死吧！"

这时，王贵估摸已经到了与岳飞约好里应外合的时间了，立即站了出来，一挺手中大刀，大声喝道："俺们从来只有断头的勇士，没有投降的将军！兄弟们，横竖是个死，随俺冲出去，杀一个够本，杀两个赚了！"

宋军半天被围，早已憋足了一股气，一听号令，大为感动，一起操起手中的兵器，跟在王贵、李宝身后，高喊："冲啊，杀啊！"一边呐喊一边往外冲锋突围。

宋军突围的速度并不快。在这种地势平坦的旷野上，人跑得再快也比不上骑兵马匹的速度，还不如慢慢地行进，留些力气来与金兵拼命。再说，还要给后面赶来合围的兄弟部队，留足时间。

这边，宋军一动，金兵也随之而动了，金兵却没有使用弓箭。因为金兵知道，宋军的箭肯定已经用完了，但是他们还有硬弓在手。长箭虽然能有效杀死杀伤宋军，却也能变成宋军手中的武器。实际上，金兵用了十年的时间来征服契丹辽人，又用了超过三年的时间来攻打宋朝。多番抢掠之下，连普通的士兵如今都已经薄有家产了。因此，他们也越来越珍惜自己的性命，不会再像当年那样奋不顾身地冲锋在前了。

正当金兵将要接近宋军的时候，他们的身后忽然响起了呐喊声：“快跑啊，后面的宋军杀过来啦！”完颜银可转头一看，只见宋军领头一骑飞奔而来，这位银袍金甲大将，正是岳飞！

岳飞右手舞动沥泉丈八矛，左手挥闪四棱铁锏，碰者非死即伤。随后的张宪、姚振、徐庆等战将也英勇无比，直杀得金兵一片鬼哭狼嚎。

完颜银可见势不妙，绝不能在此损将折兵，反正也是偶尔碰上并无作战将令，便令手下一挥令旗，迅速撤出战斗，飞驰逃去。

宋军内外队伍会合，岳飞领军一路追杀。然而金兵马快，宋军追出半里路便回转了。岳飞重新整合队伍，见伤亡不大，稍加整顿，又继续向茅山地界进发。

队伍刚刚行进不到半个时辰，只见前面又是一片尘土飞扬。不多时，一支队伍拦到马前。只见领头一人，四旬开外，身高八尺，面色粉白，五官方正，使一柄银头长枪。

先头将领王贵拍马迎上，问道：“对面是何方兄弟？”对方头领答曰：“俺乃是杜将军部下后军统制扈成，今落单于此，就地兴业，不知尔等愿意共同起事否？”王贵道：“我军为岳统制所辖，可请他来复之。”扈成说：“呵呵，岳统制是老熟人了，洽商甚好。”王贵随差人速报岳飞。

此时，岳飞正在逐一探视将士伤情，见报即拍马赶上前来。两人相见，因曾一度共事，自然寒暄几句。原来，杜充投降金人后，部将扈成、戚方所领导的军队皆纷纷离去，或在当地落草为盗。

扈成对岳飞道：“俺们新败，军心军力皆需整合，不如两军合而为之。”岳飞一听，心想这正是扩军之机，便道：“扈将军此策甚合小弟心意。”扈成又道：“俺们这些部队中大多是西北人，素慕岳将军之恩信，皆愿意拥护你做主帅，率领众将士或落草、或奔他乡。”岳飞闻之谦让道：“扈兄资历在岳某之上，小弟岂敢僭越？”扈成哈哈一笑，道：“俺是粗人，虽然虚长年岁，然却无贤弟之文武皆备，愚兄当竭诚配合。”岳飞见他说得诚恳，便应允下来。

扈成当即命手下副将速速取来军籍册，交于岳飞过目。岳飞一看，此册载有将士数千之众，当即按籍呼唤列队。待全体整队毕，岳飞高声喊道：“俺们皆为大宋军伍，以你们人数之多且兵力之强，岂能落草为寇，更不可卖国投敌啊！”众将士闻之，皆震惊不已。

岳飞接着又道：“为朝廷立功，取中原，解民难，荣归故里，岂不是当为之事吗？”岳飞见他们仍不作声，知道他们心里发生了动摇，因为大多数将士都与金国有着血海深仇。岳飞继而对部众厉声道：“吾辈荷国厚恩，当以忠义报国，立功名，书竹帛，死且不朽！江左形胜之地，使胡虏盗据，何以立国？今日之事，有死无二，违者——斩！”

言毕，岳飞拔刀在自己的左臂上插了一下，又继续鼓励道：“俺们应当尽忠义报答国家，建功勋尊对祖宗！要不然，就只好先把俺杀掉，俺们是决不能落草或逃窜的！”

岳飞讲话慷慨激昂，又歃血励众。众将士听完了岳飞这番话，都很受触动，有人感动得流下泪来。一时，他们改变了态度，不敢再有异志，高声呼喊道：“愿听岳将军号令，重返战场杀敌！”

此后，统制刘经及傅庆也率军与岳飞会合。刘经，四十二岁，中等身材，儒雅稳重，喜财好酒，擅使流星镗。傅庆，三十三岁，草莽英雄，红脸膛，身材魁梧，身高丈二，使冲天槊，作战勇猛。于是，岳飞带着扩充了的队伍继续向茅山开拔。

建炎三年十一月三十日，队伍进入了茅山山区。

且说，这茅山是道教著名的三山之一，有大茅峰、中茅峰、小茅峰等山峰。大茅峰位于最南，上有崇禧观等，小茅峰位于最北。茅山主峰大茅峰似绿色苍龙之首，也是茅山的最高峰，海拔一百二十五丈。张宪率领部队和韩清护送全军老小，先已到达此地，临时就在大茅峰扎寨。部队驻扎在中茅峰之上。

茅山道教源远流长，相传早在距今五千多年前，就有高辛氏时代人展上公修炼于句曲山伏龙地（今茅山玉晨村）。先秦时，有燕国人郭四朝修炼于玉晨观。秦时，李明真人修炼于古炼丹院（今乾元观）。汉代，陕西咸阳茅氏三兄弟茅盈、茅固、茅衷，看破红尘，发出“春日才看杨柳绿，秋风又见菊花黄，荣华终是三更梦，富贵还同九月霜”的感叹，遂寻山修道。他们披星戴月，餐风宿露，昼夜兼程。行至黄海之滨，见一高山，林木参天，绿荫蔽日，芳草如茵，香茅遍地，便留山隐居，修道养性，采药炼丹，济世救人。日久，茅氏兄弟，终成正果，名列仙班。后人因此建三茅道观，称他们为三茅真人，称山为三茅山。慕名来山学道者、求医者，不绝于途。

东晋时期，葛洪在茅山抱朴峰修炼，并著书立说；东晋兴宁二年，杨羲、许谧制作了《上清大洞真经》，在茅山创立了别具江南特色的教派——茅山上清派。南朝齐梁著名道士陶弘景隐居茅山四十余年，为茅山上清派的主要传承者。茅山道教，自东晋以来，一直是道教上清派的活动中心，在中国道教史上享有很高的声望和地位，曾赢得了“秦汉神仙府，梁唐宰相家”“第一福地，第八洞天”等美誉。唐宋年代茅山道教达到了鼎盛时期，前山后岭，峰巅峪间，宫、观、殿、宇等各种大小道教建筑多达三百余座、五千余间，道士数千人，有“三宫、五观、七十二茅庵”之说。

却说，岳飞的队伍抵达茅山后，将士与家属会面，立即爆发出一片生离死别的号哭声，有的军人算是生还，有的家属却永远见不到自己的亲人了。

岳飞心情万分沉痛，对死难者家属说道：“众将士为国捐躯，虽死犹荣。他们之老小，便是俺之老小，俺自当用心看觑，绝不食言。他们所得之犒赏，俺当加倍颁发。”

他当场就向各家分发了一些银子和绢布。王贵、张宪、徐庆等众将也参加分发和抚恤。

岳飞的行为，使死难者的家属十分感动。死里逃生的祁婆婆，走上前来说道：“如今的世道，官匪不分。金兵残杀，土匪扰民，当官的也克剥军兵。难得岳将军如此善待兵士，老身的儿子虽是战死，亦是甘心！”岳飞握着老人的手，说道：“岳飞惭愧，难为老人家了！”

祁婆婆不等岳飞再说，从身旁拉过一个孩子来，说道：“此是老身的孙儿敬德，这便交付岳将军，当追随将军赴汤蹈火，万死不辞！”言罢，便叫孙子祁敬德朝岳飞跪下。

祁敬德十五岁，他的父亲名祁松林，只因长得粗大，又直肠豪爽，故一直敬仰唐朝名将尉迟恭。尉迟恭生于隋开皇五年，字敬德，朔州平鲁下木角人。尉迟恭纯朴忠厚，勇武善战，一生戎马倥偬，征战南北，驰骋疆场，屡立战功。于唐显庆三年去世，唐高宗为其废朝三日，册赠司徒、并州都督，谥号“忠武”，陪葬昭陵。尉迟恭（敬德）面如黑炭，与秦琼（叔宝）被后世尊为“门神”，专事为民间驱鬼避邪、祈福求安。祁松林见儿子生得黝黑脸孔，粗手大脚，故为他起名为敬德。

岳飞忙搀起祁敬德，对祁婆婆说道：“老人家放心，岳飞定将令孙培养成才！”

祁婆婆的言行一下子启发了众多家属，大家纷纷把战死者的未成年子弟托付给岳飞，一下子竟有三百余人。

张宪见状，便向岳飞建议道：“老师，少年如此之多，何不创建一个童儿队，教他们随军习武。”岳飞一想，说道：“甚好！”他当即对张宪说道：“此事便由贤弟理会，尤须严加管教，服习劳苦，培养成真正之大宋勇士！”张宪答道：“学生自当用心。”

此后，岳飞又从上万游击军和难民中，精挑细选了七千人，编入了自己的军队，按照《孙子兵法》上所说的“进不求名，退不避罪，唯人是保，而利合于主，国之宝也”和“视卒如婴儿，故可与之赴深溪；视卒如爱子，故可与之俱死。厚而不能使，爱而不能令，乱而不能治，譬如骄子，不可用也”之意，进行严格训练。

# 第七章　稳定军心　天赐“威胜”

话说，岳飞安顿好诸位将士后，将指挥部临时设在崇禧观旁边的几间空房内。

此时，岳飞最忧虑的，一是军心不稳，二是粮食不足。这支一万多人的队伍中，原先属于自己亲统的右军将士只占三成，其他都是各军的散兵游勇。岳飞为了稳定队伍，早在钟山时就重新编组，希望以自己原来之部属为核心，团聚众人。然而，扈成和刘经却坚持不肯拆分自己的本部人马，各自保持了三千人的队伍。

到达茅山以后，刘经屯兵于小茅峰，扈成屯兵于中茅峰，对岳飞显示了某种若即若离的姿态。在岳飞直接带领的数千人之中，也是人心浮动，谣言屡起，还有少数人私下逃离。流亡为盗匪的原宋军统制戚方，竟秘密派人前来，招引一些败兵落草为盗。

这日，有人来找岳飞，说有他的熟人托捎信函。岳飞见来者农夫打扮，便问道：“你为何人捎信？”来者答道：“将军之老乡、老友杜员外。”言罢，呈上一信函。

岳飞拆开一看，正是降金叛臣杜充的劝降信。信中说道：“鹏举贤弟，别来无恙。愚兄自归顺大金，甚得器重，加官晋爵，可享富贵平安，免受战火之苦。然，兄时时记挂贤弟处境。闻贤弟四周奔波，衣食无着，愚兄甚为怜惜。今日，愚兄有一言相劝，望弟思虑。贤弟饱读诗书，必闻‘五德循环’之理。如今，金代宋乃为天命，宋乃火德，金乃水德，宋德衰，金德昌。吾等反抗金国，乃是抗拒天命，逆天而为，既然如此，何不顺天行事呢？望见信后，三思而后行，即至兄处一聚，兄可于四太子面前保贤弟大好前程。另附四太子私便笺签，可随时直通金营。愚兄杜充顿首即日”。

要说这杜充，也算是岳飞仕途上的一个“贵人”。这两个性格完全不同之人，在共事之时，却违心地相互成全，杜充靠岳飞的战功不断地加官金晋爵，岳飞靠杜充的提拔，不断地成长为南宋的武力支柱。如果没有杜充很可能便没有以后岳飞的崛起和辉煌的岳家军。因此，杜充凭借与岳飞原有的深厚交情，再次对岳飞劝降。

岳飞阅信后，不置一词，赏了来者几钱银两，让他去了。

当夜，茅山岳飞住宅。岳飞与刘经、扈成坐在一起。岳飞拿出杜充的书信，说道：“两位将军请看，这是降金奸贼杜充之劝降函，在此困境之际，尔等如何计议？”

刘经与扈成相继拿起此信函阅看，而后齐声道：“俺也收到此函，内容如出一辙。”岳飞点点头，道：“俺料想也是如此。”

刘经似觉好奇，道：“俺也曾闻有人提过这‘五德循环’之说，如今杜相再次念叨，还真不知其意呢。”岳飞笑道：“早期的五行学说，经春秋时期的‘必有胜’、墨家学派的‘毋常胜(交相胜)’，到战国时期阴阳家邹衍所发展为‘五德终始’‘循环相胜’之观点。‘五德’是指木、火、土、金、水所代表的五种德形。‘终始’指‘五德’周而复始之循环运转。故而，历代有人以此学说来为历史变迁、王朝兴衰做解释。”

刘经沉思片刻，说道：“此说能传播于世，似乎也有些道理。”岳飞再次发笑，侃侃而道：“邹衍创建‘五德终始说’，本意是想从他‘深观阴阳消息而作怪迂之谈’的阴阳五行研究中，罗列出天降的灾祥祸福，来警示那些骄奢淫逸、不尚德之权势者，希望其能按照儒家之道德规范办事、治民。后来，却被投降外族、助纣为虐者作为反叛之借口，以获得一种精神之优越感。”

岳飞见刘经、扈成听得入神，继续说道：“乱天下者，既不是五德循环，也不是天下百姓，而是皇帝自家，迎合了历代君主实现统一大业之心理愿望，为他们提供了统一天下之理论依据。”扈成略微摇了摇头，接口道：“此番理论，非俺武人所懂，不听也罢。杜官人虽是俺等上司，然已成降臣，俺等岂可再受之节制？”刘经接着说道：“俺等业虽败溃，然岂能夺志乎！”

岳飞见两人态度坚决，不禁击节叫好，说道：“岳飞心迹与两位仁兄一般，抗金卫国，矢志不渝！”言罢，即将杜充来函及完颜兀术便笺撕得粉碎。扈成见状，也从怀中掏出信函与便笺，当场撕毁。

刘经稍一迟疑，说道：“俺未带来，等回到军帐，即刻毁之！”

三人互相拱手一礼，齐声道：“除寇卫国，矢志不渝！”接着，三人又对日后治军方略详细商量，直至深夜，方才分手。

是夜，刘经回到住地，找出杜充信件，又看了一遍，便要撕毁。此时，侄儿刘冬亮走进来，问道：“叔父手拿何物？”刘经将信件递给侄儿，道：“此为杜官人来函，正欲毁之。”刘冬亮说道：“叔父且慢，依侄儿看来，此物日后有用！”刘经皱了一下眉头，道：“你想留条后路不成？”刘冬亮狡奸地嘿嘿一笑，道：“正有此意，以防不测。”刘经略一沉思，说道：“那，你便暂且保管一下，切记不可外泄！”刘冬亮应道：“这个自然。”

建炎三年十二月三日夜，朔风劲吹，崇禧观旁的一间房里只点着一盏油灯，蚕豆大的火苗不断地晃动。岳飞就在这间屋里召集众将会商，参加者除原来右军的将领之外，还有投奔前来的将领刘经、扈成、傅庆等人。

王贵先报告近日军情，他道：“目前军兵私自逃奔已有一百三十六人，切恐忠勇将士仿效逃窜。军中粮储，仅供五日。今日已由徐庆将军亲自统兵前去句容县城搬挈仓粮。城中粮食若尽数搬运至茅山，亦只供本军十余日食用。”王贵言毕，岳飞却保持沉默，他要先听众人的建议。

傅庆抢先道：“茅山不可久住，不如将老小病残留于寨中，俺们下山，与虏人厮杀，另谋粮饷。”刘经部下正将王万，是岳飞汤阴同乡人，他叹道：“然而若不能稳得军心，切恐亦难以与虏人厮杀。军中人言籍籍，言道朝廷存亡难卜，又如何为社稷宣力？”

岳飞尤其留意刘经、扈成与他们部将的心思言行，不料除了傅庆、王万之外，竟再也没有人说话。岳飞便主动转向刘经和扈成，发问道：“刘将军与扈将军经历甚丰，可有妙策？”刘经应道：“傅将军之议可行，王正将之虑亦在理。”扈成却豪爽而道：“俺愿听从岳将军号令！”其余诸将领皆附和道：“请岳将军定夺。”

岳飞见众将领的意见基本统一，当即下令：“明日，徐庆统制便将句容县城筹集的粮食搬挈入寨。张宪统制可与姚振正将、韩清副将统兵八百守寨，训练童儿队，保护老小。其余人马由扈成、刘经、王贵诸统制率领，须整饬军纪，加强训练，做好出战杀虏之准备。”扈成、刘经、王贵、张宪、徐庆和众将领异口同声应道：“遵令！”

次日，徐庆率领军队将筹集的粮食，从句容县城搬运至山寨。中午时分，徐庆还带着两名马家渡之战后溃逃的副将上山。

原来在句容县一带，逐渐聚集了近五千名逃军。他们的统兵官都是军中低级的部将、队将之类，相互之间不相上下，一时处于群龙无首的状态。后来，众人商议，决定投顺岳飞。当他们打听到徐庆带兵搬运粮食的消息，就主动推举副将崔进勇和秦兆伟两人与徐庆联系。

岳飞听了徐庆的报告后，马上接见崔进勇和秦兆伟，对他俩道：“俺当与二将下山，与兄弟们共商大计。”岳飞命令徐庆留在山上贮藏粮食，自己则与王贵、张宪、傅庆等人全副武装，带领两千人马下山。

岳飞见到那五千逃军，散漫无纪，精神不振，便下马，问道：“今有傅统制、王统制、张统制等在此，你们之中，可有好汉愿与之比试武艺？”他话音刚落，傅庆跃马抡枪上前，大喊道：“甚人与俺较量？”

一句话激起了那些将士的兴致，当即有人上前对垒。不料不满三个回合便败下阵来。如此接连又有四人都被傅庆打倒马下。接着，王贵和张宪也手持鞭锏出马，又各打倒了数人。

最后，岳飞亲自舞动十八斤的铁锏，跨着追风驹缓步上前，高喊道：“谁人与俺岳飞比试一二？”他连喊三次，却再也无人应声。突然，人群中响起一阵喊声：“俺们皆佩服岳将军之神威，只为归顺，何须比试！”一时间，那五千逃军纷纷跪拜在地，齐声道：“只为归顺岳将军！”

岳飞扬手让他们起身，厉声说道：“众兄弟既然信得过岳某，那就一起誓死抗金，别无二心！”众将兵皆喊道：“誓死抗金，别无二心！”于是，岳飞收编了这五千逃军，分隶于本军各将之下。

这些人都是“西北健儿”，作战能力很强，岳飞把他们收编，壮大了抗金的队伍，自此打出了江南抗金大旗。在强敌大兵压境、朝廷仓皇出逃、上司俯首投敌、内部人心浮动的艰难时刻，岳飞以其非凡的意志、勇气与智慧，为南宋保全了一支最重要的生力军。这不只是他独自成军的开始，更是抗金史上的一次重大转折。之后，岳飞在江南抗金取得重大胜利，这也是主要条件之一。此是后话，暂且不说。

且说，茅山道院第二十六代宗师为笪净之道长，他早就仰慕岳飞的英名，闻知岳将军屯兵茅山，即令徒儿赶到军营相邀。

这天，岳飞安排军务停当，便赴道观参访，张宪、姚振等数人随行。

笪净之道长闻之，当即大开山门，亲自出来迎接。道长揖手行礼，口称：“慈悲！将军莅临，小观蓬荜生辉！”岳飞面带愧意道：“末将避难于此，打扰仙境，惭愧至极！”主宾相视一笑，相挽而行。

众人步入殿堂，瞻仰叩礼神灵，又于客堂奉茶交谈。主宾二人谈笑风生，大有相见恨晚之感。

笪净之道长端视岳飞，见他面大而方，广额疏眉，两颊甚丰，目圆鼻隆有势，自口以下，重颐甚长，短髯须。道长注视良久，拈着三绺长须笑了。

岳飞见状，问道：“道长视末将相貌不佳乎？”笪净之道长道：“非也。将军天生异象，宫格奇异，乃出类拔萃之人也！”岳飞又问道：“道长恭维了，何以见得？”道长答道：“将军两眼略显大小，为雌雄眼，寓意极其聪颖，善谋断决策，有出奇制胜之思。” 岳飞也笑道：“相貌为父母所给，并无定运之能。”

如此，主宾交谈了一个多时辰，甚为融洽。

笪净之道长说道：“岳将军，可否随贫道一览观院陋状？”岳飞哈哈一笑，回道：“道长客气，求之不得，正要沾得几分宫观道院之仙气矣！”

于是，两个小道士在前引路，笪净之道长和岳飞携手而行。

冬日茅山，银装素裹，雾凇飘情，暖阳普照。在那烽火连天的处境中，竟有如此世外仙境，在万籁俱寂中聆听那道家仙乐，大有“花飞道土三千里，人在瑶池十二层”之感！

笪净之道长边行边说道：“茅山的宫观道院最盛时多达二百五十七处，其中‘三宫五观’有房屋五千余间。三宫为崇禧万寿宫、九霄万福宫、元符万宁宫；五观为德佑观、仁佑观、玉晨观、白云观、开元观。”岳飞应道：“全仗数辈道长辛劳，功德无量啊！”

一路上，笪净之道长娓娓道来，岳飞等人听得饶有情趣。

从笪净之道长的介绍中可得知，仁宗时四十年间，茅山上清派第二十五代宗师刘混康，曾筑潜神庵于此修习上清道法。

如此这般，看看说说，一行人转悠了小半天。

岳飞见时光近午，便说道：“今得道长一番教导，末将获益匪浅，又甚感扰烦之不安！”言罢拱手一礼，便要告辞。那道长见状，忙一把拉住岳飞，笑道：“岳将军暂且莫走，贫道还让足下观一奇妙溶洞。”说罢，不由分说，拉着岳飞径直向茅山老虎岗西北坡林走去。

茅山老虎岗西北坡林位于符宫附近，在此处的山岩之下，有三个大小不一的天然石灰溶洞。其中最有名的是华阳洞，道长正是要让岳飞观此溶洞。

不一会儿，一行人来到洞前。岳飞抬头望去，早见此洞入口上端中间，刻有“华阳洞”三个大字，每字大约三尺见方，笔力苍劲。道长扬手一指，说道：“此为前朝大文豪苏东坡之手迹也！”岳飞赞曰：“早有耳闻，果然出手非凡！”道长又说道：“此洞为前辈华阳真人所居，故有其名。”

道长说的华阳真人，便是齐梁时期的道教思想家、文学家、书法家陶弘景先生。陶弘景生于宋明帝元年，丹阳秣陵(今江苏南京)人，字通明，号华阳陶隐居、华阳真逸、华阳真人，谥贞白先生。陶弘景仕齐、梁，官至诸王府侍读。崇尚道教，好神仙之术，爱山水。《宣和书谱》谓其：“神采耸秀，有仙风道骨，老而童颜真神仙中人也。”后来他隐居于句容句曲山。梁武帝因早年与之游，即位后，逢有朝廷吉凶征讨大事，常前去征询他的意见，时人称他为“山中宰相”。

大同二年，陶弘景去世，时年八十一岁，法身颜色不变，屈伸自如，香气满山，数日不散。陶弘景在医药、炼丹、天文历算、地理、兵学、铸剑、经学、文学艺术、道教仪典等方面都有深入的研究。他一生著述颇丰，存有二百二十三篇。陶弘景不但“便鞍马，善骑射”，对兵法亦有所研习，著有《太公孙吴书略注》二卷，还会炼钢铸刀剑，梁武帝大通元年，陶弘景曾把自己监制的两把宝刀，赠梁武帝，并著有《刀剑录》一书。

岳飞听说陶公习武略、铸刀剑，甚感惊奇，急切问道：“先生可有刀剑存世？”道长抿口一瞥，笑而不语。

众人迈步洞中，当门有陶公画像一幅，香案上烟气缭绕，洞壁挂有历书、医书、神符等陶公遗物。

岳飞与道长依次上前拈香恭拜。道长拜曰：“前辈在上，后学遵嘱：‘六百有缘，一剑方现。’”岳飞问道：“道长言之，何为？”道长一招手，说道：“随贫道过来，即知。”言毕，与岳飞步至洞壁深处。

道长登高取下一长龛，放置桌案上打开。但见内置剑盒，盒盖上有偈语曰：“五岳藏雄气，孤鹏亮长翅，力举天下事，终存鸿鹄志。”

道长取出剑盒，双手捧定，再次来到陶公画像前，大礼磕拜。礼毕，道长将剑盒奉与岳飞，道：“此为陶公大通二年所铸之剑，名曰‘威胜’，封于此盒，嘱之六百年后赠予有缘之人。”

岳飞见状，躬身接过剑盒，亦于陶公画像前叩拜，谢道：“飞何德何能，蒙陶公错爱，将不负所望，竭力图之！”道长急忙搀起岳飞，道：“此为天意人缘，将军定担重任矣！”

一旁，姚振不解，问道：“大哥，怎知宝剑为尔所得？”道长与岳飞对看了一下，笑道：“姚将军可看偈语便知。”言罢，朝偈语左二之字一指。姚振探头一看，稍一沉思，说道：“哦，俺知道了，那每句的第二字，连成‘岳鹏举存’，正是留给大哥的。”大家一听，皆哈哈大笑起来。

岳飞当即从盒中取出宝剑。唰的一声，长剑出鞘。但见剑长二尺三寸，剑身玄铁而铸，坚固薄利，剑刃锋如秋霜，透着淡淡的寒光；剑柄上刻有一只金色鹏雕之案，又刻有“威胜”字样，显得无比威严。岳飞曲指轻弹剑身，发出铿锵之声，余音缭绕不绝。

姚振大声喝道：“好剑！”大家随之齐声赞道：“真乃好剑也！”

大家步出华阳洞，岳飞再次谢过道长，分别而行。

是夜，茅山一厨工时子通，竟往岳飞住处盗取“威胜”宝剑。

这时子通，二十三岁，身材矮小，黄脸膛，使一对索命短剑。他原是梁山好汉“鼓上蚤”时迁的侄子。时子通从小师承大伯，练得一身好轻功，神出鬼没，时不时干些夜间勾当，人称“小时迁”。大伯时迁去世后，他怕有祸害，从不露声色。后流落到江南，一年前被茅山道长收留于伙房当帮工。当日，岳飞驻足茅山得到“威胜”宝剑一柄，被时子通窥见。他一时心喜手痒，竟于夜间潜入中军帐，想窃取此剑，不料被巡察的张宪拿下。

道长知晓后，对时子通决不轻饶。依照道规，重则废除武功，棍打一百逐出山门；轻则棍打五十，逐出山门。后经由岳飞再三求情，道长方才对时子通责打三十棍，令其闭门思过。

# 第八章　金兵入城　生灵涂炭

话说，此时的建康府，只剩下毫无兵权、只是个监察官性质的通判杨邦乂。

杨邦乂生于北宋元丰八年，字希稷，吉水县杨家庄（今江西省吉安市吉水县黄桥乡云庄村）人。北宋政和五年，以舍选登进士第。先后任歙州婺源县尉、蕲州州学教授，授宣教郎、建康府溧阳县知县。

杨邦乂任职十五年中，正值金兵入侵、中原多事之秋，徽、钦二帝被俘，而建康府兵又于建炎元年叛乱，杨邦乂时任溧阳知县。他面对人民流离失所、社会动荡不安的艰难形势，在邑内除苛政，重教化，均征徭，并训民为兵，加强民防，整肃治安，以至在任三年，盗不入境，邑人唯恐其去，倾邑请留。建炎三年闰八月，杨邦乂在建康府任通判、建康军提领、沿江措置使司等职。通判的职位相当于地方长官的副职，但名义上却是中央政府派驻地方的官员。

宋大军兵败后，户部尚书李棁、沿江都置使陈邦光等见大势已去，加之胆小怕死，欲献城出降。于是，陈邦光派出两名建康府的吏胥给金营送去降状，约定次日大开城门，亲自出门投拜。

完颜兀术喜出望外，他由通事翻译，向两名吏胥盘问情况，特别打听了宋高宗和杜充的下落，两名吏胥据实回话。完颜兀术最后发付两人回城，且赏赐银子十两。

二十七日，建康府各个城门同时打开，完颜兀术率领金兵入侵建康，城中的军械物资，全部成了他们的战利品。杨邦乂临危不惧，组织军民守城抗金，终因寡不敌众，城破被俘。

完颜兀术，三十开外年纪，身高顶丈，虎背熊腰，面如赤火，狮子鼻，火盆口，连鬓络腮胡须赛如钢针，耳戴金环，肋下佩戴绿库弯刀，手擎金雀开山斧。完颜兀术是阿骨打的第四子，从小便耳濡目染，受到了武艺、兵法的熏陶，学习战斗，弓马娴熟。年纪稍长，人们就发现他“为人豪荡，胆勇过人，猿臂善射，遇战酣，出入阵中，部众惮之”，是个天生的斗士、杀神。每战至酣处，性情大暴，就把戴在头上的头鍪往地上一扔，露秃顶和边辫，不畏矢石，冲锋在前。

少年兀术在战场上最负盛名的是天辅六年追击辽天祚帝的那一仗。当时军过青岭，突然遇上三百余辽兵，兀术手下只有百余骑，且矢尽，他临危不惧，赤手空拳夺过辽军士兵的刀枪，独杀八人，生擒五人，勇猛绝伦，威势赫赫。女真将士称其“少年勇锐，冠绝古今”。纷乱的战争环境和游荡的生活，不仅练就了兀术铁骨钢筋般的身体，而且练就了他超凡的征战本领。他坐在马上完成各种武术动作，如同站在平地上一样灵巧。尽管没有读过什么兵书，但自幼就伴随战争成长，这使他对战阵布局很熟悉，对战争场面习以为常，每当对阵厮杀，便跃马入阵，剽悍无比。

南宋建炎元年，完颜兀术跟随乘胜追击的金军进一步南下。鉴于伐宋战争中的优异表现，黄河以北地区初步平定后，完颜兀术便被委派驻守河间府，成为宋军北进道路上的一道雄关。建炎二年，金太宗下令追击南逃的宋高宗，完颜兀术领命南下，并在不久后受封为元帅右监军。

但是，完颜兀术作为将帅，勇猛有余而谋略不足，而且不知道军队该如何管理。完颜兀术每占领一个地方，常常纵容手下兵士四处抢掠，所到之处烧杀掳掠无恶不作，激起了被侵略地区人民的反抗。完颜兀术带兵打仗，胜则骄傲自满，不可一世，败就像斗红了眼的公鸡，丧失理智。这种情绪是兵家之大忌，也是他日后失败之根源。

这次，完颜兀术只率军队两千人入城，随身带着汉儿万夫长韩常和两名千夫长，一个是渤海人张真奴，另一个是奚人萧斡里也。降臣陈邦光率领官员在南门外迎接。完颜兀术进入府衙后，居中坐定，韩常等三人分坐两旁，而陈邦光和全体降官则在两边侍立。

完颜兀术开始说话，由张真奴担任通事。完颜兀术说道："陈知府，你们既已投拜大金，须知大金礼俗，可先与咱剃头辫发。"众降官虽然面有难色，可是事已至此，又有谁敢违抗。陈邦光第一个带头，被一名金兵剃去顶发，又将其余的头发扎成两条辫子。

完颜兀术又说道："闻得城中有通判杨邦乂不愿投拜大金，可将他押来。"

不一会儿，杨邦乂被押到大堂。杨邦乂被捕后，完颜兀术派降金的户部尚书李棁等多次劝降，并许诺他仍做溧阳知县。杨邦乂则以头碰柱，鲜血直流，厉声说道："岂有不畏死而可以利动者？幸速杀我！"

此时，杨邦乂昂首横眉，站立堂中，傲然不屈，昂然不屑一顾。完颜兀术抬头一看，只见杨邦乂的胸襟上写了十个大字的血书："宁作赵氏鬼，不为他邦臣。"其大义凛然的气概，直逼得李棁、陈邦光等降将都不敢抬起头来。

完颜兀术向张真奴问明了血书的内容后，对陈邦光说道："杨通判煞是好汉！陈知府须与咱晓谕，若能说得他投拜，便是你之大功。"陈邦光只得上前劝说道："杨通判，常言道，识时务者为俊杰。大金军马所向无敌，康王犹如釜鱼假息，必是朝夕被俘……"

"呸！"不等陈邦光说完，杨邦乂指着他的脸，大骂道，"天子以尔捍守建康城，尔不能抗敌，更与其宴乐，尚有何面目见我乎？"陈邦光被骂得满面羞惭，无言对答。

完颜兀术见状，与萧斡里也说了几句。萧斡里也便拿着纸墨到杨邦乂面前，说道：“现有‘死、活’二字，由你自选自写。”

杨邦乂听罢，环顾四周，见一个官吏头上簪着笔，便一把夺过，饱蘸浓墨，当即奋笔疾书一个大大的“死”字，而后掷笔于地。在场所有的人一见此状，皆被杨邦乂视死如归的英雄气概所震吓，连完颜兀术等金将都相顾失色。

杨邦乂又对着完颜兀术大骂道：“金国妄自尊大，兴兵涂炭中原，天道恢恢，岂能容得，尔等作恶盈贯，必定磔尸万段！”张真奴翻译之后，完颜兀术大怒，下令道：“速将他洼勃辣骇（大棒敲碎脑壳）！”一名金兵举棒上前，当头猛击，杨邦乂立即倒地。

完颜兀术怒气未消，竟命刽子手割其舌头，又亲自抽出佩刀，朝杨邦乂胸前刺去，剜出他的心脏。杨邦乂当场牺牲，年仅四十四岁。在场的降官们个个吓得面如土色。

相传，杨邦乂被金兵处死后，建康百姓出于爱戴之心，趁夜色悄悄偷其尸体运往韩府山安葬。当尸体运至一座小石桥时，由于路颠桥窄，杨邦乂的心脏不慎颠落在桥上，人们急忙拾起，发现此心坚硬如铁。为纪念这位民族英雄，人们将此桥命名为铁心桥。宋高宗闻知杨邦乂壮烈殉难的事迹，即下诏书，“赐田三顷，官为敛葬，赐谥号青忠襄，官其四子”，并下令造墓、建祠、立碑。此是后话，按下不表。

再说，金军拉出杨邦乂的尸身后，完颜兀术开始在大堂与降官们饮酒作乐。降官们赔着笑脸，逐一上前，向完颜兀术等人劝盏。陈邦光还特别找来一批秦楼楚馆的小姐，为完颜兀术等人佐酒弹唱。完颜兀术等人初次品尝到江南风味的名酒佳肴，胃口大开。

酒阑席散，欢娱尽兴，完颜兀术吩咐陈邦光道：“咱留张、萧二太师在此，与你共守城池。你可为咱修书与杜充，若是能归附大金，当与大楚之张邦昌同等礼遇。待咱活捉康王北归时，另与你赏功。”陈邦光说：“下官恭依四太子尊命。”

完颜兀术在众小姐中挑选了两名姿色最美的，准备带出城外。韩常也想挑选两人，却被完颜兀术制止。他对韩常说：“你带了小姐去，又如何行军用兵？待咱们生擒康王回来，咱另当重赏你五十人。”韩常再也不敢说什么，悻悻而退。

此时，陈邦光又向完颜兀术献媚，说道：“四太子，此地尚有绝色女子及绝色艺品。”完颜兀术闻之，兴趣大增，问道：“噢，是何等绝色？说来听听。”

陈邦光赔笑道：“这绝色艺品即为金陵云锦，此品创于晋代义熙年间，由传统的提花木机和手工技艺织造，有‘寸锦寸金’之称。”兀术又问道：“其绝色如何见得？”陈邦光见完颜兀术兴趣甚浓，便令手下取来一件云锦巾帕，一边指指点点，一边细细道出其特点。

原来，云锦因其色泽光丽灿烂，美如天上云霞而得名，云锦之“锦”字，是“金”字和“帛”字的组合，《释名·释采帛》解释道：“锦，金也。作之用功重，其价如金。故唯尊者得服。”云锦用料考究，织造精细，图案精美，锦纹绚丽，格调高雅，被誉为“锦中之冠”，为中华丝织工艺之最高成就。

云锦图案的配色，主调鲜明强烈，具有一种庄重、典丽、明快、轩昂的气势，云锦是用金线、银线、铜线及蚕丝、绢丝，各种鸟兽羽毛等织造的，使得丝织物的效果更加华丽、独特、美轮美奂，比如皇家云锦绣品上的绿色是用孔雀羽毛织就的，每个云锦的纹样都有其特定的含义。

完颜兀术边听边看，不禁眉开眼笑，连连赞道：“妙哉，珍品罕见！”陈邦光又道：“手中之物尚是普通之品，真正上品尚存御制绫绵院珍藏。”完颜兀术嘿嘿笑道：“那，咱等一会儿去看看。”

一旁，金将萧斡里也插嘴问道：“那绝色女子呢？”陈邦光嘻嘻嘻淫笑道：“见到了云锦珍品，便可见到美女啦！”

完颜兀术疑惑道："此话怎讲？"陈邦光答道："为使此等珍品自始至终尽有美巧之寓意，专挑貌美手巧之少女，习练此艺，年过三旬者即刷下打杂役，因此年年挑选补充，也年年按限淘汰。"完颜兀术问道："如此战火，绫绵院还有人在吗？"陈邦光再答道："此坊为封闭运行，平时与外界隔离，只有专门通道运送材料与成品，传递朝廷讯息。故而尚不知外界变幻。"

完颜兀术闻之大喜，命道："前面带路，千户长率三百精兵进发绫绵院。"金将粘得力与陈邦光齐声应道："得令！"便分头准备。不一会儿，金兵簇拥着完颜兀术向御制锦署绫绵院奔去。

且说，这专门管理织锦的锦署乃朝廷重地，有一百御林军守卫。锦署下设绫绵院，由裴师傅管辖。裴师傅名英娟，乃江南丹阳人氏，四十二岁，祖辈世代养蚕织锦。她自十二岁进坊习技，刻苦研学，技艺精湛，破格留用至三十五岁，便升为管理者。裴师傅为人正直，做事认真，威信甚高。此时，工坊尚未得知外面金兵入侵，仍照常开工。

金兵赶到绫绵院前，外围的守卫早已被杀光。完颜兀术令兵士撞开大门，冲了进去。

内院守卫领军将领宗魁进，见有人闯进，便提剑上前喝道："来者何人，竟敢擅闯禁地！"粘得力并不搭理，一抖手中狼牙棍，迎面砸去。

宗魁进见来者夷族服饰，来势汹汹，料想金兵入侵，便往后一缩，避开千户长的棍风，顺势一剑刺向他的腰背。粘得力见一棍落空，急急收回，向旁一挡，架住长剑。

宗魁进随即借力向上一跃，抽回长剑，一个"哪吒探海"，剑锋直插对方头顶。粘得力一惊，向后退去，谁知站立不稳，栽倒在地，左腿被宗魁进的长剑刺透，痛得哇哇大叫。

宗魁进又是一招"顺藤摸瓜"，正要取他性命，早有两个金兵挥刀上前，与宗魁进厮打，另两个金兵架起千夫长退后。粘得力咬牙切齿地喊叫道："小的们，给咱杀死他！”一时，又有十多个金兵涌上前来。

宗魁进毫无惧色，左砍右制，一下子杀死五个金兵。此时，御林军早已与金兵混战在一起。约莫半个时辰，御林军杀死金兵近二百人，自身也死伤大半。完颜兀术见状，急急调兵一千。

宗魁进身上受伤十多处，他边战边喊：“吾等大宋之军伍，誓死保护国宝！”喊声如雷，直至喉干声哑。御林军个个奋勇杀敌，杀声震天。无奈金兵源源不断，越杀越多。终于，御林军将士全部伤亡。

宗魁进退至第三道坊门，站立门口，浑身伤痕累累，流血不止。他怒目圆睁，右手掌长剑，左手持匕首，撕开喉咙喊道：“来啊，金贼，从俺身上踏过去啊！”他雄风不减，俨然一尊威武天神。金兵见状，竟然皆不敢上前。

完颜兀术暗暗称赞，好一忠烈战将！他手一挥，数十支箭镞直奔宗魁进而来。宗魁进身上被箭镞射得如刺猬一般，两眼暴突，大口大口吐出鲜血，仍屹立不倒。

金兵涌上前去，拨开宗魁进尸首，冲进了绫绵院内的锦艺坊。

此时，坊内众绣娘早已吓得挤成一堆，只有裴英娟大师神色自如，手执木梭站立织机前。

金兵将众绣娘团团围住，奸臣簇拥着完颜兀术入内。陈邦光一指裴英娟，对完颜兀术说道：“四太子，此位便是裴大师。”完颜兀术上前一拱手，说道：“裴大师有礼。”

裴英娟弋眼一瞟，不予理睬。完颜兀术十分尴尬，皮笑肉不笑地说道：“久闻大师技艺高超，可否让本太子开开眼界？”裴英娟喝道：“尔等贼寇，除了会杀人，还懂什么艺品，不要看脏了我大宋国宝！”陈邦光上前，狐假虎威地说道：“怎么讲话呢？四太子可是博才啊！”

裴英娟鄙夷地看着他，狠狠地一声“呸”，斥骂道：“尔等一帮断了脊梁骨的癞皮狗，只懂为虎作伥，怎会懂得人话呢！”陈邦光被骂得满脸通红，掩面退下。

完颜兀术又厉声说道：“那，本太子眼下偏要一观，还不快快取来！”裴英娟正色道：“除非请来大宋皇上的圣旨，否则休想！”

旁边一千户长大怒，冲上来便去揪她。裴英娟并不避退，只见她右手一摔，那梭子直扑千夫长面门而去，一下子插入他的左眼。千夫长顿时血流满脸，眼珠爆裂，“啊”的一声后仰倒地。另一金将见状，急切赶上前去，一刀砍下了裴英娟的右手。

裴英娟身子晃了一晃，强忍剧痛又抬起左手，指着完颜兀术骂道：“贼寇，禽兽，烧杀抢掠，毁我大宋，必遭天谴！”

完颜兀术再也忍耐不住了，冲上前，一剑刺穿裴英娟的身体。她喷出一大口血水，昏死过去。

一旁站着的大多绣娘，早已被眼前的场景吓得瑟瑟发抖。有一个年长的绣娘冲上前去，抱起裴英娟，悲声喊道：“师父，师父！”几个胆大的绣娘一见师父惨遭凌辱，便冲上去抢夺金兵刀枪，揪住金兵拼命厮打。

完颜兀术一声令下：“杀——统统杀光！”

金兵立马大开杀戒，千夫长和几个金兵乱刀挥舞，将裴英娟和冲上来的几个绣娘砍倒。接着，又一队金兵冲进工坊，见人便杀，见物便毁。顿时，工坊间，绣娘尸体遍地，织锦装备遭毁。继而，库内多件云锦成品被抢劫一空。金兵临走时一把火，将工坊烧为灰烬。

完颜兀术连夜出城，宿于铁作寺。之后，在十二月初统兵南下。

张真奴和萧斡里也两个千夫长统兵两千，他们在建康府城西南原宋高宗行宫一带驻守，陈邦光的一举一动，自然须要先请示张真奴和萧斡里也。金兵由于兵力不多，干脆将这一地区的居民全部赶走，在军营周围另筑一个小城，成为城中之城，以保安全，称之新城。金军不时出新城，将建康府城内的财宝和女子抢掠入内，一时新城成为地狱之城。

宋高宗听到金兵渡过长江，早就由临安逃往越州去了。完颜兀术占领建康后，人力物力愈加强大，侵略气焰越发高涨起来，他一心一意地想要打垮南宋小朝廷。于是，率军继续南下追赶赵构，欲重演“靖康”之故事。

# 第九章　创练形意　武集初成

话说，宋军各队人马驻扎在茅山，除了由徐庆仍带领部队下山采购粮草之外，其余队伍每日展开常规军事训练，做好击敌准备。

这一日上午，岳飞与姚振等人巡视军营。

在大茅峰的一片平地上，王贵正带领将士操练。将士分为三拨，一拨是新兵，主要操练基本格斗动作；一拨是老兵，操练十八般兵刃的施展；还有一拨是将领与精兵，习练近身打斗的武术。

王贵文武皆备，胆大力壮，自幼与岳飞同门习武，又同时投军，经历诸多战斗，可谓生死之交。在保卫建康的战役中，王贵随军的妻子惨遭金兵杀害，八岁的长子失踪。由此，王贵与金兵有着血海深仇，每次作战都身先士卒，奋勇无比，训练将士时也格外用心和严厉。

这里的训练场地虽然简陋，每日的伙食也很差，且只能半饱，而那些将士却个个精神抖擞，如狼似虎。他们大多是北方儿郎，家乡被金兵占领，家人流离失所。他们只有一个信念，练成上乘本领，才能英勇杀敌报仇雪恨，才能收复失地保护家人。故而，训练场上，“杀啊——杀！”“杀啊——杀！”一阵阵喊声此起彼落，如雷震耳。

岳飞看到这支队伍训练时有条不紊、士气高涨，甚是欣慰。他走上前去，对王贵道：“军伍如此训练有素，大哥辛苦了！”王贵拱手回道：“贤弟谬赞，愚兄当尽心守职，不敢懈怠耳！”岳飞又道：“当下粮饷困难，徐贤弟已是千方百计筹措之中。只是要对将士尽量体慰，莫生怨气。”王贵恳切说道：“贤弟放心，俺们将士同吃同住，将领以身作则，吃在兵后，冲在兵前，可谓将兵一心也！”

岳飞握住王贵之手，眼中含着泪花，道：“只怪末将无能，让尔等受苦哉！”王贵右手紧握岳飞之手，左手轻轻拍打他的手背，十分怜爱地说道：“闻得贤弟日夜操劳，也须保重啊！”

岳飞苦笑地微微摇了摇头，松开手，又拍了一下王贵的肩膀，转身走开了。

不一会儿，岳飞又来到了童子军训练场地。此时，正值张宪在为童子军讲解武术知识，三百余名十三四岁的童子军依个子高矮，分别列成六队，肃立聆听。

张宪讲解道：“俺们所练拳术是岳将军所创之艺（形意）拳，为一种军中拳法。军中拳不同于江湖拳法，它之特点，为限于战场空间与实战格局。军中拳法强调朴实无华、快稳准狠，有进无退，多手法少腿法，多用直少用圆。”

张宪言毕，径自拉开架势。但见他肩、肘、膝三合，掌、拳、指迸发，内柔外刚，以力为基，以快为上，攻防鲜明，浑然一气。虽然动作剧烈，然所占之地仅不足三尺见方，正可谓“拳打卧牛之地”。

那些童子军观看张宪的一通拳术，早被惊呆了，个个皆大气不敢出。一待张宪收住拳风，且不喘不急，顿时掌声雷动，赞声震天。刚刚走近的姚振也不禁大声喝彩道：“张将军果然威武！”

张宪一见岳飞等人过来，立即上前施礼，道：“学生张宪，参见老师！”岳飞双手向上一托，微笑道：“贤弟少礼。”

此时，众童子军也皆施礼，齐声道：“参见大帅！”岳飞扬扬手，说道：“孩儿们免礼，训练辛苦了！”接着，岳飞和蔼地问道：“孩儿们操练数日，可有几多感受？”众童子军大声应道：“可随大帅杀敌！”

此时，队伍中忽而跳出一小兵士，抱拳行礼道：“请大帅指点孩儿！”说罢，径自一顿脚，腾空而起，接着一个“饿虎扑食”，双手变成一副钢爪，直掏岳飞心窝。

岳飞一见，微微一笑，伸出左臂轻轻往上一挡，将那小兵挑出十步开外。一旁的张宪早就一个箭步上前，扶起那小兵。

岳飞左臂收起，再一笑，问道：“谁家孩儿，还是有些许武术根基的。”那小兵施礼答道：“孩儿祁敬德，自幼曾跟父亲习武。”岳飞稍一沉思，道：“噢，想起来了，你是祁婆婆家的孙儿！”祁敬德回道：“是的，俺父母战死建康，俺誓死追随大帅，要与金兵血拼！”

张宪报告道：“小敬德进步甚快，现为一小队之队长。”岳飞上前，轻轻抚摸着祁敬德的头顶，道：“好小子，有志气，令人欣慰！”张宪又道：“既然大帅亲临，俺们可聆听面授一二。”众将士一听，也齐声欢呼：“请大帅教诲！”

岳飞闻之，也不推辞，当下一脱披风，稍稍活动一下手脚，便是一通挥拳劈掌。此拳术一步一拳，一招一掌，变化莫测，果断刚强，是自古以来从没有问世过的拳法，直把众将士看得眼花缭乱、目不暇接，赞声不绝于耳。

顷刻，岳飞停下身子，又大声说道：“《九要论》载：‘远不发手，捶打五尺以内，三尺以外，不论前后左右，一步一捶，发手以得人为准，以不见形为妙。’尔等可要记得。”

张宪当即问道：“老师，此番拳法，学生也难得观之。不知其要领为何？”岳飞答曰：“这便是‘先动为师，后动为弟，能叫一思进，莫教一思退。’切记，俺岳家的拳法是‘只进不退’的打法，强调‘只有上步，没有退步，进则必胜’之要领。”

张宪再拱手施礼，道：“学生受教了！”众将士也喊道：“孩儿们受教了！”

岳飞又对张宪嘱咐了几句，便转身赶往其他的训练场。

次日凌晨，姚振来到岳飞寓舍，说道：“大鹏哥，闻悉茅山久有神拳之说，不知真假几何？”岳飞应道：“此茅山神拳，也谓神打，是茅山法门功法中的一种很独特的神技，其表现有拳、刀、枪、棍、剑等诸般武艺。”姚振又问道：“既为独特神技，何不览赏一二？”岳飞朝他看一眼，说道：“愚兄也有此意。”随即，两人径往道观而行。

不一会儿，岳飞、姚振来到茅山道观之外。未进正门，便闻观内传出阵阵拳风和练气声息。岳飞不禁叹道：“此种拳术，可谓上乘也！”

两人上前来到道观门前，只见观门虚掩着。正在犹豫之时，只听得“吱嘎”一下，观门打开。一位眉目清秀的小道士出来，一手持拂尘，一边行单手礼，口称：“无量佛。”

岳飞、姚振也回礼道：“小道长，早扰了。”小道士却对岳飞道：“师父知大帅再至，命小道等候多时了。”岳飞感叹道：“道长费心了，吾等欲观神拳之威。”小道士招手示意道：“请随小道前往。”

岳飞、姚振随小道士来到道观的习武场边，笪净之道长早在此地等候。岳飞即与道长互致问候。

笪净之道长一指操场上习武的道士们，谦逊道：“茅山神拳徒有虚名，岂入将军法眼？”岳飞真诚言道：“道长过谦，末将素来敬尚武术，自当博采众长，为俺所用，还望道长点拨一二。”道长“哈哈”一笑，道：“那，贫道献丑了。”言罢，一扬手中拂尘。那边，数十位道家门人，立即操练起来。道长则与岳飞边观边聊。

笪净之道长告诉岳飞，神拳是茅山法门中的秘传神技，自古以来，由于它神秘而令常人难以理解，故被蒙上种种迷信色彩，甚至连古代的许多道士也只知其然，而不知其所以然。

岳飞问道："神拳独特之处，在于何处？"道长"哈哈"一笑，答道："神拳谓之独特，是指其传授方法独特。通常的武术，是习拳者在师傅的一招一式言传身教下，逐渐熟练掌握而学成的。其从教习至学成，是一个漫长的过程。而神拳则不同，习神拳者不需要通过师父一招一式手把手地教，只要在师父的信息传导或点拨下，便可学成。它从传授到掌握，整个过程时间相当短，如自身素质较好，一经师父点拨，短时间内便会进入武功状态，而且一招一式有模有样，恰到好处。"

岳飞应道："这便是说，本来不会武术的人，由师父给他传递某种特定的信息后，他即能自发地使出各种武术招式否？"道长答道："然也，且拳有拳路、刀有刀法、剑有剑招。"岳飞叹道："真为独特，练者能事半功倍也！"姚振也欣喜万分，说道："如此一来，可让新兵速成武士，破解操练迟缓之难矣！"

道长指着那边操练的道人，说道："你们看，在神拳训练过程之中，师父同时会传授一些气功内练的心法。如六仙神咒、五行运转养生法、天人合一法等等。习拳者平时通过对这些心法之修炼，一则可以不断地提高自己对自身显在意识和潜在意识之调控力，从而更充分发挥自己之武术潜能；二则可加强自己之内劲。"姚振插话道："这倒真是练武之更高境界了。"

笪净之道长接着说道："诚然，习拳者在提高阶段，务必要保持诚心、信心和恒心，刻苦修炼，使神拳修炼到收发自如之境界，做到'拳从心出、意到拳到'的地步。"岳飞大喜道："其法出神入化，令人难以想象。真为天助俺也！"

当即，岳飞与道长约定，自次日起，道长派出悉数道士，分插宋军各队，传教茅山神拳。

是夜，岳飞夜不成寐，他又一次认真地研究起武术在实战中的运用之法，边思考边摘写下来。

在中国古代社会中，一个很有意思的现象就是僧院道观与古武术有着不解之缘，不少名震武林的天下武宗、高手，都是综合“内家”古武术与僧道武学而成。

岳飞自幼酷爱武术，又有周侗和陈广两位名师授教，而周侗和陈广的武功都是从嵩山少林寺学得的，传于岳飞枪法及少林拳，周侗还将武功秘籍《易筋经》传于岳飞。如今，岳飞将以往所学所创，加上茅山道家之神拳的精髓，使之相互渗透融通，形成更适应传教、更有成效的新拳法。

岳飞思考良久，时至深夜，即起身步入庭院，胸有成竹地起功挥拳。不多时，一套新的拳法有了雏形。继而，他又反复修正、操练，终于练成了自成体系的“岳氏形意拳”，比之原先创立的“龙虎十三式”，明显更上一层。

此时，晨光透天，雄鸡啼声四起，岳飞擦着满头汗水，欣慰地笑了。

岳飞创立的这套“岳氏形意拳”，简洁朴实，其动作大多直来直往，一屈一伸，节奏鲜明，朴实无华，富于自然之美。其动作严密紧凑，“出手如钢锉，落手如钩竿”“两肘不离肋，两手不离心”。发拳时，拧裹钻翻，与身法、步法紧密相合，周身上下好像拧绳一样，毫不松懈。此形意拳讲究沉着稳健，身正、步稳，“迈步如行犁，落脚如生根”，要求宽胸实腹，气沉丹田，刚而不僵，柔而不软，劲力舒展沉实。

完善的岳氏形意拳还力求快速完整，形成“六合”，即心与意合、意与气合、气与力合、肩与胯合、肘与膝合、手与足合。岳氏形意拳“遇敌有主，临危不惧”，包含着丰富的技击理论和技术、战术内容，强调敢打必胜、勇往直前的战斗意识。

日出，岳飞召集各部将领，让将领们现场习练岳氏形意拳，一待熟练之后，再传教于兵士。同时，命令印制数百本《易筋经》，分发给各支部队，让将士结合操练，习练“易筋”功夫，以迅速提高部队之战斗力。

自此，军队训练速度加快，成效明显。习拳者按以上之进程修炼七天至十天后，其武术潜能基本上能够正常发挥了。其表现在习拳者若要练拳时，只要一进入练拳的功态，便可自发地打出所学之拳法来。

之后，岳飞又将上述拳法一一记录下来，整理为武术专著《形意武集》。时人赞赏岳飞创立的岳氏形意拳“精通枪法，脱枪当拳，自立一法，以教将佐，名曰艺(意)拳，神妙莫测，盖古来未有之技也。”此是后话，暂且不表。

在茅山屯兵期间，笪净之道长又数次陪同岳飞游览了茅山著名宫观和景点。岳飞对茅山秀丽的风光和宏伟的建筑赞不绝口。

这日，一行人游览毕，回到道观客堂。道长命道童敬上一杯香茗，并试着问道：“岳将军身负重任，难得有此空闲，能否给道观留下几幅墨宝？”岳飞慷慨应道：“岳某不才，愿献丑拙。”

于是，岳飞展纸提笔，饱蘸浓墨，即兴挥毫，“墨庄”二字，字大如斗，气韵雄健。

岳飞放下狼毫，与笪净之对视，两人竟仰面“哈哈”大笑。众人不知所措，却也一并随之笑了起来。

笪净之道长再近案端详一番，击案赞道：“字如其人，气贯长虹！”

此时，有道童作揖道：“大帅见笑，不知墨宝所云之高深，可否教诲小道一二？”岳飞见状，竟指向道长，说道：“尊师博学，尽管习之。”笪净之也不推辞，说道：“墨为墨家学派，庄为道家学派也！”接着，他解说了“墨、庄”之源。

墨子，名翟，春秋末期战国初期宋国人。墨子是宋国贵族目夷的后代，生前担任宋国大夫。他是墨家学派的创始人，也是战国时期著名的思想家、教育家、科学家、军事家。庄子，名周，字子沐，宋国蒙人。他是战国中期著名的思想家、哲学家和文学家。他在哲学思想上继承和发展了老子“道法自然”的观点，创立了华夏重要的哲学学派庄学，使道家真正成为一个学派，他也成为道家的重要代表人物。

笪净之道长娓娓而谈，言毕与岳飞携手，摇动数下，道：“岳帅与贫道，正是墨、庄之缘矣！”众人这才恍然大悟。顿时，赞声、笑声、掌声响彻道观。

过了数日，岳飞又于夜间在营帐中乘暇挥毫写下丈长的草书条幅《吊古战场文》，派人送至道观。《吊古战场文》是唐代李华“极思确榷”的名篇。此文有感于玄宗后期，内政不修，滥事征伐而发。唐代大诗人李白、杜甫对唐王朝的黩武政策所发动的不义战争，都有过批判，与李、杜同时代的李华，其《吊古战场文》也与李、杜的诗具有同样的写作意图和社会意义。

《吊古战场文》以凭吊古战场起兴，中心是主张实行王道，以仁德礼义悦服远人，达到天下一统。在对待战争的问题上，其观点主张兴仁义之师，有征无战，肯定反侵略战争，反对侵略战争。文中把战争描绘得十分残酷凄惨，旨在唤起各阶层人士的反战情绪，以求做到“守在四夷”，安定边防，具有极强的针对性。虽用骈文形式、但文字流畅、情景交融、主题鲜明，寄意深切，不愧为古今传诵的名篇。

《吊古战场文》名为“吊古”，实是讽今。全文以“古战场”为抒情的基点，以“伤心哉”为连缀全篇的感情主线，以远戍的苦况、两军厮杀的惨状、得人与否的对比、士卒家属吊祭的悲怆为结构层次，层层铺叙，愈转愈深，文末点出主旨。结构紧凑，一气呵成。岳飞书写其全文，也正是表达了他此时的心境及爱国为民的信念。

茅山道长视岳飞的两幅书墨为至宝，将“墨庄”二字嵌入木框，悬挂在客堂中央，将条幅《吊古战场文》装裱后珍藏在藏经楼内。

在茅山不足一个月的休整生息里，岳飞日夜苦读，精于操练。难得有清闲之时，岳飞便与道长一起品茗论道，谈论山水之间。

一日午后，前方不断传来宋军不敌金军的消息，岳飞顿感焦虑不已，在帐前来回踱步。

此时，笪净之道长刚好造访，见岳飞如此焦虑，便邀他一起下棋。

开局不久，道长一子落定，笑着对岳飞说道："将军承让，贫道赢了。"岳飞闻之一怔，然聚睛一观，果然胜败定局，于是拱手说道："不料几天未见，道长棋艺大为长进，末将服输！"

道长拈髯哈哈大笑，道："人人都说棋局如战场，比如你手中所下之棋子，犹如将军用兵，呈无气状态，无气之棋是不能在棋盘上长存的。而棋子之气犹如谋略，虽勇猛但谋略不足，单靠一个'勇'字便横冲直撞，少有其他考虑，气已不在，一旦围困于这白棋之中，便无计可施。"

岳飞听后恍然大悟，想不到在与道长对弈论道中，可悟出一套用兵之道，当即对道长连声道谢。

岳飞送走道长之后，便召集张宪、王贵、姚振等一干将领，对眼下战局及敌我双方之优劣，重新衡量比较。而后，制定了详尽的作战谋划。半个月后，岳家军主动出战了。

这日，有探子来报，一队金兵约有千人，从汤山向金坛进发。议事堂内，岳飞环视诸将，问道："众位贤弟，可否出击？"王贵抢先喝道："打啊，早就憋慌了！"岳飞不语，眼光一扫张宪。张宪心中有数，接口说道："机不可失，可按计行事。"众将领也齐声应和。

岳飞见诸将信心百倍，便下令姚振、汤怀领三百人马奔驰下山，正面迎敌，以骚扰敌军为主，且战且退。同时，令王贵、张宪各领三百兵丁，在金坛西北方的路边设伏。待姚振、汤怀退过伏击圈，两路人马便一同杀出，形成钳夹之势。此时，姚振、汤怀之军再回头反击，岳飞自领二百人马伺机接应。众将士领命而去。

果然不出所料，这支金兵直奔常州，无意沿途开战，故而只顾匆匆行军。一旦宋军杀出，看看也无多少兵马，便未上心恋战，一并顺势入套，结果大败，死伤过半。

金将莫高洛杉率余军五百余人杀出重围，拼命向东南方逃窜。岳飞见状，担心一味追赶恐怕不利，便一边命令众将士打扫战场，仍旧回归茅山，一边派人追随金兵打探消息。

此后，岳飞又领兵多次出山击溃小股金兵，六战六捷，江湖一时传遍岳家军之声威。此是后话。

# 第十章　背井离乡　妻离子散

茅山，山林欲滴翠，草木皆芬芳，薄雾轻如纱，夕阳艳似画。

这天黄昏时分，岳飞在山前立定，凝视北方，眼里不时泛起泪花。姚振一见，知道他又想起母亲、妻儿了。姚振走上前，一把拉住他的衣袖，说："大鹏哥，军务基本稳定，俺想回汤阴看看情况如何，一并将姑母等家人奉接过来。"

岳飞道："飞思母之念日甚，然军中缺粮少用，怕家眷多了拖累。"姚振道："军中已有诸多家眷，也不在乎多几个人，到时自有办法处置的。"他见岳飞不响，又道："接来姑母，免得大哥思亲之苦，可更为尽心操持军务，岂不两佳？"

岳飞又略沉思片刻，说道："那好吧，你带几个兵士改扮商贩，回去一探，切记速去速回，不可滋事。"姚振应声："遵命！"随即点了三个兵士，装扮成商贩模样，骑马直奔汤阴而去。

晨风夜露，一路无话。不一日，姚振来到汤阴地带，但见房屋破损、田园荒芜，一片狼藉。大路小道上，逃兵荒的百姓扶老携幼，大哭小呼，不绝于耳。

姚振一行走进汤阴县孝悌村头，岳宅早已人去楼空，问及逃难人等，均不知姚安人等家人之去处。

一兵士说："姚爷，俺们还是返回，沿路寻找、询问吧。"姚振叹了一口气说："看来，也只好如此了。"于是，四人重新上马，一路返回，但见有逃难人群，即下马询问找寻。

这一日中午，姚振一行来到镇江鹤壁地界。鹤壁的历史可追溯到三千年前的商朝武丁大帝时期，周朝最大的诸侯国卫国第十八代国君卫懿公嗜好鹤，在宫廷朝歌西北等处养鹤，鹤壁因"鹤栖南山峭壁"而得名。

此时，姚振早已口干舌燥，腹内饥饿，便道："就此休息片刻，吃点干粮。"四人下得马来，在一旁小树林中席地而坐，早有兵士拿出随身携带的干粮、饮水，提于姚振。

姚振刚刚歇了一会儿，忽见路上走过来一跛脚老人。只见他胡子拉碴，乱发遮脸，衣衫破烂不堪，身背蓝布破包裹，手拄一根半人长的粗树枝，拖着瘸腿，艰难地一步一步挪过来。他见姚振等人在路旁休息，便看了几眼。

不料，此人蹙眉稍一沉思，又凝神看了姚振一会儿，继而径直向他走来。一兵士见状，便起身迎上去拦住，问道："老人家，是否要一点干粮？"那人没有理会，却指着姚振问道："那位大爷何人？是否姓姚？"

兵士一听，顿时警觉起来，忙道："正是俺家姚员外，你是如何知晓？"那人又追问一句："可是姚、姚振贤弟？"未等兵士应答，姚振早已站起身来，几步走上前去，问道："老丈可是姚某乡邻？"

那瘸腿老人听罢，急急上前，一个踉跄几乎跌倒，幸被姚振扶住。

那人盯住姚振再行一望，不禁悲声答道："果然是姚振贤弟，小可其汝也！""啊！"姚振伸手撩开那人披散在脸上的几缕头发，一张熟悉的脸庞显露在眼前，此人正是同乡好友张其汝！

姚振一把抱住张其汝，喊道："其汝哥哥，怎是如此模样？""唉，贤弟啊，说来话长！"张其汝长叹一声。一旁兵士早就过来，搀扶着张其汝走到小树林旁，让他坐下，又递上饮水和干粮。

张其汝喝了几口水，一抹干裂的嘴唇，说起了遭难之事。

原来，一个月前，金兵杀到汤阴，宋军溃败，百姓惨遭蹂躏，四周逃难。张其汝也携妻儿逃离家乡。不料逃走路上，妻子被金兵掳走。他抱着幼子也被金兵用刀刺伤，儿子流血过多，当晚去世，他的左腿受了伤，无药敷治，成了瘸疾。张其汝抱着儿子的尸体，抢天喊地大哭了一场。他想轻生，了却耻辱、悲惨的一生。但是，此仇不报，何以面对地下祖先呢！

他冷静下来，含泪埋了幼儿，便拖着瘸腿上路了。他想要找到妻子，他想杀死几个金兵，为儿子报仇！

张其汝说罢，把牙齿咬得“咯咯”作响，拳头连连砸在身旁的树干上，震得枝叶乱颤。听着张其汝悲切的泣诉，姚振和三位兵士早已热泪纵横。

张其汝稍稍平静了一下，问道：“贤弟如何来到这里，大鹏哥现今如何？”姚振见问，答道：“小弟受大鹏哥之命，前往家乡迎接亲人，不料姑母信息全无。正在寻找之际，正巧遇见其汝哥哥，甚感意外之喜！”

张其汝道：“闻得岳伯母一家，先行出外寻找岳大哥，令尊金永公也一并陪同。”姚振一听，回道：“如此，俺等只得边回边寻了。”

几人边聊边歇，不觉过了半个时辰。姚振道：“俺们还是早早回去复命，请其汝哥哥一并同行。”张其汝道：“俺早有此意，投奔大鹏哥，辅助一二。”言罢立起身来。

姚振将张其汝抱上自己乘坐的战马，又翻身上马，抖开缰绳，一声喝叫：“驾——”那马便放开四蹄，奔跑起来。三位兵士紧随其后。

当晚，五人回到茅山，报于岳飞。岳飞与张其汝兄弟相见，自有一番唏嘘感慨。

转头再说岳飞母亲姚安人一行。一个月前，金兵直发汤阴，烧杀掠抢，无恶不作。姚安人闻知，即对岳翔道：“翔儿啊，这兵荒马乱之际，俺们这家里也待不住了。你可先行打探鹏儿的所在，一家可去投靠。”岳翔道：“是，母亲好生在家，让小儿前去找寻兄长便是。”岳翔言罢，提了一根哨棒，背了一个包裹出门了。

谁知，岳翔走后数天，杳无音信。岳母看看情形不对，便对李娃和岳翔妻子柳云莲说：“两位贤媳妇，翔儿不回，时间紧迫，看来俺们孤寡老幼只得背井离乡，自行寻找了！”李娃说：“母亲说得正是，让俺们整理起来。”李娃当即便与柳云莲整理了一些可随身携带的家用物品。

说话间，岳飞的三舅父姚金永走了进来。他一见屋内情况，知道大姐全家要逃难了，便对姚安人说：“大姐此行，莫非外出寻找大鹏外甥？”姚安人说：“三弟来得正好，随着俺们一同走吧！”

姚金永一想，反正儿子姚振跟着岳飞，家里只有独身一人，随时可走，于是便立即应允。

大家准备停当，姚金永找了一辆破旧马车，带着姚安人、李娃、柳云莲及岳云、岳雷等一行，依依不舍地离开了家乡，直向江南进发。

一路晓行夜宿，不一日来到建康地带。不料，建康城业已被金兵占领，金兵正在城内施暴。姚安人一行刚刚走到城门口，只听得城内人声纷杂。李娃下车前去探望，却见一拨拨逃难百姓一拥而出，一队队金兵在后面追赶，还追抓年轻男子去充军。

姚金永见状，忙叫姚安人等人在车上坐稳，一挥鞭子，带着他们向野外奔去。一阵狂奔之后，却发觉李娃不知什么时候被金兵冲散，走丢了。

姚安人对姚金永急切说道：“三弟啊，快快寻找一下吧，千万不可丢失孝娥啊！”姚金永应道：“姐姐放心，愚弟自会寻找。”于是，大家停下，姚金永与柳云莲两人分头寻找。

然而，一路遍地都是逃难人群，寻找半日，哪儿还见得李娃身影呢？眼看天色近晚，姚金永与柳云莲空手回来了。姚安人含泪念叨：“这可如何是好，这可如何是好！”身旁的岳雷也哇哇大哭，不停地喊着：“娘啊——娘啊！”姚金永一旁安慰说：“大姐放心，孝娥聪慧，且身怀武功，不会出事的。”姚安人无奈，只得一个劲地哄着岳雷。

次日，姚安人又让姚金永和柳云莲再次寻找，仍不见李娃影踪。晌午过后，一行人只得动身，往江南而去。

这天晌午，姚安人一行来到句容境内，又饥又渴，便与十多个老弱难民在路边歇脚。

忽然，“嗒嗒嗒”一阵马蹄声响，尘土飞扬，一队金兵刹那间赶到眼前。一个小头领模样的大个子金兵大喊了一声，只见十多个金兵下马，扑到难民跟前，见包裹便抢，见挑担便夺。

当时，姚金永背着装有细软的大包裹，自有一个金兵上来抢夺。姚金永凭着有几分武功底子，一使劲，让那金兵扑了空，摔倒在地。另一金兵见状，冲过来帮忙，一拳打向姚金永后背。姚金永闻得拳风，一个“旱地拔葱”腾空而起，随即变招“脚踢香炉”，右脚尖踢在那金兵的额头上。那金兵连连踉跄几步，恼羞成怒，拔刀便要砍上来。

此时，一旁的金兵大个子小头领看到此景，心想，这个乡下老头还有点三脚猫功夫，不如也来试一试。于是朝着那举刀金兵咕噜了一声，那金兵便放下刀来。大个子小头领一个“鹞子翻身”，直接从马背上跃起，又一个“饿虎扑食”冲向姚金永。

姚金永本来饿得眼睛昏花，刚才与两个金兵动手，早已体力不支，怎经得起大个子小头领的一股冲劲，一下子被压倒在地。小头领见一招制胜，不禁“哈哈”大笑，朝姚金永脸上一拳打去，姚金永的脸庞顿时一片血肿。那两个金兵见小头领压住姚金永，便也上前挥拳一阵乱擂。姚金永躲避不开，只能任凭金兵殴打。

这边，八岁的小岳云见舅爷爷被打，犟着要上前救援，早被姚安人一把抱住。

金兵打了一阵，见姚金永不动弹了，便住了手，将姚金永背上大包裹的束结用刀挑开，拎着扬长而去。

金兵走后，大家上前一看，姚金永浑身是伤，几近昏死。姚安人泪水直淌，连连喊道："三弟啊，快快醒来，快快醒来啊！"柳云莲忙去旁边小河里取来一瓢水，给姚金永慢慢灌下。

不一会儿，姚金永苏醒过来。姚安人说道："三弟醒了，可真吓死为姊了！"姚金永硬撑着坐起来，咬着牙狠狠地骂道："妈哩个吧的，挨千刀的金贼，总有一天，俺要杀光你们！"柳云莲在一旁说道："这财物和干粮都让金兵抢走了，还让人活吗！"姚金永一摸身边挂的装酒葫芦也被砸扁了，心疼得直摇头。

姚安人说道："俺们还是先找一个地方歇脚，让三舅爷养好伤才做计较。"姚金永说道："大姐放心，俺是狗皮硬骨头，这几拳还不能让俺服软！"言毕，一使劲，站了起来，一瘸一拐地走到树边，折断一根碗底粗的树枝当拐杖支撑着。姚安人一招呼，大家一起前行。

一路上，姚金永瘸着腿四处讨要剩饭剩菜，让姚安人一行大小将就糊口。有时，饭菜讨得少了，姚金永便一口不吃，偷偷地采拔些野草、树叶充饥。岳雷年幼，走不动了，姚金永便背起他，一脚高一脚低地前行。

姚金永一生最爱喝酒，逃难路上带上的一葫芦酒，舍不得一下子喝光。这下好了，酒葫芦扁了，酒没了，他只好每天拿起破酒葫芦嗅一嗅，就算过了酒瘾。

姚安人每每见到他嗅闻酒葫芦的神情，便心疼得直流泪。姚安人道："三弟啊，见到了你大鹏外甥，一定让他每天供你三顿酒。"姚金永苦笑着道："怕是外甥节俭惯了，没有如此大方吧。"姚安人正色道："三弟啊，你此行护卫岳家有功、有恩，只要大姐在，便不能亏待了你！"姚金永微微一笑，道："大姐，但愿一路平安，全家早日团聚吧。"

三天后，一行人刚刚走到金坛地界，姚安人忽然患病，时而浑身发烫，时而冷若冰霜，急得岳云、岳雷直哭。

姚金永急忙去路边村上找郎中。他边瘸着脚奔走，边喊道："哪儿有郎中啊，快救人哪！"路人却告诉他，原来邻近有几个郎中，不是被金兵杀了，便是被拉去充军了。姚金永一听，竟急得蹲在路边，哇哇大哭道："求求哪路神仙，来救救俺大姐啊，俺当以牛马相报哪！"

一时，围过来十多个村民和难民，大家纷纷出主意、想法子。这时，从人群中挤进一位小道士，问道："大爷，病人现在何处？"姚金永见问，忙应道："就在村口，你是何人，能救治俺大姐否？"小道士道；"吾居茅山道观。小道无能，然吾师尊手到病除！"旁边众人皆道："这下好了，久闻茅山笪净之道长乃山中神仙哉！"

姚金永一听，跳起身来，带着小道士一溜小跑，向村口奔去。几位村民也上前帮忙，不一会儿便将姚安人送至茅山道观。笪净之道长当即诊断，姚安人乃患寒热症，几服草药立竿见影。此后，笪净之道长问及情形，得知是岳飞之母与家人，自然亲近许多，便留下一行人在观中养息。

那么，李娃又在哪儿呢？

原来，在金兵冲出城门之时，李娃也随着姚安人的马车一块奔跑。谁知一个骑马金将见李娃年轻貌美，便直追不舍。眼看追到身边，那金将一个"燕子掠水"，矮下身来，伸出右臂一把将李娃挽住，稍一用力拉上马来，半抱在胸前，策马向野外奔去。

李娃被金将紧紧抱住，一时动弹不得，只是腾出一只手在他的身上乱抓，大喊道："你要干什么，放俺下来！"那金将"哈哈"大笑，根本不予理睬。

不一会儿，跑出十里多路，金将在一片树林边停下马来，一个"鹞子翻身"，连带李娃一起跳下马来。紧接着，金将把李娃推倒在地，随即扑身下去，一边"嘻嘻"地笑道："美人儿，让爷亲亲。"径直将嘴向李娃的脸庞凑了上来。

李娃挣脱了金将的怀抱，刚一倒地便暗暗运功，眼见金将扑上来仅隔两拳之距，便就地一滚，让金将扑了一个“狗啃泥”。

说时迟那时快，李娃一个“鲤鱼打挺”，早已立直身来，不等金将爬起，飞起一脚，踢在他的腰间，金将跌出十步之遥。李娃跟上几步，拔出他的腰刀，狠命扎在了金将的胸前。一时间，鲜血喷涌而出，金将还没明白过来，便一命呜呼了。

李娃对着金将尸体啐了一口，便提起腰刀，飞身上马。然而，她跨在马上抬头一望，却是陌生之地，一时不知方向。正在她犹豫之时，只听得一阵呐喊和追逐声由远而近。刹那间，三个金兵追着一个老者，从李娃身边疾驰而过。李娃见状，大喊一声：“金狗休得猖狂！”说罢一抖缰绳，策马追了上去。

那老者眼看金兵追到身后，突然将马一偏，在路边立定。第一个金兵不知老者偏身，顺着惯力直冲而过，老者顺手一锏打在他的脑后，金兵顿时脑浆迸发。后面两个金兵稍一迟疑，立即从左右向老者夹击。老者奋力与两金兵厮杀，毫无惧色。

正当三人杀得难分难解，后边李娃业已追到。她眼见将要接近右边那个金兵，却没减速，反而双腿一夹马肚，那马竟腾空而起。李娃用腰刀顺势一挥，那金兵脑袋在白光中滚落下来。另一金兵见状一慌神，早被那老者回马扬锏，死于非命。

这边，老者对李娃拱手一礼，道：“多亏小娘子助力，救老夫脱险！”李娃见老者年逾半百，中等身材，三绺胡须，手持四棱铜锏，虽处落难，却儒风不减。当即上前还礼道：“老丈有礼，小女子顺手为之而已。”

李娃当即问道：“敢问老人家尊姓大名，小女子也好称呼。”老者答道：“老夫唐渔，江南人氏。”李娃也将自家姓名告诉了老者，料想老者也是落难之人，便问起金兵追赶之事。果然，老者长叹一口气，轻轻喊道：“我那可怜的女儿啊！”

接着，老者讲起一番惊人之言。老者现叫唐渔，原本姓李，名登奎，五十有四，江南吴地人氏，原系唐太宗李世民嫡传后裔，因先辈辗转数地，定居在常州府宜兴县李家庄，以饲鱼、打鱼为生。李登奎祖传的一支铜锏乃为唐太宗之物，名“天威神锏”。当年突厥兵临长安，太宗皇帝李世民即以此锏震慑颉利可汗，迫其议和退兵。

三年前，大奸臣童贯闻悉后，千方百计想要得到此御赐之物，数次派人上门索要无果，竟然杀人放火，屠戮了李登奎所在的李家庄。幸好那天李登奎与女儿赛儿外出访友，方免一劫。父女俩为避奸贼追杀，改姓换名，赴北地投靠亲戚。金兵陷城后，父女俩本想返回南方故乡，不料在此地段遭遇金兵，父女失散。

李娃一听，忙道：“这也巧了，小女子也是逃兵难与家人失散的。”唐渔道：“那正好结伴寻找，也相互有个照应。”李娃道：“俺们有缘，同姓同宗。既然老爹的女儿走失，那小女子便暂且充当令爱如何？”唐渔道：“那敢情甚好，只是委屈姑娘了。”

李娃当即跪地，磕行儿辈大礼。唐渔搀起李娃，从腰间摘下一枚玉佩，上雕丹凤朝阳图案，只是右上方的太阳图尚缺一半。唐渔道：“孝娥儿啊，此玉佩为一对，也是御赐之物。一枚在赛儿身上，如若日后能找到你赛儿妹妹，合阳即可相认。”李娃道：“爹爹放心，妹妹一定会找到的。然而，不管如何，小女自此不会离开爹爹身边。只是此宝物珍贵，小女不敢私藏。”执意不肯收下玉佩。

唐渔见李娃态度坚决，无奈道：“那老夫暂为你保管，待找到赛儿再交予你吧。”李娃想了一想道：“当时爹爹与妹妹设想回宜兴老家，可能妹妹走失后，会自行返乡，俺们不妨先回宜兴，再作计议。”唐渔道：“此话有理，也可一路寻找。”

于是，唐渔和李娃以父女相称，随着逃难人群，一路向南方寻找。

不几日，唐渔和李娃回到了李家庄。李家庄被烧后，好在余生的乡亲后来陆续返乡，精心修葺村舍，唐渔家的三间房屋还可住人。唐渔安顿后，立即改回原本姓名，拜会众乡邻。

此时，乡邻准备抵御南下金兵，保护家乡，正在组建护村团，无奈一时难觅领头之将。他们一见李登奎回乡，甚感欣喜，当即推选李登奎为首领、李娃为副将。李登奎义不容辞，走马上任。

次日清晨，李登奎便清点乡丁，进行训练。

整训场上，李登奎恭恭敬敬地捧着一只长匣，搁在一张供台上。众人望着，皆疑惑不解。李登奎示意李娃，将长匣打开。李娃小心翼翼地揭开三层绸布，取出一把铜锏，拱手捧给李登奎。李登奎接锏在手，高举头顶，大声道："此等宝器，便是大唐太宗皇帝亲用之天威神锏！"众乡丁一听，皆跪拜在地，齐喊："神器显灵，小民开眼了！"

但见此天威神锏，锏身粗约二寸见方，长为三尺，为正方四棱形，有棱而无刃，棱角突出，锏端无尖。此四棱铜锏为紫铜打制，铜锏沉重。锏把圆柱形，柄上刻有"唐风"二字，字体遒劲厚重，雄浑浩荡。观此锏，却似穿透数百年，隐约蕴有大唐帝王气象，煞是奇异！

李登奎道："'唐风'乃太宗皇帝亲题，我们可以此命名抗金队伍。"众人皆呼："可也，唐风抗金义军！唐风抗金义军！"李登奎又道："此生于我等最要紧处，当在竭尽所能，匡扶大宋，收复中原，护我四千年道统！"众乡亲又呼："愿随老将军赴汤蹈火，万死不辞！"

李登奎当即召集数位将领，议道："金人甲厚，寻常刀枪，无济于事。兵器中唯有硬弓、锏鞭，既顺手又奏效。但如近身肉搏，则以重锏最好。"李娃也道："爹爹所言极是，锏鞭借助马力能轻松砸瘪头盔。技法上，与刀法剑法接近，主要有击、枭、刺、点、拦、格、劈、架、截、吹、扫、撩、盖、滚、压等。”众将士也多有附和。

李登奎随即令遍招铁匠，打造锏鞭。继而挑选壮实乡丁，成立锏鞭先锋军，由李娃率领，专事训练。李家村当下原有护村团乡丁百多人，当周边村庄乡邻得知李家老爹返乡，又祭出唐太宗皇帝御赐铜锏，皆慕名而至。不几日，队伍即骤增至千人之众。

自此，李登奎自为大帅，打出“唐风抗金义军”的大旗，活跃在江南抗金第一线。

# 第十一章　掳入金营　遭遇迥异

话说，唐渔之女唐赛儿与父亲失散后，在建康当地寻找未果，只能跟随逃难民众往南行走。

这日，唐赛儿来到江宁县地界。江宁境内有低山、丘陵、岗地、平原和盆地，其中丘陵岗地面积最大。地势南北高而中间低，形同“马鞍”。境内有大小山丘四百个，东北部的青龙山、黄龙山、汤山、孔山等，海拔约百丈，是宁镇山脉主体；西南部的横山、云台山、天马山、莺子山等，海拔在八十丈至一百二十丈间，多系茅山余脉。

难民们不敢走大路，只在莺子山下的小路行走。唐赛儿一拨十多个人，皆为妇女及老少，其中有个少妇秦桂花，带着公婆和孩子，还有一个叫苏之娴的十六岁闺女。她们扶老携幼，走走停停，随身携带的食物早就吃完，两个小孩饿得哇哇直哭。

一看到路旁有一片果树林，随行的秦桂花顾不得许多，爬上林中果树，采摘枯黄的留剩野果，拿给孩子充饥。唐赛儿和苏之娴又在老人指点下，寻着山间小溪，用竹筒舀了些溪水来，给老人孩子解渴。唐赛儿虽然生在村野，然而天生体质羸弱，因而父亲让她自幼断字习画，描金绣凤。此行连走数日，她的脚底早已生泡出血，疼痛难忍。

大伙正在路边稍事歇息，忽听几声吆喝，一阵风似的奔过来十多匹战马，在他们面前戛然而停。前面几个金兵下马后，推开了老人小孩，径直走到几个年轻女子面前，分别一把拉过，竟不顾她们的挣扎直接抱上马背，唐赛儿也被一个大个子金兵强蛮地抱起。

一旁的老人看到金兵如此蛮横地强行抢人，都围了上来，喊骂着："无耻强盗，竟敢光天化日抢人，快快放下！"大家拼命地拉着几位女子，不让金兵抢走。两个小孩也吓得哭喊着："阿娘，阿娘啊——"

后面几个金兵见状，不由分说，挥起马鞭直向那些老人抽去，一时间老人被抽打得头破血流，但是他们仍不松手。突然，一个满脸横肉的金兵竟抽出腰刀，砍向一位老人。只听"哎呀！"一声，那老人的一条手臂竟被砍了下来，老人顿时昏死倒地。另几个金兵一拍马背，催促马儿奔跑起来，将两位未及撒手的老人在地上拖出数丈远，抛摔在地。

在金兵一片"哈哈"大笑声中，马后扬起了一阵尘土，留下了一片抢天喊地的哭叫声……

唐赛儿被金兵掳去，在刚才的一阵折腾中早已昏厥，任凭金兵拥抱着在马背上颠簸。这些金兵是完颜宗望主将的一支亲兵队，队长叫黑石诺，奉了千户长阿钦奇的命令，寻找年轻女子，供上司享乐。

不一会儿，亲兵队回到驻扎在江宁府衙的住处，将唐赛儿等三人关进了一间厢房内。此时，厢房里已经关了十几个中青年女子。金兵将这些女子手脚分别用麻绳捆扎，而后把绳子吊结在头顶的梁上，绳子的长短只够其人站立或坐地。

黑石诺转身赶到千户长寓所复命。千户长阿钦奇正在独自小酌，见手下很快抢来十多个年轻女子，不觉心花怒放。他倒了一盅酒，随手扔给黑石诺。黑石诺眼疾手快，伸手一捞，又顺势一转，那酒盅早已稳稳地端在手中。黑石诺一仰脖子，"咕咚"一口喝下了一盅酒。接着奉还酒盅，道了一声"谢了！"

便告退而走。

这时，阿钬奇连连猛喝了三盅香酒，站起身来，扯起喉咙喊道："来人，给咱拉几个美人来玩玩！"门口早有兵丁回应道："噢嘿！"

不一会儿，兵丁便带来了秦桂花、唐赛儿和苏之娴。

秦桂花年方二十一岁，本是苏北一个小镇上的商家妇女，丈夫出外经商，她在家侍奉公婆和幼子。这次兵祸本想逃往苏州姑姑家避难，不料半途被金兵掳来。

两个金兵将三人带进千户长寓所，便把门带上，守卫在门口。阿钬奇一见三个女子，马上满脸堆笑，咧开大嘴叫道："哪位美人先陪咱喝两盅啊？"说罢，便跌跌撞撞地扑了过来，一下子抱住最前面的秦桂花。这个千户长，身材高大强壮，一张长满疙瘩的大脸，再配上满脸的络腮胡子，看上去很是恐怖。

秦桂花一见，吓得"啊"地尖叫起来，接着一脸惊恐地问道："你，你要干什么？""哈哈，干什么，你不知道？"阿钬奇怪笑起来，也是十分怕人。

这时，门忽然被哐的一下推开了，闯进了一个年轻将官。刚才在门口守卫的金兵，跟在后面卑微地劝道："王子，别、别进去。"那将官一见阿钬奇的狼狈样，便厉声喝道："阿钬奇，你怎么又在干这种丑事！"

阿钬奇一听，又转头一看，见来者是金太祖十五王子完颜燕孙，酒早被吓醒了一半，趴在地上连连叩头，连连称道："十五王子……王子！"

唐赛儿一见房门打开，一闪身便要往外跑。然而手脚被绑扎着，怎么能挪开步呢？她不觉一个踉跄，竟歪倒在完颜燕孙的身上。完颜燕孙一见有人撞在身上，伸手一撩，便将唐赛儿扶住，搂在怀里。唐赛儿挣扎着脱开完颜燕孙的怀抱，喊道："放我走！"

完颜燕孙一听此娇细却又悲愤的声音，不禁又看了她一眼。这一看不打紧，完颜燕孙情不自禁地心里一个咯噔，唐赛儿那双清澈又妩媚的眼睛，似乎一下子融化了他的整个身体。他口不由心地说道：“好，好，咱会放你走。”言罢，他帮唐赛儿解除了手脚上的绳子。

唐赛儿急忙迈步，不觉一阵昏晕，再次倒在完颜燕孙怀里。

完颜燕孙半抱着唐赛儿，来到自己的营房，将她扶坐在靠椅上。唐赛儿吓昏后，已人事不省。完颜燕孙叫下人端来一杯温水，给她喂下，又轻轻地在她太阳穴位处揉搓。

在完颜燕孙的寝所里。唐赛儿躺在床上，完颜燕孙坐在床头边，小心翼翼地用绢帕为她擦拭脸上的污垢，整理她凌乱的头发。

不一会儿，唐赛儿慢慢苏醒过来。啊，她想起来了，这是在金兵大营！

然而，她睁眼四周一看，这里却是一个地道的汉式书房，与金邦风格完全不同。但见四壁诗赋书画，案几笔墨纸砚，室内卷帙浩繁，尚有几件古玩珍藏置于博古架上。唐赛儿依稀记得被金人掳走，此时怎在汉家书房，她怀疑自己走错了地方。

完颜燕孙一见唐赛儿醒来，甚为高兴，上前说道：“姑娘醒了，这就好，这就好！”唐赛儿一时诧异，怒目喊道：“快放我走！快放我走！”完颜燕孙答道：“会放你走的，只是你身体太虚弱了，好好地养息几天再走吧。”唐赛儿有气无力地问道：“你是谁？”完颜燕孙笑容可掬，说道：“姑娘且好生歇息，停会儿再告之。”言罢便走出屋去。

唐赛儿动弹了一下手臂，一阵酸痛，身子也像棉花一般瘫软，实在站立不起来。

唐赛儿挣扎好一阵子，强行站起来，跌跌撞撞走到门口，却被两个守卫拦住。唐赛儿问道：“那人是谁？”一守卫答道：“那是咱家十五王子完颜燕孙，你碰上他可算有福啦！”“哈哈哈”，两守卫同时大笑起来。

唐赛儿大喊道："放我出去，放我出去！"她再次强行要冲出门去。两守卫用枪杆横起，一股劲地将她推回。如此几个来回，唐赛儿终于筋疲力尽，只得退回屋里，坐在地上哭泣。

不一会儿，有兵士送来水果、点心，放在台上，让唐赛儿品尝。唐赛儿一概不予理睬。

时近傍晚，兵士又送来晚餐，唐赛儿仍然丝毫不动。此时，完颜燕孙走了进来，看看食品未动，便劝道："军营简陋，姑娘还是将就用过。"唐赛儿道："完颜燕孙，你休要假惺惺装好人，放我出去！"完颜燕孙道："姑娘是明理之人，放你出去，便是遭殃，暂且安稳为好。"唐赛儿问道："那，完颜燕孙，你何时放我？"完颜燕孙答道："这不好说定，视情再计。"

他又一转话锋，说道："咱有汉名，姑娘可叫咱萧兆明。"唐赛儿不屑地微微一笑，说道："金贼还配用汉名？别脏了我的耳朵！"萧兆明仍然满面堆笑，自嘲道："谁让咱自幼酷爱且崇敬汉唐文化呢！"言罢，站起身来，脱去外套，里面竟然是一身汉服。

唐赛儿不禁一怔，低头心想，金军中或许也有善辈吧。萧兆明见状，也不言语，坐在一旁，捧起书卷阅览起来。

夜幕降临，兵士进来点亮烛台。萧兆明仍在看书，不时轻轻吟诵几句，很是受用的样子。唐赛儿见他没有离开之意，便问道："哎，那，那萧兆明啊，你何时离开，我可要睡眠则个。"萧兆明见问，抬头看了她一眼，说道："今晚，咱可要与姑娘同处一室了。"

唐赛儿一听，站起身来，怒道："萧兆明，想不到你果然居心邪恶！"萧兆明道："姑娘莫误解，咱绝无污损之念。你睡内室，咱伏书案。同处一室，可做保护罢了。"言毕，扬手一指内室，仍然阅卷不辍。

唐赛儿原本也不想睡觉，只谋想如何逃脱金营，不料，因身体本就虚弱，加之一阵折腾，不一会儿便迷迷糊糊睡着了。

忽然，“呜呜呜”一阵号角声响。唐赛儿一惊，竖起身来。“此为出操号令，姑娘不必理会。”萧兆明说道。唐赛儿抬头一看，萧兆明仍坐在书案旁。再瞧自己和衣而眠，身上却加盖了一条羊毛毯，不觉脸庞发红，心情纷杂。

次日清晨，兵士送来早餐后，唐赛儿勉强吃了一点。萧兆明见唐赛儿精神好了许多，便问道：“敢问姑娘芳名？”一昼夜过来，唐赛儿好似对眼前这个男子不再讨厌，便道：“我姓唐，名赛儿。”萧兆明道：“赛儿姑娘，可有何需要？”唐赛儿略一沉思，道：“可否将昨日同伴救出，做个陪伴。”萧兆明道：“这事不难！”说罢，走出门外。

不一会儿，萧兆明领着苏之娴走进屋来。此时的苏之娴，衣衫破烂不堪，精神恍惚。唐赛儿一见，奔上前去，一把抱住她，哭喊道：“之娴妹妹，你还好吗？”苏之娴傻傻地望着唐赛儿，半晌才“哇”地哭出声来，两人抱头痛哭。

少顷，唐赛儿问道：“那桂花姐呢？”苏之娴哽咽着道：“桂花姐，她，她死了！”原来，秦桂花性子刚烈，受不了侮辱，撞墙自尽了。

萧兆明面露愧色，道：“罪孽深重，咱无能为力了。”唐赛儿道：“你若良心未泯，当应劝阻兽行累犯！”萧兆明一揖，道：“咱尽力而为吧。”

自此，苏之娴留下来，陪伴唐赛儿，两人面上假意安定，暗地却商议逃走之策。

再说这完颜燕孙，还正是君子之流。他为金太祖阿骨打之十五子，生母萧崇妃。萧崇妃祖辈曾是中原人氏，汉学流承。完颜燕孙耳濡目染，自幼爱好汉学，十岁到西安游学，由汉家朋友照应。一连学了五年，方才回家。他因爱读阅萧统的《昭明文选》，故起汉名为萧兆明。

这次，金太祖让他跟随大哥完颜宗望南下，多熟悉一些宋朝制度，以便一统天下后协助大王管辖之用。萧兆明任作随军参赞，因他懂汉语和女真语，便兼做通事（翻译）。萧兆明虽然人在军营，然而十分厌战，看不惯金兵此种野蛮行径，不但拒绝参战，还常常劝阻大哥伤害无辜百姓。

在金兵攻破宋城时，大部分人都在争抢宋朝的钱财，萧兆明却带了大批汉书随行。完颜宗望虽然对小弟厌战之举不甚满意，却对他感情颇深，百事依顺，从不无故斥责。

几天下来，萧兆明与唐赛儿熟悉了许多，得知唐赛儿也是名门闺秀，越发尊重。正好，唐赛儿也阅读过《文选》，故而萧兆明闲来便与她一同诵读、研讨。

此《昭明文选》，由南朝梁武帝的长子萧统组织文人共同编选。萧统死后谥“昭明”，故而他主编的这部文选便被称作《昭明文选》。

《昭明文选》选材严谨，注重“事出于沉思，义归乎翰藻”，所选的大多是善用典故成辞、善用形容比喻、辞采精巧华丽之作，是士子们必读的一部书，千余年来流传不衰。唐代大诗人杜甫，也教育他的儿子宗武要“熟精文选理”。到了宋代，更有“‘文选’烂、秀才半”的俗谚。

正所谓“爱屋及乌”，萧兆明崇敬萧统，竟也向往其爱情观念。

话说当年，梁武帝萧衍极其信奉佛教，所以在国内大建寺庙，在顾山兴建的是“香山观音禅寺”，寺内还建了一座阁楼，名为“文选楼”。萧衍贵为一国之主，终究不能真的当和尚，所以只好派他的太子萧统来佛前尽尽心意。萧统听从父命，便在文选楼中住了下来，一边清修，一边精心修编文选。好在萧统自小就颇具佛缘，所以在寺庙居住的日子也算顺心顺意。

一日，太子萧统下山来参加集市体察民情，偶然之中遇见了一个法号叫作慧如的女尼，无意中谈及佛家的精义。两人一见钟情，越谈越投机，甚至忘记了时辰。慧如一见时间不早，便起身告辞。萧统想知道这女尼到底住在哪里，于是他就偷偷跟着这女尼。等到了女尼庵门前，萧统才现身，装作好有缘分再次遇到的样子，跟慧如打了一个招呼，跟着慧如进入了庵堂，再度深谈佛家精义，不舍得离开。

知道了佳人住处，萧统一有空闲时间就去找佳人相会，谈谈情说说爱。

但是他们，一个是当朝太子，一个是庵堂女尼，他们的爱情终究不能容于人世，萧统虽然爱着慧如，也只好狠心断绝了这段关系。

萧统能逼自己放下，因为他还要做更重要的事情。但是慧如却忘不了萧统，所以在日日夜夜的思念之中，渐渐枯槁，最终撒手而去。萧统宅心仁厚，重情重义，他得知慧如病逝的消息，大哭了一场。他来到庵堂，想要再看一眼慧如生前居住的地方，似乎看见了因思念自己日渐凋零的慧如，内心悲痛不已。临走之前，他拿出了两颗红豆，种在了庵堂前，又把庵堂改名为红豆庵，以此纪念他与慧如相爱的日子。

中大通三年三月，萧统在后池游嬉，乘船摘芙蓉，不禁又想起恋人慧如，当即吟道："江南采莲处，照灼本足观。况等连枝树，俱耀紫茎端。同逾并根草，双异独鸣鸾。以兹代萱草，必使愁人欢。"这便是知名的诗作《咏同心莲》。

忽然，萧统看见池水里映出慧如微笑的脸庞和她那含情顾盼的神态，情不自禁地大声喊道："慧如，慧如！"当即站起身来扑入水中。荡舟的姬人吓得乱叫："快，快救命啊，太子落水啦！"卫士们纷纷下水，将太子救出，不料他已伤到大腿，只能卧床。

梁武帝萧衍疼爱儿子，为让儿子早些康复，便令御厨烹制大补的药膳给太子食用。他听说莲子善于补五脏不足，使气血畅而不腐，便让御厨做成糖莲子，自己亲自给儿子喂食，安慰他说道："莲子，心是苦的，但是抽掉莲子心，它却甘美无比啊！"

萧统品味父亲这意味深长的话语，领悟此中之意：莲子，即怜子也。父母怜子的心是苦的，只有子女安康建业，父母的心才变得甘甜。然而，萧统未及即位便病逝了，他那凄美的恋情和梁武帝的糖莲子却流传开了。

而萧兆明也向往有一段萧统这般笃情的经历，这也是他这次随军南下的一个意愿。

经过几番交流之后，唐赛儿似乎感觉到了萧兆明这种微妙的心思。然而，无论萧兆明如何温存关爱，唐赛儿对金寇的仇恨、对亲人的思念，一刻也不变。她心灵深处，驻着的对心中恋人张宪的断守之望，随着窘境下的逼仄时光，越发强烈，越发清晰。

因为金国王子萧兆明的庇护，金兵再也没有欺侮过唐赛儿和苏之娴，只是监视甚严。萧兆明再三表明，只要有机会，他一定会全力帮助，让她们安全脱离。唐赛儿虽然对其承诺半信半疑，然亦无法了解更多音讯，只能随着金营行程，伺机而行了。

萧兆明救了唐赛儿后，便在军营中及对大王兄宣称，他对唐赛儿甚有好感，欲收纳帐下，作为陪读伙伴。完颜宗望也知小弟平时厌战，故而很少有武将朋友，在军营中甚为孤独。见唐赛儿文弱，没有什么危险，又可在生活上对他有所照顾，便也一口应承了。这样，唐赛儿、苏之娴便留在了完颜燕孙帐下。那些金兵将士见此情景，再也没人敢唐赛儿她有所伤害，还表示出对唐赛儿的几分尊重。

# 第十二章　南下广德　锋芒初露

话说，建炎三年冬天，金军自建康而下，经溧阳、广德、安吉、杭州、明州，穷追宋高宗赵构。金人陷临安府，遣兵渡浙追杀。赵构丧魂落魄，一逃再逃，最后自昌国（今浙江定海）取海道逃往温州。一时间，东南大乱，到处都是打散以后当了土匪的宋兵官军。

在这险恶的形势下，满腔热血、爱国情深的岳飞率所部数千人，转战江南水乡，不断骚扰和打击渡江南下的金军，开始了他独当一面的抗金活动。

完颜兀术于十一月十八日开始进攻建康，二十七日就进入建康城。在建康做了一些安排后，沿着溧水、建平南下。金军速度之快，让广德军都没有收到任何消息，知军周烈见到金军游骑，还以为是宋军的溃兵，派人去招抚，承诺劳军，根本不知道这是金军。完颜兀术佯装同意，当周烈带人带着大量财物来劳军的时候，完颜兀术才亮出身份，让周烈投降。周烈一时傻眼了，纵马狂逃，最终被金兵乱箭射死。

十二月七日，金兵攻陷广德军，广德军就这样莫名其妙地丢失了。

此时，岳飞提议南下广德军，刘经表示赞同，扈成却想要带领自己的部属渡过长江，回西北老家去。人各有志，岳飞也不好勉强，便送了一些粮食给扈成，让他自行离开。这些开封府留守司的旧部只合住了月余，便分道扬镳了。如此，岳飞赴广德的路上，没能与扈成合为一军，从钟山带出来的近万人就这样减少了一小半。

是夜，岳飞与茅山笪净之道长告别。笪净之道长叫来徒儿清尘、清风。这是两个孤儿，皆二十岁。清尘孱弱，斜挎素麻包，习得一手岐黄之术；清风孔武，手持虎头双钩，武功了得。

笪净之道长对岳飞说道："将军此行，险行恶战，贫道派一文一武两弟子随之调用，以助力一二。"岳飞谢道："有两道友相助，末将如虎添翼也！"

笪净之道长转头，对两弟子交代道："尔等誓随岳帅，宁废风尘，毋伤鹏程！"清尘、清风齐声应道："弟子谨遵师命——宁废风尘，毋伤鹏程！"

岳飞当下将清尘归属后营徐庆，挑选几位聪颖青年，跟随习医。清风则被派去保护张其汝。

那"小时迁"时子通感恩岳飞，于是在岳飞开拔之时，他再三请求跟随岳家军一道抗金。道长允许，要他戴过立功，勇猛杀敌，为国出力。岳飞惜才，将时子通拨在张宪手下听用。

且说，等到岳飞的右军和刘经一军出发之后，扈成便带领他的三千后军部属向镇江进发，路过镇江府金坛县时，扈成把家属老小留在了金坛。当时，宋将李滑槌率所部占据了镇江。扈成率军到达镇江之后，李滑槌闭门不纳，只派人拿出了一些银帛送给扈成。那意思是，镇江也没有多少钱粮，养不起这么多人，这些银帛算是一点心意，请收下后带兵离开吧！

扈成和所部将士大为失望，却又无可奈何，只得再另寻就食之处。他们行至丹阳，有军士来报告道，开封府留守司的另外一支禁军旧部统制官戚方转当了土匪，此时趁扈成不在，劫了金坛的寨子，把他的家属老小全抓走了。

时逢乱世，麾下的兵力越多，代表着手中的筹码越多。如果上山落草为寇，就能够多占些地盘；假如投靠金国或是建炎小朝廷，就意味着可以得到更高的职位。所以宋军那些溃散了的部队，相互之间也在不停地进行火拼。

扈成闻报大怒道：“戚方胆敢如此无礼！俺一定要杀了此贼，并了他的军马！”便率军急返金坛。扈成没有想到的是，他军中一个统领官谷俊，偷偷跑去投靠了戚方。戚方得知扈成提兵而来，立即开始做相应的准备。

扈成计划打戚方一个措手不及，于是找了两个向导带路，率军夜行。偏偏那两个向导在半夜里迷了路，直到天蒙蒙亮时才发现把部队带错了方向。扈成更加恼火，下令将向导斩首。扈成见诸事不顺，命人卜一卦看吉凶，卜卦人说：“急趋则凶，稍缓则吉。”扈成又大怒：“迷路在此，怎么还能稍缓？”他一怒之下，又把卜卦人斩了，命人寻路而回。

在半路上扈成军突然与戚方隔水相遇。戚方即下马行礼，扈成也下马答拜。扈成道：“俺一军老小在金坛，不知将军为何把他们抓走？”戚方连连道歉道：“死罪！死罪！戚方岂敢做这等事？都是下面的小人胆大妄为，在下事先的确不知情。”扈成即道：“既然如此，那俺也不怪你，请把军中老小速还回来！”

戚方谢道：“既蒙宽恕，戚方谨当将老小全部交还，不敢稍有侵损。”二人当场约定了交还的日期，并把地点定在了长河岸边。不料，戚方事先秘密令人在桥下掘了大坑，坑内埋伏精锐数十人。

到了约定的时间，戚方带着扈成一军的家属老小鳞次而行，做出一副诚心交还的样子。在长河的另一边，扈成率军以车马相迎。戚方隔着长河高声喊道：“戚方今日尽将老小交还，扈统制为何带来这么多兵马，难道是怪罪戚方，不肯宽恕？”扈成以为戚方真的起了疑心，担心节外生枝，立即答道：“绝无此意。”言毕，命令军士向后退。

扈成与戚方二人各自进马，往河桥而来。戚方走着走着，渐渐放缓了速度，让扈成先到达了桥边。突然，预先埋伏在坑里的伏兵猛然杀了出来，扈成猝不及防，被砍落于马下。戚方立即挥令进兵，扈成的军士们见主将被杀，纷纷散走。事后，戚方又将扈成的父母妻子一家十八口全部杀害。

扈成军中的统领官庞荣收拾散卒，往宜兴县投奔了水军统制郭吉。此是后话，按下不表。

再说，岳飞和刘经的部队合并在一起，一路南下。南撤的路上，下起了大雪。天幕低沉，前后左右一片白茫茫、灰乎乎。“寒色孤村暮，悲风四野闻。”从建康府到广德军的路上，一派萧条景象，说不尽的荒芜肃杀。一路行程，纷纷有散兵、难民加入。

建炎三年十二月十五日，岳飞率军到达广德军（今安徽广德县）的钟村时，部属已增加到八千余人。

此时，前哨来报：“金兵由郎溪攻入，广德县陷入金兵之手，守臣周烈被杀殉国。”岳飞即命众军在钟村及周边驻扎，伺机出击。

临近半夜，又有哨兵来报，从黑岗村潜出几位逃难乡民，路过此地。岳飞即命带来一见。

不一会儿，五个乡民被带到。岳飞问道：“金兵可有动静？”站在前头的一位五旬村民道：“金兵前日从郎溪进入黑岗，烧杀掠抢，将我等抓来补充军夫。傍晚过后，关押我等的三个金兵喝酒，依稀听得说，三日后要南下追击新皇帝。”岳飞又问道：“可经过钟村？”那村民道：“他们要到广德县城，钟村是必经之路。”岳飞闻之大喜，命兵士送走这几个乡民。

是夜，岳飞命亲兵找张宪到营帐内议事，他则打开《太公兵书》，又认真研读起来。不一会儿，张宪来了。岳飞问道：“广德钟村地形如何？”张宪答道：“回老师，学生业已侦探清楚，此地处横山之麓，山势纵横十里，且山丘间夹溪沟，不宜大部队厮杀。”

岳飞问道：“可否用虎韬之谋，狙击金兵？”张宪道：“虎韬讲究三阵相应。根据此地形，可利用丘陵、水泽等地形条件，布设地阵；根据现有的步兵、骑兵武力及不同战法之配合，可布人阵。然而这天阵是否得当，需根据各种天象来布列阵势，学生就不甚明了了。”

岳飞知道，阵势的布列，不仅要考虑到天候、地形等自然条件，还要考虑到发挥己方的战斗力、抑制敌方的各种有利因素，只有扬长避短，才能取得胜利。他闻张宪之虑，沉思片刻，道："可请其汝先生一议。"张宪道："是，学生这就去请张先生。"当即赶到张其汝寓所。

这张其汝跟随岳飞后，成为辅助设谋划策之首席幕僚。投军后，他自己设计，找来铁匠专门打制了一把戒尺。戒尺长一尺三寸，宽三寸，厚一寸，尺内空腔，装有数支短箭，扳动尺端机关，短箭即可射出伤人，无疑是手持弩箭。因他足残行走不便，岳飞专门配一卒一车以为其助力，后又让清风道长专事护卫。

这时，张其汝早已坐等传令，一见张宪来到，便问道："岳帅可要布阵？"张宪道："正要请先生议事。"张其汝应道："在下早有盘算。"当即，张其汝坐轮车走出营帐，先朝夜空观察一番，喃喃念叨："星光虽弱，天霁补势矣。"即随张宪同往岳飞军帐。

岳飞见张其汝过来，急忙起身相扶，道："有劳贤弟，可解愚兄之惑。"张其汝道："大哥放心，小弟研判些许，天阵可布。"岳飞问道："有何讲究？"张其汝道："天阵者，根据日月、星辰的具体位置来布阵，俺们只要找准北斗星位置，即可应对坐中布局。"岳飞道："善哉！"于是，三人伏案，再次将"三阵"方案予以详细推敲。

次日，岳飞针对横山的地形特点，创制了蝙蝠阵法。据悉而判，此地不宜于大兵团展开作战，金兵的作战特点是惯于使用重箭、长枪，善强攻、猛冲锋，不擅长短兵相接。故而，蝙蝠阵正是扬己抑敌的战法。

阵地上，张其汝左手举起戒尺一挥，代为宣布命令。此阵法，对兵士采取了新编制，配备了不同的武器。即将最基层的单位分队，每队十二人，设队长；三队为一哨，设哨长；三哨为一官，设哨官；三官为一总，设总兵。每队配备长牌、藤牌、长枪、短兵等武器，使组织严密且出击互补。在路窄队形难以展开的地段，还可以把这种并列队形变成单一队形。路宽时，这种蝙蝠阵又可以变为大、小互连阵。这一阵法适合山丘地形，又能充分发挥各种兵器的效用，减少自身的伤亡，并能抑制金兵的战术优势。

张其汝又传令，由王贵、张宪、徐庆、姚振率军各占东南西北方星位，呈四星组成“斗身”；由岳飞、傅庆、吉青率军各占纵向中轴星位，呈三星组成“斗柄”，合成以七星排列之北斗状。分派停当，即由各部操练起来。

蝙蝠阵是阵势组成的最小单位，接战时长枪、短兵均可杀伤敌人，同时互为防护。这一战斗组织的最大优点是长短兵器迭用，攻和防结合，既便于消灭敌人，又能够保护自己。蝙蝠阵配以北斗阵，即可整合为联动战术队形，以满足大规模作战的需要，其基本阵法特点是一头两翼一尾。当敌之兵即为头，为正兵；在左右即为翼，为抄敌奇兵；在后即为尾，是策应之兵。在实战中，各部位随机演变，均可为头，均可为翼，均可为尾。小至一哨，大至全军，无不如此，变幻无穷，皆可为奇。

岳飞令将士们反复演练，熟练掌握这种阵法，队伍号令严明，进退有序，有条不紊。如此，在进攻时，至少可使敌三面挨打；后退时，互为照应，井然有序，使敌无隙可乘。

十二月十八日早晨，探子来报，金兵果然由黑岗出发，径直向东南而行。岳飞闻报，即命将士各就各位，按计行事。

再说，这支金兵约有两万余人，率兵大将正是西路副帅完颜希尹。

完颜希尹本名谷神，是完颜欢都之子。天庆四年，完颜阿骨打举兵反辽，希尹常跟从金太祖阿骨打、完颜撒改以及诸将对外征讨，立有战功。之后，希尹长期跟随宗翰，但两人对汉文化的态度却截然不同。

天会七年，完颜宗翰、完颜宗辅（讹里朵）受命追击宋高宗赵构，希尹率军攻至扬州，屯兵江北，以接应在江南作战的完颜宗弼等军。其后驻西京的元帅右都监耶律余睹谋反，希尹首先觉察，其未及举事而败露。

两日前，完颜希尹受命南下。行动前，他派出探哨打探前行军情，结果得报，途经的横山大道沿线暂未发现宋军。完颜希尹闻之，傲然地一扬头，对部下喊道："本帅所到，谁与匹敌？料想那些败将残兵早就逃得远远的了，哈哈哈……"金兵皆大呼曰："大帅威武，所向披靡！"

在广德交手，金兵与宋军的力量悬殊，岳飞决定智取。这里，岳飞早已安顿妥当，但等金兵到来，可一展身手。

晌午过后，金兵行至横山南侧的山道，这是通往南边的必经之路。然而，这儿虽算贯通要道，却曲折坎坷，崎岖不堪，有些狭窄处仅容两骑两人通过。完颜希尹一见此状，不觉脑后冷气直冒，一时冷静了许多，号令部下谨慎行进。如此一来，金兵走走停停看看，全军好不容易才进入宋军的伏击圈。

正当金兵行军缓慢、踟蹰不前之际，只听得一阵号角声响，鼓声震天，杀声漫山。实际上，这是岳飞的"悬羊击鼓"之法，即将数十只羊的后腿吊起来，让羊的前腿拼命击鼓，造成战鼓雷鸣的强大声势。刹那间，一小队一小队的宋军从大道两边蜂拥而起，径直杀奔金军。

金兵一时竟吓蒙了，怔怔站在那里，未等到反应过来，宋军的枪尖已戳到了他们身上。完颜希尹一见，急得大叫道："拼命顶住，狠力斩杀啊！"金兵果然厉害，一旦回过神来，竟杀性顿起，凶狠无比。

完颜希尹以为扬旗击鼓的地方是主力，便集中兵力进攻。谁知宋军分散从多路围击，主力则包抄金兵的后路，斫营纵火，乘乱纵击。完颜希尹不愧为历经战事的将领，马上派出精兵敢死队强行突破。金营的几百个敢死队兵士身着重甲，将钩镰枪、狼牙棒背在身后，双手举着盾牌，迎着弓箭冲锋。一些金兵的盾牌被射穿，手被钉在盾牌上，但仍忍痛向前冲。在这样的攻击下，有少数宋军将士被神臂弓射穿铠甲，命中要害，翻倒在地。

然而，这次较量，金兵却占不到半点便宜。他们从未看到过宋军的这种蝙蝠阵战法，能挡能攻，能大能小，能散能合，一时捉摸不透，好多金兵糊里糊涂便成了刀下之鬼。

金兵左冲右突，早有王贵、张宪、徐庆、姚振领兵从四处杀出。金兵前行后退时，又有岳飞、傅庆、吉青率军前后斩杀。一时间，横山之麓杀得天昏地暗。自午时及申时，岳飞领军与金兵鏖战两个时辰，歼敌千计，活捉女真、汉儿王权等首领二十四人。

完颜希尹带领败兵落荒而逃，径直南下，逃至广德县城。宋军打扫战场完毕，押送战利品及战俘仍返钟村。

# 第十三章　牌坊围歼　击溃兀术

话说，岳飞当即命令将几位被俘的敌将带至军营，亲自逐一审讯。岳飞从讯问中得知，在这些战俘当中，大多为签军。原来，为了弥补兵士数量不足，金兵征集了大批的辽国遗民和中原汉人随军而行，将他们半边脑袋的头发剃光，半边脑袋结两条小辫子，称“剃头签军”。由他们充当养马、挑运的角色，有时也将他们赶到阵前当炮灰使。

岳飞便对其晓以大义，结以恩信，或招入宋军，或遣其回籍。当时，大多战俘皆因故乡陷敌、家园破亡，愿投宋军效力。

这时，张其汝手持铁戒尺走过来，对岳飞附耳献计曰：“大哥，此类人熟悉金营，可使里应外合之谋。”岳飞轻声答道：“愚兄正有此意。”岳飞即令河朔剃头签军将领周克勇、顾新、陆阿兴留下，其余众多战俘退出。

岳飞开导他们道：“俺们皆为汉人，又是老乡，谁都不愿当那亡国奴吧！”三人齐答道：“大帅啊，真悔啊，俺们岂能再过那人不人鬼不鬼的亡国奴日子呢！”岳飞即问道：“那大敌当前，尔等可愿意戴罪立功？”

周克勇跪拜在地，道：“大帅发令，俺们当赴汤蹈火而万死不辞！”顾新、陆阿兴也相继跪倒在地，附声道：“赴汤蹈火，万死不辞！”岳飞忙搀起三人，正色道：“尔等可仍回金营，做内应之用，方能成事半功倍之效。”言罢，便让张其汝与他们详细谈了计谋。

周克勇三人随即便挑选了三百名心腹“签军”，做了简单的解说，带领他们赶至县城金营，充当内应。

签军中，有一对兄弟，兄叫孙显，弟叫孙观，乃江南人氏，本为地方盗贼，后投杜充军下。金陵失守，杜充投敌后，刘氏兄弟流落在乡间，重操旧业，以盗窃度日。金兵南下，孙氏兄弟被掳去充当“剃头签军”，归周克勇管辖。因孙家兄弟懂得些许拳脚，故被委以分队队长职务。

完颜兀术南下后，听信杜充之策，在剃头签军中培训了若干奸细，孙家兄弟正是其骨干，他们随时提供各类情报，控制所在签军之近况，直受杜充的副将谢大槐管辖。培训期间，谢大槐又配给孙显一位女助手刘琴玉，与其装扮为表兄妹。此女年方二十，原名司马沁，中原人氏，也是逃兵荒时被掳。

傍晚时分，陆阿兴返回宋营，向岳飞报信，城内已做好内应准备，约定寅时起兵。

当天晚上，岳飞、王贵、张宪、徐庆、傅庆各领兵一千，奔袭广德县城。城内的周克勇等趁黑夜放火，烧毁七梢、九梢炮车和各种器材，并乘乱打开东、西、北门。岳飞乘机纵兵出击，夜袭金军大营，里应外合，重创金军，俘杀贼寇不可胜计。金主将完颜希尹在残军掩护下，匆忙从南门出逃。岳飞命令全军打扫战场，迅速撤兵，仍驻扎在钟村。

奋战之中，孙家兄弟本想躲退一旁。谁知一阵混战之中，孙显被金兵伤了右眼，一时鲜血淋漓，孙观赶紧护着兄长躲藏于一张破桌子下，直到战斗结束，二人才跑出来。领军人一见孙显伤势不轻，还以为他奋勇作战，于是予以褒奖，拨在后营，且信任有加。刘琴玉也被调往后营厨房帮厨。

又过了两天，岳飞得知金军副主帅完颜兀术带兵由建康向杭州进发，将经广德，途中驻于牌坊村。于是，岳飞寻思再次带着人马，在金兵后方进行邀击。

牌坊村位于广德县城西五十里(今誓节镇境内),路南柯匠铺、安沟、牧塘、分界岭等地属金兵营寨,紧靠柯匠铺筑有作战之用的打鼓台二座。

岳飞这次采用集结军队、约期会战的原则和方法,事前将几支部队分驻各地,战时则集结起来,这就是分合而战的“犬韬”。

岳飞当即命令王贵、张宪、傅庆和姚振,在路北艳彩塘、阳山顶、黑沟、营盘山处安扎营寨,岳飞与吉青带兵分守于东南侧的茅林山、五龙山处。又给诸部将官明确规定,要攻打和包围的敌军、各队集结的地点及各队到达的时间。然后,岳飞与张其汝提前到达集结地点,设置营垒,布列阵势,在营门树立标杆以观测日影,计算时间。

建炎三年十二月二十日傍晚,探子来报,金兵次日巳时可达牌坊村。

岳飞心想,完颜兀术远道而来,宋军守株待兔,正是交兵的好机会。他立即传令各部,当日晚餐后即刻休息,挨至亥时立马开拔,夜奔牌坊村四周埋伏,听号令围歼金兵。各部将领均按计施行。

这日凌晨,完颜兀术派出前哨探路。不一会儿来报,前面未见宋军行踪。完颜兀术传令:“拔营起寨,兵奔牌坊村!”一旁军师哈密蚩急忙劝道:“主帅,可派一队人马先行,以免中了宋军岳飞伏击之计。”

完颜兀术一听,哈哈一笑,道:“本帅自从兵进中原,势如破竹,所向无敌。小小的岳飞,何必惧他?”哈密蚩道:“闻听那岳飞文武双全,善于用兵,不可小觑。希尹将军兵败钟村即为前鉴。”完颜兀术道:“休提希尹那蠢材,岂可与本帅相比!”哈密蚩道:“还望主帅千万不可轻敌,骄兵必败啊!”

完颜兀术见军师一再劝阻,想想他说得也有道理,便依他所言,派出猛将阿里托铜、金古都领兵三千先行,自率大队人马随后,其间相隔一华里,互为照应,以防伏兵。将令一下,金营一阵忙乱,拔营直奔牌坊村方向而去。

此时,王贵、张宪、傅庆和姚振早已在路北艳彩塘、阳山顶、黑沟、营盘山埋伏等待。

不消一个时辰，阿里托铜、金古都领先行军已至阳山顶、营盘山一带。这里峰峦起伏，绵延数十里，形成一个弧形，山上古树参天，怪石堆垒，当中是一条山道，可容四马并驱。一开始，金兵还是走走停停，不时地观察地形敌情。金兵进山道将近一华里，见这里虽然地形复杂，却毫无动静。阿里托铜便对金古都笑道："这儿哪来伏兵，军师也过于小心了吧。"即令先行队伍加速前行，又遣传令兵向后随大部队报告。

完颜兀术得讯后，催马来到山前，登上小山坡，往远处眺望。哈密蚩道："这里深山可以藏兵，沿路可以伏击，可是一个打突袭仗的好地方啊！"完颜兀术听罢，点了点头道："是了，可惜那岳飞虽然读过兵书，却不知营盘扎在这个地带，进可攻，退可守。哈哈哈，这岳飞不过是个书呆子罢了！"说罢，令大队人马急急行军，赶上先行部队。

却说，在艳彩塘、阳山顶、黑沟、营盘山埋伏的宋军，已经守候了好几个时辰，刚刚眼见得金兵从眼皮底下大摇大摆地走过，个个把牙齿咬得"咯咯"作响，然而却不见岳帅发令。眼看完颜兀术的大队人马大半进入山道，这边岳飞在五龙山上早就得信，便朝张其汝一点头，张其汝也挥动手中戒尺回应。

张其汝随即一挥令旗，一旁传令兵连连放射三支响箭。"唰唰唰——啪啪啪"但见三支响箭冲入云霄，又落至半空，炸出巨响、亮出红光。一时间，杀声四起、喊声震天。岳飞与吉青分别领兵从茅林山、五龙山上冲下，堵住了金兵的前进脚步。

阿里托铜一见形势骤变，忙传令抵抗。无奈道小人众，金兵早已被宋军切成一小块一小块，相互失去了联系，被冲下山的宋军一阵乱砍狂挑，不一会儿便溃不成军。一些金兵马上往后撤，一边还高喊道："快逃啊，岳飞杀过来啦！"

这动静早已惊动了完颜兀术，他一见果然中了岳飞伏兵的袭击，也只好发令，后队转成前队，往回途中夺路而逃。

不料，一通鼓响，埋伏于艳彩塘、阳山顶、黑沟、营盘山的宋军，如天兵下降，立即封住了进山谷的大道口。完颜兀术带的金兵大队也被宋军分段围住。霎时间，大道山坡上混战一片。

完颜兀术来到队前，勒住战马，留神观看宋军的阵势。只见对面，征尘滚滚杀气腾腾，战场列摆三里地长。不远处，一杆大纛，上书斗大一个“宋”字。一位大将胯下一匹千里追风驹，身高八尺有余，熊腰虎背，鼻直口方，眼中眉梢带着杀气，头戴帅字金盔，身着金钉甲胄，足蹬虎头战靴，背后鹿皮囊斜插四棱铁锏，手中一杆沥泉丈八矛，此人正是大帅岳鹏举。

完颜兀术看罢，倒吸一口凉气，心想，岳飞果然是气度不凡，与众不同。

张其汝此时在山坡上早已看到完颜兀术，便将令旗一挥，下令道：“将士齐向前，活捉金兀术！”一时间，宋军响起如雷之声：“将士齐向前，活捉金兀术！”

完颜兀术听得呼喊声，气得大喝一声：“好个岳飞，竟敢阻挡本帅去路！”随即策开赤炭火龙驹，挥动金雀开山斧，杀入阵内。

这边，吉青性急，早拨马迎上前去。完颜兀术见来者紫黑脸膛，个子不高却格外壮实，舞动一对追命狼牙棒，勇猛无比，便问道：“来者通名，咱四太子不杀无名之辈！”吉青大怒，高声喝道：“俺便是你吉青爷爷，拿命来！”言毕，双手两棒齐齐砸向完颜兀术头顶。

完颜兀术见棒势凶猛，却毫无惧色，挺身而进，用开山斧奋力向前一挡，只听得一阵轰响，竟顶开吉青的一对狼牙棒。吉青只觉得双臂被震得发麻，大叫道：“好你个贼人，力气还不小！”接着将马跳开，换了个招式“拨雨撩云”，右手一棒在上，打向完颜兀术的肩膀，同时左手一棒在下，扫向对方的胯部。这招可让人难以上下应付，敌手稍一疏忽，便会一头防开另一头中招。

然而，完颜兀术乃身经百战之猛将，哪里将此放在眼里，只是“嘿嘿”一笑，将开山斧迅速收回，又从右边自下而上画了一个半弧形，这招是“烘云托月”，看似随意，却在防招中暗藏杀机。果不其然，完颜兀术此招不但成功地化开了吉青的狼牙棒杀势，还来个“旋风扫叶”，将开山斧从上方斜劈下来，含有千钧之力。

吉青虽为莽撞却也不笨，见势不妙赶紧偏身，跳出对方斧锋，速速退后。完颜兀术正要追赶吉青，斜刺里一把擒龙大板刀挡住了他的去路，来将正是宋军大将王贵。

完颜兀术见王贵五大三粗，身高九尺，褚红脸膛上连腮虬须，与自己有几分相像，不禁“哈哈哈”笑出声来。王贵不怒自威，一见完颜兀术发笑，高声喝道：“且吃俺一刀，让你哭不出来！”一招“巫山断魂”迎头劈来，完颜兀术用“斗转星移”招架。

如此一来一去，两员猛将战了五十回合，王贵略见力怯，便拨马返回。完颜兀术正杀在兴头上，策马杀入阵中，一时势不可挡。

岳飞见完颜兀术逞能，一时无人能阻，自己又离一箭之远，便探囊取箭，满弓劲发。说时迟，那时快，一支响翎霎时直朝完颜兀术面门而来。

完颜兀术果然是惯征善战之辈，在繁杂的厮杀声中也能辨出一丝声响，连忙低头避箭。只见那箭风过来，竟穿透他的盔顶，将头盔向后带出一丈开外。这一下，完颜兀术受惊不小，一夹马腹便落荒而逃，头发披散开来，甚是狼狈。

主帅一逃，金兵无心恋战，溃败而去。岳飞怕穷追会引发金兵困兽之斗，加大自身伤亡，因此也下令收兵。岳飞亲自指挥了牌坊村围歼金兵之战，初次与完颜兀术当面较量，大获全胜。

岳军英勇善战之名一时传开了，他深得宋军将士和地方民众的拥护、支持。

且说，一日傍晚，钟村岳飞住宅。岳飞正秉笔直书，将近日军训及习拳之简要，梳理记录。忽然，一阵狂风从窗前刮过，原本虚掩的窗格被掀开。

岳飞起身上前关窗，但见窗外风雨交加，不由驻足凝视。

窗外，不辨星光，雨雾氤氲，挟裹了远山近岭。伴着小雨的夜幕下，松也肃穆，石也黯淡，影也婆娑。寒雨，有一种凄清寂寥之色彩，让人感受到一种孤傲和凄凉的别样情感。杂乱纷纭的雨丝似乎也在诉说着逝者如斯的感伤，岳飞不由得想起前朝大文豪苏辙《寒雨》中的诗句。他低沉吟道："江南殊气候，冬雨作春寒。冰雪期方远，蕉絺意始阑。未妨溪草绿，先恐岭梅残。忽发中原念，貂裘据锦鞍。"

不一会儿，岳飞觉得后背如针刺一般，隐隐生痛，且越发加重。岳飞知道，这并非背上刺字处阴雨天之反应，而是每当自己担忧郁虑或精神萎靡之时，便有此感。于是，他一握双拳，暗暗运功，将丹田之气引发向上。

此时，耳畔却传来姚安人的声音："鹏儿，疼否？"岳飞大惊，抬头望去，但见雨幕中现出母亲之憔悴脸庞。岳飞急忙站正，躬身一礼道："母亲啊，您可安好，想煞俺大鹏也！"那雨幕中的姚安人略微一点头，说道："鹏儿须雄心壮志，杀敌护国，不可一日懈怠啊！"岳飞刚要答话，从姚安人身旁一下子蹿出两个孩子，正是长子岳云、次子岳雷。两人双双招手，含泪喊道："爹爹，爹爹！"岳飞正要伸手去摸，只见又一阵风起，眼前人影早已踪迹全无。

岳飞使劲一闭眼，再睁开，眼前仍是雨随风落。岳飞转而思虑，为何不见爱妻李娃呢？他拿出贴身携带的碧血玉佩，见此玉佩仍旧玲珑剔透，然而却黯淡无光，不觉泪眼婆娑。正在思念之中，只听得隐约有声："相公，奋力杀敌，为妻紧随其后！"岳飞再要侧耳倾听，仍然只听得呜呜风声。

岳飞退后一步，猛然一跺脚，原地旋身丈高，在空中一个"大鹏遨空"，早已落在书案前，随即一通"形意龙虎十三式"，直至浑身生热，气贯经脉，顿觉精神焕发，气力迸发。

有道是，心有灵犀一点通，百里之外的李娃也在思念家人。

此时，李娃在宜兴李家村，刚刚带队巡逻返回。屋内，李登奎还在等她，一见李娃，立即端上温在锅里的饭菜，招呼李娃用餐。李娃问道：“爹爹在等女儿，还没吃饭吧？”李登奎笑了笑，道：“女儿不回家，老夫怎吃得下啊！”李娃含泪道：“爹爹年纪大了，本应小女孝顺，无奈军务烦琐，反而苦了爹爹！”李登奎道：“只要早日斩杀金寇，找回赛儿，老夫累死也无所憾哉！”父女俩同时用了晚餐，又议论一番义军训练情形。

待李登奎歇息后，李娃也进入卧室，又拿出未缝好的战袍。

古代武将于铠甲之外穿着的战袍，因形制不同分为斗篷、披风、大氅等。早期在行军途中往往穿戴，主要用于御寒、防雨雪、防尘、防风等，即使要露宿，斗篷一裹便是被褥。此外，野外受伤的情况下直接扯下来包扎伤口，遇上伤亡直接能用来裹尸体。还有最重要的，就是迷惑敌人的视线。战袍在后面一直飘着，敌人射箭也得考虑位置再射。有时候无奈需要假冒敌军，披上对方一样的披风就会让敌人失去防备，为自家兄弟争取战斗时间和机会。

唐代以前，先秦及秦汉，一般家里有经济能力的，都是自备盔甲或战袍，没钱的军队会下发制式盔甲或战袍，当兵结束可以穿回家，下次再服役或者后代服役，就穿这个。东汉时军队的盔甲或战袍都是政府发放的。三国两晋南北朝隋唐，实行军户制或府兵制，盔甲或战袍皆为自备，有好有坏。宋朝结束了府兵制，主要是募兵制，盔甲或战袍全部由军队提供，少部分家里有条件的允许自带。

战袍最早期是藤草、枝卉材料，后来都是棉麻纺织品。随后更是成为一种重要的装饰品，做工越精细、形制越精美代表身份越高。

李娃手中是为岳飞缝制的披风式战袍，用的是多层棉麻混织布，外罩银白色棉布。她每天晚上上床前，总要抽时间缝制。她在战袍前幅用星星点点缀成一个北斗图形，在袍后又用一条一条的线条勾勒，乍一看平淡无奇，仔细一看，竟然隐现出一只展翅遨空的大鹏。经过数日，一领战袍终于缝合。

此时，李娃将战袍平铺在桌子上，左手持针将右手中指刺破，挤出鲜血，滴在战袍前幅的左胸位置。她听民间传说，因为中指血是心包经之血，具有先天的纯阳之气，可压制一切邪祟，可以辟邪！

一滴一滴又一滴，三滴鲜血在袍面上融染成一朵啼血杜鹃，鲜红的花瓣似火如霞。李娃手捧战袍，默默念叨：“愿以奴身心血，佑相公永无血灾！”

少顷，她靠在床头，又掏出碧血玉佩，轻轻吻了一下，自语道：“大鹏啊，云儿、雷儿啊，你们在哪里啊！”念叨着、想着，泪水似珍珠一般挂在脸颊，又滴落下来，不一会儿便浸透了大半个前襟。

# 第十四章　岳军铁纪　重塑军威

岳飞首战完颜兀术取得胜利,宋军军心大振,自此组建了独立抗金劲旅“岳家军”。

但是，岳家军目前只有几千士卒，无论如何也不能与金军的精锐主力硬碰的。岳飞不愧是军事天才，他打击金军极有策略，不能力敌，就以智取，又像当年转战太行山时一样，力避主力，先打偏师，机动用兵，从而形成了一套卓有成效的游击战术。

在完颜兀术从广德军向安吉进军之时，岳飞先避过了金军主力的锋芒，然后对其保护交通线之部频频邀击、袭扰。其实，金军这种部队中，战斗力强悍的女真正兵较少，一般都是拼凑的“杂牌军”，且有大量的“剃头签军”。

岳飞延续了宗泽对待俘虏的策略，他对俘获的汉人“剃头签军”一律不杀，或听凭自愿放其回家，或编入宋军。一旦发现有勇敢、忠诚之人，便结以恩信，让其重回金营去当卧底、做内应。

故而，有的签军首领返回金营后，即从事谍报工作，将金军的情报秘密报告给岳飞，以便岳飞知己知彼，准确把握战机。有的还在金军营寨直接起事，帮助岳家军劫营。岳家军在战斗中迅速发展，兵士越打越多，战斗力越打越强。

当时，南宋的形势可是糟透了。皇帝跑了，原先的官吏非逃即降，官兵各自为政；盗贼多如牛毛，官匪不分。于是，金兵在抢，强盗在抢，官兵也在抢，只要手中有武器的都在抢，老百姓除了被抢被杀，就只能背井离乡四处逃难。

在此种情形之下，岳家军的所作所为，便显得格外引人注目。常言说得好，人多心杂。岳飞清楚地知道，目前队伍是由多路人马和多个层次的将士合并组成，军中的降兵和叛匪，多有抢掠民财的习气，混饭吃、混军饷的大有人在。人数并不等同于战斗力，如果没有统一约束的纪律和管理制度，可以说是一帮乌合之众。

岳飞率部到了广德军钟村之后，就下令所属部队不许骚扰当地的平民百姓。然而，军队的后勤供应并没有得到完全解决。在那衣食无着的严峻形势下，尽管约束很严格，但收效却甚微。因饥寒所迫，少数兵士还是违令私自外出抢掠。

这日，岳飞在军营召集几位主要将领商议军务。徐庆抢先说道："大哥，军中之前缴获来的物资，只用了十来天，将要消耗完毕。"岳飞想了想，应道："徐贤弟，可先由本人以往积存的银子购粮置用，以补不足。"随即又转头对王贵道："王大哥可继续派出将士，到金兵的营寨和降金的官府中去抢粮劫财。"两人皆应诺："是了。"

姚振也报告道："大哥，近日已发现有兵士私自外出之行。"一旁，张其汝手抚戒尺，正色道："小弟认为，在供给困难之时，尤须维护严明军纪。"岳飞当即赞同道："甚是，只有严明之纪律保障，方具军队之强战之力！"张宪接话道："近日休整，正可制定军规。"岳飞即对张其汝说道："此事便烦扰贤弟拟定了。"张其汝应道："小弟自当用心。"

是夜，张其汝沉思默想，秉烛疾书，通宵达旦。

次日清晨，岳飞军营的书房内。张其汝进屋施礼后，将《岳家军之军规》递给岳飞。张其汝解释道："大哥，此为小弟拟订的草案，如有不妥，可再修订。"

岳飞让张其汝在一旁坐下，说道："贤弟辛劳！"

岳飞展卷阅看，只见此军规上写道："《军规·十七律五十四斩》：

一曰，闻鼓不进，闻金不止，旗举不起，旗按不伏，此谓悖军，犯者斩之。

二曰，呼名不应，点时不到，违期不至，动改师律，此谓慢军，犯者斩之。

三曰，夜传刁斗，怠而不报，更筹违慢，声号不明，此谓懈军，犯者斩之。

四曰，多出怨言，怒其主将，不听约束，更教难制，此谓构军，犯者斩之。

五曰，扬声笑语，蔑视禁约，驰突军门，此谓轻军，犯者斩之。

六曰，所用兵器，弓弩绝弦，箭无羽镞，剑戟不利，旗帜凋敝，此谓欺军，犯者斩之。

七曰，谣言诡语，捏造鬼神，假托梦寐，大肆邪说，蛊惑军士，此谓淫军，犯者斩之。

八曰，好舌利齿，妄为是非，挑拨军士，令其不和，此谓谤军，犯者斩之。

九曰，所到之地，凌虐其民，如有逼淫妇女，此谓奸军，犯者斩之。

十曰，窃人财物，以为己利，夺人首级，以为己功，此谓盗军，犯者斩之。

十一曰，军民聚众议事，私进帐下，探听军机，此谓探军，犯者斩之。

十二曰，或闻所谋，及闻号令，漏泄于外，使敌人知之，此谓背军，犯者斩之。

十三曰，调用之际，结舌不应，低眉俯首，面有难色，此谓狠军，犯者斩之。

十四曰，出越行伍，搀前越后，言语喧哗，不遵禁训，此谓乱军，犯者斩之。

十五曰，托伤作病，以避征伐，捏伤假死，因而逃避，此谓诈军，犯者斩之。

十六曰，主掌钱粮，给赏之时阿私所亲，使士卒结怨，此谓弊军，犯者斩之。

十七曰，观寇不审，探贼不详，到不言到，多则言少，少则言多，此谓误军，犯者斩之。"

岳飞道："甚为详尽，用心良苦！"张其汝道："此为参照太公古典而编，请大帅再作斟酌，而后定夺。"

岳飞沉默了半晌，轻声询问道："如此严苛，是否难以施行？"张其汝应道："何难之有？无非尊重军法，约束自身品性而已。军队出战连掉头都不怕，此等小事何值一谈！" 岳飞再沉思，说道："俺看啊，可由众将领一并论之。"

张其汝见他略有迟疑不决，深知岳飞爱兵如子，不忍对兵士施以酷刑，便右手举起戒尺，连连在左手掌中敲打数下，义正词严道："军规最主要几点在于服从、纪律、勇毅。服从者，指对上司与将令的遵守，不违背，也不固执己见，如此才能使整个军队的攻守，有前呼后应、前仆后继、也不乱阵脚的军队行军方式。纪律者，即由自律开始，注重生活简洁朴素，不存私心，不额外有所追求，并对军中伙伴保持信任，加快军队的可调度性以及机动性。勇毅者，非指令或是技术性，绝不撤退。就算被包围，只有一死，也要坚持下去，慷慨赴义，不因怕死而有所退却。以上皆为三大核心之理念也。"

岳飞见张其汝慷慨陈词，均有道理，方才击案道："然，即日可为全军施行！"当即由张其汝下令展榜明示《军规》。岳飞又给岳家军定下了一条铁律："冻死不拆屋，饿死不掳掠！"尤其强调规定全体军士即使忍受饥困，也必须在营寨里安心操演或执勤，绝不准私自外出骚扰百姓。

岳飞希望在保全民众、爱护士兵的基础上，组成一支一往无前的军队。无论面临绝境，还是身陷重围，这支军队都能够压倒一切敌人，而不向敌人屈服，即使战斗到最后一刻，也绝不投降。

岳飞严明军纪，令行禁止，军行所至，秋毫无犯。故而，尽管驻军给养十分困难，却常常是"军无见粮，将士忍饥，不敢扰民"，所以街头市井，不受骚扰，买卖照常，百姓安居乐业。

人们看到岳家军纪律严明，秋毫无犯，十分敬仰，纷纷把吃糠咽菜节省下来的粮食拿出来送至军营，却被岳飞一一谢绝。

且说，广德宋军缺粮之际，叛臣杜充又一次差人送来一封信函和一车粮草。岳飞怒不可遏，看都不看便将信函直接扔在地上，抬脚踩烂，对来人说道：“告诉杜某人，岳飞不贪嗟来之食，铁石忠心，天地可鉴！”当即点燃火把，将一车粮草尽数烧毁。

这天傍晚，傅庆与几位兄弟在巷内一家小酒店偷偷聚餐。酒过三巡，副将蔡大兴端起酒杯，站起来说道：“俺是粗人，今日要说道说道。”边座的钟俊标应道：“黑熊将军为一勇将，直口豪爽，有话尽管讲来。”蔡大兴看了傅庆一眼，说道：“大哥，俺可要讲啦！”

这蔡大兴与傅庆是同乡，当年跟随傅庆从军，结为异姓兄弟。蔡大兴生得脸如黑炭，五大三粗，力大无比。每每出战，均冲军前，因而立功颇多，很快便升为副将。傅庆对其十分欣赏，也常引以为豪，故而蔡大兴在军中威信甚高，人称“黑熊将军”。然而，蔡大兴头脑简单，尤其口无遮拦，常常出口冲撞他人，傅庆时常敲打他，不让他随便开口。

傅庆见问，便答道：“黑熊老弟，都是自家兄弟，关起门来，但说无妨。”蔡大兴“咕咚、咕咚”几口喝干一杯酒，用手背一抹嘴巴，说道：“俺们兄弟以前跟随大哥，每日大口喝酒，大碗吃肉，大把用钱。自从投入岳飞帐下，却是过着这穷酸日子，难得聚餐喝酒，还得偷偷摸摸，真是无趣！”一旁小兄弟崔得富附和道：“正是无趣又无劲。”

傅庆闻之，用手一扬，让蔡大兴坐下，厉声说道：“尔等休得瞎掰，国难当头，岂是享受之时。岳帅也与俺们同样吃苦，下次不可提起！”蔡大兴被训得直吐舌头，嘟嘟囔囔说道：“又要让人讲话，又不准人直言，真正闷屈。”傅庆道：“喝酒谈心，共抒兄弟情谊，可也。不得信口开河！”钟俊标接口道：“大哥说得有理，难得今朝有酒今朝醉，莫管明日苦来明日愁。”

此时，有亲兵来报：“岳帅有请傅将军过去议事。”傅庆即放下酒杯，说道：

“兄弟尽兴，愚兄失陪。”言罢起身出门，直奔岳飞军帐。这边，大家重新开怀畅饮。

不觉夜色浓厚，兄弟们已经喝得七荤八素，便各自散开。且说崔得富搀扶着蔡大兴，跌跌撞撞往回走，不一时来到街头一家面铺前。

这家面铺门面不大，凉棚前挑着“笋子面”幌子。锅灶在屋内，门口支得一个凉棚，两张桌子七八条竹凳。这笋子面呢，用的是婴儿手指粗细、两筷子长的一扎面条，下锅后，加上一勺广德特产笋子，吃到嘴里又鲜又脆，十分有特色，故而生意甚旺。铺主宋大海与女儿杏花忙了一天，正在收拾桌凳，准备打烊。

蔡大兴抬头望望，说道：“得富兄弟，刚才只顾喝酒，还未吃饭，不如在此吃碗笋子面如何？”崔得富说道：“店家已收铺了，还是另找他家吧。”话音未落，谁知蔡大兴却一屁股坐了下来，手掌一拍桌子，喝道：“来两碗面条！”

铺主宋大海走过来说道：“军爷谅恕，小店炉灶已歇火，明日请早吧。”蔡大兴双眼圆睁，吼叫道：“俺黑熊将军在战场出生入死，吃碗面还要看什么辰光吗？”宋大海一个劲地赔笑脸，蔡大兴偏是不饶。

一旁女儿宋杏花看不过了，便说道：“岳帅军队都是好人，偏你这什么熊人不讲理啊！”蔡大兴一听女子讲话，循声一看，原是一俊美的二八少女，顿时兴致高涨，竟站了起来。他刚要走过去，不料一个趔趄，歪倒在宋杏花身上。宋大海和崔得富见状，赶上来要拉蔡大兴，却被他挥拳打倒在地。

突然，蔡大兴伸出双手，一把撕破宋杏花的罩衫连带内衣。宋大海爬起来，冲过去拼命揪拉蔡大兴，却毫无结果，只得提起和面的铜盆敲打起来，高喊道：“盗贼进门，乡邻救命啊！”一时间，四方乡邻纷纷赶到。

众人怒火中烧，拿起扁担、棍棒，将蔡大兴和崔得富一顿暴打。而后，将他俩手脚对绑，用粗毛竹竿穿着，像抬猪一般，抬向岳家军中军帐。一路上乡亲听得动静，也随之前行，边走边骂边喊，不一会儿竟聚集了数百人。

此时，岳飞还在与张其汝、王贵、张宪商量军务，听得帐外喧闹，便让张宪出门观看。张宪一跨出帐门，只见门前齐刷刷跪着三百余人，一旁是五花大绑的两个醉汉。众人喊叫道：“民女无辜受辱，请岳帅公断除凶！”喊声、骂声一阵紧过一阵。

不等张宪回报，岳飞已迈步而出。众乡邻一见岳飞，顿时收声，由里正刘德成上前说明原委。岳飞听罢，气得浑身直发抖。他强压怒火，说道：“众乡亲少安毋躁，待本将查明真相，必定公断。还请暂先回家歇息。”里正刘德成发话道：“岳家军乃忠义之师，岳帅自不负众意，我们且等判断。”于是，乡邻互劝着散去了。

此时，傅庆、钟俊标等人闻讯，也急急赶到。岳飞又详尽询问了情形，说道：“蔡大兴乃傅将军部下，责尔明早提出处置之法。”傅庆唯唯而退，临行时狠狠踢了蔡大兴和崔得富几脚。

中军帐内，岳飞问道：“几位将军，看此事如何处置？”张其汝道：“岳家军之军纪条令新颁，蔡大兴身为将领，竟然犯事甚恶，当然严惩不贷！”岳飞问道：“按律何为？”张其汝将戒尺在案头轻轻一点，厉声答道：“按律当斩！”王贵急忙摇手，劝道：“不可，不可。蔡大兴虽犯死罪，然念其杀敌勇猛，屡建战功，可将功抵过矣。”

岳飞转头看看张宪，道：“贤弟意下如何？”张宪起身施礼，道：“老师，张先生与王将军均言之有理。不过，学生还是以为，杀一将，可儆全军；反之，赦一将，则败全军耳！”王贵再劝道：“现今正是用人之际，留下大兴一命，可杀敌寇百千！”岳飞见他们争执不下，便道：“诸位且先回营歇息，容俺再思量思量。”

夜静更深，岳飞时而秉烛独坐，时而又踱步沉思。此时，几年从军抗金之历程，在他脑海里翻来覆去。战伴、同僚分分合合，生生死死，几经同甘共苦。蔡大兴投军后忠勇可嘉，浴血奋战。如今却身犯重科，罪不可恕。然他那挥刀杀敌的勇猛身影，却在眼前久久挥之不去。怎么办呢？岳飞彻夜未眠。

次日凌晨，东方刚刚露出鱼肚白，村庄雄鸡已唱三遍。岳飞走出帐门，却见不远处跪着数十人。就近一看，却是傅庆与一干兄弟，个个双手反绑，脸庞、头上早被晨露浸湿，看来已经在此一个时辰了。

岳飞问道："此是何为，快快起来。"随即上前，欲逐个搀扶。傅庆一众只是不言，一磕到地，纹丝不动。

卯时，中军三百亲兵队在帐前练兵场列队肃立，百姓也里三层外三层驻足围观。中军令一声高喊："升帐！"岳飞在众位将领簇拥下，在练兵场中央落座。众将拜见，中军令点卯。

张宪一声大喝："将罪犯蔡大兴、崔得富带上来！"一旁早有亲兵将蔡大兴、崔得富押上，两人跪倒磕头。

张其汝坐轮车上前，展开卷宗宣布道："今查明，前营副将蔡大兴、崔得富无视军纪，于昨夜酗酒、奸淫，按《军规》第九条：'所到之地，凌虐其民，如有逼淫妇女，此谓奸军，犯者斩之。'"张宪喝道："令行禁止，军无戏言，刀斧手候命！"两名刀斧手上前，一声应诺"到！"即分别立于蔡大兴、崔得富身后。

此时，傅庆一众高喊道："大帅开恩，留下二人，杀得金贼，将功抵罪！"这边，里正刘德成大爷与宋大海双双跪地，恳求道："闻得二将杀敌勇猛，今虽犯军规，还望大帅网开一面，责命其护国卫民！"众百姓也齐声恳求道："望大帅开恩，刀下留人哪！"

未等岳飞答话，只见蔡大兴腰板一挺，双目圆睁，喝道："闹个球，俺黑熊男子汉大丈夫，犯下大罪就该服法，哪来这么多废话！"言罢，又冲岳飞磕头，道："大帅，俺父母皆被金贼杀害，俺们杀敌理所当然，无功可言。俺今日抹黑岳家军名声，斩俺——无怨无恨！只是，一人做事一人当，得富小弟家有年迈父母，请大帅饶过他，恩同再生！”言罢，又磕头不止。

岳飞回道：“你将自去，俺自有考量。”

蔡大兴再转向傅庆等人，三磕首道：“大哥、贤弟莫悲，俺黑熊十六年后又是一条好汉，倘若金贼未退，俺来世还跟大哥上阵杀敌！”

此时，张其汝举起戒尺一挥，道：“时辰已到，大兴兄弟上路吧！”早有亲兵端上三碗米酒，蔡大兴一口气喝干，又仰天“哈哈”大笑……

蔡大兴伏法后，岳飞宣布道：“念崔得富为从犯，罚受一百军棍，逐出军营；钟俊标等饮酒无节制，各罚受五十军棍；傅庆管辖失察，罚受三十军棍。”

岳飞对于自己部队纪律执行的严格，已经到了残酷无情的程度。很多将士衣不蔽体、食不果腹、面有饥色，但岳飞治军严谨，大家畏惧军中纪律，不敢扰民。屯兵之处，肩背挑负，商贩如常，岳家军得到了附近百姓民众的拥戴和支持。有时军队外出，在百姓家门口露宿，百姓实在不忍心，开门将士兵请进屋内，早晨军队开拔，室内“草苇无乱”。

岳家军的军纪如此之好，一时威名远震。很快，金兵营中的很多签军知道在广德钟村有一位“岳飞爷”，都说：“这是岳爷爷的军队！”那些不愿给金军卖命的汉人纷纷逃出金营前来投诚，一时之间投靠岳飞的“剃头签军”达一万余人。

# 第十五章　爱兵如子　鱼水情深

话说，在艰苦的日子里，岳飞身为统帅，处处严以律己，以身作则。岳飞在营中用餐，有个不成文的规矩，即由厨工单独送至其帐内。

一日午餐，将士每人两只馒头、一碗蔬菜。原为盗贼出身的柯斗与毕山，在一旁食用时，“叽叽咕咕”，怨声不断。不一会儿，他俩望见厨工又用竹篮给岳飞送餐，竹篮上盖着一块蓝色布头，不见篮中食物。

两人互相对望一会儿，竟然打赌猜物。柯斗道:“俺猜——那竹篮中有肉。”毕山道：“不会，俺猜只是多一只馒头而已。”柯斗道：“谁输，谁的馒头给对方吃。”毕山道：“当然，愿赌服输！”

于是，两人放下手中碗筷，一齐走上前去，叫住厨工。柯斗问道：“篮中何物？”厨工应道：“大帅餐食，不许外传。”毕山道：“果然大帅用餐，与俺们有异。”他边说边乘厨工不注意，一下子掀开竹篮上的盖布。两人探头一看，但见竹篮里只有一只馒头和一碗菜汤。

柯斗与毕山惊异万分，齐声惊叫道：“怎会如此！”

厨工答道：“大帅常说，当下粮草紧缺，亏待了将士们。他平时用餐，均为将士的一半之量，且不准让人知晓。大帅原本食量极大，近日来，理事通宵达旦，却常常饿着肚子哪！”边说边掉下了眼泪。

柯斗与毕山听罢，竟不约而同跪倒在地，含泪喊道：“愧煞俺们了！”

在场将士们见状，皆放下碗筷，对着岳飞军帐躬身施礼，齐声道：“请大帅保重，俺等便为饿煞，也决不叫苦哉！”

自此，“与士卒最下者同食”传为美谈，岳飞深得将士们之爱戴。

市民做买卖，也和平常一样。湖口有一个樵夫项老二，将岳飞的士兵视为子弟兵，甘愿便宜两钱银子将柴草卖给前来采购的后勤兵。可是，后勤兵却正色说道：“千万不可，军法严厉，我可不想为了这两钱银子掉脑袋啊！”说完，分文不少地付钱而去。

项老二望着后勤兵的背影，挥泪一躬道：“岳家军，真乃圣兵也！”之后，他逢人便夸，赞不绝口。

岳飞军纪的严厉程度，在当时说起来，称得上是十分严酷。他的军队，一旦有“践民稼，伤农功”，或者在市场上强买强卖，甚至“取民麻一缕，以束刍者”，立刻斩首，绝不姑息。

然而，军队仅有严纪还是不够的，还得有其他的有效措施。于是，岳飞又在《太公兵法》中找到了答案。

《太公兵法》“龙韬·励军”云：“将有三胜，即一是‘礼’，善于约束自己，做到冬不服裘，夏不挥扇，雨不张盖，与士卒同寒暑；二是‘力’，善于身体力行，与士卒同劳苦；三是‘止欲’，克制私欲，与士卒同饥饱。只要将帅以身作则，‘三军之众’就会‘闻鼓声则喜，闻金声则怨’‘士争先登’，‘士争先赴’自觉地为国效命。”

故而，岳飞召集众将领，正色说道：“今后，每位将领皆须以身作则，与士卒们同甘共苦。”接着，他又宣布道：“将帅冬天不穿皮衣，夏天不用扇子，雨天不张伞篷，这叫礼将；将帅不能以身作则，就无从体会士卒的冷暖。翻越险阻关隘，通过泥泞道路，将帅必先下车马步行，这样的将帅叫力将；将帅不身体力行，就无从体会士卒的劳苦；军队宿营就绪，将帅才进入自己的宿舍，军队的饭菜做好，将帅才开始就餐。每次进餐，总是和下等的兵士共用粗粝之食。军队没有举火照明，将帅也不举火照明，这样的将帅叫止欲将；将帅不能克制自己，就不能体会士卒的饥饱。将帅能同士卒同寒暑、共劳苦、同饥饱，那么全军官兵听到前进的号令就会奋勇当先。”

自此，岳飞身为主帅带头施行，众将领也亦步亦趋，不敢逾越。

岳飞对下属赏罚分明，且爱兵如子，士兵生病，岳飞亲自调药。在岳飞的铁腕治军下，士兵执行军令从不找借口，将领从不听借口，完全做到军令如山，抗压能力非常之强。榜样的力量是无穷的，将帅只要能够身体力行，以身作则，就能够激发起高涨的士气，并进而夺取战争的胜利。

是夜，岳飞将军务料理完毕，又伏案修正了几条拳经，而后拉下坐马势，操练起来。但见，拳出，呼呼生风；脚起，招招含力。伸屈犹如龙飞蛇走，进退好似虎跃狮守。正是绵里藏针绕指柔，火中取栗百炼刚，纵有八仙过海术，难敌“形意”强中强。

少顷，岳飞收起拳风，只听得一声喝彩：“绝世高手，叹为观止矣！”岳飞转头一望，只见厨娘刘琴玉，手托茶盘，倚门含笑而观。

见岳飞歇息下来，刘琴玉款款而进，将茶盘搁置案台，忙掏出一块手绢，赶到岳飞跟前，欲为岳飞擦拭额头汗水。

平日里，岳飞军务繁忙之时，刘琴玉也常常送来饮食伺候，岳飞并不在意其他。今日，岳飞贴面站着这一女子，不觉端详了一下。这刘琴玉，二十上下年纪，鬓发如漆，腮红似桃，皮肤白皙，举止大方。岳飞见刘琴玉手绢将要靠近，略一侧头，躲开了，说道：“毋须烦劳。”即顺手扯起案台上一方粗布手巾，擦拭头上汗水。

刘琴玉见状，又至案台，端起茶盅，稍一欠腰，提送给岳飞，说道：“大帅稍歇片刻，品用香茗则个。”岳飞扬起右手一挥，说道：“快快放下，俺自会操行。”刘琴玉见两次献殷勤，皆被岳飞婉拒，于是便径直靠身过来，嗲声说道：“大帅夫人远离，甚为寂寞，不如让奴家陪伴解闷则个。”

岳飞闻言一怔，霎时又站直身子，轻轻推开倾趋过来的刘琴玉，说道：“而今国耻未雪，岂是大将安逸取乐之时？”刘琴玉道：“君岂不闻‘商女不知亡国恨，隔江犹唱《后庭花》’吗？”

岳飞闻之又是一怔，问道：“姑娘也通诗词？”刘琴玉答道：“儿时听父亲吟诵些许，偶尔记起。”岳飞又问：“那，姑娘可知诗句真意？”刘琴玉再答道：“诗句出自唐代诗人杜牧的《泊秦淮》，说的是唐朝著名诗人杜牧游秦淮，在船上听见歌女唱《玉树后庭花》，绮艳轻荡，男女之间互相唱和，歌声哀伤，是亡国之音。”

岳飞微微一笑，道：“此首为杜牧先生借陈后主（陈叔宝）荒淫享乐终至亡国之史，讽刺当代醉生梦死之君臣，对国家命运寄予无比关怀和深切忧虑。”刘琴玉不由得满面愧色，道：“奴家并未深入体味，比不得大帅高见。”

岳飞一时兴起，继而说道：“前朝词人贺铸也作《台城游·水调歌头》一首，曰：‘南国本潇洒。六代浸豪奢。台城游冶。襞笺能赋属宫娃。云观登临清夏。璧月留连长夜。吟醉送年华。回首飞鸳瓦。却羡井中蛙。访乌衣，成白社。不容车。旧时王谢。堂前双燕过谁家。楼外河横斗挂。淮上潮平霜下。樯影落寒沙。商女篷窗罅。犹唱后庭花。’”

刘琴玉问道：“此首莫非亦有此意？”岳飞道：“诚然，这是词人指点江山之鲜明态度，亦具强烈之爱憎情感。又化用唐人诗意，由咏史转入抚今，表达词人空怀壮志、报国无门的浩茫心事。”刘琴玉诧异，问道：“大帅如何对此熟稔？”岳飞不假思索，答道：“此乃鹏举之心声矣！”刘琴玉闻之，越发见愧，匆忙施礼告辞，夺门而走。

此日，岳飞找来张其汝、张宪，说道：“东汉王符《潜夫论·释难》中，有句为‘大鹏之动，非一羽之轻也；骐骥之速，非一足之力也。’此大意是，大鹏冲天飞翔，靠的不是一根羽毛之轻盈；骏马急速奔跑，靠的也不是一只脚之力量啊！”张宪应道：“是了，光靠军纪也不能打胜仗，还必须打造自己的拳头部队，发挥全军将士的战斗力。”

张其汝建议道：“可把数万军士分为十二个军，其中踏白军、游奕军、背嵬军三支精锐作为岳帅的直属部队。其中尤以背嵬军战力最强，装备最好，堪称精锐中的精锐，则由张宪贤弟掌管。”岳飞、张宪皆道：“甚好！”

背嵬之名，始于西番，岳飞将自己最精锐的部队号以背嵬，用意深远。背嵬军的战士全部经过优先选拔，士兵挑选非常严格，只有军事过硬、体格强健者方能入选。能开二百斤硬弓者，在宋军中完全能当个底层军官，而在背嵬军中，只能是个普通士兵。而且，这支军队由八千骑兵组成，骑兵全部装备铠甲，配备弓弩和长短刀，步兵配钩镰枪，专制金军铁浮图。无论是长途奔袭还是短距离发动冲锋，均是来去如风，有士兵阵亡，再以勇健者补之，常能以一当十，使之“犒赏异常，勇健无比，作战凶悍，无坚不摧”。

背嵬军战术独特，谓之车轮战。冲锋时，分为众多独立战斗小组，接敌百米之外以弩射马，五十米以弓射人，近身则用长刀对劈，然后掉转马头再集结，再冲锋，如此反复，凶悍无比。每遇硬仗必用背嵬军，用之则必胜。以至于日后金兵提起岳飞的背嵬军，无不为之色变，夸张地称“背嵬一来，寸草不留”“背嵬军马战无俦，压尽当年众列侯”，金帅完颜兀术也不得不哀叹曰：“撼山易，撼岳家军难！”

时人指出岳飞治军，甚为重视六个方面，即贵精不贵多、谨训习、赏罚公正、号令严明、严肃纪律、同甘苦。而其核心便是以严治军。此时，岳飞手下的武装力量，已经超越了韩世忠和张俊，仅次于刘光世的两万人马。假如按照实际的战斗力来计算，岳飞的部队恐怕已经成为当下南宋汉人最为重要的一支武装力量。当朝大诗人陆游有诗赞曰：“巨盗曾从宗父命，遗民犹望岳家军。”此是后话，暂且不表。

南宋建炎年间，岳飞在广德与金兵大战，驻军钟村、苦岭关时，由于长期的征战，军粮补给不足，军中断粮。岳飞和将士一起挖野菜、摘野果充饥，留下了“饿死亦决不扰民”的千古佳话。转眼间，四年春节将近，岳飞又想方设法为部属谋取最低限度的衣食之类，供将士们辞旧迎新之用。

广德自古就有春节的传统风俗。从河南、湖北等地迁徙到广德的人们，与广德本地老居民都在腊月二十三或二十四送灶神，也叫过“小年”。原本，广德人春节只贴门神爷，贴唐王身边的护卫秦叔宝和尉迟恭之画像，意为勇士相貌威武且有灵气，能护家守院，可辟邪。后来因受外来客的影响，也学贴春联。广德本地人的堂屋内，皆设有书画之类的中堂，一般挂着《山水》《寿星》《关羽》《财神爷》《钟馗》《松鹤延年》等绘画，两旁配有楹联，以求得全家老少一年四季平安如意。

岳家军中大多是北方来的将士，而北方的节庆风俗与此略有不同。岳飞即下令入乡随俗，跟随当地百姓一同过年。于是，除了必要的守卫军士以外，大多将士都分散到邻近村庄，与民同乐。

一日，有乡民偶然得知岳帅书法了得，便上军营讨得一副。消息传开，人们竞相上门求请墨宝。岳飞与张其汝等人也不推辞，挥毫书写，一一满足乡民需求。众乡民拿着对联、书法中堂和吉兆祝语，个个欢天喜地地回家了。

此日，已是腊月廿五，一位六十开外的老者来到军营中帐。他乘着岳飞稍有空隙，便上前施礼，道：“老朽有礼，有劳大帅赐墨！”岳飞道：“老丈不必客气，可有中意之词？”

老者从怀中摸出一小方白纸，双手奉上。岳飞接过来一看，只见纸上有几许小字，乃是一首“五律”，诗曰：“迥与众流异，发源高更孤。下山犹直在，到海得清无？势斗蛟龙恶，声吹雨雹粗。晚来云一色，诗句自成图。”

岳飞略一沉思，不禁脸色凝重，失声询问：“敢问老丈，可是范文正公之作？”老者欣然答曰：“大帅博学，正是范公留于广德之诗作。”一旁站立的姚振不解，问道：“两人休得打哑谜，此范某人是哪路圣人？”岳飞哈哈大笑，说道："平时让你多多阅览书本，总是厌烦，这下可打瞎了吧。"老者忙拱手答道："范公乃前朝范公仲淹先生也！"

这儿说的范仲淹生于宋太宗端拱二年，字希文，苏州吴县人，北宋杰出的思想家、政治家、文学家、教育家，其著《岳阳楼记》中"先天下之忧而忧，后天下之乐而乐"之句，名传千古。范仲淹幼年丧父，虽然家境贫寒，却能发愤读书，在穷乡僻壤的山东邹平朱家生活长达十二年之久。他在长白山醴泉寺读书时，煮两升米为粥，放在一个汤盆里，过了一夜粥凝结起来后，便用刀划分成四块，早晨和晚上拿一块冷粥，再加一些蒜、姜和韭菜调味，填肚充饥，这就是人们常说的"划粥断齑"典故的来历。

北宋大中祥符八年春，范仲淹考中进士，出任广德军司理参军（今安徽广德），范仲淹入仕后便立即将母亲接来广德，奉养尽孝。司理参军是军、州、县里官职最卑微的九品小官，负责讼狱等事。初入仕途的范仲淹，虽然只有二十七岁，却显出了他的高尚品德和从政才能。他以民为念，公平执法，查实案情，还亲自到狱中了解犯人情况。凡发现案情有可疑者，一定要重新审理，对于冤假错案便立即平反或纠正。

范仲淹在广德期间，除了"治狱廉平、清正自守"，还鉴于当时广德文风不盛之情况，大力开办学堂，发展教育事业，造福人民。志载："初，广德人未知学，仲淹得名师三人为师，于是郡人之擢进士者相继于时"。自实行科举制度以来，在隋唐两朝的三百多年间，广德尚无一人"金榜题名"，经过范仲淹为官广德时的大力提倡和努力，十九年后，到了北宋景祐元年，广德的陈南第一个考取了进士。在北宋后的九十年中，广德相继考中进士者二十二人；南宋百余年中，擢取进士者有三十人。从而一改广德无人"金榜题名"的颓势。

广德州境内，山清水秀，风光旖旎。范仲淹对广德怀有深厚的感情，因而作了这首《石溪瀑布》五律诗文，赞美广德同溪乡的石溪美景。这首诗并非一般文人写景自娱，而是富有哲理、寓意深刻，既是对自己为官清廉的写照，还寄托了远大的政治理想和抱负，使人百读不厌、口角溢香。天禧元年，范仲淹以治狱廉平、刚正不阿，升为文林郎、任集庆军节度推官，离开广德。宋皇祐四年，范仲淹被调任知颍州，扶疾上任，行至徐州，与世长辞，享年六十四岁。广德人民为纪念范公，建立范仲淹祠宇，以示祭祀。

且说，老者拈着长髯侃侃而谈，姚振与众兵士、乡邻听得如痴似迷，岳飞更是神情恭敬。岳飞素来敬仰忠良先贤，如今在范公赴任之处重温其功绩，自是有缘。他当即重新铺纸研墨，净手执笔，凝神屏息，一挥而就。

旁观将士和百姓，早就围得里三层外三层，翘首以待。但见岳帅挥毫所指，龙走蛇舞，一气呵成，那大气游弋之字体，令人惊诧不已。顿时，掌声、赞声、笑声和欢呼声，汇聚一起，直冲云霄。

正当众人欢呼雀跃之时，忽有人高喊道："里正刘大爷来啦，大伙儿快快让开！"

众乡民循声望去，但见里正刘德成大爷头里行走，身后两个年轻乡民抬着一块匾额，上书"驱寇卫国"字样。之后跟着一长溜村民，有老有少，有男有女，个个肩挑手提，满面汗水，径直走往中军帐。众乡民皆主动后退，让出一条空道。

岳飞一见，放下狼毫，迎上前去。这"里正"，为当时几个乡村总负责人之称谓，即为后世的镇长之类职务，虽算不上官吏，却是一方颇有声望的权威人士。

刘德成大爷走进中帐，面对岳飞站住，让乡民献上匾额，而后一躬到地，说道："大帅率领王师，为民逐寇保平安，小民等感激涕零矣！"岳飞急急上前，让一旁的姚振接过匾额，随即拱手还礼，道："杀敌卫国，将士之责，何劳乡亲谬赞！"刘大爷道："时近年节，乡里窘迫，仅献些许山货略表犒劳之意。"岳飞忙道："兵荒马乱之时，岂敢破费乡邻？"

未等两人再言，后边的乡邻早就一拥而上，纷纷献上年货特产。这些皆为广德山货特产，有毛腿鸡、桐花鱼、横山野雉、沙河鳖，还有红袍板栗、施村蜜枣、葛根粉、笄山笋，正可谓琳琅满目、不胜枚举。

此时，刘大爷拎起一只毛腿鸡，对岳飞说道："大帅请看，此为稀有鸡种，源种数千载矣。其肉质鲜而不腻，因腿部布满浓毛、栖宿树枝而闻名哉！"众人定睛一看，但见此公鸡体躯丰满，胸深前突，羽毛浅黄，单冠直立，黄胫黄爪，胫骨细长，胫羽浓密，眼明喙长，煞是精神。岳飞不禁赞道："果然珍奇之物，与众不同！"

一老妪急忙挤上前来，将手中一只小竹箩递上，夺口说道："大帅，莫单夸山鸡，老婆子有桐花鱼献上。"广德桐花鱼为珍稀之物，岳飞早有耳闻。桐花鱼属鲤鱼科，体扁平，形如参，体长三四寸，遍体泛黄、青、橘三色，因以桐花为食而得名。鱼肉质细嫩鲜美，香软可口，刺骨柔韧，品质高绝。

一见老妪持物自赞，诸乡邻皆欲抢先释介，顿时七嘴八舌，热闹非凡。刘大爷一再劝阻，众乡民方才平静，放下物品。

这边，岳飞早就嘱咐姚振拿来银两，欲一一支付。不料，乡邻一概拒绝，均笑逐颜开，脱身而走。

# 第十六章　奸细败露　将计就计

话说，建炎四年正月十九日，岳飞又在苦岭关大战金兵。从战场回来已经是半夜，寒风逼人。刚刚奋战的将士汗水淋漓，经山风一吹，不禁直打寒战。

次日辰时，岳飞起床，觉得四肢关节处有点胀痛，便坐着闭目运功。不料，不一会儿，卫队首领祁敬德赶来报事。

祁敬德已有十七岁，长得粗大壮实，黑脸膛，使一柄降魔铁杵鞭，本来在背嵬军张宪手下。后来，张宪见他忠诚，且武艺长进极快，便再三建议调入岳帅卫队，负责岳飞安全及传令、联络等一应事务。

此时，祁敬德报道："报大帅，昨日出战将士中有二十多位出现头晕乏力、四肢酸痛之症状，不知何故。"岳飞一听，觉得事态甚重，便道："你须速速有请清尘道长过来！"

不一会儿，清尘道长急急赶来，先为岳飞号脉，又去军营为发病将士逐一诊断。诊断完毕，清尘道长回话道："回大帅，据小道浅析，众将士所患病症乃急发类风湿关节炎。"岳飞问道："道长既知症结，可用何法治之？"清尘道长说道："此症可用草药'雷公藤'诊治。"岳飞问道："此草药何处得之？"

清尘道长说道："雷公腾生于山地林缘阴湿处，分布于长江流域以南各地。

春季采叶，秋季采根，夏秋采花、果。有祛风、消炎、解毒之效。”一旁的时子通插话道：“我们驻地附近，当多有此草藤。”清尘道长说道：“正是，小道可进山采取。”

岳飞闻说，强打精神说道：“敬德传令，可派人随道长上山采摘。”清尘道长随即带上十多名本地兵士，上山寻采雷公藤。

雷公藤高三至八尺，小枝棕红色，具四细棱，被密毛及细密皮孔。叶椭圆形，边缘有细锯齿，密被锈色毛。花白色，直径一分半，花瓣长方卵形。花柱柱状，柱头稍膨大，翅果长圆状，中央果体较大。多生于背阴多湿的山坡、山谷、溪边灌木林中。

不消一个时辰，清尘道长带着采草药人员返回。众兵士又在道长示教下，择取药材，除去杂质，用清水洗净煎汤。汤药煎好后，清尘道长再三嘱咐施药兵士，道：“此药虽治病良效，然不可超量。否则，中毒无救，切记，切记！”后营及厨房将士、厨工皆道：“遵命，不敢有违！”

众将士随即遵道长吩咐，施予病者每人每日早晚各喝一小碗。

三日后，岳飞与众将士症状皆有好转。清尘道长嘱咐继续用药三天，痊愈方可停药。

这天晚上，刘琴玉端着一碗汤药，走进中军帐。刘琴玉身着淡绿色长裙，袖口上绣着淡蓝色牡丹，胸前是宽片淡黄色裹胸，身子轻轻转动长裙便散开，举手投足如风拂杨柳般婀娜多姿。

此时，岳飞正在观看《太公兵法》，边看边做笔记。刘琴玉上前说道：“大帅，请用汤药。”岳飞抬头一看，说道：“好，可搁案台之上。”刘琴玉仍端在手上，走上一步，说道：“清尘先生交代，药汤须趁温而饮，效果方显。”

岳飞见推辞不了，便搁下书卷，转过身来，欲接药碗。此时，刘琴玉却伸出一纤细小手，一下搭在岳飞手上，含情脉脉地说道：“还是让奴家来喂大帅吧！”霎时，那汤药味与女子特有的体味一齐向岳飞直扑过来。

岳飞微微蹙眉，身子向后避了一下，说道："姑娘不可造次，快快放下。"刘琴玉却一噘樱桃小嘴，笑着嗔怪道："大帅怕甚，难不成怕奴家吃了您不成？"岳飞正色道："夜静更深，男女授受不亲！"刘琴玉道："大帅是奴家大恩人，不要说喂药则个，便是委身于大帅，也是理当！"

岳飞一听，站起身来，后退一步，厉声说道："不可妄言，退下吧！"刘琴玉见状，不觉一惊，脸颊绯红，赶快将药碗放在案台，跪地说道："大帅息怒，奴家唐突，请恕罪。"岳飞也觉态度生硬过甚，便扬手说道："你且起来，回房休息吧。"刘琴玉起身施礼再谢，掩脸逃出军帐。

且说几日来，数十将士服用汤药后，伤症大减，岳飞闻之甚喜。自上次刘琴玉被岳飞责退之后，岳飞从未提起，刘琴玉倒也不再有异样表现，仍按时给岳飞及众将士递送饭菜及汤药。

一日寅时，岳飞正与张其汝谈论军务时，突然头晕头痛、心悸乏力，继而恶心呕吐、腹痛腹胀。张其汝大惊，喊道："来人，大帅病变，快请清尘道长！"帐下，祁敬德应声道："末将即去！"

不一会儿，祁敬德进帐报告曰："张先生，清尘道长外出采草药未归，现有随军郎中到来。"张其汝用铁戒尺连连敲打案面，急急喊道："快与大帅诊断则个！"随同前来的郎中立即上前，给岳飞搭脉。

少顷，郎中道："大帅脉象异变，心律失常，疑有中毒之状。""啊！"张其汝及帐内将士皆大呼出声。祁敬德脚一顿，喝道："谁个贼人要害大帅，俺将他万刀剐了！"一时，将士们都七嘴八舌嚷嚷开了。

张其汝一摆手中铁戒尺，说道："郎中先设法救治，但等清尘道长回来再作处置。"郎中当即开了几味草药，为岳飞暂且缓解病情。

此时，张宪、王贵、姚振、傅庆等皆闻讯赶到。张其汝让大家少安毋躁，仍回各军营待命。又命吉青急上山催清尘道长，速速返回。

半个时辰将过，岳飞未见好转，竟然四肢抽搐，或而伴有疼痛挣扎，只是思绪尚清，剧痛时咬紧牙关，不让号叫出声。众人急得手足无措，祁敬德伏在榻前放声大哭，道："大帅啊，您如有不测，让俺们如何活呀！"一时引得好多将士哭泣连声。张其汝见屡劝也无用，便将他们赶出军帐。

直挨到卯时过后，吉青带着清尘道长回来了。祁敬德一见，扑上去就抱住清尘道长的大腿，哭喊道："仙长啊，快快救俺大帅吧，俺愿做牛做马以报仙长大恩！"清尘道长早已汗流浃背，哪有工夫理会于他，一撩道袍便跨进军帐。

清尘道长落座榻前，搭脉、观舌、察眼、见体、闻气，又细细询问岳帅近几日饮食起居。即刻，清尘道长对张其汝耳语几句，又沉思片刻，挥笔开方："大黄、槐花、崩大碗各十钱，水煎至六两做保留灌肠。"随即命郎中速速办来。

不多时，郎中端来灌肠汤，清尘道长喂岳飞喝下。少顷，岳飞接连呕吐，竟喷出一大口血水来。众将士大惊，不约而同盯住道长。

清尘道长再次号脉毕，长叹一口气，说道："大帅中毒过甚，气息渐弱，小道亦回天乏力矣！"张其汝急切问道："道长此话怎讲？"清尘道长答道："中此毒只有几个时辰之救，现期限将至。人命由天，还是准备后事吧。"不等张其汝再说，祁敬德大声喊道："啊，道长胡说，大帅真的无救了吗？"言罢又放声大哭，在场的众将士也悲痛不已。

张其汝即让张宪将岳飞移至内室，对众人说道："大帅既无复活之迹象，只能安排后事。然，不准对外言论，以免传至敌方。违命者，斩无赦！"

众将士含泪答道："遵令！"边哭边散去了。祁敬德悲痛万分，也只得传下令去。一时，中军帐改成灵堂模样，室内只留几个亲兵看守。

是夜，已近三更时分，军营外的小河旁，树丛阴森，浮月暗淡。忽然，夜幕下有一高一矮两条人影，鬼鬼祟祟走到一棵大树底下。身高者手牵一马，悄然无声，明显是马脚包上了软物。

身高者问道："那岳飞果真中毒无救了吗？"这是一位男人的嗓音。矮小者答道："奴家亲眼看见，岂能有假！"这分明是女人之声。男者又道："既然如此，我即刻动身，报于杜帅。"女者央求道："奴家也一并跟随将军逃走吧。"男者厉声道："不可，你尚要留下，继续刺探消息！"女者问道："那奴家何时能见到小弟？"男者再道："只等大帅发兵，灭了岳家军，自是你姐弟见面之时。"女者轻轻抽泣，道："还望将军遵守承诺，保我小弟安全。"男者道："这个自然。你先回去，与我兄弟做好起事准备。一旦约定，大军随即合围。"

两人又将里应外合之策，略略梳理一番。言罢，两人又悄无声息地分路而行。那男者跨上马背，轻声喝道"驾——"，乘着暮色朝南奔驰而去。那女者也径直走开。

稍后，旁边一棵大树上溜下一人，正是时子通。刚才两人通话，早被他听得一清二楚。当时，他即辨别出那男者是前营的孙显，那女者则是厨娘刘琴玉。依他的性子，不是一刀一个，便是双贼同擒。然而，军师张其汝交代，但打听其动静，不打草惊蛇，可完成"将计就计"一策。

次日清晨，刘琴玉刚来到厨房干活，张宪便后脚跟到，命她立即去见军师，领命做好岳帅后事。刘琴玉遂放下手中活计，跟随张宪来到岳帅中军帐前。

张宪大声报道："学生为老师——请安！"

刘琴玉闻之一惊，心想，原知张宪在军中只称岳飞为老师，昨日岳飞身亡，今之师称又为何人呢？尚未等她脑筋转过弯来，帐内却传出回应："贤弟，请入内一聚。"虽然声音略显疲惫，然分明是岳飞之言语。

刘琴玉脑子一下子炸开了，顿时一片空白。张宪上前一推刘琴玉，道："进帐！"那刘琴玉双腿发软，哪里还能行动，只得被两个亲兵架了进去。

中军帐正厅中，上座端坐的正是岳飞大帅。

原来，清尘道长当时验看岳飞心脉及呕吐物，早已知晓是雷公藤中毒。

军中服此汤药者有二十几位，为何独有岳飞中毒呢？这分明是有人故意加大剂量，加害于岳大帅。于是，清尘道长不动声色，与张其汝定下一“将计就计”之策，蒙蔽内奸，引诱金兵，可内外一举剿灭。

那日，众将士走后，清尘道长即让祁敬德杀活羊一只，取新鲜羊血六两。清尘将新鲜羊血给岳飞趁热灌服，岳飞渐渐神情安稳。清尘道长开方：“鲜凤尾草(井口边草)二两半、塘螺六十个、乌桕树鲜嫩芽十余个，混合洗净，捣碎取汁，二次吞服。”吩咐下去，兵士遵命施行。同时，张其汝暗中叫过时子通，如此这般吩咐一番。

之后，清尘道长飞马奔回茅山，向师尊讨来“鸡鸣还魂丹”三粒。又急急返回，将丹药三次喂入岳飞口中。至次日辰时，岳飞即已痊愈，只是体质尚弱。

此时，岳飞问道：“刘琴玉，观尔并非残虐之人，为何与奸细合谋加害本将？”刘琴玉早已瘫坐在地，见问，顿时泪如雨下，泣不成声。岳飞命手下兵士给她喝了几口温水。刘琴玉缓过神来，便一五一十，交代隐情。

原来，刘琴玉原名叫司马沁，十九岁，乃建康府江宁县人氏，其父司马安骐为江宁知县，母水氏，弟弟司马洵，十二岁。建炎三年秋，建康兵败，司马沁之父亲阵亡，母亲被金兵所杀。姐弟俩四处逃亡，不料给金兵掳去。金将先将司马沁奸污，后见她聪慧灵巧，断文识字，便培训为奸细，改名为刘琴玉，与孙显假扮为表兄妹。

起初，司马沁宁死不从，但金寇以其弟司马洵之性命要挟，如若她不从，便立即处死司马洵；如若金寇南下获胜，便放开司马洵，让其姐弟相聚。故而，司马沁只能违心而为，以致与孙显合谋加害岳飞，并约定近日夹攻岳家军。

司马沁又愧又恨，详尽诉说，说到伤心处，声泪俱下，数次哽咽难语，闻者无不动容。

岳飞道："如此说来，令尊亦是忠烈之士，可敬可叹！"随即吩咐给司马沁看座。司马沁道："罪女岂敢落座，只想早日除尽贼寇，报仇雪耻！"一旁，张其汝问道："既然姑娘幡然醒悟，可将与孙显合谋述之。"司马沁应道："这个自然。"

于是，她将与孙显如何约定传递情报，如何择日让孙观策反、里应外合之合谋，和盘托出。张其汝又问道："施策行动定于何日？"司马沁答道："原定于岳帅出殡之日。"张其汝再问道："里应外合以何为号？"司马沁再答道："孙观反水得手，即燃放烽火为号。"

张其汝转向岳飞，道："大帅，小弟认为明日应配行此举。"即上前，与岳飞附上些许耳语。岳飞听罢，连连点头，答曰："贤弟所策甚妙，可安排施之。"张其汝即传命诸位将领聚集，如此这般一番部署，众将领各各领命而去。

到了晚上，司马沁换上夜行衣，悄然行至河边大树下，见四周无人，便将一小竹筒放入树干下方的小洞内，又悄悄离开。

半个时辰后，南边一骑也赶到此地，马脚仍裹软物，并无马蹄声响。此人正是孙显，他按约定前来获取司马沁传递之信息。他从大树小洞中取出小竹筒后，独眼放光，脸上露出一丝阴险笑意，跨马而去。

此时，刘经已经带领几位亲兵，赶到孙观住处。孙观正在与几个内奸及被诱骗的兵士训话。

孙观说道："岳飞已死，明日出殡，正是你我为四太子立功之机。"那几人附和道："是的，机不可失，我等且听将军吩咐起事。"孙观说道："你们分头联络数个意向之人，明日傍晚，待岳家军治丧晚餐时，在后山燃起烽火。金军杀入后，为其带路，可尽除岳家军。"接下来，孙观即将行动做了分工，让他们早做准备。

几人商议已定，正欲出门，只听得刘经厉声喝道："反贼，还想往哪里走！"

未等几人反应过来，前营亲兵早已一拥而进，如老鹰抓小鸡一般，拿下了孙观等几人，又在屋里搜出点燃烽火之一应物品。刘经当即命刘冬亮将孙观关押，严加看管，待事后处置。

刘冬亮是刘经的侄子，纨绔子弟，贪图安逸。然而兵祸降临，无奈跟随叔父从军，做个文书之类的副职，人称“亮公子”。之前，孙显、孙观为发展奸细，总是找刘冬亮喝酒，并物色一名妓女“小西施”陪伴，也送了好多财物银两。

“小西施”原名齐珍珍，生得秀眉凤目，玉颊樱唇，鼻子微微上翘，不失为一个美貌佳人。只因家道破落，自己又无营生之能，便落入风尘。嫖客见其貌美，便呼之“小西施”。

刘冬亮将孙观一行关押于牢房后，又来到小西施屋中，将此事告知。小西施闻之，说道：“孙观兄弟素与咱们有情谊，可谓绑在一根绳子上的蚂蚱，必须设法救走孙观。”刘冬亮说道：“小娘子此话不差，只是岳帅对这些奸细盯得甚紧，如何下手方好呢？”小西施嘻嘻一笑，说道：“看你等男人平时趾高气扬，一碰到急事，还真指望不上呢！”刘冬亮将小西施一把抱在怀里，嗔怪道：“哎呀，真是急病遇上了慢郎中，你是快快出点子啊！”

小西施看着刘冬亮猴急的样子，很是快活。她轻轻地推开刘冬亮的手臂，说道：“好点子，价值几何？”刘冬亮知道她乘机敲竹杠，无奈自己聪明脸孔笨脑筋，只得让她开价了，便说道：“只要此事能成功，俺给小娘子一百两黄金如何？”小西施“嘿嘿”一笑，说道：“好吧，公子只需让那帮奸细闹事，便可发兵镇压，乘乱放走孙观。”刘冬亮道：“那岳帅追究起来，孙观逃走还是咱们的失职，还怕要连累叔父大人。”

小西施伸出右手食指，狠命地朝刘冬亮脑门一戳，说道：“称尔等酒囊饭袋，还嫌恭维呢！放走活的孙观，让岳帅看到死的孙观，岂不疏而不漏！”刘冬亮一下拉过小西施，连连亲了几口，说道：“咱的亲娘哎，你怎会如此聪明啊！”

事不宜迟，刘冬亮立即找来几个心腹，吩咐他们混进关押奸细的牢房，偷偷将孙观的衣服与一个小兵换穿。

又一日，正是亡人三朝，按当地风俗应出殡安葬。宋营在张其汝之令示下，出殡安葬程序有条不紊，众将士哭声震天。

是夜，天黑无光，军营中不时传出悲切之声，夹着几声乌鸦哀叫，随风飘荡在旷野之中，尤为瘆人。

一支金军骑队正疾驰而来，前引的孙显讨好地说道："大将军，马上就要进入宋军驻地附近,但等我兄弟信号一发,便可将岳家军一扫而光。嘿嘿嘿。"金兵首领阿木托乜眼一瞟，问道："你兄弟可安排妥当？"孙显欠腰答道："大帅放心，小的用脑袋担保，万无一失！"

阿木托"哈哈"大笑几声，继而又忙掩口暗笑。他想，都说岳家军厉害万分，想不到今日就要败在咱阿木托之手,这可是扬名天下的功绩啊！阿木托想到此，不由得挺了挺胸膛，似乎马上要步入金主的授勋高台。

正当此时，哨兵来报："禀大帅，已至通往苦岭关路口。"阿木托挥手命令："就地候令！"全军停步，歇息待命。孙显溜下马，赶紧过来扶着阿木托脱鞍下马，找了一块大石头，让他坐下。

时至戌时，苦岭北边山坡上三堆烽火冲天而起，将半个天空照得通明。火光中，几缕烟柱腾入夜空，又散得无影无踪。

孙显兴奋异常，高叫道："烽火，烽火点燃啦！"阿木托一骨碌站起身来，大吼道："进攻！"众金兵将士亮起兵器，跃马前行，一时"杀"声震耳欲聋。顷刻，孙显领着金兵奔至宋军大营。

这时，宋军营内灯火通明。阿木托大喜，发令进营。不料，营内空空如也，只见两块一人高的木牌竖立中央，上书"完颜兀术之灵位""阿木托之灵位"字样。阿木托一见，气得哇哇大叫，挥起鬼头大刀，劈了两块木牌，转身退出军营，夺路回行。

金兵刚退出不过百步，只听得一阵“嗵嗵嗵”鼓响，从路前和路两边杀出三路人马。迎面一杆大纛，上书斗大的一个“宋”字，追风驹上一员银袍金甲的大将，正是威风凛凛的岳飞大帅，身旁马上坐的是司马沁，左有王贵，右有张宪。岳飞扬起沥泉丈八矛一指，喝道：“金贼哪里走，还不束手就擒！”

阿木托一见岳飞，先是惊得两眼直翻，继而气得七窍冒烟，声嘶力竭地喊道：“好你个岳飞，还会干装神弄鬼的勾当啊，看俺今日剁了尔！”言毕，策马挥刀冲上前来。这边，张宪一挥虎头錾金枪，架住了阿木托的鬼头大刀。

顿时，两军混战。战至三十回，阿木托哪里是张宪的对手，只得败退下来。

忽然，孙显牵出一骑，上面一男孩被仰面捆绑在马背上。孙显指着此男孩，叫道：“暂且住手，此为司马县令之公子司马洵，岳帅如若放我等过去，可放公子归乡。否则，先斩其首！”

岳飞挥手让众将士暂停。司马沁一见，高喊：“小弟勿惧，姐姐救你来了！”遂跃马上前，岳飞急忙拦住。

岳飞喝道：“孙显反贼，竟用此下三烂招数，正可谓无耻之徒！”孙显厚颜“嘿嘿”一笑，道：“岳帅既是爱国忧民之君子，总不能见死不救吧！”说罢，用手中长剑对马背上的司马洵比画了几下。

司马沁怒目圆睁，喊道：“孙贼，休伤我小弟！”王贵说道：“贤弟，不必与贼啰唆，上前先宰了他再说！”

岳飞劝道：“大哥且慢，不可伤了司马公子。”即抬头对阿木托说道：“好吧，放开司马公子，尔等自行去吧。”言毕，岳飞令众将士让开一条通道。

阿木托见状，也顾不了颜面，一抖缰绳，带头从夹道中走开，孙显等依次在后面跟着。不料，阿木托在暗中偷偷抽剑在手，待至擦过岳飞身边时，突然出手，一把利刃直朝岳飞胸前刺来。

说时迟，那时快，司马沁猛然跃起挡在前面，此剑正插入她的胸膛，司马沁翻身落马。阿木托想要拔剑再刺时，王贵的大刀已砍去他的左臂。刹那间，张宪也将孙显挑在枪头，左手抽剑斩断司马洵身上绳索。

司马洵一骨碌爬起来，哭喊着“姐姐——姐姐！”，扑向司马沁。

岳飞下马，将司马沁半抱起，只见她伤口鲜血直喷。岳飞用力按住她的伤口，说道：“司马姑娘，再坚持一下！”

司马沁颤巍巍地抬起右手，用手指在弟弟手掌心上，比画着“忠良之后”字样，又望了望岳飞，喉咙里挤出一点语音：“请大帅——保——护……”言语未尽，脖颈一歪，已气绝身亡。

司马洵拼命摇动司马沁的身体，大哭道：“姐姐，姐姐啊，你别丢下小弟呀，小弟再也没有亲人啦！”司马洵的哭声早被双方的厮杀声淹没。

战场上，岳家军个个似狼如虎，双眼红赤如火，将一腔国仇家恨聚集于刀枪之上，直杀得金兵鬼哭狼嚎，抱头鼠窜。一个时辰光景，阿木托所部一万余人死伤大半，只逃出两千余人。

再说夜阑人静之时，刘冬亮故意放松看卫。一伺战斗打响，刘冬亮的几个心腹便在牢里怂恿闹事，一齐撞开牢门，杀死几个看守，冲出牢房。当这些奸细逃至路口，早有刘冬亮安排埋伏的宋军杀出，将二十多个奸细悉数斩杀，尤其将换穿孙观衣服的小兵脸上，剁得血肉模糊。

那边，刘冬亮将孙观送出山边小路口，又递给他令牌一枚，让他从另一小道逃走。孙观一躬，说道：“亮公子今日救命之恩，孙某日后必当重报！”刘冬亮道：“你我莫逆之交，不必言谢。如日后兄长发迹，当有赖提携小弟则个。”孙观泣道：“敢不铭记在心耳！”刘冬亮道：“那请兄长赶路。”孙观又一揖，道：“后会有期！”随绝尘而去。

宋军打扫战场，各路人马逐一复命。刘经报告曰：“岳帅，孙观等奸细本已拿下关押。不料战乱之中，却乘机作反，已被小侄刘冬亮尽数斩杀。末将关押敌俘有失，还望大帅降罪。”岳飞道：“此事本当处罚，既已除之，且验明正身埋了吧。”刘经谢过，领命退下。

此后，岳军在广德横山之麓及西乡艳彩塘、茅林山、五龙山、阳山顶、黑沟、回龙岗、戈场，皆设有抗金驻扎营地和战场，伺机袭敌。

# 第十七章　智取溧阳　立定足跟

岳家军在广德钟村驻扎，也随时注视金兵动向，如遇金兵主力，且避锋芒，只做骚扰。而一旦发现小股流动金兵，便迅速聚集兵力突袭歼击。

此时，张其汝提议，可在回龙岗另设一主寨，以与钟村成掎角之势，再沿线设立数个子寨，形成线、点之扇面状，子母寨可相互援救助力。岳飞认为此策可行，即令王贵领兵三千，于回龙岗扎营；命令汤怀领两千人马沿线设立子寨，随巡逻联络。王贵、汤怀当即领命而去。

回龙岗位于广德县城北四十五里，为岳飞主营寨东南侧外围，岳军沿西自霍棚子，北至戈场，十余里丘陵地带，设立了十二座连环寨，以防外犯。岳军十二连环寨，寨室宽敞，每寨可容二十人，用青砖砌筑，每寨室长八尺、宽五尺、高六尺，拱顶拱门，地面并铺有条砖。

数日后，王贵、汤怀复命，回龙岗主寨及霍棚子、戈场沿线小寨，修建完毕，将士皆枕戈待旦，不敢稍有差池。岳飞大喜，嘉勉数语，让他们各各归寨候命。

王贵、汤怀走后，岳飞又与张其汝、张宪计议。岳飞道："眼下临近年节，本当稍事休整。无奈金兵在侧，纷战时起，岂可掉以轻心乎！"张其汝提起铁戒尺，在腮边摩擦数下，略显迟缓，说道："虽有母子寨之策，然小弟仍存敌军偷袭之忧，且敌军兵力强于俺军。"

岳飞一听，微微一笑，似乎胸有成竹，然却转头朝张宪望去。张宪会意，说道：“老师，先生，学生曾于《太公兵法》中学得‘敌强·豹韬’篇，故对付敌人夜间袭击的战法，略知一二。”张其汝道：“俺知张贤弟与岳大哥同习《太公兵法》，可详解之策。”张宪稍有迟疑，道：“学生不敢造次卖弄。”岳飞道：“军营探讨，不妒妙语，不计差谬，贤弟尽管道来。”

张宪这才放下顾虑，说道：“当年，武王曾问太公道：‘领兵与敌军正面接触，敌众我寡，敌强我弱，而敌人又利用夜色掩护前来攻击，或攻我左翼，或攻我右翼，使我全军震恐。我想进攻能够取胜，防御能够稳固，应该怎么办？’太公即答曰：‘我军利于出战，而不适宜防守。应该挑选几路精兵，疾击其前，急攻其后，或击其表，或击其里，敌兵必然混乱，敌将必然惊恐骇惧而被打败’……”

未等张宪说完，张其汝便连连拍打手中铁戒尺，赞道：“此说甚妙！”岳飞也颔首道：“此为‘震寇’之策。明号审令，中外相应，期约皆当，即可破敌。前朝名将狄青领兵宾州征讨侬智高叛乱，便用此谋取胜矣。”接下来，三人又如此这般，将此完整谋划论述一番，且安排停当。

建炎三年腊月廿八，子时。金兵果然聚集一万兵马，前来袭击宋军兵营。金兵进入回龙岗时，未料岳飞早有防范，便遭到连环寨宋军的猛烈反击。

这边，岳飞早已明审号令，带领姚振等，出动勇猛精锐士兵，每人手持火炬，两人同击一鼓，对准敌军外部发起攻击。张宪领兵冲击敌人的内部，每人左臂佩扎一条白巾，便于互相识别。之后，内外相互策应，各部按预先约定有序行动。

全军迅猛出击，英勇奋战。敌兵大败而溃，折兵无数。战后，岳飞举行了犒赏大会，奖励将士。

且说，岳飞队伍发展壮大了，可是每天都是一万多张嘴开饭，单是那馒头便需要几万个，附近的金兵和伪军都已经被扫清，正愁没地方资粮于敌。

是夜，宋营。岳飞秉烛观阅《太公兵法》，不一会儿，张宪到来。岳飞排卷，两人释解兵法运用之重点。忽有哨兵来报，有一蒙面签军潜入驻地。岳飞道："只一人，可擒之。传命加强巡逻，须防后面续兵。"哨兵得令而去。

不一会儿，哨兵又报："那蒙面签军已经杀过二道营哨，手舞长枪，武功甚为厉害，还声称要与大帅会战。"岳飞一时狐疑，道："啊，点名本将，看起来还是熟人噢！"张宪道："老师，还是让学生去擒拿而来。"岳飞道："甚好，贤弟不可轻敌，不可斩杀。"张宪道："遵命！"

张宪来到营前，只见一蒙面签军骑马无声，抡枪似风，早有十多名兵士被打倒在地，只是未曾刺伤。

张宪跃马上前，喝道："来人通名！"那蒙面签军回道："休问俺名，且让岳飞来见！"张宪"哈哈"一笑，道："要见大帅。须过俺一关！"言罢，一摇虎头錾金枪，一招"龙宫探宝"，朝那蒙面签军腰间刺去。那蒙面签军稍稍偏身，躲过枪锋，顺势一招"敲山震虎"横扫过来。如此你来我往，不觉战至三十余回合，难分胜负。

张宪心想，此人枪法与岳帅甚像，如不下绝招，一时便纠缠过久。于是，张宪一招"蛟龙出水"出手，未等对方接招，又变幻"鹤鸣九岗"，接着转成"猿猴拨桃"，几招竟在一刹那间，令人眼花缭乱。那蒙面签军见一时难以拆招，拨转马头便退。张宪哪里肯放，紧追不舍。两人约跑出十丈之外，那蒙面签军猛然回身，一招"令公回马"径直朝张宪脸庞而来。

张宪早有防备，一拎缰绳，坐骑偏过半马，一跃即超出对方马尾。张宪顺势一招"横扫千军"，将枪杆打在那蒙面签军后背，蒙面签军再也难以坐稳，跌下马来。众将士一拥而上，将蒙面签军捆绑起来。

少顷，张宪押着蒙面签军来到了岳飞中军帐。张宪禀报道："老师，奸细业被学生擒拿而来。"岳飞道："贤弟操劳。"转头便令："将奸细押上前来！"兵士正要推那蒙面签军上前，不料蒙面签军大喊一声："大哥，让俺找得好苦啊！”大家闻之，均是一怔。

岳飞赶上一步，扯下蒙面签军的面纱，一看，却是同胞兄弟岳翔。岳飞一把抱住他，大喊道：“正是俺翔弟啊，想煞愚兄哉！”

兵士急急上前为岳翔解开绳索，兄弟二人又抱头痛哭。

少顷，岳飞让岳翔落座，问道：“翔弟如何有此打扮？”岳翔长叹一声，道：“说来话长！”接着，便将他外出遭遇之事叙述了一遍。

原来，岳翔当时外出寻找兄长，一日行至滁州地界。滁州，得名于滁河，滁河古称“涂水”。滁州既有江南美景，又有淮左秀色、吴风楚韵，气贯淮扬，接壤金陵西北，为六朝京畿之地。

建炎三年九月，金兵大举南侵，南宋叛将李成领兵攻打滁州。知州向子伋面临大军压境，誓不投降，率滁军民在琅琊山摩陀岭一带垒石筑寨，抵抗强敌，最终壮烈阵亡。百姓外逃，城垣残破。

岳翔正与众多躲避战乱之难民行走间，忽听有人大喊道：“金兵来啦！”顿时，人们奔跑起来。岳翔腿快，不一会儿便越过几十个难民。他正奔跑向前，忽然前面老人一个趔趄，一头栽倒在地，身旁一个六七岁的小女孩拉着老人，哭叫道：“爷爷起来，爷爷起来啊！”老人根本动弹不了，也没任何反应。

岳翔上前将老人拉起，只见老人满脸是血，嘴里大口大口直呼气。岳翔摇摇他，问道：“大叔，还能起来吗？”老人紧闭双眼，微微摇头，只是吃力地抬起手，指了指小女孩，含糊地说道：“带——带她——（走）……”

老人话未说完，喉咙“咕噜”一声，涌出一大口鲜血，一下子气绝身亡。小女孩见状，趴在老人身上号啕大哭。她拼命地摇动老人，喊道：“爷爷，爷爷，您快醒来，您快醒来啊！”岳翔拉着女孩说道：“丫头，你爷爷已经死了，你还是跟大叔走吧！”小女孩一边挣脱，一边哭叫道：“我不跟你走，我要爷爷，我要爷爷！”岳翔眼看金兵要追上来，一把拉起女孩，背在背上，大步流星奔向前方。

不一会儿，金兵的马蹄声和吆喝声越来越近。岳翔背着小女孩躲在路边灌木丛中，眼看着一队队金兵，扬起滴血的弯刀，见人便砍，见物便抢，便像追风野火一般，所到之处，寸草不留。岳翔重新背起小女孩，随着难民群漫无目的地走着，背上的女孩早已被吓呆了，伏在背上不言不语。

傍晚，岳翔和一帮难民来到摩陀岭南坡一个小村庄。这个僻远的小村庄叫萧家庄，只有十余户人家，平时很少与外界交流，因此几十年来，倒也很少有兵灾祸及。

庄上为首的是老人萧百津，六十五岁，祖籍南兰陵郡，梁武帝萧衍第六子萧纶的二十八代孙。其祖父曾于朝廷效力，后嫉俗厌世，隐居于此，垦荒数顷，植树百亩，养鱼饲禽，生活无忧，尽享田园山野之乐趣。这一阵，来了一帮又一帮的难民，萧百津皆让家人热情接待。但有约定，只留来客一个晚上，次日便须离开，临行前分别赠送三日之干粮。难民们又感激又理解，住了一宿皆主动离开。

岳翔等十多个难民，也受到庄民好生款待，虽无上等菜肴，却是一番地产风味，对于难民而言，可算得上是美味佳肴了。晚餐过后，岳翔将萧百津请出门外，施礼道："小可丘山，谢过老丈救助之恩。"萧百津还礼道："皆为同胞乡亲，老夫尽一点地主之谊而已，不足挂齿。"

岳翔又道："小可还有一不情之请，尚望老丈帮助。"萧百津道："老夫有心无力，难以再助他事，望壮士见谅。"岳翔道："此本非小可之事，还望老丈周全。"言罢，便将小女孩身世及遭遇大致讲了一遍。

这半天，小女孩与岳翔熟悉了，便告诉他，自己叫巩碧莲，年方七岁，建康人氏，父亲巩文荣为建康驻军统制，夫妇俩五日前与金兵交锋，浴血战场。奶奶闻讯急血攻心，当即气绝。爷爷带她逃难，又命丧途中，现已无亲可依，无家可归。岳翔言罢，不禁泪洒胸襟。

萧百津一听，略一沉思，自言道："原来是忠烈之后，令人痛惜！"岳翔再道："苦于俺也寻找家人，又是一个大男人，拖带女孩不便，恳请暂寄老丈宅邸，容小可日后再来接回。"岳翔边说边从怀里掏出几块银两，捧给萧百津，道："这是小可仅存的几两纹银，暂充碧莲之饭资。"萧百津一抹眼泪，推开银两，说道："壮士说哪里话来，老夫自当理会，大可放心！"

岳翔听罢，大声喊叫道："碧莲快来，碧莲快来！"屋内巩碧莲急切赶出，问道："大叔，何事？"岳翔一把拉过碧莲，说道："快来谢过萧爷爷，收留于你。"言罢，两人齐齐跪下磕头。萧百津赶上一步，双手拉起两人，大声说道："从今往后，碧莲便是老夫的亲孙女也！"屋内屋外众人闻之，齐声击掌喝彩，霎时又笑声一片。

次日清晨，岳翔告别萧百津和巩碧莲，和其他难民又踏上奔波之路。岳翔走下山坡，回头一看，巩碧莲还站在山坡的石头上向他挥手。岳翔一抹满脸泪水，转头撒开了大步。

岳翔一路奔波，一边打听宋军和兄长动静。然而，战乱之际，变化无穷，很难有个确切信息。

一日半夜，在临近建康西南外。岳翔与难民在小树林边席地睡觉，却听有人喊道"喂，起来！"岳翔惊醒后，却发现自己早已被金兵抓住，用绳捆绑双手。金兵又将数人用绳索连成一长串，挥刀赶着动身。

待到走进建康城中一处广场，早有四面八方被抓的数百难民，皆为青壮年男子。金兵让他们列队站好，一个四十开外的大个子金将开始训话。他叽里咕噜说了一大通，让身旁通事又翻译了一遍，大意是称这些难民都编入剃头签军。即将他们的顶发剃掉，所以叫剃头签军。扩建剃头签军是金兵补充军事力量的一种方法，剃头签军多半承担射粮军、弓手、士兵之类的杂役，有时也被迫冲在最前面充当炮灰。

接下来，他们被分成几拨，一拨约一百人，由几个金兵押着分散几处。岳翔这一拨人留在原地，先由两名老签军逐一登记造册。登记过的人即排队等候，逐个点名剃发。岳翔个大，排在后面。他见前头已经剃发的难民，个个顶发剃光，留下左右头顶部及后脑一撮，有的披散着，有的扎成小辫，难看至极。

岳翔见之越来越气，正在想法应付，忽听一声叫喊："丘山出列！"他应了一声，马上有一个金兵上前拉住他，拖到剃头匠面前，强按他坐下。岳翔稍一用力，一个"竹笋顶石"，那金兵哪里按压得住？他又起劲按了两下，岳翔还是纹丝不动。一旁大个子金将见状，嘴一努，又上来一个金兵，两人一左一右同时抓住岳翔的肩膀，使劲往下压。只见岳翔稍一运气，一个"力排双壁"，将两金兵掀倒在地。

顿时，又有两个金兵上前，四人合力齐扑。眼看包围圈越来越小，岳翔拧身腾空，还未及四个金兵反应过来，岳翔顺势在半空中使了"铁拐旋风"，同时将四人踢倒。岳翔的几招，一气呵成，正是学得岳飞形意拳法中的连环快招。这时，在场的难民与金兵全都看呆了，过了一会儿才齐声击掌喝彩，连那金将都站起来大声叫道："好，真他娘的好！"

再看岳翔，一步跃起，早已到了金将背后。刹那间，岳翔右手臂一伸一屈，一个"独龙扼颈"，那金将便粗气直喘，连连摆手。岳翔喝道："古贤有言'身体发肤，受之父母，不敢毁伤，孝之始也！'你若坏俺毛发，马上取尔狗命！"金将几次使劲，难以挣脱，只得应道："好吧，留你一个。"

此金将却也开明，见岳翔武艺高强，非但未曾处罚于他，还让他担任教头，教习一百余个签军练武。岳翔原本想设法逃走，无奈金兵有"逃走连坐"之纪，规定一队签军之中相互看管，如若有一人逃走，便杀此队中三人以儆效尤。岳翔心想，既然如此，一时还不能逃走，左右也没有兄长音讯，不如暂且应付，借此培植自己心腹，伺机反水。因而，他也就留在金营，对签军悉心教授，同时暗下串联。

且说，建炎三年腊月廿四，溧阳县被金兵攻陷，岳翔也随金营驻守溧阳。

这日，岳翔听得金兵偷偷议论。一人说道：“宋军昨日在广德击溃本部，咱部死伤数百人。”另一人道：“闻得领军大将为岳飞，甚是厉害。”前一人又道：“宋军之驻地，离此不远，咱们要小心了。”

岳翔听后不禁大喜，他立即找来三个心腹签军，说是要外出一趟，当夜返回。如有人问起，让他们应付一番，三人皆满口应承。故而，岳翔夜探宋营。

谈话间，岳翔说起溧阳县已被金兵攻陷，却有一个金兵外围物资仓库，可满足资粮之需。岳飞和诸位兄弟一听，顿时喜上眉梢，这个消息来得真是太及时了。

溧阳县是个古镇，在秦始皇二十五年开始置县开埠，地方虽然不大，城池却也坚固。金兵把仓库设于此地，又派了女真族人李撒八担任当同知县事。这里的地盘，因为设有仓库重地，金兵皆严于治安防备，故一般盗匪和宋军的散兵游勇都不敢靠近。

然而几日下来，金兵觉得平安无事，防卫也趋于松散。在广德县城北面，赵村与下寺乡交界处是逶迤起伏的马鞍山。这里地势险峻，林木丛杂，群山相夹有一条南北走向的山沟路，路长有一公里多，原名马鞍沟，是通往溧阳的唯一要道。

岳飞对岳翔说道：“如此，兄弟可仍潜入敌营，刺探敌情，内应外合，顺利擒贼。”岳翔说道：“俺现有徒儿两百之众，一旦大哥需用，小弟便会组织突击队予以配合。”岳飞嘱咐道：“在金寇身边，须格外小心。”岳翔说道：“小弟自能理会，只是还请大哥费心寻找母亲一行。”言毕，潜入黑幕之中。

次日清晨，岳飞带张宪、姚振诸人勘察了地形，谋划在岭头、岭尾之险要处设伏，布疑兵诱敌进入伏击圈。腊月廿九，岳飞得知溧阳县的金军兵力薄弱，只有五百金兵把守，就命刘经率一千人马半夜偷袭。

冬腊月天寒地冻，夜晚漆黑，溧阳县城。外围的金兵早已躲进了屋子里取暖去了，城楼上只有两三个更夫在巡更预警。啪的一声细响，北城某处墙头的砖垛上，突然出现了一把飞铊。稍停了一会儿，见没有什么其他的反应，砖垛上又接连响起了连串的细响，随之而来的是十几把乌黑的铁飞铊。北城楼上，还是没有什么反应。天气实在是太冷了，连更夫们都到了南城楼避风去了。谁还会在这个时候上北城楼来喝西北风呢?

一阵窸窸窣窣的响声过后，北城楼上突然出现了十几名黑衣人，腰间都配着各式兵器。一盏茶的工夫，北城楼上的黑衣人已经聚集了一百多人。这些黑衣人也不说话，走落城楼，杀掉了十几个守城的兵丁，打开城门。

北城门外，已经聚集了大队的兵马。一见城门打开，便点亮手中的火把，举起兵器,呐喊着冲入了溧阳县内。没人想到,竟然有宋军胆敢前来溧阳县偷袭。金兵不在马背上，武艺先自削减了一大半；再加上是深夜里被偷袭，睡眼蒙胧之下，五百守城金兵被杀了个精光。

再说，这同知县事李撒八，其实就是溧阳县的最高长官。李撒八原是金营中的千夫长，与其他女真人不同，他长得又瘦又小，所以经常被老乡们取笑为南人。因为力气弱，武功又差，他几乎没有立过什么战功。假如不是有个做万户长的老乡照顾，勉强混上了个千户长，如今可能还是小兵一名。不过，李撒八非常机警，一有什么风吹草动，肯定是先躲在后面，避开危险保住小命再说。因此，李撒八打了好几年的仗了，竟然从来没有受过伤。

李撒八的日子过得相当滋润。才到了溧阳县不到一个月的时间，他已经娶了两房汉人媳妇。这天晚上，正是李撒八的洞房之夜，可恨的是，宋军竟然前来偷袭。

刚刚经过梅花三弄，李撒八有些困乏了，正在昏昏入睡，突然大街上传来阵阵的马蹄声和厮杀的声音。李撒八一惊，猛然醒来，胡乱披上衣服，也顾不上身边的娇娃，拿起随身的腰刀便冲去门外。才到了外院，他就被十来个签军拦住去路。在火把的照映下，领头一个黑脸大汉上前两步，对着李撒八问道：“你就是那个渤海太师李撒八吧？”李撒八大叫：“本将军便是，小的们，快来救援！”

黑脸大汉一扬手中狼牙棒，喝道：“快快束手就擒，饶你不死！”李撒八大吃一惊，偏身躲开对方狼牙棒，问道：“你是何人？”黑脸大汉“哈哈”大笑道：“俺乃黑无常是也，专取尔之小命！”李撒八见对方人多，也不恋战，转身往旁边就跑，想翻墙逃跑。

不料，他才跑出了三步，疾风响过，一条大枪杆横扫在李撒八的小腿上。咔嚓一声脆响，李撒八应声而倒，小腿骨给打断了，蜷缩在地面上，痛得满地打滚。

只见一位白袍银甲小将，威风凛凛站在李撒八的身边，轻蔑地说道：“就凭你，也逃得出俺张宪的虎头錾金枪？”李撒八知道再也无逃生可能，只好束手就擒。这边，岳翔乘乱早带了二十多个签军逃出城去，后投奔了金将前锋斜卯阿里之伍。

宋军夜袭并攻克县城，短短两个时辰不到，杀敌五百多名，生擒女真汉儿军头领于仁留哥及伪同知溧阳县事、渤海太师李撒八等官员十二人，遂收复了溧阳。

部分金兵从溧阳城败逃后，被岳家军紧紧追赶，一直窜逃到马鞍沟。这时，岳家军伏兵即用火箭射入敌阵。刹那间，万弩齐发，烈焰冲天，杀声震野。金兵被伏击的岳家军打得溃不成军，所存无几。之后，邱村镇境内赵村与下寺交界处，便成为岳飞屯兵的地方。

在小浦镇西北十里处，有一座百多丈之高山，顶上有一片三百余亩的宽阔平地，岳家军在此日夜操练，枕戈待旦。这里的东边有冶炼兵器的“戈场”，南边有操练兵马的“跑马岗”。此后，乡民为纪念岳飞此次收复溧阳之赫赫战功，就在岭上建立岳王庙，而这道长岭也被称作岳飞岭，岭下的山沟称为岳飞沟，西边的丘陵建有岳飞寨，一直沿用至今。此是后话，暂且不表。

岳飞的大部队进驻溧阳县后，发现溧阳县仓库里的物资已经被完颜兀术取走了一部分，剩下的只能支撑部队一个月左右的消耗。万般无奈之下，岳飞只好与战士们同甘共苦、共度时艰，一起等待机会。

于是，岳飞留下五百兵士屯守在溧阳社渚镇围子山东侧，垒筑营寨。驻军除了操练之处，又在北距一里开外建造数个军窑，制作早期的军用水壶和地雷装置，即后称之岳瓶、宋雷。

岳飞溧阳抗金时，在大营巷、小营巷、岳家村多次作战歼敌，逢战必胜，且不赘述。

# 第十八章　剿灭盗匪　除害安民

话说，岳家军连连袭击小股金兵，获得了一些给养。不过，粮食不够的日子也确实寒酸了些，甚至到了建炎三年的除夕夜，伙食也没有得到很大的改善。

溧阳乡民得知岳家军伙食素简，也给军营送来了当地的佐食佳品“雁来蕈酱”。顾名思义，此酱为溧阳雁来蕈所制。雁来蕈又叫“松乳菇”“雁来菌”，盛产于溧阳北部的瓦屋山区以及溧阳的南山地区。一般只有在深秋时节、大雁南飞的时候才有。

溧阳山民为了将这种日渐稀少的食材久贮，想到了将它熬制成酱的办法：将拣洗干净的新鲜雁来蕈入锅，用植物油略炒，加入很多嫩生姜片、盐、糖，烧沸，撇去浮沫转文火烧半小时，起锅冷却即可。这样熬煮出来的“雁来蕈酱”，咸鲜微甜、香味醇浓，鲜美无比，而且一年四季都能吃到。

建炎四年正月，岳飞屯兵在广德军钟村，只是派将士四处购买粮食，还没有决定今后的去向。

一日，有亲兵报告：“有一位老儒生，不愿自报姓名，唯是言道要见故人岳统制。”岳飞沉吟片刻，突然醒悟，急忙出迎。来客正是当年河北西路招抚司干办公事赵九龄。

岳飞上前向来客长揖，说道：“与赵干办睽离四年，端的想煞岳飞也！”赵九龄还礼，语气感伤地说道：“老夫今已不是朝廷命官，乃是一个草泽布衣，将军不可再称之官称。”岳飞上前，与赵九龄执手进屋，而后对祁敬德命令道：“传语帐下诸将，前来拜见故人。”

少顷，众将领次第到来，纷纷与赵九龄见礼。其中，寇成、王经、郭青、王敏求、沈德等人都是当年招抚司的故旧，见到赵九龄，分外亲切。岳飞知道赵九龄的脾气，即与众将改口，称他为“赵丈”。大家发现，时隔两年有余，赵九龄方才四十五岁，却已须发花白，且变得严肃有余，竟无过去谈笑诙谐、妙趣横生之神态。

赵九龄待众将坐定，便说道：“自建炎元年，金虏兀术大兵攻破黎阳县之后，老夫幸得死里逃生。转念朝政昏暗，事无可为，便径自归隐故土，不期三年之内，兵祸已是绵延到江南，真不知何方尚是乐土耳？”众将领闻之，备生伤感，唏嘘不已。

继而，赵九龄言归正传，问道：“将军驻兵广德军，不知今后有甚计议？”岳飞即介绍了军情和各种议论，说道：“日后去向，尚未定议。”赵九龄说道：“老夫归隐家居三年，不期常州知州周杞亲自礼请，言道干戈纷扰，愿听我守土安民之计。老夫不得已，勉强前去州城，却不愿再受官封。今打探得故人在此，特来相见，以慰渴想。”

岳飞应道：“赵丈学贯古今、足智多谋，后学愿虚心讨教。”赵九龄道：“如今广德军不足以支供军粮。将军不如移兵常州宜兴县，县中粮储甚富，足供大兵食用。且宜兴东临太湖，西通溧阳，将军驻兵此地，即进可攻、退可守也。”众将领正为军粮不足而发愁，闻听宜兴粮储丰富，皆十分高兴，一时议论起来。

岳飞略一思虑，问道：“不知宜兴官府意下如何？”赵九龄闻之，“哈哈”一笑，随即从身上取出一封信函，递给岳飞，说道：“钱知县唯恐大兵不早去，故修书恭请将军驻兵宜兴，保境安民。”

岳飞展开信函，只见宜兴知县钱谌信中语句恳切，其开首曰："早闻岳将军之威名，特奉书相迎，请将军速率兵前来，驱寇保境，安抚一方百姓！"此后，信中又详细讲述了宜兴县之现状。

此时，因完颜兀术入侵临安，高宗带领臣下在海上避难，导致朝政无人，州郡各自为政，盗匪猖獗，侵州掠县，江南一片混乱，百姓已没有安静日子。宜兴临近太湖，为驰名的鱼米之乡，以往物产丰富，人民富足。而近年遭受郭吉、马泉、林聚等盗贼之劫掠骚扰，眼见匪势日益扩大，官兵却无力讨剿，使得居民心生恐慌，备感危机。

王贵、于鹏、寇成、王敏求等人也依次看过书信，再次议论开来。

赵九龄又从包裹内拿出一张宜兴地图，摊放在台上。他在图上一边指画山川形势，一边说道："宜兴县城西南七十里，有一处张渚镇，位于通达广德军的大道，溧阳县位于西北，广德军位于西南。将军如驻兵，数张渚镇最是便利。刚才，老夫已先去察看，然后自张渚镇来此。"岳飞大喜，说道："既是赵丈躬亲视察，自然无有差池！"

赵九龄接着说道："宜兴眼下有四处贼盗，其一便是原江淮宣抚司水军统制郭吉，他自江上之战，不战而遁，却是盘踞宜兴县南四十里湖洑镇，出没太湖。另有林聚、马皋与张充在县境南山扎寨，离张渚镇不远。张充尤为凶暴，号称张威武。须得将军大兵前去剿灭。"

岳飞与众将领商议片刻，当即下令："大军择吉日出兵，须先剿灭贼盗，而后进驻宜兴。"

岳飞命令傅庆和王贵率第一、第二军将士前往湖洑镇，于鹏随行，给郭吉投书劝降，先礼后兵。命令王经和寇成各统第四军和第五军将士，分别前往降服林聚和马皋两部。岳飞自己则和郭青率第六军将士，前往降服张充，王敏求随行。此外，又命令徐庆率第三军将士，与刘经的左军同去茅山，迎接家属，搬运辎重钱物，赶往张渚镇驻扎。众将领命，各自出帐执行。

岳飞发令完毕，再向赵九龄问道：“不知赵丈有甚计议？”赵九龄应道：“老夫随军而行，待将军大军安泊后，再回常州城。”岳飞道：“甚好，赵丈可与俺结伴，正好叙谈一二。”赵九龄见说，问道：“将军居溧阳多时，可曾知太白酒楼？”岳飞应道：“曾闻得诗仙太白有佳句曰‘溧阳酒楼三月春，杨花漠漠愁煞人，胡人绿眼吹玉笛，吴歌白纻飞梁尘’，却未知太白酒楼。”

赵九龄笑道：“这是将军日夜在军营忙碌，且从未进入酒肆饭馆之故。这太白楼便是当年诗仙逗留之处,且传下了醉酒之趣事及名菜‘花雕醉香鸡’。”岳飞笑道：“虽住几多时日，却未闻有此趣事，老丈可否讲之。”赵九龄笑道：“甚好，未进此酒楼，但听此趣事，也算溧阳乡亲给将军的一份礼物吧。”

接着，赵九龄便将李白溧阳之行，叙述开来。

李白生于唐长安元年，字太白，号青莲居士，又号“谪仙人”，为唐代大诗人，被后人誉为“诗仙”。他既有着大智慧、大情怀和慈悲心，也喜欢喝酒流浪、四处游历。李白曾经三次来到溧阳，探幽寻古，饮酒吟诵，挥毫作诗，而最让老百姓津津乐道的就是“太白楼”了。

说的是唐天宝十五年，李白与常熟县尉、草圣张旭(字伯高、季明)相遇在溧阳，相约来到溧阳旧县城的一家酒楼。席间，李白借着酒劲，诗兴大发，便叫来酒楼的歌女弹唱《平调曲》，他闻歌起舞，边舞边唱道：“朝作猛虎行，暮作猛虎吟。肠断非关陇头水，泪下不为雍门琴……溧阳酒楼三月春，杨花漠漠愁煞人……我从此去钓东海，得鱼笑寄情相亲。”这就是著名的《猛虎行》。

李白歌罢，擅长狂草的张旭高喝道：“拿笔来！”席间顿时鸦雀无声，大家回头看时，只见张旭摇晃着从椅子上站了起来，在墙上挥毫写下这首千古绝唱!

正当大家屏息凝神欣赏张旭豪放洒脱的书法时，李白却一手提着酒壶溜出了餐厅，跌跌撞撞地跨进后面的厨房。这时，正巧那厨师刚去上菜，大灶上煨着纯种溧阳草鸡，此鸡肉质鲜嫩、肉味鲜美，因黄羽、黄喙、黄脚的特点，俗称三黄鸡或九斤黄。李白闻到浓郁肉香，走上前去掀开锅盖，呆呆地盯了一会儿，忽然“哈哈”笑了起来，拎起手中酒壶，将酒一股劲地冲着鸡身倒了下去，还高叫道：“喝，喝，丈夫相见且为乐也！”

厨师闻声赶了过来，一看李白往锅里倒酒，急忙劝说：“太白先生，使不得，使不得的！”那李白却乘着醉意把满壶的花雕倒了个精光，厨师在一旁看着，心中连连叫苦。

李白重新落座后，店主让厨师端上压轴大菜。那厨师战战兢兢地把一盘黄酒泡过的醉鸡，端上桌子。谁知，一掀开盖子，屋子里就充满了诱人的香气。李白抢先夹起一块鸡肉，一吃鲜嫩爽口，咽下齿间留香，回味无穷。他忙招呼大家：“各位高朋，都来尝尝这醉香鸡啊！”大家分享后，顿感酒香浓郁、美味可口，齐声赞扬。厨师这才放下心来，讲起太白刚刚用花雕灌鸡一事，大家皆笑得前俯后仰。

李白诗、张旭字、香醉鸡，真可谓“三绝”，从此这酒楼就出名了。后人为怀念“诗仙”李白，便将此楼改名为“太白酒楼”，花雕醉香鸡也就成了当家的品牌菜肴。

赵九龄侃侃而谈，岳飞闻之津津有味。赵九龄言毕，一抹胡须说道：“可惜眼下乱世，暂且不能邀君品尝美味。”岳飞“哈哈”笑道：“甚妙，今朝留下美好念想，他日当携美味痛饮黄龙！”言毕，两人又对视“哈哈”大笑。

再说，太湖沿线，历来均有水匪出没。当时不少部队因粮饷奇缺，也常有抢劫扰民之事。金兵的水军仅限于在河道上搞搞运输，水上作战之能大不如太湖水匪。太湖水匪也就仗着这样的兵种和地形的优势，成为太湖沿岸的一大祸害。地方官民邀岳飞前往，正是思虑维护一方安定。

在宜兴县境的太湖岸边，原先驻扎了江淮宣抚司一支水军，当时在杜充麾下的郭吉也曾在此履职。完颜兀术从马家渡过江后，水军统制郭吉擅自带部队逃离了战场，只留下邵青十八人和一条船在独立支撑，这却无意间给金兵及时过江创造了条件。郭吉的残部几经辗转，溃散逃窜到宜兴，当了盗贼。郭吉在这种江南富庶的地方，就像其他的流散部队一样，监守自盗，能骗就骗，能抢就抢。此人有兵有船，来去自由，当地武装根本不能制服他。因而，郭吉恶名远播，当地人提起无不愤恨。

此时，于鹏按照事前的议定，先带着两名亲兵，骑马驰往湖洑镇。

湖洑镇，郭吉山寨。郭吉听说熟人于鹏到来，便亲自出迎。原后军统领庞荣自扈成被戚方所杀后，率残部投奔郭吉，也一并出迎。

三人入寨坐下，郭吉、庞荣读过岳飞书信。岳飞在信中对他们晓之以理，劝其断了苟活于草泽的念头，转而报效国家。两人看了岳飞书信后，庞荣望了望郭吉，示意由他表态。郭吉说道："岳统制英武，我最是敬服，敢不从命。马家渡之战时，我不能临阵杀敌，自知有背军之罪，不知岳统制可能宽饶？"

于鹏应道："军律不严，最是今日大患。如若郭统制决意将功补过，日后临阵，勇往直前，岳统制自当明奏朝廷。"庞荣也说道："当初茅山分兵，悔不听于干办劝谕，以至扈统制遇害。今日敢不归顺岳统制乎！"郭吉即说道："且请于干办回报，我们明日便统兵前去张渚镇。"

郭吉嘴上这般言语，却是另一样心思。他思虑再三，决定来个"三十六计，走为上策"。于鹏前脚走了，郭吉马上下令把附近的民船全部抢了，把家属老小全部安排上船，做好了逃跑的准备。临行之时，郭吉又令兵丁大肆抢劫了一番，然后解缆开船，逃入太湖。

湖洑镇十六里外，傅庆、王贵率队开进。于鹏驰马来报："郭吉已答应归顺。"傅庆十分高兴，说道："既是如此，俺们不如在此等候郭吉来归附。"王贵得知郭吉为人狡黠，恐有意外之变，便道："不可，俺们不如乘机进兵。"傅庆转而同意王贵的意见，于是便继续进军。

军队距离湖洑镇不过五里，有一名军士来报："庞统领令我转告，郭吉阳奉阴违，已经率领部属往太湖方向逃遁。"原来，庞荣表面上服从郭吉，心里早就想投奔岳家军。于是，傅庆和舒继明率骑兵，很快追上了郭吉的逃军。逃军分水陆两路，船只载着粮食和钱物，却被追兵包抄拦截。

郭吉见状，惊慌失措，急对庞荣说道："请庞统领统兵迎敌，待我上船率水军登岸助战。"庞荣微微一笑，用手指着郭吉的背后，喊道："郭统制小心！"郭吉刚一回头，庞荣即挥剑劈下他的头颅，大声喊道："我已决计投归岳统制，有不服者都与剿杀！"郭吉部下军士闻言，纷纷下跪，称道："愿随庞统制投归！"追兵与庞荣的军队里应外合，很快就降服了郭吉的军队，缴获了各种战利品，包括一批船只。

建炎四年正月初七，岳飞率军到达了宜兴县。

宜兴县令兑现了承诺，岳家军自此不必再为粮饷发愁了。岳飞立即下了严令，所部兵士，秋毫无犯。纵使兵士缺少帐篷、多半轮流露宿，也决不妄入民家，不妄动民间一草一木。

且说，马泉与林聚虽稍逊于郭吉，却也拥有精锐贼众数千，他们到处打家劫舍。翌日，岳飞派王经和寇成进入贼匪的巢穴去招降，晓之以是非，谕之以利害。马、林二人深知罪孽深重，岳飞大兵一到，自己连死的地方都没有，还是主动投降为妙。

岳飞顺利地降服了林聚和马皋两股盗匪后，率领扩编的队伍，先后来到张渚镇。岳飞又是一阵忙碌，安排两将的军兵食宿，同时又将林聚和马皋两支匪兵拆散，分编到各将各部各队。他初步考察了林聚和马皋两人，认为至少暂时不宜信用，只安排他们当高级军士效用。

食民之粮，就要保民平安。岳飞到了宜兴县之后，立刻开始着手清理这一带的溃兵、流寇。他张出榜文，命令他们立即停止抢掠，先给予其出路——愿意接受收编的，可以既往不咎，主动投到岳飞军中，但此后必须接受军纪约束，不许劫掠居民。然后，对那些因为不敢去打金兵而不肯接受收编之人，则给予严厉警告；若是继续执迷不悟者，岳飞必当出兵攻讨，将其彻底荡平。

宜兴县的南部有一座山，名唤黄塔顶，属于天目山脉的延伸，是宜兴县境内的最高峰。黄塔顶地势险要，易守难攻，是个天然的贼窝。如今在黄塔顶上安营扎寨的是一个叫张威武的大头领。张威武三十开外年纪，家传的武学，一身横练的外家功夫炉火纯青，十多年前就已经在江淮两地闯下了偌大的名头。靖康之变时，张威武抢先占领了黄塔顶，招兵买马。经过几年的发展，如今隐约成了宜兴绿林的代言人，连官府都不敢招惹。

建炎四年二月初一，岳飞的六军和刘经的左军开始分别行动。岳飞与郭青、沈德、张峪、王敏求带领第六军官兵，取小路，由湖州长兴县径至张威武的山寨。

这个山寨位于常州西南与湖州交界的垂脚岭。岳飞沿路察看地势，对郭青说道："山寨小路，不宜强攻，可以智取。待我单身先入，攻其不备，你统兵在后接应。"于是，岳飞背上插着铁锏，腰挂佩剑，而王敏求和张峪各自带一把手刀。三人不骑马，攀山而上。

岳飞一行离寨门不远，便大声喊道："报告张威武，言道有北方故人求见。"黄塔顶的大寨上，张威武刚刚与兄弟们吃饱饭，正在喝茶聊天。见兵丁来报，便带着二十名匪徒走出寨门。岳飞见众匪簇拥着一个壮汉，立即上前喝道："张威武，你可识得故人？"张威武蓦一听有人如此称呼，脸上显出惊愕的神色，即道："咱便是张威武，尔是何人？"

张威武话音刚落，岳飞一个飞步上前，右手闪电般地抽出背上的铁锏，往张威武的头部猛击。张威武也不含糊，急忙躲避，举刀便砍。岳飞滑步一闪，让过刀锋，飞起右脚踢中他的手腕，将刀踢落。紧接着又用左脚旋踢他的膝弯，张威武立脚不稳，"啪"的一声倒下。岳飞再以右脚尖对准他的太阳穴踢个正着。

这三脚连环踢出，只在一眨眼的工夫，就把身强力壮的张威武打翻在地。接着，岳飞的铁锏正中他的头顶，张威武顿时一命呜呼。岳飞持剑将人头砍下。

此时，王敏求和张峪执刀向前，与岳飞站成一线，大喊道："官府大军已到，降服者不杀！"郭青和沈德也已率军队将山寨合围，鼓声和喊声四起。众匪徒看得目瞪口呆，一阵惊慌，纷纷弃兵刃跪倒，说道：“我们愿意投降！”

岳飞和郭青马上把匪徒们编入队伍，收拾了寨里钱粮杂物，放火烧了山寨，然后率队伍前往张渚镇。

王贵和傅庆的军队在三天之后，也来到张渚镇。自此，宜兴一带盗匪销声匿迹，而潜匿太湖的水贼也纷纷逃往外地。岳飞剿灭匪患“四战四捷”后，拥有精兵二万余人，成为一支抗金劲旅。

太湖剿匪对岳家军来说，是一举数得的好事，既锻炼了队伍充实了水战人才，大大地提升了战斗力，又在太湖流域大幅度提升各个州府的名声，拥有良好的群众基础，为未来在该地区的抗金活动打下坚实的基础。由于有了良好的群众基础，岳家军筹取军粮变得容易很多，除了水匪处的大量缴获外，当地的州府和百姓也主动配合，大家关系非常融洽。

话说岳家军在太湖剿灭了湖中“三山四寇”，收服了太湖大王，临走时留下了一支水军，由李宝负责，维护太湖安宁。他们平时除了操练，巡逻湖面，有时也下湖捕鱼。

这支部队便是太湖渔民先祖之一，太湖里三桅以上包括罕见的太湖七桅大船，也是岳飞当年留下的战船演变而成的，渔民最为崇拜岳飞，结婚拜堂前都要先敬“南元帅（岳飞元帅）”。此是后话，当然也少不了形形色色之传说。

# 第十九章 屡战宜兴 雄师崛起

宜兴素有“山水甲江南”之誉。其城，有两水相抱，有双峰相屏，满眼是农桑，身边是舟楫。山上茂林蔽日，山中溶洞称奇。东南部的湖水碧波万顷，是这个世外桃源的天然屏障。当年，苏东坡赴常州、润州赈灾途中，在好友的老家宜兴小住数日，即被这里的湖光山色所吸引。于是，他在第二年的春天便来宜兴，一气住了三个多月。在遍游宜兴的同时，其内心充满了感叹，故写下“吾行四方而无归兮，逝将此焉止息”的句子。

宜兴县东临太湖，北通常州，西面又逼近建康府（今江苏南京）通临安（今浙江杭州）的大道，是一个进可攻、退可守的军事要地。

宋建炎三年二月，南下金兵狼奔豕突，到处烧杀掳劫，金兵入侵宜兴时，这里已成一座孤城。金兵窜到宜兴金泉乡，宜兴巡检方允武率领士兵乡民迎敌，斩杀数十个金兵，夺弓箭与旗帜。后来，方允武又与大队金兵在梅岭相遇，力战而殁。

建炎四年正月十三，岳飞率军移屯宜兴县。十五日，岳飞、郭青和刘经、徐庆、张宪两路人马几乎同时抵达宜兴张渚镇。赵九龄与岳飞等人察看地形，临时在镇区四周扎寨，安排军队和家属食宿及马匹、辎重等之存放。

张渚镇傍山临溪，颇有山水胜景。这个大镇平时有一千多户人家，人户多半姓张，张完是宜兴之大户。张完生于北宋景祐四年，字子发，号醉翁，曾经出任黄州通判，颇有名望，还乡后常住故居。家中房屋宽敞，宅院很大，临溪为圃，取名桃溪园，自号桃溪居士。张完卒于崇宁元年，享寿六十七。两个儿子在外做官，即由侄子张大年管理桃溪园。政和七年张大年去世后，即由张完的另外一个侄儿张充承接祖屋，家口不多。

一日，岳飞又来到了桃溪园，园主人张充陪他观看周围景色。张充，五十六岁，为张完的兄长张磐之次子。他也饱读诗书，谈吐儒雅，只因兄长张崈在朝任礼部尚书，他便留在乡间照看祖产。

此时正是江南风景最佳之时。高堤上杨柳垂下万千碧绿的枝条，随风轻摇。三三两两的紫燕穿行在柳枝之间，嬉戏追逐。几只白鹭从清碧的太湖上掠过，渐去渐远，消失在水天相接的苍茫之中。

面对如此美景，岳飞却愁容满面。张充十分不解，于是便问道："此良辰美景，岳将军为何似有闷闷不乐之意？"岳飞回应道："这何止是美景啊，还有美酒、美食，简直是人间天堂，但不知还有多少人，因遭金军铁蹄践踏而失去家园，亲离子散啊！"张充说道："岳将军胸怀天下忧乐，无日不想着驱除金虏，老夫敬佩之情无以表达，且以茶代酒，请满饮一杯。"

岳飞呷了一口茶汤，不禁悲痛地吟道："及长城之壮。余发愤河朔，起自相台，总发从军，大小历二百余战，虽未及远涉夷荒，讨荡巢穴，亦且快国仇之万一。今又提一垒孤军，振起宜兴、建康之城，一举而复，贼拥入江，仓皇宵遁，所恨不能匹马不回耳！今且修兵养卒，蓄锐待敌。如或朝廷见念，赐予器甲，使之完备，颁降功赏，使人蒙恩，即当深入虏庭，缚贼主，喋血马前，尽屠夷种，迎二圣复还京师，取故地再上版籍。他时过此，勒功金石，岂不快哉！此心一发，天地知之，知我者知之。"

张充聆听良久，大为感慨，道："岳帅文韬武略，壮志凌云，且诗词见长，实为罕见之才俊也！"岳飞感慨万分，说道："杀敌报国之愿望，岳飞每时不能忘怀，但愿有完成之期矣！”两人同心共鸣，些许唏嘘，忧国忧民之情溢于言表。

岳飞此时所吟之诗意，经过长期的凝练，终于成就了后期的名篇《满江红·写怀》，此是后话。

岳飞征战数年，现居于宜兴，难得有一些清闲日子，便又思念起母亲来了。之前，他曾派人去乡里数次，却总是无法寻到母亲，每每想到这里，不禁内心悲痛不已。

这天清晨，族弟岳亨见岳飞眼圈发红，心知他昨夜又想念母亲及家人了。岳亨便借请安之时，上前对岳飞说道：“兄长，让小弟再去故里一趟，这次俺拼死也寻得伯母！”岳飞曰：“战乱之际，多有不便吧。”岳亨说：“请兄长放心，小弟只带一个族人前去，谅无大碍。”岳飞知道，他指的是此行对部队行动和个人安全均没有太多影响，便也应承了。岳亨走后，岳飞苦苦等待，坐卧不宁。

到了二月初，岳亨果然排除万难，把姚安人祖孙数人接来，那护姊南下的姚金永也一并跟随。岳飞即将母亲和云、雷二子接到宜兴张渚军中住下，安排三舅父姚金永到伙房帮忙操持。

张充听说岳母一行自乡里赶过来，十分高兴。后得知岳母因病卧床不起，云、雷二子年幼乏人照管，便立刻命家人将桃溪园一处别院打扫干净，邀请其居住。

岳飞感谢他的好意，但是声明必须按时交纳房租。张充哪里肯依，说道：“岳帅为宜兴乡民出生入死，已经成为地方的神圣之人，岂不容在下略表心意吗？”岳飞强调道：“这是私事，无故占取民宅，军法处置。”张充说道：“此为公私兼顾，非尔占取，是我盛邀，请不要拒人于千里之外啊！”

岳飞见主家盛情，难以再拒绝，只有答应了。但为了避免打扰张充一家，他将张宅附近的一间空屋，设为统制司之所在。岳帅母子会聚的消息不胫而走，一时传遍了宜兴城，家家燃放鞭炮为其庆贺。

岳飞在白天只是匆匆拜见了母亲和家人，让三舅姚金永安顿其食宿，自己便忙军务去了。

晚饭过后，一部分归顺军士和家属的住宿尚未安排妥帖，岳飞又与张宪、徐庆等人操持。徐庆对岳飞说道："大哥，须去见伯母请安，军务由俺们处置即可。"岳飞应道："不可，张威武之部众俱是亡命、乐纵、嗜好作乱之徒，不得已而服从，俺须将他们安置妥当。目前春寒尚重，士卒露宿，俺亦不得独安！"

岳飞让其他将领先去歇息，亲自坚持将最后一批军士和家属的食宿安排妥帖，已是深夜。岳飞虽然极其思念自己的亲人，却不敢半夜进入张宅，怕打扰主家和家人休息。他只是坐在统制司的屋里浅寐了一会儿。

姚太夫人知道自己儿子的性格，虽然未曾陪伴身旁，亦觉欣慰。她曾经向岳亨打听岳飞近年详情，但是她关心的并非官职爵禄，而是岳飞是否真正尽心国事，真正保境卫民。岳飞博得宜兴民众如此衷心爱戴，显然证实儿子没有辜负她以往的教诲和期望。

岳飞难得抽出闲暇之时，便到母亲身边，寸步不离。岳母若不休息，他便不肯离开，岳母知道儿子繁忙，只得假意说道："儿啊，俺累了，想休息一下。"说完，就闭眼靠在枕头上。岳飞不敢再打扰，轻轻为母亲拉上被子，才悄悄离去。

再说，赵九龄等到一切就绪，便带着岳飞去宜兴县城，拜会知县钱谌，又去州城拜会知州周杞。见面时，岳飞对宜兴知县钱谌承诺道："岳飞入驻一方，定保护一方，造福一方！"岳飞言出必行，不到两个月的时间，便全部扫清了宜兴县境内的大小盗贼。如此一来，宜兴境内治安稳定，民众生命财产得到保障，既不用畏惧金兵的侵扰，也不用担心盗贼流寇的伤害。

在当时南宋朝廷纷纷乱乱的大地上，宜兴俨然成了一方净土。宜兴民众喜出望外，交相称誉，很多外地乡民也纷纷赶到宜兴避难，尤其是邻近常州城内，竟有万余户居民搬迁到宜兴县。

这日，岳飞营帐。宋军斥候来报，宜兴徐舍堰头，有一队金兵奔临安路过此地，带头为金将千夫长阿托木其。宋军斥候打探仔细，此为辎重队，精兵强将，将士三千，马车五十辆。岳飞便与张其汝、张宪商议。

张宪在桌上展开地图，指着徐舍堰头处，说道："老师、先生，末将认为，此处有大金山、小金山，金兵自村旁进入岭间小路，只可五人并排通过，势必速度放缓，正可伏击！"岳飞看了看地图，说道："此处离俺营地不远，可飞骑突袭。"张其汝手抚铁戒尺，沉思不语。

岳飞望望他，问道："贤弟，难道此行不妥？"张其汝道："大哥，其行虽然可行，却非俺们之主要目的。此队金兵兵强物重，俺们可调开重兵，夺其粮资，方为上策。"张宪插口道："先生可是说调虎离山、围点打援之策？"

张其汝一望岳飞，笑道："俺刚提一半，张宪贤弟已知全部了，正是如此。"岳飞道："不错，敌兵既有辎重，必有重兵。俺们兵力尚弱，不宜直面交锋。然金兵地形不熟，俺们正可扬游击之势，只需且扰之且退之，且进之且取之。"张其汝道："不求击其全溃，但能取其资物。"张宪接口道："断其接应，灭其气焰！"三人互视，抚掌大笑起来。

宋军营场上，众军列队。岳飞注视将士，个个精神抖擞，人人豪气冲天。岳飞大声喊道："众将士，俺们转战广德、溧阳、宜兴，虽无大胜，总有小捷，承蒙诸位兄弟卫国护民忠义之心，且忍饥饿之难，竟无怨气。岳飞身为统领，当向诸位谢过！"言毕一躬到地。众将士齐声高喊："追随岳帅，赴汤蹈火！"岳飞再道："今有金兵辎重路过，俺们奋勇击之，可改善衣食一二。"众将士再应道："奋勇杀敌，奋勇杀敌！"

岳飞发令："王贵，傅庆，听令：可与本将领精兵一千，伏于岭道口，自南向北迎面击敌。且战且退，三里后分散隐蔽，待敌返回时，再予追击。"王贵、傅庆应道："得令！"

岳飞又下令道："张宪、姚振听令：各领五百人马，从南北两头攻其辎重车马。得手后，姚振押粮食物品回营，张宪向南迎战返回之敌，遂与王贵、傅庆呈夹击之势。"张宪、姚振领命退下。

岳飞又命吉青、汤怀、王万等将各领兵三百，沿途杀出，将金兵截成几节，使之难以合力。岳飞再三吩咐道："各将以夺取敌军辎重为主，保存自身，不可蛮战！"众将一一领令而行。

是日晌午过后，金兵赶至大金山前。领头阿托木其骑一匹棕色大马，手持浑铁槊，趾高气扬，不可一世。他见一路未遇宋军阻拦，甚是得意，对副将柯卓说道："你说宋军都是什么货色，见咱来了，躲得连个鬼影子都看不见！"副将柯卓说道："将军不可大意，听说岳飞驻地离此不远，须谨防偷袭。"阿托木其一听，"哈哈"大笑，道："咱正要会会此人，看有三头六臂否！"说话间，金兵队伍进入山道。

金兵行进约莫一里路程，忽听战鼓擂响，前面杀出一彪人马，为首三人正是岳飞、王贵和傅庆。岳飞喝道："宋军岳飞在此，金贼留下狗命！"阿托木其一听，仰天大笑道："岳飞大名倒是听到过，不料竟是白面儒生，岂能与咱阿托木其对阵！"岳飞也笑道："今日，便让尔见识岳家枪法之厉害！"

岳飞言毕拍马上前，阿托木其也一摇混铁槊上前迎战。两马相交，兵刃相击，碰出一丛丛火花。阿托木其只觉得手中一震，暗叫不好，此人武功甚是了得，须小心对付才是。刹那间，阿托木其抽回混天槊，对准岳飞胯下捣去。岳飞不躲反进，用沥泉丈八矛对着他的槊头轻轻往上一挑，马上化开阿托木其的进攻之力。

阿托木其高叫道："好一个'四两拨千斤'！"他边说边将槊头逆转而进，来了一招"泰山压顶"。岳飞又用"指点江山"之招，化开了此一猛招。阿托木其见岳飞总是用化招应付，反而觉得憋屈，于是连连出恶招、狠招。岳飞与阿托木其战之二十回合，觉得他火气真旺，于是虚晃一枪，转身便走。

王贵、傅庆等一见，也随后而佯逃。

阿托木其正杀在兴头上，岂能放过，一拍马背，紧追不舍。副将柯卓高叫道："将军不可穷追，小心中计！"阿托木其哪里听得，只道："你留一千人马守好辎重，看咱马上将宋军赶尽杀绝！"柯卓无奈，看着他们追逐远了，自带兵马守候原处。

然而，还未等柯卓安排妥当，张宪和姚振又分别从南北两头杀出。柯卓大惊，尚未反应，张宪快马已到跟前，一杆錾金枪穿透了他的咽喉。宋军两头掩杀，守卫辎重的金兵四周逃窜。张宪夺下辎重，挑选粮衣等部分物品，由姚振押解回营，自己仍带兵埋伏原地。

再说岳飞率军佯败，逃奔三里之地，见有岔路，便四处散开。阿托木其见状，方知中计，急急返回。不料刚行百步，便有溃兵奔逃而来，告知辎重被劫之事。阿托木其气得哇哇大叫，快马返行。

阿托木其刚返回到辎重留守处，尚未看清现场状况，又逢张宪杀出，这南边的岳飞也聚兵反追上来。此时，在长约一里路之中，一同杀出几队宋军，阿托木其被宋军团团围住。一时，宋、金两军混战。

战至约莫半个时辰，岳飞一声令下，山岭锣声响起，宋军迅速撤出战场。阿托木其不谙路径，只得重新整理残败兵士和剩余辎重，狼狈上路。

此日，岳飞在统制司召集众将计议。岳飞说道："今顺利平定宜兴四股盗匪，部队已扩充至一万八千人。俺欲为刘统制增拨兵力，扩充到两千人；同时增设第八军，任命庞荣为正将，张应任副将。众将意下如何？"众将齐道："甚好，我等并无异议！"

张其汝报告道："我军纪律严明，对民间秋毫无犯。宜兴百姓交相称誉，很多外地人亦到此避难。"岳飞欣喜，又道："内乱外祸交迫岁月，兵、匪往往并无二致。我军幸得宜兴百姓接纳，当更加申严军纪，严禁骚扰地方。"

此时，副将于鹏来报："大帅，门外有一画工求见。"岳飞即对众将说："计议已毕，众将可自散去。”转而又对于鹏说道：“画工来自民间，或是有甚教俺，快快有请。”众将领中，一些人散去，一些人有意逗留。

少顷，于鹏带着画工进入堂内。岳飞请画工坐下，问道：“不知待诏见俺，有何见教？”画工笑道：“百姓传言，岳大帅俨如天神，求我为他们画一幅大帅丹青。”在宋代，时人认为年龄不到三十岁是不能请人绘相的，尤其忌讳请高明的画家写真，“恐其夺尽精神也”。

岳飞苦笑道：“待诏今日见得，俺岳飞貌不惊人，岂敢以天神自命？唯恨不能有天神之术，驱逐虏人，保天下百姓平安矣！”画工说道：“不然，岳大帅虽非貌若潘安，却有雄赳赳大丈夫刚气。我今日须为你作画，以免百姓误传，言道岳帅有三头六臂。”

岳飞推辞道：“俺整日训兵习武，只为与金兵决一死战，岂有闲暇陪你作画？”画工再说道：“宜兴民众纷纷言道，‘父母生我也，易；公之保我也，难！’他们欲立大帅之生祠，亟待大帅画像张挂。今日你辞得我，却辞不得他人日日前来。”于鹏劝道：“百姓有心意，待诏是美意，岳帅岂得辜负民心？”画工又说道：“大帅只需送我一个时辰，绝不误事！”在场诸将齐劝道：“既是如此，岳帅不必辞避了！”

岳飞见此情形，实难推辞，便道：“也罢，便破例一回吧。”岳飞随即全身披挂甲胄，站立内堂中央，右手拄定天威神锏，任由画工描摹。画工潜心作画，一个时辰之后，搁笔道：“好了！”众将争相观摩，纷纷称赞道：“形神皆备，如同再造一个岳大帅也！”

岳飞看过后，对画工一揖道：“多谢待诏，俺亦喜欢此画。”画工说道：“容我回家临摹之后，再将此画赠送大帅。我敢预言，此画将被辗转临摹，百姓将争相购买，家家供奉。”

果然，此画像展示后，很多人为了表达感激之情，竞相购置，把岳飞的画像在家里供奉起来，老稚晨夕瞻仰，一些画工竟因此而大发钱财。人们将岳飞尊奉为神人，又按照中国古代之隆重礼节，在宜兴周将军庙旁边，为岳飞建造生祠，以表达父老百姓感激之情。

生祠中，岳飞之神像，身材高大，头戴红缨帅盔，身着银色战袍，臂露金甲，足履武靴，右手握拳前抚，左手按锏向后，且面容俊朗，英气逼人，目光如炬，凝视远方。此画像即为后世各地岳庙中的雕像样板，此是后话。

宜兴知县钱谌也亲自为岳飞生祠作序，写道："时方夷狄、盗贼交寇四境，举邑生灵几死而复生者屡矣，皆公(指岳飞)之造也，其德孰加焉。人莫不谓：'父母生我也易，公之保我也难。'无以见其报称不忘之意，乃立生祠，绘英雄卓绝之姿，修况水芬馨之奉。然察人之情，犹以为未至，皆欲图像于家，与其稚老晨昏钦仰，如奉省定而后已。"

古代的祠庙用于尊崇先贤、祖宗，以至神仙鬼怪之类。为活人营建竖立生祠，乃属最高、最隆重的一种礼仪。由此可见岳飞在当地人民心中的地位，这在中国古代史上实属罕见。

# 第二十章　战场相会　悲喜交加

话说，建炎四年正月二十。南下金兵横冲直撞，到处烧杀掳劫。这天，一支金兵队伍窜到了宜兴金泉乡。

此时，王贵正领着一千将士在广德东南方一带巡逻。忽有探子来报，金将雪里花北领兵从此路过，向东而行。这个雪里花北，是当时金国的一名大将军，擅使一杆三股混铁托天叉。他为人阴险狡诈，两次随完颜兀术南下，率军五万担任第二路先锋官，一路上屠戮百姓，血债累累。这次他奉完颜兀术之令，向东进发，围追赵构及宋军。

王贵一听，觉得歼敌的好时机来了，也未及上报于岳飞，便直接尾随追击。半个时辰光景，王贵领兵于缠岭处，追上了雪里花北的军伍。

缠岭在长兴境内的白岘乡东北十二华里的互通山北麓，地处苏浙皖三省交界地，西与广德毗邻，北与宜兴交界，东南分别与本县煤山乡、槐坎乡相邻，海拔百丈开外，因岭上山道弯曲盘旋而得名。

眼看金兵在前面不远处，王贵暗自高兴，心想，眼下这批金寇总逃不过俺的手掌了，便急急催促将士向前。宋军副将毕进上前劝道："王将军，我看山路崎岖，敌情不明，不可贸然前行，还是报于岳大帅定夺为好。"王贵性急，回道："俺看金兵也不足两千，俺们快速突袭，谅也无妨。"随令军队加速前进。

毕进见状，便叫过一亲兵，命他速回大营报告，自己仍然跟随队伍向前。

这边，雪里花北事先派出的侦探飞速来报，此岭道路曲折难行，且时有支路岔道。雪里花北一听此山势险象环生，不由得眼珠子一转，计上心来。

他早已得知有一支宋军在后面紧追不舍，很难摆脱，不如借此山势异常，沿途留下伏兵，来个“瓮中捉鳖”。雪里花北想到此，脸上露出一丝奸笑，阴阳怪气地说道：“让宋军也尝尝‘引君入瓮’的滋味，嘿嘿嘿！”于是，他找来三个千户长做了伏击安排，自带一千人马在前面诱引。

却说，王贵率军紧追快赶，只见山径弯曲无常。走到狭窄处，刀削斧劈似的山峰像要挤压下来，有时两山之间只能容单人通过，粗壮的将士只能把身子侧着才能走过。越往前走，云雾越大，似入迷宫。转过半山腰，但见山径竟似螺旋状，山峰连绵起伏。明明将要追上金兵，可一转弯，却又不见其踪影。少顷，又见他们出现在头顶途中直晃荡。

这时，王贵见离金兵尚不足一箭之遥，便令兵士准备攻击。不料，金兵突然停步，但见雪里花北令旗一挥，金兵“噢”的一声呐喊，转身反扑下来。还未等宋军反应过来，身后山路间也有喊杀声骤起。王贵这才知道，刚才只顾埋头向前追逐，未曾留意金兵乘山径曲折之势，沿途留下了伏兵，以致自己遭到上下之夹击。

王贵毕竟历经沙场历练多年，并不惊慌。他稍一沉思，便命令毕进领五百人向上迎敌，自带五百人向下杀去，余者原地待命，以便上下接应。谁知刚交手片刻，前面反攻下来的金兵却从曲折岔路处急速隐去，不一会儿便与后面出击的金兵会聚，形成了一个更大的包围圈，欲将宋军困死在半山腰中。

王贵奋勇当先，战有一个时辰，见金兵倚仗山势，宋军不易攻破其包围圈，便也与毕进会合一起，退守于一坡地之上。两军久而相持不下，眼看天色将晚，于是各自扎营。

这边，雪里花北也知道王贵被困于山顶，岳飞不见其回营，一定会发兵来营救，便又加固营寨，只留下西面一条岔路。

再说，毕进派出的报信亲兵，急急赶回大营报告。岳飞得知后，眉头一蹙，道声："王大哥莽撞了！"他略一估算，料想此时王贵已中金兵诱敌之计，便与众将商议救援之策。张其汝扬起手中戒尺朝地图上一指，说道："可先着人乘夜色潜入敌营，将敌阵之势打探清楚。大哥亦即刻发兵于外围接应。"

岳飞当即说道："可行！"张宪挺身而出，自告奋勇道："老师，学生可先行潜入敌营。"岳飞一瞟张其汝，张其汝道："张将军先去甚好，你可再带一员偏将，两人好相互照应。"

话音刚落，一旁闪过一矮小副将，拱手曰："末将愿随张将军同走一遭。"岳飞定睛一看，原来是"小时迁"时子通，不觉"哈哈"一笑，说道："此等活计，真用得上你的夜行功夫，准！"

张宪、时子通即领五百人马，由毕进的报信亲兵带领，直奔缠岭南坡而去。岳飞也随后点起两千人马，追随而行。

张宪轻装急速行军，眼见金兵营寨在前，便让副将郭敬德领兵就地埋伏，以待内外合应。他自带时子通，身着夜行衣攀岩而上。两人迅速潜入了金兵军营内，观察了周遭的地形和情况，发现金兵各个营帐分隔约有三十步之遥，一有动静便可及时呼应。且凡有岔道支路处，皆有重兵把守。

两人辗转片刻，只见西面一条岔路守卫甚少，知道此为金兵"欲擒故纵"之计而设。

张宪即对时子通说道："贤弟可再攀高峰，与王将军见面合议。等俺带兵佯攻时，你可与王将军从西面岔路下山。"时子通应道："是了，我即刻上前。"言罢，一纵身，如猿猴一般消失于夜幕之中。

且说，王贵立于营地一高石之上，望着四周一片暮色，思虑如何乘夜间突围。忽然，他见一抹黑影蹿至石峦之间，刹那间便闪到高石之下。王贵抽剑在手，喝道："何人！"那黑影竟然不答话，只回应了几声"喵喵"的猫叫。王贵一听，此叫声颇熟，便道："时贤弟来了吧。"那黑影"嘿嘿"两声，早已站在王贵面前，贴上脸低声招呼道："小的跟王将军请安。"

那王贵此时哪有心思与他玩俏皮，忙问道："大帅可有安置之策？"时子通又是"嘿嘿"两声，说道："只有张宪将军与小的前来救援。突围要靠将军自身定夺。"王贵一听，不由得"啊"一声。未等他再发问，时子通便凑上来，附耳告诉他刚刚侦探之实情。

王贵闻之，说道："如此说来，硬冲硬拼断然不成，只有从西面岔路突围了。"时子通道："我等行事之际，岳帅大军必至，何愁不破金兵之阴谋诡计乎！"商量停当，王贵即命全军准备就绪，只等张宪发起攻击，便从西岔道口突围。

这边，张宪早已返回岭下，对部下一番吩咐。顷刻，他估摸时子通也与王贵商量妥当，便一声令下："杀！"那五百精兵齐声呐喊："杀啊，冲啊，活捉雪里花北！"将士个个冲上前去，立即如狼似虎般开杀起来。张宪手下早有号兵展弓拉弦，一支火箭带着"啪啪"声响，穿破夜空。

此时，雪里花北坐在中帐中，听得杀声高起，并不惊慌，嘴角略一歪，"嘿嘿嘿"一阵狂笑，喝道："这下真要让岳飞尝尝苦头了！"不等他下令，金营众将士早已按预先定下之策各各就位。于是，宋、金双方各手执火把，在山腰上厮杀开来。

山坡上，王贵等人看到夜空中火箭闪烁，知张宪已动手，便也扑向西面岔道，冲突而去。不料，王贵率军刚刚冲出百步，拐弯处却发现有一支人马杀了过来。

只见领头一蒙面将领，手挥鉴月长剑。随后兵士边冲边喊道："唐风义士军在此，金兵速速受死！"王贵一听，对方乃江南口音，急忙传令停止冲杀。他策马上前，拱手一礼，道："末将王贵，不知忠义之士大姓讳名？"那蒙面将领闻之一怔，忙道："噢，是王将军，且随我等杀出重围，再作计议。"

言罢，一挥长剑，领着队伍返回杀出。

王贵也不及细问，令全军随之杀出。王贵率军跟随蒙面将领，转过三弯四拐，终于来到一片开阔之处。王贵正欲整顿一番，忽听“当当当”一阵锣声，四周一下子立起黑压压的一片人影，只见兵刃在月光下晃动闪亮。一员金将闪出阵前，手持三股混铁托天叉，正是雪里花北。

雪里花北抖一抖铁叉，一阵狂笑道：“想不到吧，咱家在此专捉大王八啦！”王贵气得七窍冒烟，一抖缰绳，纵马上前，挥舞镔铁大刀直取雪里花北。雪里花北毫无惧色，混铁托天叉迎上招架，两兵刃一碰，“嘶啦啦”碰出一片火花。

战至三十回合，两人功夫不分上下。两边兵士也混战一块，直杀得天昏地暗。这时，雪里花北卖个破绽，用混铁托天叉拨开王贵的镔铁大刀，双腿一夹马腹，跳出战圈，往后便逃。王贵哪里肯放松，想也没想，一拍马背，“泼喇喇”追了下去。

不足百步之远，王贵眼看马头已经靠近雪里花北的马尾了。但见雪里花北突然往右首一偏，王贵竟冲过头，收脚不及，一下子跌落在前面的大陷坑里，顿时伤了左腿，难以动弹。雪里花北一见，转身摇叉便想来取王贵。

“休得逞凶！”此时，路边又闪出一位老将，手持四棱铜锏，上前挡住雪里花北的马头。接着，老将又对那蒙面将领喊道：“我儿，快带将军从左边小道撤退，老父在此断后！”那蒙面将军说道：“爹爹先走，儿来断后！”老将大声呵斥道：“军中唯令是从，还不遵令快撤！”说罢，挥锏竟迎雪里花北而去。

蒙面将军无奈，一把搀扶起王贵，令两个兵士架起，从左侧小道撤退。

那老将与雪里花北战在一起。二十回合后，老将渐渐体力不支。雪里花北铁叉挥来，老将手一软，铜锏被劈开一边，老将一时失去重心，跌落尘埃。雪里花北乘势而入，眼看叉尖只离老将心口三寸之距，只听得“嗖”的一声，一支袖箭牢牢地钉在他的右手腕上。“咣啷啷”，雪里花北手中兵器落地。还未等他回过神来，张宪早已站在他的面前，一把银枪径直刺入他的右腿，顺手将他挑落在地。

张宪一夹马腹，跃进一步，正要结果他的性命。这边，金军千夫长多尔屠搭弓，“呼”的一箭，直向张宪心口而来。说时迟，那时快，那老将用铜锏撑地，一个“鲤鱼打挺”立起身来，紧接着腾空跃起，挡在张宪马前。那支飞箭正中老将胸脯，老将翻身倒地。

张宪跃马上前，左手从后背抽出青锋，只见银光闪处，多尔屠被劈成两爿，一股污血直喷而上。金兵看张宪出手之快，全都呆若木鸡。待听得雪里花北哇哇大叫，才醒悟过来，几人架起雪里花北逃脱，副将雪里花南仍带领金兵忙于招架，负隅顽抗。

正打斗之间，忽然见金兵粮草大营处火光通天，一帮金兵边逃边喊叫道：“不好了，岳爷爷杀过来了，粮草被烧了！”雪里花南见大势已去，惊慌不已，赶紧带着残兵败将逃窜而去。

这次，雪里花北伤了元气，休养三个月才逐渐恢复。后来，他再次随完颜兀术出征时，与兄长雪里花南一块，亡于岳帅手下勇将杨再兴枪下。此是后话，且按下不表。

此时，岳飞大军掩杀过来，如秋风扫落叶一般，不消半个时辰，杀退了金兵。几经血搏，战场渐渐安静下来，东方也露出了鱼肚白。岳飞、张宪及众将士会聚在岭下一块坡地上。

那位蒙面将军跪拜在路旁老将的担架前，放声大哭道：“爹爹醒来——爹爹醒来……”这时，她的头盔、面纱早已抛在一旁。山风吹散了她的长发，又载起那悲痛欲绝的哭声，回荡在山峰峡谷。众将士都大吃一惊，原来这蒙面将军竟然是一个女儿身。

岳飞正在命令将士打扫战场，听到哭声，突然心头生疼：好熟悉的声音啊!

岳飞和张宪、姚振、毕进、时子通，急急来到老将军担架前。岳飞俯下身来，说道："将军放心，岳飞定会尽力抢救令尊！"当即命令部将急送老者赶回驻地，请清尘道长救治。

那蒙面将军闻之，先是一怔，停了哭泣。接着仰面一望，竟然嚅嚅而言道："是——大鹏，相公！"她站起身来，掠一掠散落在脸上的头发，擦一擦眼泪，仍然怔怔地盯住岳飞。岳飞刚才还在从记忆中寻找那熟悉的声音，此刻当面一听一看，已然完全明白，喊叫道："果真是孝娥姐吗？"李娃点点头，贴近岳飞的脸庞，道："相公，俺就是大鹏的结发妻子——李孝娥啊！"顿时，两人不禁悲喜交集，抱头痛哭。走失两年的夫妻，终于在战场上重逢，正是人间一段奇缘啊!

在场的众将士见状，也潸然泪下。好多兵士想起家人亲友，竟然轻轻地抽泣起来。

这时，姚振走上前来，施礼道："大嫂有礼，俺是振弟。"李娃回礼道："战场相见，如在梦中矣！"岳飞指着老者问道："老将何人，孝娥姐为何称之为父亲大人？"这一问，又引起李娃伤心之处。

于是，她边哭边讲起与李登奎相依为命的一段时光。原来，李娃跟随李登奎在江南组成唐风义士军后，即作抗金铲匪之为，又行劫富济贫之事，深得百姓拥护。前几日，闻讯有宋军于广德抗金，且头领为岳大帅，名声甚旺。李娃喜出望外，想必相公到此，正好前去相会，于是便告知父亲。李登奎也大喜，即领兵寻觅而来。

当他们行至长兴之界时，闻得有宋军被金兵所困。李登奎便对李娃说道："此处山道凶险，宋军生疏，难免要受损。"李娃道："爹爹所言极是，俺等对此地形了如指掌，正可助力一二。"于是，李登奎即刻带队转向，直奔缠岭而来，却不料王贵已然被困，故而冒险由后山小径上岭。岳飞听之，唏嘘不已，感慨万千。

是日晌午，岳家军驻地。岳飞与李娃在中军帐坐立不安。李娃不时望望岳飞，忧伤的眼里饱含泪水。岳飞似乎镇静许多，不时安慰道：“吉人自有天相，孝娥姐且放宽心，但等道长施救！”

他嘴上如此言语，其实心里也是忐忑难安。他刚才偶听清尘道长说起，老者伤势甚重，非医术可施，全看老者之造化。

约莫申时辰光，姚振过来说道：“大哥、大嫂，老丈醒了，道长有请。”李娃一听，顿时跳将起来，忙拉起岳飞，奔出营帐。

在厅堂门口，清尘道长拦住两位，施礼道：“无量佛，大帅、夫人，老丈虽醒，然而为回光返照也。请见面后，不必多言，但听老丈临终前之遗言吧。”李娃闻之，悲从心来，早已泪如雨下，任由岳飞搀扶着迈进屋内。

这时，李登奎卧于床榻，大口喘气。他一见岳飞夫妇进屋，脸上掠过一丝笑容。岳飞、李娃抢前一步，跪于榻前，喊道：“女儿、女婿，给爹爹请安！”话音未落，李娃早已哭出声来。李登奎无力抬手，只是略略摇了一下头，说道：“女儿莫悲，命由天定。儿须了却老夫未尽心愿……”岳飞、李娃再拜曰：“儿等听从爹爹吩咐。”

李登奎喘了一口粗气，嚅嚅道：“老夫无能，愧对祖先，未曾持锏建功立业。幸有女婿，乃国之栋梁之材，可续吾志也！”岳飞忙道：“爹爹不必多虑，孩儿自会助力而为！”李登奎让李娃递过神锏，对岳飞道：“此锏，物归原主，请鹏儿收下。”岳飞急忙推辞道：“不可！此乃爹爹传家之宝，岂可转赠他人？”李登奎说道：“我李氏一支，即自太宗一脉。祖上临终有言，‘此锏家传，不可外传。然得遇相识之人，即便物归原主。’想来太宗当时，早知必有今日。”一旁，李娃频频点头。

李登奎又说道：“那‘唐风’二字，亦是太宗手书。太宗将此书、锏合一，留赠我李氏后人。老夫初见鹏儿，即知神锏有人，名分归主。”李娃一旁连忙拉拉岳飞衣袖，道："相公还不跪谢爹爹恩泽！"岳飞闻之，当即跪下，再次大礼参拜，毕恭毕敬接过神锏。岳飞手奉神锏，口发誓言："皇天在上，太宗神佑，末将岳飞，神锏在握：今平烽火，终扬天威，昭昭天日，可鉴心志，岂可愧负老爹乎！"

李登奎闻之大喜，又激烈喘起粗气，猛然"哇"的一下吐出一大口鲜血。李娃上前，为他轻揉胸口，说道："爹爹了却一桩心愿，还是歇息片刻吧。"李登奎眼光渐渐黯淡，仅仅眨眼的工夫，忽然又亮了起来。他断断续续地对李娃说道："儿啊，老父还有一事……托付于你，你一定、一定要，找到你那——苦命的妹妹啊！"言罢，老人眼中涌出泪水，再次直喘粗气。

这边，李娃连连点头，抚摸着老人手背，道："爹爹宽心，女儿即便赴汤蹈火，也会找到赛妹，善待始终！"老人脸上微微露出笑意，目光落在胸口。李娃知道老人心意，从他胸襟内摸出那块"丹凤朝阳"玉佩，道："玉佩合阳，赛妹平安！"话音刚落，李娃只觉得老人手掌猛然一抖，再看一眼，老人已经撒手而去。

李娃再也忍耐不住，大放悲声："爹爹啊！……"这时，岳飞也一拜到地，满脸泪水。厅外候立的将士，听得动静，也一并涌了进来，跪拜在床榻之前。

清尘道长站在一边，连连摇动拂尘，口中念念有词："灵山添座，三魂灵应：一魂上天庭，早成上果；一魂在坟墓，庇佑儿孙；一魂径西方，早操人道。蓬莱不远，云路请登……"

次日，宜兴宋军驻地。白色丧幡旗迎风飘飘，树干枝杈，孝纱飘浮，白花轻缀。大幡连杆有三丈六，白布包裹，幡旗长一丈四、宽七尺，中间挂着黄缎子绣的软片，绣着一条大龙。幡旗的上面有荷叶宝盖，中间是红寸蟒的大宽飘带下垂，中间镶着绒腰，幡有一丈长。从宝盖挂下的两个窄条，由幡杆高高地挑起，幡杆插在红漆架子的中央。正当战时，祭奠仪式从简，因此在军营中帐前搭了灵棚。

灵堂肃穆庄重。灵堂上方，孝幔垂落，上书斗大的“奠”字，灵牌正位，上书“先考李公讳登奎先生之灵位”字样。左右两边高挂挽联，曰：“木稼尝闻达官怕，山颓果见哲人萎。”此为宋神宗熙宁八年，王安石所致韩琦挽词中的两句，木稼、木甲，即树上所结冰壳，形似武士甲胄，此句用以悼念亡者之壮烈人生。灵堂前设供桌，上摆祭物，多为菜肴果品之类，两旁香烛高烧。灵堂的供桌上燃有一盏油灯，时时加油，不使熄灭，号为“长明灯”。

灵柩置于供桌之后，灵柩两旁置有蒲团、蒲垫若干，供守灵伴宿者守候。在灵案左首，一张桌子上放一个铜磬，清尘道长每隔一会儿便敲一敲，意为铜磬响一声，黄泉路上就光亮一闪，灵魂可借着照明前行。

酉时，灵堂举行大殓仪式，即收尸入棺，俗称“归大屋”。岳飞与李娃身着斩榱，在灵案前跪着。这斩榱上衣下裳，都用最粗的生麻布制成，左右衣旁和下边不缝，使断处外露，以表示未经修饰，这是“五服”中最重要的一种。王贵、张宪、姚振、汤怀、时子通等将领，依次着重孝服齐榱，跪于次排。三排跪者为岳云及副将等，着丧服大功。

择时，清尘道长喝道：“李公大殓，诸亲礼！”岳飞、李娃等行三跪拜大礼，李娃顿时放声大哭，一时悲泣哭声，盈溢整个灵堂。

少顷，张其汝亲撰墓铭志，宣告曰：“李公讳登奎，字渔之，唐故太宗之后裔玄孙也，北宋元丰元年戊午岁十月丙辰生于建康府江宁县。建炎四年庚戌岁二月乙巳卒于浙江长兴，年五十有四。祔葬于常州府宜兴县李家庄新茔之内穴。呜呼！李公祖祢勋业，丰碑嵬然，兹不复书。公性尚履素，乐贲丘园。视绂冕若口桔，轻利禄如咳唾。谨为铭云：伟欤吉人，自天而祐。万世不衰，公之世胄。俾勒真珉，公之义志。高昂岸虎，公之勇武。夜台永隔，终天恨违。悲夫！魂返太素，魄瘗穷祇。想高岸之为谷，志其实于丰碑。”

此后，由主家与治丧的“八仙”一同将逝者放入棺内，并用衣服填满棺材的缝隙。待亲人们做最后的道别后，便钉牢棺盖，开始守灵。

一夜无话，第三日清晨，“八仙”已将墓地选在地势宽广、山清水秀之地，挖好棺材洞穴。

卯时出殡，岳飞、李娃行二十四拜大礼，即共磕二十四个头，此时唢呐伴奏。之后，一行人依次排队护送棺材，三乐班奏乐随行，直到最后的安葬之处。一应仪式完成后，李娃执意要在墓地旁搭置孝棚，只身置内，守孝三日。岳飞本应陪同守墓，无奈军务繁多，只得留下岳云及数名亲兵陪同。

数日后，溧阳县张渚镇，李娃在李登奎墓前守孝三日后，终因特殊时期，只能重归军营。回到住所，李娃拜见了姚安人，也见到了儿子岳雷及其他家人，自然又是一番别后重逢之惊喜。

李娃虽与婆母相别只有二年多的时间，然而见到憔悴的姚安人，还是心疼万分。这期间的流离奔波和忧悸惊恐，加上南方水土不服，岳母常年卧病。岳飞经常表现出来的是他雄壮英勇的一面，但在母亲面前，他却是一个体贴入微、尊养备至的孝子。只要军中稍有闲暇，他便跑到母亲身边，服侍饮食，或者煎煮汤药。

是夜，岳飞与李娃在卧室内，李娃拿出战袍，岳飞一见上面有血迹，忙问缘故。李娃说其缘由，岳飞眼泪夺眶而出，说道：“苦了孝娥姐了！”岳飞与李娃又分别取出贴身携带的碧血玉佩，合在一起，似见玉光泛起间，鹏鸾相拥而舞，且有丝竹音韵。两人泪眼相望良久，又紧紧拥抱在一起。

李娃是一个贤惠善良的好女人、好妻子。她敬重婆母，温存贤淑，勤劳孝顺，如今更是伺候左右，无微不至。如此一来，岳飞的心思便可多放于军务之中。

# 第二十一章　屯兵淹城　伺机袭敌

建炎四年正月间，金兵入侵常州，常州府衙派员向岳家军求救。常州濒临运河，是往来漕运的必经重镇，如能坚守，便可控制住运河水陆交通，还可截击金兵归路。一旦金兵北返路过此地，便可杀他个片甲不留。

岳飞闻悉，即与部将筹划一番，亲自率领精兵北进。当日，岳飞率军驻扎于常州属下淹城地带，以南控广德、西观溧阳之势，亦可截击完颜兀术军队渡江北归。

且说，淹城是一座古城池遗址，位于常州城南十里之遥。东西长二百八十丈，南北宽二百五十丈，占地约一千余亩，始建于西周时期。淹城形制奇特，古有民谣曰：“里罗城、外罗城，中间方形紫罗城，三套环河四套城。”它由子城、子城河，内城、内城河，外城、外城河等组成，呈三城三河套状。子城呈方形，周长一里；内城近似方形，周长三里；外城为椭圆形，周长五里；另有外城廓，周长七里，恰与《孟子》中提到的古城“三里之城、七里之廓”的规模相符。

淹城古城墙最高达七丈，墙基宽九丈，全由泥土堆筑而成。三城均有护城河，河宽九丈至十六丈不等，水深均一丈三，河水清澈，常年不涸。三河之间皆由木船相通往来，这种建筑形制，自古至今乃举世无双。

淹城内外土墩连片，外城内有三个十余丈高的土墩。城外散立着大小不等二百余座土墩。这里城垣逶迤，曲水环围，古朴幽静，风景秀丽。

商朝灭亡后，周武王封纣王的儿子武庚（字禄父）于殷地（今河南商丘）以祀殷后，留在殷墟管理商朝遗民。周成王元年，武庚联合了管、蔡二叔以及商的属国奄、徐、楚等十几个国家一同向西进军，反周阵营声势浩大。周公旦在千钧一发之际，于周成王二年举兵东征，平定叛乱。其间，奄国国都曲阜被灭，奄君也被周公所杀。新奄君率顽民南逃，几经跋涉后定居淹城内。春秋时期，无义之战频繁，二百余年中有近五百次战争。

淹城属吴地，吴楚连年开仗，有时一年多达七八次，个中之谜，足以令人神思飞驰。可见，吴国后来将淹城作为抵御外来敌军的军事城堡，乃实在可行的。而在战争中丧生的将士们，则就近葬在周边。

岳飞驻扎在此，皆于城墙空地上搭建帐篷，作为军营。

淹城内城、外城住着近二百户百姓，主要是“窦、孟、蒋、干”这四大姓氏的家族。四大家族的族长窦和祥、孟铎之、蒋全川、干仁杰得知岳家军如此情形，便聚在一起商量，决定要为岳飞搭建一座帅府，使他能有一个固定的指挥场所。同时，要在外城河上筑一道大坝，以方便军队出进和训练。

众人主意一定，当即分工。由窦和祥、蒋全川筹措木材、砖瓦，招募工匠，搭建帅府。孟铎之、干仁杰则带领一拨人，运取土石筑坝。四位族长各自回村传达开来，当即二百户之男女老少，一齐上阵。

建造帅府要用木材，城内有的是参天大树，村民们连天开伐，又从近地窑家运来砖瓦。四邻八村的木匠、泥水匠、铁匠足足来了三十多个，加上一般农户都有盖屋的经验，动起手来，五天便完成了。

岳飞帅府在淹城内城坡地上，为坐北朝南的六间厅屋，横宽六丈，进深二丈六，檐高一丈三尺六，大门外的大红立柱有一抱之粗。帅府门前的抱柱上有一副楹联，上联曰：“文官不贪钱”，下联为：“武官不惜死”，横批：“尽忠报国”。这是岳飞在淹城出兵攻打敌军时，对将士们所说之誓言，由岳飞亲笔题书。

同时，筑坝的村民也不含糊。为了加快速度，又不影响河水贯通，曾当过多年桥工的干仁杰，便提出采用搭桥的方法筑坝。他们先选择淹城西北方向处，在外城河、内城河上分别夯下几十根木桩，木桩上平铺木板或树干，再用蒲包装土铺在上面，蒲包上层铺土尺厚。

木桩取之不难，但木板一时加工不足。于是，好多人家卸下门板送了过来，八旬族长孟铎之索性将藏在杂物中的寿材板，让孙辈抬了过来。孟氏族长儿媳妇金秀英，则带着妇女做饭送水，周边邻村的百姓也纷纷自带干粮赶来帮忙。

大家齐心协力，大坝五日也全部完成，坝长十二丈，宽一丈余。帅府、大坝同日完成，如此一来，岳家军的屯兵及训练，就方便多了。岳飞对淹城当地民众感激不尽，村民们却为岳家军助力格外高兴，真是一番军民鱼水情深。此后，有民谣曰："东一坝，西一坝，独木舟横渡古无坝，岳（飞）爷屯兵筑大坝，从此进出一条坝……"

却说，当地民众闻知军营缺粮，纷纷拿出粮菜前往驻地，犒劳岳家军。当时，在武进县西隅的东安乡村，有一村间大厨赵大伯，素来崇敬岳飞。他得知岳家军屯兵淹城的消息后，便想方设法做点特色菜肴送去，给岳帅补补身子。

赵大伯和儿子将家里的一头壮猪杀了，取出猪前腿肘关节处的拐子肉，想做一盆红烧拐子肉。此拐子肉是支撑生猪活动之重要部位，皆为肌肉与筋络组成，特别有营养，可惜每头猪只有两只前腿才有此拐子肉。

乡亲们听说赵大伯要给岳帅做新菜，却少有食材，一些家里养猪的村民也杀了猪，把取出的拐子肉送到赵家，一下子竟凑齐了好几对拐子肉。

赵大伯凭借多年烹饪经验，先将整块拐子肉用水焯一下，接着将肉与姜、桂皮、八角、橙子皮等调料放入油锅，大火爆炒一刻，这时拐子肉即变成了深红色。而后，再用小火炖着。一个时辰工夫，拐子肉便烧好了。此时，未开锅盖却满屋溢香，但见每只拐子肉形、表色，恰似熟透的螃蟹，格外诱人。

赵大伯将此拐子肉放在草编的焐窝里，抱在怀中，叫儿子摇着小船载着他，横渡滆湖，送至岳帅帐前。

岳飞见赵大伯送菜，连忙婉拒，说道："老丈有心，然军营有军规，不得接受民肴。"赵大伯说道："这是乡亲们的一点心意，意在助长岳家军杀敌勇气。"岳飞再道："军伍杀敌是本分，岂容乡民破费！"

此时，淹城村民得知赵大伯送菜，也都围了过来。大家一见岳帅不肯接受，便纷纷上前劝说，一时七嘴八舌，弄得岳飞也实在难开口了。

岳飞见盛情难却，便答应略微品尝一下。赵大伯高兴地打开陶罐，一时屋内香气满溢。岳飞夹起一小块，尝了一下。但觉得此菜肴，性脆而韧，甘嫩不腻，不禁问道："此物可是当地滆湖盛产的湖蟹？"赵大伯"哈哈"一笑，说道："大帅啊，看来您真的多时不知肉味了，这是猪拐子肉啊！"岳飞闻之，自嘲道："惭愧，本将之口舌，真是愧对美味了！"

于是，赵大伯将此拐子肉做了解释，又说道："这也是我首次烹烧，不知可合大帅口味？"岳飞不由得叹道："肉之味、蟹之形、民之情，真是一片肉蟹情深啊！"接着，岳飞让徐庆将此菜肴送给军营伤病将士分食，又硬给赵大伯付了菜钱。

从此，这道由岳飞无意中命名的稀有菜肴"肉蟹"，便在武进一带乡村流传开了，且成为当地特有的名菜。此是后话，且按下不表。

一日，兵士来报，有一壮士自称前朝南侠"御猫"展昭之后裔，前来拜见岳帅。岳飞道："早闻南侠英名，既是先辈传人，可请一叙。"

那么，这位展昭是何人呢？展昭，乃常州府武进县遇杰村人氏也。他兄弟三人，大哥展耀，字熊中；二哥展辉，字熊义；展昭排老三，字熊飞。展昭三岁而父卒，母颇知书，以家中所储教导之。展昭唯爱《墨子》，出入皆手不释卷，性又豪勇，有游侠儿欺其乡里，展昭即起而抗之。母亲有时劝他少管闲事，他则道："人世界，男的为我哥弟也，女的为我姊妹也！"

真宗天禧五年，展昭十岁，一天忽然携乞者返家，呼喊仆从与饭食并衣裳。展母问道：“孩儿为何待人如此？”展昭答道：“此亦是人也。”有一老翁偶过，闻之连连称奇，对展母道：“令郎是非常之人，日后定有大好前程。”当时，竟然自求为其教师，展母见其谈吐不凡，随即答应让儿子拜师。

谁知，此老翁为昆仑派高手神童子宴希来，正云游四方，寻觅高徒，初见展昭便欣喜万分。如此这般，宴希来即于展家授艺五载。

有一日，宴希来对展昭道：“徒儿啊，五年下来，老夫技尽矣，尔可另投明师。”展昭和展母竭力挽留，宴希来不予理会，乃告辞而去。展昭遂手使巨阙宝剑，游侠江南数省之地，路见不平则挺身而出，以人事为己事，人皆仰服，呼之“南侠”。

宋仁宗明道六年，展昭于山野遇到包拯。包公知其侠名，随荐于皇上，因试艺于耀武楼。展昭演剑术、暗器、提纵术，观者皆目不转睛，叹为观止。刘太后大喜，笑对皇上道：“此非人，灵猫儿也。”皇上愈爱之，遂赐号“御猫”，拜带御器械之尉士，四品衔。之后，展昭跟随包公，助力办案，安民除暴，声名远扬。

展昭擅长“双插子”，此为武术训练中不常见之稀少套路。其特点是短小精悍、结构严谨，动作舒展大方，跳跃旋转敏捷，身腰随手腕而转动，眼神因指尖而运转，时而长龙裹体，忽而彩蝶纷飞，所谓练拳五要素，“手眼身法步”，要领与技巧，尽体现于套路之中。它对力量、柔韧、速度、灵敏等身体素质，具有显著提高作用，且有实战之意义。

嘉祐七年五月，包公在枢密院视事时突然患病，同月二十四日病逝，终年六十四岁。包公临终前，对展昭嘱咐道：“老夫归天，尔须归隐山林，以免被他人寻仇报复。切记，切记！”展昭听从包公之遗言，毅然辞官而去，从此浪迹天涯，不再过问世事，消失得无影无踪了。

展昭为前朝大侠，岳飞早具敬仰，今闻得此地便是南侠故里，甚为欣慰。

岳飞迎上前去，见来者三旬年岁，身长九尺，略留胡须，骨峻神清，英气侠风，外罩青灰色长衫，一条棕色腰带在腹前挽了个英雄结，内为银白色短打，腰佩长剑。

岳飞拱手道："壮士有礼，于大侠故里得见其传人，为意外之喜也！"来者也一躬，应道："大帅谬赞，乡人展义平，乃昭公之玄孙也。"原来，展昭有展骥、展骏二子，展义平为展骏之孙。岳飞再礼，道："果然昭公嫡亲，甚幸之至！"展义平再还礼，道："岂敢，岂敢！"岳飞即令手下沏茶、看座，遂与展义平携手而进。

主宾落座后，岳飞问道："壮士有何高见？"展义平答道："乡人遵循祖训，识文习武，不事功名，只行侠义。现有三百余门人，皆有擒狼逐虎之艺。今闻大帅不畏生死，抗金卫国，乡人有心投奔，以履其志！"岳飞闻之大喜，道："本将虽有将士数万，然尚乏精强之士。壮士屈就，如虎添翼耳！"

两人相视，不禁"哈哈"大笑。岳飞道："久闻南侠先辈所创'双插子'，集南拳北腿之长，颇具'拳腿并重，快速勇猛，精悍灵巧，近身短打，进多退少'之风格。不知可否告知一二。"

展义平笑道："大帅潜修颇深，祖上所创拳术讲究基本功法。譬如，于身法上讲究脱肩团胛、直项圆胸。这般，可以使胸、背、肩、肘的劲力回合一起，再加上沉气实腹，全身上下之劲力聚集一道。在搏击时以腰发力，经腰传递，转至臂膀。故使拳力变化多端，化为寸劲、长劲、飘打劲、连绵劲、爆发劲，云云。"岳飞击节赞道："分明自成论学，别出心裁哉！"

展义平见岳飞如此看重南侠拳术，一时兴起，情不自禁立起身来，一撩长衫衣角，塞在腰带上，便练将起来。

原来，这套南侠拳与其他拳种比较，特点明显。其一为幅度甚小。讲究紧凑实用与精悍灵巧的近身短打，原地旋翻与腾挪，故而活动幅度小，可在船头、八仙台上练拳，因而有"拳打卧牛之地"之说。其二为拳路短套。因其速度快、耗力大，每个套路的动作不过三十招。其三为手步迥异。其出拳为卷帘掌，步型为寒鸡步、骑龙步，翻腾为蜜蜂进洞。

岳飞看了几招，不禁也站起身来，随着展义平的动作，边看边比画。少顷，展义平收拳站定，竟然气吁无喘，面色依旧。

岳飞上前携手，再次落座。展义平呷了一口茶汤，欠身一揖，问道："久闻大帅经由数位名师亲授绝技，不知擅长何拳？"岳飞见问，心知对方欲探底细，便微微一笑，道："拳学兴自战国时代，以后达摩洗髓易筋两法，参之于华佗之五禽戏，始汇成斯技。今虽门派繁多，其渊源如一也。"展义平又道："不论如何分派，总不出以拳为名。"岳飞应道："本将汇聚多位恩师之教，新创形意拳技，尚不成体系。"展义平欠身，再问道："敢问大帅，何为拳学之难点？"

岳飞不假思索，脱口答道："习拳须知，'心传意领'四字。拳学一道，不可认为奇难事也，须知非常功夫多得自平易，勿论行站坐卧，以随时随地均能用功。首要端正其身体，使意念空洞，凝神静气，扫尽情缘，寂静调息，以温养内外，涤除邪秽，筋骨气血不练自练、不养而自养，人之本能逐渐发达矣。"

展义平击掌赞道："好一个'心传意领'之四字秘诀！"岳飞再道："拳有拳之理，拳之法，拳之意，得其法、理、意，方得谓之能拳。故有拳法，而无拳理者非也，有拳理而无拳意者亦非也。"

展义平沉思片刻，恳切问道："大帅精通拳术，可否切磋指教一二？"岳飞明白其意，毫不犹豫，答道："本将也正想见识南侠功夫之实战妙处，义士请吧！"

两人各自退后，除却外衣，两边站立，同时抱拳道："请了！"展义平左手在前，右手下探，同时双脚似崩似趋，宛如张弓，随时可以手脚齐发。一旦扑到岳飞身前时，他的身子已经成了一张拉开的弓，在前的左手收了回去，右手却如闪电击发的利箭，直奔岳飞小腹。

展义平这一击虽然快如闪电，但在岳飞眼里，却是每个细小动作都看得清清楚楚。

江湖拳谚有云："力不过项，将不过李，拳不过金。"也就是说，自古以来，论力气，谁也比不过项羽；论用兵，谁也比不过李靖；论拳脚，谁也比不过金台。金台可是大宋仁宗年间天下第一高手。周侗是金台的开山大弟子，学会了金台的全部本领。而岳飞则是周侗最疼爱的徒弟，一身本领全都倾囊相授。为此，岳飞从十二岁，就开始习练师祖金台传下的炼目之法。此法一成，三丈之内，便可看见苍蝇翅膀。岳飞融会贯通，创出了"龙虎十三式"形意拳。出道以来，凡是步战用拳，岳飞已所向无敌了。

此时，岳飞双手如封似闭，直接缠住了展义平左手。同时右脚微抬，贴着地面就踢了出去。这一脚如果踢中了，展义平的脚踝非断即伤。展义平却倏然转身，已经闪到了岳飞侧面，双手连抓，试图拿住岳飞左肋。一击不中，立即又转到另一面。展义平旋转的速度如风似电，可让对方眼花缭乱。然而，岳飞寸步不退，只是以脚为轴，同样原地转身，双手一阴一阳，始终保持如封似闭的架势，把展义平闪电般的攻击完全封住。

如此几个回合下来，展义平越打越心惊。像这种闪电般的攻击，他一般只能保持五个回合，此后的速度必定降慢。往日里，对手最多三个回合便会被他击倒。如今面对岳飞简洁到极点的防守方式，他却怎么也攻不进去。忽然，展义平使出了祖传绝招，即双插子中的"吴刚伐桂"，左拳击出的同时右脚踢出，右拳击出的同时左脚踢出，周而复始，就像一个长了拳脚的陀螺一般。

但岳飞依然没有后退一步，形意拳的技艺讲究有进无退。面对展义平如鬼似魅的攻击，岳飞亮出一招"杨戬降魔"。但见他双脚立着活马桩，左手在前，右手在后，犹如托着一杆大枪来回遮挡敌军乱箭似的，全身上下犹如蛟龙。其间，展义平虽然几下将要击中岳飞，却都被岳飞巧妙地化解开去。

两人斗到五十回合后，展义平大吼一声，一拳用尽九牛二虎之力，砸在了岳飞的右肩上。岳飞却毫无畏惧，同样一声长啸，一拳自有排山倒海之功，击中展义平的左肩。只听“砰”的一声，两人几乎同时向后飞出一丈开外。岳飞退出之后，却是稳稳站住。展义平则倒在了地上，刹那间又使腰部之力，再度弹了起来。

展义平站立后，一躬到地，道：“乡土村野之夫，贸然了，领教了。大帅见谅！”岳飞一步趋前，搀扶展义平，道：“兄弟交心，一大快事也！”

两人又重新落座，攀谈良久，甚为投机。

次日，展义平回农庄领门徒三百余，投入岳家军。岳飞将其编为飞熊军，由展义平、王万各为正副统领。

# 第二十二章　火攻未逞　醉翁受罚

话说，岳飞在淹城屯兵期间，抓紧组织将士进行训练。岳飞对军队训练极严，要求凡是冲山坡、跳壕沟，将士皆须穿着重铠练习。岳飞能持硬弓左右发射，也要求所有将士均能左右发射。故而，受过严苛训练的岳家军将士，严格依照命令行动，即使突然遇到敌人来袭，也能沉着应战，不会慌乱。

岳飞赏罚分明，关心士兵，凡有赏赐，都平均分给部下。他还经常替伤病将士调药，一旦将士远征，他便经常慰问其家属；对作战牺牲的将士，负责抚养他们遗下的子女。如此一来，岳家军上下齐心，令行禁止，战斗力越发增强。

山野路头，梅花次第绽放。凌晨的校军场上，晨曦微薄，寒气砭骨。岳家军的童儿军在张宪的率领下训练正酣，将士精神抖擞，拳风虎虎有声。岳飞容色整肃，缓缓巡视察看，不知不觉，踱到了他的长子岳云训练军前。

宝剑砺锋当少年，岳云十二岁从军，让岳飞惊异，亦颇为欣慰。他设想，儿子将是又一只翱翔的大鹏！岳飞将岳云安入张宪的背嵬军后，便再也不曾单独见过他。

岳云少小便有乃父遗风，喜习武艺，每次训练，都是一马当先，冲锋在前。岳飞家法凌厉，严禁纨绔，岳云在军中虽是大帅长子，却与士卒同甘共苦，平时就是素菜面条。除了习文练武之外，岳飞还要求他下地耕种，体验农事艰辛。

此时，岳飞突然发现岳云一拳挥出，势头不对，不禁大声呵斥道："出力错了，重来！"岳云闻声一惊，抬头看到父亲严厉的目光，心中却顿时一震，默默点了点头。他重新摆好姿势，又使上一回。

岳飞仍是摇头，顺手一扬，示意他再来一遍。岳云沉想片刻，重新练起。这次，练习一套拳三十六招后，仍未见岳飞出声。岳云收势，定睛一望，父亲微微眯起眼睛，透出丝丝暖意。岳云心中一甜，做了一个鬼脸，开心地笑了。岳飞也不理他，笑着点点头，走开了。

岳飞对岳云练武要求很高，根本就不许他出错。一次，岳云身披重甲骑马进行"注坡"实战训练，从高山上俯冲下来，到了半山，快速勒马停住。因为冲得过急，马的前足陷入了一个小坑洼里，马失前蹄，岳云一个倒栽葱，身体越过马头，狠狠地摔了下来。岳飞一见，非但不上前关心儿子伤情，反而大怒道："实训乏力，前驱大敌，亦如此耶？"即下令将岳云推出责打五十军棍！众将苦苦相求，才改为责打二十军棍。

自此，岳云加倍用功，终练就钢筋铁骨、精湛武艺。岳云十六岁时，使两杆八十斤重之铁锥枪，勇不可当，全程参加岳家军之后的四次北伐战役。每次战斗，他均率先登城，屡立奇功。此是后话，且按下不表。

再说，金将斜卯阿里领五千金兵和签军，驻扎在宜兴与广德交界之处，闻斥候报信道，岳飞主力在常州淹城屯兵训练，便想去袭击。

此日傍晚，斜卯阿里召集千夫长哈托如、莫里化，商量出兵之计。忽有卫兵来报："门外有一签军小队长求见。"斜卯阿里吼道："又来找事，不见！"哈托如劝道："大将军，咱们对此地形不熟，正好向本地籍的签军打听一些情况。"斜卯阿里一听，不耐烦地说道："要问，你去问吧。"哈托如当即命卫兵放那签军进帐。

那签军进门后，即跪下行礼，道："小的汪宏，见过将军大人。"莫里化一听，问道："你可是签军三小队队长汪宏？"汪宏连连点头，道："正是小人。"斜卯阿里问莫里化："你怎么认识此人？"莫里化回答道："此人是南方人氏，原为细作，多次提供宋军情报，故而刚提拔为小队长。"

斜卯阿里朝跪着的汪宏瞟了一眼，道："今有何事？"汪宏见问，答道："回大将军，小的有破岳飞之策。"斜卯阿里一听，兴趣来了，说道："好，站起来回话吧。"汪宏道谢后站了起来，此人三十多岁，身材矮小，生得尖嘴猴腮，一脸谄笑。

汪宏问道："岳飞屯兵淹城，大将军可曾听说火攻淹城之事？"斜卯阿里道："本将不知，快快讲来听听！"汪宏干咳了两声，便讲起了"火攻淹城"的传说故事。

传说在淹城东北隅，有座留城。留王觊觎淹城已久，他知道凭武力强攻淹城不会取胜，便改用百般讨好的办法，取信于淹王。后来，留王的儿子炎被淹王招为东床驸马。没过多久，公子炎给淹王出了个点子，即在外城墙上遍种狗蒺藜，狗蒺藜的锐刺密密匝匝长满城头，连狗也钻不进，可以加强城防。淹王一听，认为这个主意不错，于是令军民依计而行。留公子炎见一计得逞，又出了第二个点子，让淹王在内城墙上遍种扁豆，他说扁豆花开时丽紫粉红，云蒸霞蔚般绚烂，可成为淹城的天然装饰屏障。

公子炎的细密心思和投其所好的手段，又得到了淹王的夸奖。炎夏，淹王站在子城城头观赏，看到扁豆花开，红霞一片。淹王想到风景如画的淹城将是坚不可摧的堡垒，非常高兴。然而，一到冬天，土城墙上的天然城防——长满锐刺的狗蒺藜都枯萎了，曾经绿叶红花的城墙奇景，即扁豆藤也枯黄一片。

留王认为时机已到，即兵攻淹城。留军在城外用火箭射向内城墙上的狗蒺藜和扁豆藤，顿时整个淹城燃成一片火海，留王乘机攻下了淹城。

汪宏绘声绘色地刚说完，莫里化即道："妙，妙，用火攻！"哈托如也道："可以一试。"斜卯阿里见他俩兴致甚高，想了一会儿，说道："既然你们都说可行，那就由你二人再作谋划，明天半夜行事。"哈托如、莫里化同声应道："喏罗！"斜卯阿里又对汪宏道："此战一胜，可记你一件大功。"汪宏马上跪下，连连磕头致谢。

汪宏从斜卯阿里帐内出来，高兴万分，回到签军军营内，还一直喜滋滋地暗笑。此时，岳翔正在签军中担任武术教练，与几个小队长同宿一处。是夜，汪宏兴奋得辗转难眠，半夜时分方才睡着。不料，他却梦中进入火攻场面，竟喊道："火攻，火攻，淹、淹……"

一旁，岳翔早观察到汪宏从金将军帐回来后表现异常，便格外多了一个心眼。果然，听得汪宏的梦话中透出玄机。岳翔大吃一惊，心想，如若金兵得逞，则大哥与岳家军便要吃大亏了。

岳翔思虑再三，便悄悄起身外出，叫醒心腹，让他注意汪宏动静，自己上马向北飞奔。一个时辰后，岳翔碰到正在巡逻的宋将吉青，便告知此事，让他转告岳帅及早备战。岳翔返回军营时，已是清晨。

次日午后，金兵遵令全部歇息，直至傍晚过后，方才用餐。夜幕降临，斜卯阿里派出两千骑兵，个个为精悍弓箭手，由哈托如、莫里化带领。随行的一千签军，则由岳翔与汪宏带领打头阵。

金兵半夜急行军，赶到淹城外围，已经是深夜子时。但见淹城的子城和内城上，每隔百步，竖一灯杆，杆下站立两个哨兵，灯杆顶部挂一只两尺长的大灯笼，照得地面军营帐篷隐约可显。整个军营一片寂静，偶尔传出几声犬吠。

金将哈托如大喜，与莫里化一商量，立即命两千骑手将淹城团团围住。哈托如搭弓放箭，霎时两箭射倒宋营两个哨兵。莫里化一声令下，千支火箭齐发，一时宋军军营呈现一片火海。紧接着，莫里化一挥狼牙棍，令签军在前、金兵在后，从淹城西北角的大坝上冲进内城。

那些先头签军冲到内城的宋军营房前，只见一堆堆杂树乱草被火箭射中后，烧得正旺，那些哨兵均为草人，却不见一个宋军人影，方知中计。汪宏一声大喊："上当啦！"转身便逃，先头签军也随之向后撤退。

这时，岳翔也在签军中大喊一声："宋军杀来了，快逃啊！"早有岳翔的两百徒弟反戈一击。他们从腰间抽出一块白毛巾扎在左臂上，挥动手中刀枪向外冲，其他签军不明就里，也跟随向外涌去。

撤退的签军与正从后面冲进来的骑兵撞了个满怀，搅在了一起。一时间，你挤我撞，军队乱成一锅粥。岳翔则带着反水的签军在金兵队中，杀开一条血路，抢先冲出外城，径自在一处集中待命。

正当此时，只听得"嘶啦——啪、啪、啪"三支响箭，霎时在半空中画了三道闪烁的弧线。一时间，战鼓"咚咚咚"震天响，外城头上燃起一圈火把。在一片冲杀声中，宋军杀进来了。

冲进大坝中央的正是银袍金甲的大帅岳飞，随后为张宪、王贵、姚振、汤怀、吉青、王万、时子通、祁敬德八员大将。外城至内城间，只有一条大坝相通，如此数千金兵、签军怎能逃脱？一阵冲斗后，金兵与签军大半被斩杀，还有几百人被挤落淹河。

这边，早有展义平、赵大伯等事先潜伏河中的义军和渔民，将其一刀一个斩杀在水中，有些金兵不识水性，干脆扑腾几下便沉水淹死了。混战中，金将莫里化被张宪挑在枪尖。哈托如与汪宏好不容易突围出去，带了五百残军，狼狈万分地逃走了。

数日后，岳飞出外观淹城地形，见西北方有一庙宇，便径直步往。此庙宇名宝林寺，为周孝闵帝舍业始建。周孝闵帝名宇文觉，是南北朝北周的开国皇帝。他向沐佛恩，严守戒律，崇仰佛理质地之高超，静悟哲理思辨之深奥。当时，他的叔叔宇文恪专横跋扈，干预朝政，几位大臣劝周孝闵帝清除其党羽。不料，有人事前向宇文恪告密。于是，宇文恪先下手废除了孝闵帝，另立宇文毓为周明帝。传说，宇文恪一气之下“杀”了周孝闵帝，而实际上是将他赶到了南方。

自此，宇文觉清心寡欲，恬淡世情。当他游访至淹城时，看出此地乃一块难得的风水宝地，于是决定倾业建造修行之所。遂断然捐献宅地三十亩、良田百顷，以奠宝林寺创建之基。寺基选于淹城之西北二里处，与淹城呈神龟戏珠之势。

金兵南侵时，宝林寺之金刹梵宇尽毁于一旦，只有一位老僧守护在一间茅棚里。岳飞凭吊宝林残墟，唏嘘不已，则扼腕长叹道：“吾辈身为军伍，卫国护民重责在肩，必定要除尽金寇，还我河山哉！”他命祁敬德将军营中的菜粥端给老僧，又赠些许杂粮。

至绍兴十一年，汴京的议和派以及卖国贼秦桧进谗言，使朝廷一日内连发十二道金牌，将在前线作战的岳飞召回临安。岳飞无可奈何，急急班师。一路上将士们饥寒交迫，粮食不济。沿途的老百姓闻讯后，都拿出了五谷杂粮，熬粥劳军，岳家军合混而食，道谢而去。其中，岳家军战斗过的武进、宜兴、金坛、溧阳等地方的老百姓，全家出动，荷食箪浆，焚香迎送。当年冬月二十七日，岳飞遭到大奸臣秦桧的陷害后，老百姓都为他抱不平，说这样的大忠臣都落到如此下场，我们今后还怎么活呢！于是，在腊月初八这天，大家都把家里杂七杂八的食物一锅煮了。为了让孩子们记住这个教训，边吃粥边诉说岳飞抗金的故事。后来，吃“腊八粥”就成为江南老百姓纪念岳飞的风俗了。此是后话，暂且不表。

且说，这天傍晚，宜兴城东。张宪带领祁敬德等人在街头巡逻。行至南街巷口，只见一酒肆门前簇拥十多人，屋内传出吵闹之声。张宪即命祁敬德上前查问。

祁敬德挤进酒肆，见有两个年轻汉子正对着一醉汉打骂不停，有一老者在一旁劝说拉扯。那醉汉约莫四十多岁，穿着平民衣衫，躺倒在地，满嘴酒气，一边用手抵挡，一边声嘶力竭地叫喊道：“你等岂能无礼，俺是岳大帅的三舅父！”

祁敬德一听，当即上前喝道：“暂且住手！”他声如炸雷，屋内刹那间安静下来了。

店内老者一见祁敬德军士装扮，便拱手一礼，问道：“足下可是岳家军小将？”祁敬德见问，也还一礼，说道：“俺是左军统制张将军手下，此是为何？”那两个年轻汉子一听，便问道：“小将军请看，此醉汉可是岳大帅亲戚？”

祁敬德蹲下，凑近一观，惊道：“啊，正是三舅爷！”那醉汉睁大眼睛，望了望，便叫喊道：“小德子，快来帮帮三舅爷！”老者与那两年轻汉子闻之一怔，忙问道：“这醉汉，果真是岳帅亲戚？”祁敬德“哈哈”一笑，道：“他便是岳帅的三舅父姚金永将军。”老者急切说道：“失敬，失敬！”立即叫出两小伙计，将姚金永搀扶起来。

祁敬德再问原委，老者自称是酒肆店主，那两位也是酒客，便将刚才之事诉述一遍。原来，姚金永嗜酒如命，投奔岳飞路上，数月无酒，早已忍耐不过。自从与岳飞会聚后，手头一有余钱，便要找酒喝。岳飞碍于母亲面子，只是关照他不能过分，不能生事。

这天，姚金永来到这家酒肆，喝了两斤土烧酒，结账时竟发现忘记带钱。本来，店主也只是说了他几句，不料他竟大言吹嘘，自称是岳帅的舅父，不必担心少钱。店主与一旁酒客听之，便说道：“岳帅军纪严正，岂可借狂言污蔑之！”姚金永见他们不信，更是借酒撒疯，口暴粗言，惹得酒客性起，双方打骂起来。

祁敬德听罢，出门将此情形禀告于张宪。张宪苦笑着摇摇头，说道：“走，进去看看。”言罢，跨进门去。

此时，姚金永已坐在凳上。张宪进门，对着姚金永躬身一礼，道：“三舅安好！”姚金永一见，忙应道：“宪儿，哦，哦，张将军，快来帮俺脱身！”但见张宪脸孔一板，厉声喝道：“给俺绑了！”当即上来两个兵士，将姚金永五花大绑起来。

此时，姚金永酒性早已吓醒一半，他一边挣扎，一边叫道：“俺是长辈，汝等岂可无礼！”张宪不予理会，转身对店主道：“老丈，多有得罪！酒钱几何，损坏多少物品，俺一应奉还。”

此时，店主已知姚金永果然是岳家亲戚，忙应道：“小将军，既是岳大帅家人，便不必计较了。”两旁的酒客和百姓也附和道：“是啊，岳大帅为国护民，恩重如山，这点酒钱还算什么呢！”张宪道：“不可，军纪禁行，不可扰民。俺看就算两贯钱吧。”言毕即在腰间摸找，仅几钱而已，又转向几个兵士，凑足了两贯，提给店主。店主再三推让，张宪将铜钱塞到店主怀里，便带着姚金永来到门口。

张宪让祁敬德暂且守着，说道：“俺去去便回，你等不得走开。”说罢，他偏腿上马，径自奔走开去。

不一刻，张宪赶到岳宅，见过李娃，说起姚金永醉酒生事，道：“此事若让老师得知，恐三舅父性命难保。”李娃大吃一惊，应道：“大鹏向来公而无私，如遵军纪，真要坏了三舅父性命。然老夫人姊弟情深，如何交代呢？”张宪说道：“当下看来，由俺来妥善处置，方可救三舅父一命。只是想听大姐之意。”李娃道：“如贤弟可解此围，仍岳家之大幸也。愚姐认为，可如此这般，方能两全。”当即，李娃与张宪商议妥帖。

张宪赶回酒肆时，门口、街头早已人山人海，议论纷纷。

张宪挤到门口，手一扬，大家安静下来。张宪正色道：“姚金永醉酒滋事，已违军纪，按律当斩！”

他的话音未落，店主上前一跪，说道：“在小店里，醉酒吵闹，此乃平常小事，将军不可认真！”张宪道：“姚金永身为岳帅亲戚，理应表率，今日犯事，罪加一等。”转头又喝道：“祁敬德听令，当场监斩！”

祁敬德当即也跪下，恳求道：“请将军开恩，饶恕三舅爷这回！”周边百姓皆跪倒在地，恳求道：“请将军开恩！”

姚金永此时已酒性全醒，大叫道：“老夫犯下大错，与岳帅无关。老夫任凭处置！”

张宪见状，双手搀起店主，又扬手让大家起身。大家齐声道：“将军不开恩，我等不起身！”张宪无奈，只得说道：“民心不可违，便饶他死罪，重责一百军棍！”

此时，只见岳云拉着岳雷奔跑过来。岳云上前拉着张宪衣袖，道：“张叔啊，这一百军棍啊，同样会坏了俺舅爷性命，俺愿代受五十！”张宪拍拍岳云肩膀，道：“云儿有所不知，这已是格外开恩了。”岳云见恳求无用，当即趴在姚金永身上。

一旁，三岁的岳雷跪在张宪跟前，抱住他双腿，哭喊道：“张叔叔，莫打舅爷爷，莫打俺哥哥……”言罢，大哭不止，一时气噎。当场观者无不动容。

张宪热泪夺眶而出，一把抱起岳雷，连连拍打他的后背，岳雷这才“哇”的一下哭出声来。张宪抱着岳雷，又一手拉起岳云，跃上马背，转头对祁敬德说道：“责打三十，戒酒半年，不得有误！”言罢，策马奔向岳宅。

这边，祁敬德督察，两个兵丁抡圆军棍开打起来，三十军棍打得姚金永臀部皮开肉绽。然而，姚金永却咬紧牙关，未哼叫一声，众人观之，反而纷纷称赞他有男子汉之强硬骨气。

傍晚时分，岳飞回营，早有亲兵禀报此事。岳飞闻之，又惊又喜，惊的是三舅父酒醉生事，犯了军纪，令人棘手。喜的是张宪如此处置，既维护军纪又保下了三舅父，甚为难得。

岳飞正想传召张宪，张宪已赶至堂前。张宪施礼后，告罪道：“老师，学生擅自处置三舅父，冒犯之处还望处罚。”岳飞上前一把握住张宪双手，感动备至，说道：“飞还得感谢贤弟两全之策。”张宪笑道：“尽为大姐之谋划，方得处之妥当也。”两人又谈了一些军务，方才分手。

岳飞回家后，先向母亲请安，并就处置三舅父之事告罪。姚安人业已探望过三弟，见其伤势，甚为心疼。然而，老夫人乃明大义、识大体之人，也对三弟劝导再三。见岳飞再次提起，姚安人道：“你三舅父对岳家有恩，俺虽心疼，却不庇护他违纪之错，以免坏了军纪，污了鹏儿之名声。”岳飞跪拜，再谢母亲顾全大局之恩。

议起李娃、张宪策谋之事，姚安人说道：“多亏吾儿有一个聪慧贤良的好媳妇，一个周旋有道的好贤弟，方才两全啊！”

岳飞别过母亲，继而探望了三舅，对他又是一番斥责，一番安慰。姚金永也自感愧疚，发誓不再酗酒生事。

# 第二十三章　百合鏖战　扬我神威

话说，完颜兀术当年攻克建康后，便领了一队主力直奔广德、安吉、临安、越州、明州，同时又另派常胜将军阿鲁补、翰里率领一支军马占领了当涂、句容、溧阳。

建炎四年三月二十三日，金兵正向宜兴进发时，岳飞自领精兵率军尾追敌人，从张渚来到南岳寺一带屯驻，与金兵在宜兴城南相遇。

阿鲁补正在行军之中，忽有斥候来报："报大帅，前面发现宋军。"阿鲁补问道："宋军有多少人马？"斥候道："约有一万三千人，且为多支队伍近日汇集而成。"阿鲁补一听，哈哈大笑道："区区散兵游勇，岂可螳臂当车！"

继而，阿鲁补又问道："何人领军？"斥候答道："领军将领正是岳飞。"一旁的副将翰里也说道："咱军三万之众，且有精锐之师，正可掩杀过去，一举歼灭宋军。"

阿鲁补沉思片刻，"嘿嘿"笑道："不可，闻得岳飞数次袭扰咱军，将士皆有畏惧之感。本帅偏要与岳飞正面对阵，一比高下，以大胜以服之。"翰里也劝道："岳飞奸诈多谋，除之愈快愈好，以免生变。"阿鲁补摇摇头，说道："岳飞文武皆备，若能降咱，胜刘（豫）、张（邦昌）百倍。故而，咱要先杀杀他的威风，令其信服。”翰里也见劝说无用，便问道：“大帅如何对阵？”

阿鲁补命令道：“即刻下战书至宋营，约定明日辰时，在百合场列阵开打。”翰里也思想片刻，应道：“也好，全军倾出，前设步兵，中布骑兵，后藏‘铁浮图’。”阿鲁补一仰下巴，傲慢说道：“此为以石压卵，岂有意外？”众将皆气傲声高，齐道：“明日一战，岳飞完蛋啰！”“哈哈哈”，阿鲁补与满堂将士笑得前仰后合。

且说，岳飞正在帐中思忖却敌之法，他翻开《太公兵法》，重温“兵道·文韬”篇。此篇论述了用兵的基本原则和方法，指出：“凡兵之道，莫过乎一……用之在于机，显之在于势，成之在于君……夫存者非存，在于虑亡，乐者非乐，在于虑殃。今王已虑其源，岂忧其流乎？”在面对“敌知我情，通我谋”之势，即在于“兵胜之术，密察敌人之机，而速乘其利，复疾击其不意”。

此时，金兵来下战书。岳飞展卷一看，对下书金兵笑道：“请回你家大将军，岳飞明日赴约便是。”

面对如此阵势，且敌强我弱，如何战中取胜呢？下书金兵走后，岳飞命人请来张其汝和张宪，说起阿鲁补已经约战之事。张宪先道：“老师，学生以为，阿鲁补兵力胜俺们数倍，分明以强凌弱，不能硬拼。”

岳飞沉思片刻，说道：“正是，俺欲遵《太公兵法》之巧。‘兵胜之术，密察敌人之机’是为‘兵道·文韬’篇中之主旨，其核心在于料敌虚实，明察战机，且能把握住稍纵即逝的战机，而速乘其机，复疾击其不意，方能取胜。”

张宪又道：“学生习兵时，闻之郑庄公于繻葛之战中取胜，便是运用此策之果。”岳飞应道：“正是此策。”

这说的是春秋初期，郑庄公凭借国力强盛，侵伐诸侯，不听王命。周桓王为保持王室独尊地位，于十三年秋，亲率周、陈、蔡、卫联军伐郑，郑庄公率军迎战于繻葛（今河南长葛北）。联军以周军为中军，陈军为左军，蔡、卫军为右军，布成一个传统的“品”字形三军之阵。郑庄公则一反传统战法，以中军和左、右拒（左、右两个方阵）布成一个倒“品”字形的“鱼丽之阵”。开战前，郑大夫子元首先观察分析了联军的阵势，发现其左、右军都很薄弱，尤其是左军，阵形混乱，人无斗志。于是他向庄公建议：先以我右拒攻敌左军，陈军必定败走，周王的中军也会受到震骇而发生混乱；再以我左拒攻敌右军，蔡军、卫军就会支持不住，效法陈军而败走；然后集中兵力进攻敌中军，就能获得全胜。

庄公采纳了这一建议，立即向联军左军发动攻击，陈军一触即溃。失去左翼配合的右翼蔡、卫军，在郑军猛烈攻击下，也纷纷败退。周中军为左、右军溃兵所扰，阵势大乱，郑军乘势合兵而击，桓王中箭负伤，大败而归。此战郑军的实力弱于联军，但因郑庄公和子元善于料敌察机，变换阵法，先弱后强，逐一攻击，各个击破，终于获得了胜利。

此时，张其汝晃了一下铁戒尺，道：“虽有先例，然战机稍纵即逝，还得随机应变。”张宪应道：“这个自然，必定斟酌再三。”张其汝再道：“兵少是对阵大忌，俺们可分几步布阵，方可取胜。”当即，岳飞即与两人商量详尽策略。

是夜，岳飞部署完毕，留下张宪，嘱咐道：“明日一战，贤弟之军重任在肩，势必出奇制胜！”张宪应道：“背嵬军训练有素，针对金兵铁浮图自有专门破解之法。倒是老师与金国第一勇将阿鲁补直面交手，首当其冲，须全力以赴。”

岳飞击案一下，坚定言道：“这个自然，俺可融合陈家枪法、周氏箭法与形意拳法，随机应变，夺其主将。”两人又将枪法比画了一番，方才歇息。

百合场在城南二十里，正与方允武作战牺牲的梅岭相连。南枕铜官山，北濒西氿，土地平旷，纵广十余里，四周群山耸立，竹树错杂，是地势险要的好战场。

次日寅时，宋军一万人马，响炮出兵。岳飞率领王贵、汤怀、施全、赵义、吉青等大队人马，直奔疆场。八百雁翎队列于最前沿，一字长蛇排开队伍，十几员战将，人人威风凛凛，个个杀气腾腾。岳飞传令：“全体将士，先稳住阵脚！”众将士高声应道：“得令！”

这边，阿鲁补带领二路征讨大军的三万将兵出战，来到平川地带，亮开队伍。步兵在前，马兵在后；前边是弓箭手，后边是长枪手。双方军门遥对，战鼓咚咚，号角声声。刀枪剑戟之撞击声，恰似松涛竹啸；人叫马嘶之奔跑状，撩起战尘蔽天。

要说此位完颜阿鲁补，亦并非等闲之辈。阿鲁补，二十五岁，身材魁梧多智略，手持镔铁大铲铣，为文武双全之才。他不到二十岁就开始从军打仗，参与了攻打咸州（开原境内）、东京（辽阳）的战役。辽国部队来进攻海州（辽宁阜新海州区）时，阿鲁补跟着孛堇麻吉前往增援，谁知在路上与敌重兵遭遇，阿鲁补等拼死力战，将敌军打败，砍下敌人的脑袋都有上千颗。他又曾跟随斡鲁古进攻豪州（宁省彰武县）、懿州（辽宁阜新），阿鲁补只带着十几个骑兵就打败了辽国七百人马。在女真军追杀辽末帝的过程中，阿鲁补扫荡辽国北边的地方，招降了二十四座营帐，人口达数千户。

北宋宣和四年，金兵已攻下西京（大同），完颜阇母前往攻打应州（山西应县），未能打下来，就将部队后撤到城北十里扎下营寨，完颜阇母叫来阿鲁补：“今天夜里，你带上四百人马，在路上埋伏，若本帅所料不差，城中敌军必来偷营，你可半道而击之！”果然，到了晚上，应州守军派出了三千军马前来偷袭，阿鲁补伏兵突然杀出，敌军大乱，被阿鲁补打得大败，斩得脑袋一百多颗，缴获战马六十多匹。随后，辽方从马邑（山西朔州朔城区内）派出三万军马前来作战，阿鲁补指挥三千人马将其痛打一阵，还在阵战之中将辽军的大将给砍了。

北宋宣和五年，完颜宗望率军讨伐在平州（河北卢龙）的张觉，得到消息，说是应州方向派出了上万人的部队前来增援，于是完颜宗望命令阿鲁补和另一将领阿里率兵半道邀击，将来援敌军杀得丢盔弃甲，二将砍了数千颗脑袋回来报功。接着，阿鲁补又跟着他哥哥虞划，率领三千兵马进攻乾州（辽宁北镇市境内），虞划在路上病死，阿鲁补负责部队指挥，到达乾州后，迫降当地敌军并收服三十座营帐的人口，收缴四十颗官印，随即又与仆虺攻下了义州（辽宁义县）。

宣和七年十一月，完颜宗望挥军讨伐宋国，与郭药师在白河大战。阿鲁补受命率领两谋克人马做先锋，奋勇作战，大败郭药师的部队，得到了丰厚的嘉奖。金军打到汴梁城下时，阿鲁补负责东南方向的打援，击败了宋国从淮南来的援军，杀了两员大将。完颜宗望对阿鲁补的作为非常赞赏，拿出了在真定府缴获的财物奖励了他，并且提拔他为长胜军千户。

靖康元年，金兵再次进攻宋国，阿鲁补依然在完颜宗望的麾下，攻破了敌军据守的井陉关，顺势打下了栾城（河北石家庄东南的栾城区）。金兵部队从大名过河后，阿鲁补所部屯驻在洺州（河北永年境内）城外，准备攻打。当时，宋国的康王赵构在相州（河南安阳）镇守，派遣大名府驻军前来进攻。阿鲁补在夜间亲率二百军马悄悄地摸到宋军的后面，发动突袭，宋军大败而逃。没过两天，宋军又来了，敌方一名姓苏的统制官领了两万军马先到，阿鲁补乘他立足未稳，率领三百骑兵突然杀出，宋军大败，连指挥官苏统制也被活捉，逮回去后就被阿鲁补砍了头。

在金兵主力攻下汴梁之后，阿鲁补开始进攻洺州，其间，再一次打败了大名方向来增援的宋军人马，然后攻克洺州。随之，阿鲁补又在完颜昌（挞懒）的指挥下，攻下恩州（河北清河县），在这期间，听到洺州再次反叛，阿鲁补立即回军，杀到洺州城下。洺州的宋国守将出来迎战，被阿鲁补打败，宋军的大小指挥官都被俘虏。接着，阿鲁补与另一金军将领蒲鲁懽领军攻克宋国的信德军（河北邢台地区）。

建炎二年九月，金兵再次攻打宋国，完颜兀术负责进攻开德（河南濮阳），阿鲁补带领五千步兵前往，又战之获胜。

这次，阿鲁补倚仗兵多将强，并不惧宋军分毫。到如今，岳飞与金兵已对仗多起，彼此熟知，心照不宣。

血红的霞光在渐渐褪色，双方就这样死死对峙着，既没有任何一方撤退，也没有任何一方冲杀，就像两只猛虎凝视对峙，等待一场酣畅淋漓之激战。

阿鲁补还是性急了一点，等了半个时辰，早已失去了耐心。他遥对岳飞说道："岳将军，久知尔用兵如神，武艺超群。可惜朝廷昏庸无道，大厦将倾，一木难支。不如投咱大金，也不失你封侯之位。"岳飞闻听，"呵呵"一笑，高声喝道："阿鲁补，尔邦兴兵犯境，抢俺城池，杀俺同胞。此仇势不两立！"阿鲁补也"嘿嘿"笑道："岳将军此言差矣！土地向来无主，有力者居之。黎民百姓，皆为奴隶，有力者畜之。俗话说，识时务者为俊杰。君不见郭药师耶律余睹吗？归我大金，享荣华富贵。君又不见王禀种师道乎？妄图以一军抗我大金，不异于螳臂当车，兵败身死，又何益哉！"

岳飞"哈哈哈"仰天大笑，道："俺历代不乏忠臣良将，忠臣在朝堂上义正词严，光明磊落；良将在战场上奋不顾身，马革裹尸。守护国家，死而何惧！"阿鲁补恼怒道："岳飞，你好不识抬举，今日之势，看你有何翻转之能！"岳飞亦怒目喝道："有俺岳飞在此，岂容尔等贼寇横行霸道！"阿鲁补闻之大怒，催马要战。

忽然，阿鲁补身后有人高喊："大帅，杀鸡何用宰牛刀，待末将擒拿岳飞！"阿鲁补回头一看，此为先锋哈里金，只见他早已挥动大棍冲出阵去。这边，王贵一马跃起，大喊一声："让俺王大将军来取你狗命！"但见他手擎大刀，用力往外一挡，"当"的一声，哈里金的大棍便被磕飞了。未等哈里金反应过来，王贵大刀一低，顺势一个"横扫千军"，将哈里金的脑袋削去，抛出丈余，一命呜呼。

此时，金营中又一骑奔出。马上这位黑脸金将高喊道：“啊，杀兄之仇，岂能饶尔！”此人正是哈里金的兄弟哈里银，催马抡棍冲了过来。这边，吉青挥动狼牙棒上前接招。谁知这哈里银奔冲过猛，一下子突过了交战中线，将背部闪露出来。吉青正好顺势狼牙棒砸下，哈里银拦腰断裂。

一时间，连损两将，金兵营里可炸锅了，大喊：“宋兵太厉害啦！”宋兵阵前的兵丁，这时拿着鼓槌儿，抡圆了胳膊，把十面战鼓“咚咚咚”擂得震耳欲聋。

这时，阿鲁补再也看不下去了，一声“哇呀呀”狂叫，杀出阵来，镔铁大铲铣径直劈向吉青。与此同时，岳飞早已一抖马缰，喊道：“贤弟退下，让俺来会会此贼头！”言罢，一抡沥泉丈八矛，架住那镔铁大铲铣。

阿鲁补急忙抽回镔铁铣，使了一着“刀劈华山”，冲岳飞左肩劈了下去。岳飞不慌不忙，往右偏过，刹那间跃起，一着“泰山压顶”，那枪头直奔阿鲁补头顶而来。

阿鲁补一下子劈空，见岳飞枪势迅猛，不禁吓出一身冷汗，急急后退一步，方才躲过枪尖。二人战在一处。但见岳飞枪急马快，阿鲁补铣狠力足，枪铣交织一处，火花“嘶啦啦”直闪。

两边将士都盯着自己主帅，输赢胜败，在此一举。一时间，助阵鼓响，如同响雷；角斗号鸣，恰似狮吼。两位主帅直杀得日无光辉，尘土飞扬，看得人眼花缭乱，提心吊胆。

二人战到五十余回合，仍分不出高低上下。阿鲁补这下可拼命了，镔铁铣抡开，一招比一招快，一招比一招猛，一招比一招凶，如同疾风暴雨，恰似车轮飞转。岳飞手擎沥泉丈八矛，稳如泰山，使开了九九八十一招六合枪，真如枪林相仿，但见电光闪闪。两边的将士不由得打心眼中称赞：这才叫棋逢对手、将遇良才啊！

后来，战鼓也不响了，号角也不吹了，两边将士一个个伸长着脖子，吐出舌头，都看直眼了。

岳飞见阿鲁补一身好武艺，心想，还得要用绝招赢之。他主意拿定，枪招见缓。战至八十回合时，两匹战马错蹬，一南一北分开。猛然，岳飞用枪一压阿鲁补的镔铁铣，左手从背后抽出铜锏，翻身猛然一挥，正中阿鲁补左臂，顿时血肉横飞。阿鲁补一惊，痛得“哇呀呀……”直叫，差点摔下马来。他当即俯卧马背上，落荒而逃。

金军副帅翰里见阿鲁补败阵，便一举长枪，金将瓦里波、贺必达、斗必利、金古都、银古都、哈铁龙、哈铁虎等掩兵杀过。宋军阵内，张其汝也挥动令旗，王贵、吉青、姚振、时子通、王万等众将士冲出阵去。一时，双方混战，战鼓咚咚，人马嘶叫，刀枪剑戟的撞击声，杂似松涛竹啸，战尘蔽天。刹那间，一个个鲜活的生命化为乌有。

此时，金兵使出绝招，乌里布驱动“铁浮屠”“拐子马”登场。

阿鲁补是当时优秀的骑兵将领。而在冷兵器时代，骑兵是战争中最具备攻击优势的兵种，也是最重要的军事依靠。金兵的骑兵团在横扫大辽的过程中累积了丰富的军事经验，研究出了极为实用的作战方式，闻名于世的“拐子马”和“铁浮屠”就是他们在前人的基础上创新发明的一种战术。“铁浮屠”并不追求快速。形如铁塔的骑兵手持大刀长枪，穿着刀枪不入的铁甲，缓缓推进，因为战阵太密，对方阵脚一动，抵挡不住的敌军就只能向左右两侧避敌，而这时“拐子马”早已从左右包抄，中间有“铁浮屠”的摧城拔寨，左右有“拐子马”的狂飙横扫，对手就只能全面崩盘了。

“铁浮屠”的骑士身披双重战甲，马匹也全身披甲，负载一定很重，这决定了他们作战时不能驰骋冲锋，马上的骑士也不用做太多动作。他们只需三人一排，端着长枪，向前、向前，不断地向前捅出，简单重复这几个机械的动作，在胯下的马匹只进不退，缓缓前进，几乎无坚不摧、无敌不破！“铁浮屠”之所以牺牲骑兵的机动性，而让他们穿戴上厚实笨重的铠甲，目的就是想让这些防护性能好、质量大、无坚不摧的重甲骑兵团担负正面攻坚任务。这些铁塔兵的坐骑用皮索连成一排，后面由步兵推拒马桩跟着前进，活像一堵会移动的大墙压来，可谓攻势如潮，杀伤力巨大。

由此也不难看出，“铁浮屠”在阵前攻坚中巧妙地运用了常说的“连环马”原理，以三匹马连成一排，组成一个联合作战的单位，其产生出来的冲击力远远大于分散的三匹马的总和，让对方无力阻挡。金兵的“拐子马”，士兵骑术精湛，作战凶悍，他们装备了格斗型冷兵器和弓箭，既能作为骑射进行远距离攻击，又能作为突击力量近身搏杀，所用的弓箭，弓力只有七斗，而为方便在马上拉弓和保证射击的命中率，金人刻意把箭造得极长。

当然，其与北宋“拐子马”的区别还不止于此。金兵“拐子马”的士兵每人都配备有两至五匹战马，当所乘的马匹出现疲态或有伤情时，就立刻换上另外一匹马，让战骑在临阵冲锋时保持良好的体力，保证了战时的机动性，这种战法称为“副马之制”。“副马”就是指主乘之外的马，也称“从马”。为了不让副马在作战中走散，势必要用“韦索”把它们系在主马之后，所以，“拐子马”在视觉上同样给人以连环马的印象。

这边，副将宋成君、付荆之带领宋兵冲上前去，被“铁浮屠”直接压上来，上面击头，下面砍脚。宋军有的倒在地上，被乱刀砍死，有的便被踩死，一下子死伤百多将士。

张其汝见状，一挥令旗，宋军向两边后撤。一时间，金兵倚重“铁浮屠”的冲击，逐渐占了上风，金兵毫无阻碍，一路向前。阿鲁补大喜，狂笑道：“看你岳蛮子今日何处可逃！”

正当宋军即将败溃之际，突然听得百步之外“咚咚咚”一阵鼓响，大路口腾起弥漫尘烟，像一阵旋风卷来，很快听到急雨般的马蹄声，一队骑兵纵骑疾驰而来。领头一位白袍银甲的英俊将军，正是骁勇无比的副都统制张宪，左右是副将周青、祁敬德，随后一队清一色精锐骑士背嵬军。

背嵬军是忠于主帅的亲随军，行军时他们以给主帅背酒为殊荣，战斗时他们冲锋陷阵，为赢得战斗的最后胜利，赴汤蹈火也在所不辞。这些士兵都是经过军中大比武严格挑选出的优胜者，而且个个是身经百战，经验丰富。因此他们的地位较之一般士兵都要高，大凡要晋升军官，首选都是背嵬军的军士。

背嵬军是统帅的直属部队，既是亲兵，更是精兵，战斗力极强，更重要的是在战斗的关键时刻充当特种兵和敢死队的角色。背嵬军约为骑兵八千、步兵数千。背嵬骑兵主要装备是长刀和短刀，约十支短弩和二十支硬弓，弓箭围盔，铁叶片的革甲。背嵬军战术非常灵活多变，常常分成多个独立的战斗小组，相互间又紧密配合，合力诛杀敌军。与敌人作战，在距离敌人一百余步时，即由七八人用硬弓放箭先射敌方骑手，七八人再用短弩射马。继而迅速向前冲锋，与敌方长刀对劈，短刀近身肉搏，然后再集结，再冲锋，从而大量杀伤敌兵。

背嵬军之出现，真可谓“卤水点豆腐，一物降一物”。对付“铁浮屠”，真是杀一拖两，金兵想逃却不成。一个金兵倒下，便成为另外两人的累赘；两个金兵倒下，则直接将另一人拖倒了。如此一来，金兵可就难以抵挡了。

金军副帅翰里一看，这仗可没法打了，即冲兵丁们一挥手：“撤！”金兵早就没有心思开打了，见令“轰”的一下子撒腿便逃。

张其汝一声令下，设伏于此的岳家军四面出击，金兵溃败，狼狈向南逃窜。

此时，岳飞横枪跃马，手搭金雕，“嗖”的一支雕翎，直奔阿鲁补而去，竟一下穿透他腰部重甲，阿鲁补又险些落马，被瓦里波、贺必达护卫而逃。宋军千百健儿越杀越勇，张宪枪伤金兵副帅翰里，汤怀刀斩金将斗必利。

岳家军追杀了一阵，金兵又遭到岳家军在营盘、阵图村、千子墩、金鼓岭的伏击。沿途山坡上，站满人群，齐声喊道：“活捉阿鲁补，诛杀金国贼！”此皆为乡绅张充发动的两千民众。岳飞让他们隐蔽山坡树丛巨石后，呐喊摇旗，虚张声势。金兵不知有多少宋军，吓得魂不附体，抱头鼠窜。这就是岳家军以少胜多的“百合场之战”。自此，金兵再也不敢侵扰宜兴。

岳飞自带兵打仗以来，常常从对方的侧翼发动突然攻击，而很少从正面冲击对手，即兵法中所谓“以正合，以奇胜。”这正合奇胜，无穷如天地，不竭如江河，终而复始，千变万化。奇正之变，不可胜穷也；奇正相生，如环之无端。

百合场之战，可见岳飞运用古代先贤之兵法，已然娴熟于心。

# 第二十四章　保卫常州　捷报频传

回头再说，建炎三年，金军分路南下侵宋。

宋高宗赵构于正月初三得知金军攻占楚州（今江苏淮安）后，随即从扬州乘小舟渡江至镇江，为往江南逃跑做准备。赵构逃至镇江，在御营司都统制王渊的建议下，于二月再逃杭州。

建炎三年十一月，完颜兀术率十几万金兵南侵，渡江占领建康府之后，急于活捉宋高宗，灭亡宋朝，故他只派号称“萧、张二太师”的萧斡里也和张真奴，率偏师数千人留守建康。当岳飞在广德大败金人之时，完颜兀术留下八万人马与岳飞对敌，自己则仍亲率主力南下追赶宋高宗。

建炎四年二月初一，金军主帅完颜兀术撤兵北返回国，并对外声称已完成“搜山检海”的目标。金军这次南侵的结果，使南宋最称富庶的两淮、二浙以及湘、鄂、赣等地区大受蹂躏，农业和工商业被破坏了，文化被摧残了，无数人民的生命财产，遭到了浩劫。

金兵北上时，兀术抢劫许多珍宝财帛和其他各种各样的辎重物资。于是乎，完颜兀术只得驾驭着庞大的船队，从京杭大运河出发，靠着江南运河经秀州（浙江嘉兴）、平江（江苏吴县）北还。沿途所过州府县衙均遭纵火焚城，奸淫掳掠，延绵数千里到处都是烟焰不绝。

建炎四年三月初，完颜兀术水陆并进，逼近常州。

常州知州周杞探知敌情，深感害怕。他找赵九龄商议，说道：“虏人自运河回犯，兵锋甚锐，我再三思忖，唯是请宜兴岳将军发兵，增援城守。”赵九龄应道：“周知州不必烦忧，俺即时前去，请岳将军即抽兵马，驰援州城。”周杞闻之，说道：“此言实在，且烦请老丈速行！”

赵九龄又道：“本州奔牛镇与镇江府吕城镇一带，若是开闸泄水，使运河干涸，则虏人的舟船便须胶滞河中，不得运行。”周杞道：“下官自有安排，老丈只管放心前往。”赵九龄即辞别周杞，快马加鞭，急驰宜兴县张渚镇。

岳飞屯兵宜兴不过月余，花费了很大工夫致力于安定地方秩序，整饬和训练军伍。近日，他闻得金兵沿运河北归之消息，正召集众将商议，如何对付金兵袭击。

赵九龄赶到张渚后，说明了来意，请岳飞速发兵以援。岳飞道：“俺们正议此事，老丈此言，正合吾意，保卫常州亦是为国守土。”赵九龄道：“此行可扼敌之归路，如能捕捉战机，或许能立下奇功。”众将也认为此是一个极好机会。于是，岳飞当即部署军队，由刘经率本军留守张渚镇，自己则率领全军驰援常州城。

当时，在常州尚有一法可截住水路上的金兵，以及其所有运辎重、财物的舟船，那就是赵九龄所言，打开丹阳县练湖闸放水。练湖是一个人工湖，位于常州城西北的丹阳县，其水位高于地面。因镇江至常州之间地势较高，从隋朝起，江南运河的这一段常常因水浅而使船舶航行受阻。到了唐朝，官方开始用练湖给运河补送水量，以利调节水位。

北宋时，在江南运河的入江口建立京口闸，在常州方向建奔牛闸和吕城闸，练湖即成为这段运河的重要水源，时称“放湖水一寸，益漕河一尺”。如果守臣周杞能沉着应战，他只要安排打开练湖之闸放水，通过放干练湖之水，来降低运河的水位。既然“放湖水一寸，益漕河一尺”，那么反之，往湖里回灌一寸，运河就要降一尺，这样就可以将完颜兀术的舟船全部搁浅在运河里。然而，周杞既不为又胆小，待赵九龄走后一天，随即也带人赶往宜兴。

三月十日，天色未明，岳飞全军已经集合完毕，整队前往宜兴城。岳飞和傅庆率第一将骑兵充当前锋，赵九龄也与前锋部队同行。宋军抵达县城，知县钱谌亲自出城南门迎接。钱谌说道："下官请岳将军全体将士在此用午膳，然后进发州城。"岳飞望了望天空，说道："时辰远未及正午，周知州直是望眼欲穿，俺们自带干粮，须及时行军，早入州城。"

双方正说话间，有衙吏报告说："周知州已自北门进入县城。"赵九龄闻之，极不高兴，说道："周知州何以如此畏怯？援军未至，便弃城先遁。"岳飞劝说道："事已至此，不如前往县衙议事。"于是，岳飞、傅庆、赵九龄等人随钱谌去县衙，与周杞会面。

周杞此行，带动了大批官员和坊郭人户逃难，不大的宜兴县城里，很快挤满了数以万计的难民，需要钱谌安顿。钱谌只是与周杞匆忙见面，又匆忙告别，留下岳飞等人与周杞商议军事。

赵九龄神情严肃，对周杞责备道："周知州不守城池，却是弃城而遁，是甚道理？"周杞不免有几分自恧，尽管是面对一个已无官位的士人，却只能用辩解的口吻说道："虏人荼毒生灵，极是凶残，探报已自平江发兵，进逼本州无锡县。下官左思右想，唯恐岳将军赴援不及，不如先率州城坊郭民户保聚宜兴，以期平安。"赵九龄听后，长叹道："大宋之官人，平时高官厚禄，养尊处优，每到危难时节，便个个自保不及，大宋又谈何中兴？"周杞闻听，羞愧难当。

继而，赵九龄又问道："周知州可曾联令运河开闸泄水？"周杞只得承认道："仓促之际，运河未曾开闸，亦未曾关照练湖闸放水。"赵九龄感叹道："其实，只要开闸放泄练湖之水，金人舟船便会于运河中搁浅，而不能行驶。一个绝佳的机会就这样被白白葬送了。"

周杞闻之责备，面色羞红，十分尴尬。岳飞在一旁见周杞难堪，便对赵九龄说道："老丈休得生气，军情紧急，知州大人也是顾及官民安全而为。"赵九龄道："在下也不过一时心急，还望将军及早设策救援！"岳飞道："是了，本将这便发兵。"

于是，岳飞发令道："傅统制，你须率马军先去奔牛镇，开闸放得运河之水。"傅庆道了声："得令。"傅庆走后，岳飞想了一下，说道："虏人进逼无锡县，已距州城不远，俺亦须率领军马，急速前去邀击。"岳飞遂命令舒继明统率本将步兵随自己所率骑兵，立即出发。他马上告别周杞和赵九龄，带兵出城北上。

在宜兴县城与常州州治武进县之间，有一个湖泊，名叫滆湖。傅庆的骑兵是走滆湖以西，而岳飞的大队步兵则走滆湖以东。

建炎四年的前三个月，对于常州而言，是一段惨不忍睹的时光。在这三个月里，金兵两次前来攻打，肆意烧杀抢掠，无恶不作，百姓苦不堪言。此时，有消息传来，金兵又要再次进城了，这次带领先头军的孛堇列斯尔自幼聪慧，眼光独到。他仗着其父是万户长，也混进了南征大军之中，欲要建功立业，获取功名利禄。在这次北撤大抢劫之中，列斯尔知道，苏杭虽好，但有太多人抢着去，自己实力难以逞强，于是便挑选了一个相对较远的常州城池，能够吃个独食，岂不快活哉！

列斯尔的先行军有两千名金国的精锐骑兵，扛着一面深黑色大旗。深黑色大旗意味着金兵此行绝不留手，将实行屠城，赶尽杀绝。对于"屠城"这个名词，人们并不陌生。一年前，扬州已经尝试过了焚城。而在这之前，金兵也刚刚在明州进行了一次屠城。如今在常州再屠城一次，也不过是"锦上添花"而已。故而，面对金兵精锐骑兵之强大冲击力，一般宋军难以抵挡，见到其魔鬼大旗早已退避三舍。

金兵来到常州城门之下，十多个官吏、财商早已列队等候。他们面前摆着一排香案，香案上放着一个个打开箱盖的大木箱子，一眼便可看见里面放满了金银财宝。如此形式，几乎变成了这次金兵北撤中，与宋人之间一种不成文之规则，即宋人不抵抗，金兵不杀生。如果宋人不抵抗，且筹集一笔钱财送给金兵，便可免于屠城烧杀。如此，金兵于三月十日轻而易举地进入常州城。

降将郑亿年早先曾在镇江府任官，熟悉这一带的地势，他事先提醒完颜兀术，道："镇江至常州之运河，全是仰赖丹阳练湖为水源，常言道，'放练湖水一寸，运河水便长一尺'。如若，南人于丹阳练湖闸、吕城闸及武进奔牛闸泄水，大金舟船便不得航行。"完颜兀术一听有理，便命金军加快进攻常州的速度，并严令迅速控制几个相关闸口。

故而，由万夫长乌古论少主所部担任后军，奉命率部进驻常州城。前锋斜卯阿里和乌延蒲卢浑的部队，则不进常州城，径直奔向奔牛镇，而后马不停蹄地向丹阳县境进兵。当天风顺，便于行船，金兵分水陆两路，在傍晚时分即到达奔牛镇一带驻扎。

傅庆率骑兵来赶到奔牛镇附近时，得知金兵大军已经抢先到达。考量宋军兵少，他只能设法在当天夜间出兵。

军中，时子通说道："将军，我对奔牛比较熟悉，可带数十兄弟先打前站，一探虚实，再作计议。"傅庆道："可行，时兄弟要小心了。如若遇见金兵，不要交手，可引至俺军伏处。"时子通笑道："将军可是投饵钓鳖？"傅庆也笑道："兄弟辛苦，权当饵钩了。"

时子通当即挑选五十名兵士，将兵士分成四组，每组相隔二十余步，成长蛇之形，从奔牛南街小巷进去，可见警后撤。

果然，金兵驻扎后，派出多个岗哨，又有两队巡逻。时子通刚行至奔牛南街街口，早有金兵岗哨发现，报警锣声一响，一支百人巡逻队立即赶到。时子通走在最前一组，转身便退，后边几组也后队改前队，边撤边等。金兵一见，哪里肯舍，急急追赶。眼看追兵已近傅庆伏兵之处，时子通便领兵回转，与追赶的金兵厮打。

巡逻队金兵急切想灭掉这股小队，百多人一拥而上，将时子通等人团团围住。交手不满十个回合，傅庆即已率兵从南北两边冲上，将百多金兵围住。如此内外夹击，不到半个时辰，傅庆即全歼此队金兵。此后，时子通又如此数次骚扰金兵，断断续续斩杀了金兵将士三百余人。

却说金将斜卯阿里奔波一天，正想好好歇息，享受一些奔牛美食。谁知，巡守兵士接连禀报宋军扰阵之事。金将斜卯阿里烦恼异常，令各处加强防守，不可让宋军突破奔牛闸。

此时，有汉奸汪宏献计道："将军可如此这般，定能瓮中捉鳖。"斜卯阿里一听，喜道："甚妙，不过要先撒点饵料，你可引之，立下头功，定有重赏。"汪宏闻之一惊，无奈哀求道："将军须保我性命。"斜卯阿里不耐烦地一挥手，说道："这个自然，等你平安退出，咱再动手便了。"言毕，立马安排停当。

且说，时子通见连连得手，便对傅庆道："时已夜半，我等不让金兵安稳，再进行一次刺探扰袭。"傅庆道："兄弟几番辛苦，可调换他人行之。"时子通道："我已熟套，不必麻烦他人了。"言毕，时子通又率兵赶赴运河北岸的奔牛古道。

不一会儿，途中遇一村民，告知领军金将驻扎古道，愿领宋军前往。时子通见是汉人，便信了。

谁知此人正是汪宏。一路无话，不一会儿走进古街。古街两旁皆为二层商铺，一般下为铺面，上为住屋或储物间。此时，黑灯瞎火。汪宏言道："此金将住中段一幢楼屋之中。"时子通带兵紧随而行。

汪宏看看宋军全部进入街道，突然高叫一声："宋兵来了！"言毕，拔腿便向街道深处跑去。刹那间，两旁二楼灯火通明，窗口伸出数十张铁弓。

时子通一跺脚，骂了声：“狗汉奸！”他忙令兵士撤退，自己亮出轻功，几步追上汪宏，一刀结果了他的狗命。

这边，金兵的铁箭如雨一般，迅猛射击，古街两头早有金兵截住。时子通连连蹿至二楼，杀死十多个弓箭手，身上也中了两箭。他顾不得伤痛，带领宋军拼死突围。不料，斜卯阿里埋伏将士千人，一齐涌出。激战良久，宋兵全部殉难。时子通又身中数箭、刀伤十多处，最后也倒在血泊之中。

再说，岳飞得知金兵显然急于快速通过，故而各部兵力拉开了一定的距离。岳飞随即利用这一机会，率军对金军兵力相对薄弱的部队，突然拦腰截击。岳飞为抓住时机，率军从早走到晚，沿途毫无休息，只能边走边吃干粮。

经历了一百几十里的急速行军，到达常州时天色已黑。但是，当岳飞听说敌人已经占领州城时，为了免于州城遭受劫难，还是决定连夜发动攻击。

此时，乌古论少主进入常州州衙，喘息方定，下令全军饱餐一顿，好好休息一夜。万夫长乌古论少主端坐府衙正堂，列斯尔与几个汉官、乡绅陪坐周边。不时，有厨工端上各式菜肴，摆了一桌。万夫长乌古论少主毫不费力便进入常州城，且获得财物许多，一时高兴，便让这几人陪同进餐。

乌古论一边喝酒，一边品尝美味，一旁的陪客则献媚地逐一介绍。这时，厨工端上来一盘黄灿灿的圆饼，一大八小，大者似碗口，小者如金钱。乌古论少主一见，诧异问道：“本少主从未见过此物，为何菜品？”一商绅站起身来，指指盘中圆饼，应道：“此乃豆斋饼，为常州之特有名点。”乌古论又问道：“何为豆斋饼之名？”商绅又答道：“说起豆斋饼的起源，还与‘三茅菩萨’有关呢。”“噢，说来听听。”乌古论似乎甚感兴趣。“遵命！”商绅觉得正是谄媚时机，抖擞精神，眉飞色舞地叙述起来。

话说此“三茅菩萨”即为西汉时的茅盈、茅固和茅衷三兄弟。三兄弟隐居茅山之中，采集草药，为民治病，济世救人，远近黎民莫不感其恩泽。百姓为永表怀念之情，遂将茅氏兄弟塑像奉祀，尊为“三茅真君”。然而各地赶至茅山，只有舟船相通，来往不便。为此，三茅兄弟拟在各地设立庙宇，以方便善男信女进香念佛。这天，三兄弟来到常州城南的东庄村，看到这里风水甚好，遂定此建庙。不料，动土时，见一柄短剑插在地上，便知已有人来此看中。本想离开，又难舍弃，便拔出短剑，于剑头上套一小铜钱，照旧插在原地。

不料，在此插剑者却是真武大帝，他也为选建观址而四方游走，抢先看中东庄此地。哪知在真武殿动工当日，三茅兄弟赶来论理，说这块地是他们先选中的。真武大帝一听，忙说：“这是本王先已选中，并有插剑为凭。”三茅兄弟说：“你拔起剑来看看，我们早有铜钱埋藏于地下。”于是，双方来到插剑处，真武大帝拔出剑来，果然看见剑头上套着一个小铜钱，真认为是三茅兄弟先来选地，于是只好丢下工程，另觅他地。

此后，三茅兄弟就在东庄建了一座三茅殿。常州百姓又仿照那小铜钱，用白雀豇豆磨浆，做成了小豆饼，作为三茅殿内的祭祀之品，称之为“金钱饼”，后被文人改称为“豆斋饼”。此豆斋饼，可配制各式菜肴。大的豆斋饼则可夹入虾仁、冬笋末、马蹄末、猪肉末等馅心，油炸后便成可口点心。

乌古论未等听完，早已夹起大饼咬了一大口，咀嚼几下，便忙不迭地点头示赞。一旁陪客见状，皆笑逐颜开，击掌称快。

此时，王贵和孙显率第二将步兵，徐庆和董荣率第三将步兵，已分别从城南德安门和广化门突入城里。如此突袭，使大多金兵晚饭尚未吃完，便成了刀下之鬼。

接着，王经等率第四将步兵，寇成等率第五将步兵，又分别突入城东通吴和怀德两门。吉青引本部兵马伏师戚墅堰桥南，王万领兵伏西河滩，有张宪、岳云率兵扮作溃军伏于新闸，姚振、李道则领兵于东、西援应。

顿时，战鼓声声，伏兵四起，双方展开血战。金军本来就不习惯夜战，在宋军的凌厉攻势之下，很快便被逐出常州城。因收复迅速，这座州城得以免遭太大破坏。

宋军从东、南两个方向进攻，却是让开了城西的逃路。乌古论少主率大部分金军由城西朝京门逃出，另有小部分金军自城北偏西的青山门逃出。不料，岳飞和张宪指挥其余第一将、第六将、第七将和第八将步兵等一干人马，又在城外沿途拦击。

“嘟嘟嘟嘟”，号角声响起，金军骑兵起步，朝着宋军方队冲去。三百步、二百步、一百步，金兵与宋军越来越近了。此时，宋军阵中，只见岳飞银袍金甲，威风凛凛，身前马背上放着一只大鼓。见金兵迎面冲来，岳飞双手擂动战鼓，“咚咚咚”一阵高亢急速的鼓声响彻夜空。

宋军一队三百骑兵，闻鼓而进。这队骑兵，一色的丈八长枪，每人身上都背着十杆短矛，马鞍上挂着小巧的弩弓，连人带马用坚固铿亮的铁甲裹得严严实实，齐整整地向前冲去。为首一位白袍银甲的小英雄，正是右将军张宪。

眼看双方仅隔三十步，张宪一声呐喊:“杀！”宋军骑兵一齐发力，高喊道:“杀——杀啊——”宋军边冲边从背后拔出一支支短矛，连续朝着金兵阵中掷去。顿时，一阵黑乎乎的短矛雨，砸向金兵头顶。

这些借助马速掷出的短矛，五十步之内可破二层重甲。如果没有披甲在身，碰上这种短矛阵，非死即伤。本来，金兵盔甲厚重，不怕宋军施射弓箭。然而，在双方高速对冲之下，这短矛之杀伤力便完全不同了。金兵一时间蒙了，竟然个个不知所措。

一阵惨叫声过后，前几排的金兵纷纷掉落马下。后面的金兵，也放慢了冲锋速度。大凡在战场对阵中，速度快意味着更大的力量、更灵活的走位，速度越快，优势越大。金兵此时速度下降，恰恰犯了兵家大忌。“咚咚咚”，岳飞再次擂响战鼓，鼓声在常州城的半空中震荡，久久不能停息。

两军相距不过五丈远了。

突然间，张宪一声长啸，宋军骑兵个个都把手中的丈八长枪往前一挺。紧接着，腰转、膀动、臂扬、腕翻，往上击打金兵之头脸部位，往下刺戳金兵战马之眼部。宋军动作整齐，节奏鲜明，三百杆大枪，仿佛融为一个整体的巨大的神兵利器，声响慑人心弦，杀伤隐于无形。此招原为前朝杨老令公所创，岳飞从老师陈广处学得，继而糅合茅山拳法和展氏拳术，形成“大鹏翻翅”枪击术，且具阵法幻化，威力更胜当初。

经过一夜激战，岳飞在十一日天明前收兵回城。此战共计击溃金军数千，俘虏一百余人，其中包括万夫长乌古论少主等金将十一名。原来，乌古论少主骑马逃窜时，乘骑中箭倒地，被姚振第七将的军兵俘虏。最初还不知他就是这支金军的统帅，后来进行搜查，方发现他腰部配有女真文的金牌，得以确认他的身份。这是自宋金开战以来，首次俘获的金兵万夫长。

岳飞下令只休兵一天，随即派于鹏通知在宜兴县城的周杞，让他回城主持州务。岳飞连夜发兵，赶到奔牛一带，与傅庆的骑兵会合，又在常州与镇江府交界处，稍事休整，便向丹阳县进兵。

这时，完颜兀术的大军和船队已经抵达丹阳县，只是留下万夫长大挞不野和裴满术列速两军暂驻吕城镇，守护闸门，保证运河的通畅。乌古论少主的军队被击溃，尤其是乌古论少主下落不明，引起金军很大的震惊，所以完颜兀术特别留两名万夫长军作为后卫，而把乌古论少主的残兵也分拨到两人属下。

大挞不野和裴满术列速得知已经完成守护河闸的任务，也急于离开吕城镇，与大军会合。

从吕城镇到丹阳县城，运河是一条自东南往西北的斜行河。大挞不野和裴满术列速为了避免军力分散，把两军全部集中到运河西南岸，沿河岸行军。两人经过一番争议，作为渤海人的大挞不野还是让女真人裴满术列速所部充前队，自己所部充当后队。由于军马死亡过多，金军如今大部分都成了步兵，他们行军速度虽然不慢，但还是被宋军追上了。

岳飞的第八将军马展开队形，向大挞不野的后军实施侧击。金军根本无法组织有效的抵抗，被杀个七零八落，很多人在乱军中被挤入河里淹死。岳家军大获全胜，继续向北追击。

# 第二十五章　解救丹阳　张宪结缘

话说，建炎四年三月初九，萧兆明急急走进室内，说道：“明日，大军开拔常州。”唐赛儿一听，也兴奋不已。她对苏之娴说道：“这就到了我的家乡了！”萧兆明说道：“这下可等来了机会，你们明日即可逃走。”苏之娴不解，问道：“如何走脱？”

萧兆明狡黠地一扬眉毛，说道：“常州之北丹阳县有齐梁陵墓，咱们可以去拜谒一下……”“那么，我们便可乘机脱离军队，逃出去了。”唐赛儿插话道。萧兆明应道：“正是如此，不过还是要谋划一下。”于是，三人便轻声细谈起来。

不一会，萧兆明便去告诉主将，自己不参与攻打常州，另行辟程直达丹阳，拜谒齐梁陵墓。主将可不管王子的行止，只管他的安全，于是派出一个卫队保护他行进。

次日，萧兆明让唐赛儿和苏之娴装扮成兵士模样，一骑一车先行出发，五十人的卫队兵士随同前行。萧兆明领队，从吴江县县境的太湖岸出发，不消两个时辰，便进入丹阳县境。在斥候指引下，直奔齐梁帝陵。

京杭大运河途经丹阳处，有一条萧梁河（又称萧港），向北至丹阳水晶山下，沿途建有十一座齐梁帝陵。大运河与萧梁河交汇口，称为陵口，放置两座纹饰华美的石兽。东为天禄，双角，身长丈二，高丈二。西为麒麟，独角，身长丈二，高九尺。天禄和麒麟均为公兽，雄风昂首，夹峙河口。

南齐萧氏皇族与南朝梁萧氏皇族同宗同支，同为淮阴令萧整之后。萧氏家族成了齐、梁两代帝王，建都建康（南京）。“树高千丈，叶落归根”，他们死后在故乡丹阳建陵安葬，按照帝陵的礼制，十一座陵墓及石刻散布在丹阳陵口、荆林、前艾、胡桥、建山、埤城等地。

丹阳齐梁陵墓背倚岗峦，陵前瞻望一马平川。陵墓自北水晶山下至陵口，依次是水经山南朝郁林王萧昭业陵、烂石弄南朝海林王萧昭文陵、齐宣帝萧承之永安陵、齐高帝萧道成泰安陵、齐景帝萧道生修安陵、金王陈南朝东昏侯萧宝卷陵、齐武帝萧赜景安陵、梁简文帝萧纲庄陵、梁武帝萧衍修陵、梁文帝萧顺之建陵、齐明帝萧鸾兴安陵。

丹阳齐梁陵墓中，修安陵、永安陵、景安陵三陵的石刻造型极为俊美。特别是齐景帝萧道生修安陵的天禄、麒麟，保存完好，身躯高大，头颈、胸腹屈曲弯折，给人以清秀颀长之感。头部绒 毛的刻画，使其线条更复杂化了。颈部以及胸腹部仔细刻画出胡须与流苏状的饰物。翼膊有圆涡纹，又有鳞纹，而腹部又衬以羽翅纹，令人觉得神兽翼厚而大，足以鼓翮飞翔。行步在萧梁河畔，瞻仰一座座帝陵、一尊尊南朝石刻，犹如翻阅一卷卷史书，古朴庄严，展示了中华文化的博大精深。

唐赛儿一行在齐梁陵墓处瞻仰、拜谒了大半天，便就地歇息，用起干粮饮水。眼看夜色渐浓，唐赛儿与苏之娴乘金兵不注意，便骑上一匹黑马，沿着运河岸，向东南跑去。一气跑出十里，后面并无追兵，知道是萧兆明故意放走，也就放心了。她俩脱下金兵服饰，扔在路边，换上汉服，径直向丹阳城奔去。

再说，大挞不野兵败后只能率亲骑狂奔。前队的裴满术列速自一段时间以来，已无斗志，他根本不回兵救援，只率本军向丹阳县城奔逃。

此时，岳飞的大军也向丹阳县城挺进。金人大军已经撤离，只留下王伯龙部属汉儿、千夫长李渭的队伍，准备从事破坏。张宪、姚振、王敏求等首先率第七将和第八将人马，从南门突入城里。李渭不敢恋战，当即率军从北门撤退，却又遭遇郭青和沈德所率第六将步兵的拦击，在一场混战中，金军大部被歼，李渭本人也被活捉。

张宪领军进城后，正好碰上刚刚逃进县城的唐赛儿和苏之娴，战场相逢，感慨万千。张宪命两个兵士保护她俩，随军进发。

岳家军赶得及时，丹阳县城未遭金兵摧残，大致完好。

岳飞休兵县城后，即向高宗呈示《广德捷奏》，曰："武德大夫英州刺史御营使司统制军马臣岳飞状奏：恭依圣旨，将带所部人马，邀击金人至广德军见阵，共斫到人头一千二百一十六级，生擒女真汉儿王权等二十四人，并遣差兵马收复建康府溧阳县，杀获五百余人，生擒女真汉儿军伪同知溧阳县事渤海太师李撒八等一十二人。金人回犯常州，分遣兵马等截邀击掩杀，四次见阵，拥掩入河，弃头不斫，生擒女真万户少主孛堇、汉儿李渭等一十一人，委是屡获胜捷谨录奏闻，伏候敕。"

丹阳县衙内，岳飞又在与众将商议下一步的军事行动。岳飞对众将领说道："闻得浙西制置使、御前左军都统制韩世忠大军，已进屯镇江府焦山，决意以水师阻截虏人归路，此是剿灭虏人兀术军之兵机。常言道，困兽犹斗，完颜兀术大兵麇集，欲得破敌，尚须用计。"

张宪说道："学生认为，既是韩节使军阻截虏人归路，俺们不如暂驻军丹阳，养精蓄锐，只派水军援战。待虏人兵疲意沮，乘敌之隙，然后用兵。"岳飞道："俺部水军皆在太湖边集结，可速遣人传令李宝，即日发往江边，配助韩节使破敌。"众将皆认同此意，当即有副将前往宜兴，传令李宝领水军两千，急赴江阴，会师韩世忠大军，如此这般。

大家正商议之际，有亲兵递上一份刘经的紧急公文。岳飞展开一看，公文中说道："戚方匪军从金坛县一带转掠溧阳县，游兵已侵入宜兴县地界。

本部兵力不多，难以抵御，请求岳帅回师，保护宜兴县和张渚镇。末将刘经启上。”

岳飞把公文出示于众将，询问处置之法。副将王敏求说道：“戚方极是凶残，当年扈成统制便是被他屠害。将军务须回军，以免张渚老小遭此荼毒。”吉青跳将起来，大怒道：“此戚方狗贼，看俺去砍下他的狗头！”王经上前说道：“闻得戚方招收得四处散兵游勇，兵力厚重。不如乘势扫灭戚方，收编得大部人马，再与虏人交锋。”王敏求附议说道：“王将军说得有理，这是一个好时机。”

于是，众将领纷纷赞同，要求回师张渚镇护亲平贼。张宪却说道：“丹阳县地当运河要冲，不可不驻守，以防虏人回犯。”岳飞沉吟不语，他正思虑，要分兵两支，一支继续留驻丹阳，另一支赶回张渚镇。

少顷，岳飞当机立断，命令王贵、徐庆和寇成率三将人马坚守丹阳县城，自己率五将人马立即启程，回兵宜兴县。众将领命，各尽其责。

岳飞率军返回张渚镇时，才得知戚方贼军并没有真正进入宜兴县。

岳飞与刘经的关系并不算亲近，按原江、淮宣抚司的地位，他与刘经又是平列的统制爵位。但如此传递信息，却犯了军中大忌。岳飞便责备道：“你因何虚拟军情？”

刘经听之，甚感委屈，应道：“俺在此坚守根本，而军力仅有两千，若是戚方来犯，又怎生支捂？老小受难，俺又怎生面覆众兄弟？”岳飞一听，认为这可能是戚方虚张声势，刘经也是思虑谨慎，难免判断有误，便也不再训斥。

不料，刘经又说道：“俺为此事，亦曾与李夫人面议，她也叫俺速请岳将军回师。”岳飞听后，十分生气，说道：“她一个妇人，岂能干预军中之事？”他当即又转向众将，正色说道：“此后军营之事，即便危急，亦不得与妇人计议！”众将皆应道：“知晓了！”

此时，张宪向岳飞建议道："老师，学生认为，既是回张渚，不如乘机出兵溧阳，扫灭戚方，以除后顾之忧，俺 们亦是免得徒劳往返，空手而归。"岳飞知道张宪在转移话题，只是闷气不答。

张宪熟悉岳飞的脾气，岳家军纪律严明，当然因为岳飞以身作则。岳飞向来与士卒混住茅屋军帐，同甘共苦。地方官府曾建议帮他建造新宅，岳飞言正词严说道："北虏未灭，臣何以家为？"

前一阵子，眼看已到岳飞夫妇结婚纪念日。姚太夫人知道，十周年结婚纪念日时，两人未在一起，意欲让李娃好好陪夫君过一个温馨的夜晚。于是，姚太夫人拿出珍藏多年的粉红玫瑰香绸紧身袍花袖上衣，让李娃穿上，这正是李娃当年结婚时穿着的绸布衣。李娃有点为难，说道："母亲，大鹏一直提倡俭朴，恐会责怪。"姚太夫人笑着说道："岂能，怕是鹏儿欢喜得很啊！"李娃无奈，在傍晚时分换上了这件红装。

宋朝棉花产量不高，轻软温暖的棉布视为上品，当时说的"布"，指的是麻布，老百姓只能穿粗麻片，平民代名词"布衣"指的就是粗麻片。岳飞全家皆着"布衣"。这次，李娃穿的当年缯帛嫁衣，不过是一般的绫罗。

近晚，岳飞回到家中，见李娃穿着与平日不同，红装衬得她脸庞更为娇嫩，恰如二八少女一般。此时，李娃迎上前来，笑容可掬，道："相公，可曾看出为妻喜色如旧。"她的本意是提醒岳飞想起，这天结婚纪念日。

谁知岳飞军务繁忙，哪里还想起这事呢！他本来还笑着面对，此时却眉头一蹙，问道："何来这身上等衣饰？"李娃道："相公且不管许多，只论好也不好。"岳飞怫然不悦，道："徽宗钦宗的皇后皇妃被掳到金朝，听说衣不蔽体。你既嫁我，就不应穿这个。"李娃见说，一时怔住。少顷，委屈的泪水夺眶而出，扭头走开了。

此时，姚太夫人过来，听一旁的岳雷说起刚才情形，顿时发怒道："鹏儿跪下！"岳飞立即跪地，道："孩儿未及早给母亲大人请安，罪不可恕，望母亲消气。”姚太夫人道：“你不要打岔，为何惹孝娥贤媳生气。”岳飞回道：“此时，正值军中艰难之际，她不该穿着招摇。”

姚太夫人一听此话，更加不满，说道：“你可知今日是尔等结婚十一周年，是老娘让孝娥穿此当年婚装，以志纪念之。”岳飞一听，“啊”的一声，细细想来，恍然大悟。于是，岳飞急急赶到后堂，与李娃道歉再三。然而，全家自此之后，再无人穿着丝绸衣裳。

此时，岳飞与张宪回家，还为刚才刘经之说怒气未消。张宪见岳飞余怒未息，就猜想到他与李娃虽然是恩爱夫妻，这次却很可能要发生不愉快的事，便又劝道：“刘统制是一面之词，老师须案验事实，切不可错怪了大姐。”岳飞仍不搭理，只是心里也认可张宪的劝说。

岳飞家人听说岳飞和张宪回家，都出门迎接。岳飞和张宪进屋后，先拜见了姚太夫人。张宪完全了解岳飞的家庭关系，懂得要化解一场很可能发生的争吵，唯有请出姚太夫人。姚太夫人的治家之道，从来是责儿子严，待儿媳厚。自从李娃进门之后，姚太夫人总是加倍厚待，她常告诫岳飞说道：“你便是走遍天下，亦难以寻觅如此贤德新妇，你若是对孝娥稍有不敬，老身断乎恕尔不得！”

故而，张宪见了姚太夫人之后，便当众人之面抢先说起岳帅生气之事由。张宪说道：“小将亦是劝解老师，不得偏听偏信刘统制一面之词。”李娃听后，说道：“此亦是奴家的不是，听了刘统制之言，心中不免焦急。”姚太夫人却截断了李娃的话，口吻严厉道：“此全是刘统制虚张军情，鹏儿切不可责怪孝娥！若要责怪，便责怪你老娘！”岳飞听母亲用这种口气说话，连忙下跪，说道：“孩儿岂敢！”

李娃见状，也急忙跪下，说道：“此委实是儿媳妇之错，岂敢让相公受过！”张宪等见状，也要跪下。姚太夫人刚才呵斥岳飞，本想护着儿媳妇，便说道：“儿媳妇有孕，岂可下跪。”遂连忙上前，将李娃扶起。姚太夫人又向张宪一望，示意他扶起岳飞。大家重新落座，谈论一些事务及离别之情。

岳飞转身，对李娃说道："刚才俺一时气撞，差点忘了一件大喜事。"李娃问道："相公何来之喜，可赐告一二？"岳飞笑笑说道："张贤弟阵前救出赛妹，可为大喜之事！"李娃急急问道："哪位赛妹？"张宪上前，答道："李公之女赛儿也。"

李娃闻之，又喜又惊，急切问道："啊，是赛儿妹妹！如何寻得，现在何处？"岳飞笑道："夫人莫急，其中缘由，且听张贤弟慢慢道来。"

于是，张宪便将他邂逅唐赛儿、救出唐赛儿的过程，和盘托出，其中自有一番巧缘之趣。

原来，张宪当年家乡无靠，流落他乡。一日将近漳州，不料行走辛劳，在路边小店住宿时，夜间遭贼暗算，被窃随身财物。他找店家理论，店主说道："你是练武之人，尚且难防，我等平民何能阻遏？"店家非但无承责之意，还追讨其宿食费用。一时，两下争执不休，后在众人劝说之下，店主才免了资费，将张宪逐出。

这日子时将近，张宪行至城中，不觉饥肠辘辘，恰见左右店铺林立，行人往来不绝，便想找家饭馆填饥。然而，身上分文皆无，不觉苦笑道："原来真正一钱逼死英雄汉，这连饭也吃不成啰。"只好忍受饥饿继续前行。

走着，走着，即将出城之际，张宪两眼昏花，无力跨步。他心想，总是要吃饭才有力气，然身上又无值钱之物，不觉思忖："且将宝剑卖了，以解一时之急。"

于是，张宪路边拔了两根野草，绕插在宝剑上，身靠在道旁一棵树干上，单手怀抱宝剑，对路人说道："在下腹中饥饿，愿卖这家传之剑，以凑三餐之资。"

路人逐渐涌上围观，一人说道："瞧你高大魁梧，却落到叫卖家传宝剑这般田地，准是败家之子！"一人说道："落魄人之物，值得甚钱？最多换半个馒头。”还有人说道：“时下征战，谁会使用宝剑？倘若卖出你身佩之弓、手持之枪，倒也换得几钱。”

张宪答道：“只卖宝剑，弓、枪不卖！”一群人大笑道：“看你饿得都已站立不稳，还能撑到几时？”张宪见无人买剑，便又挪动脚步，向前跨行，然而脚步踉跄。有闲散人等跟在后面，嬉笑道：“说不定是个疯子。”“或而是个骗子。”张宪气往上蹿，正要与之理论，不觉两眼一黑，突然倒地，失去知觉。有人惊呼：“快走，倘若出了人命，我等或有干系！”人群很快散去。

此时，远处忽有马蹄声传来，渐渐至此。且说，那来的二骑却是父女两人。父亲唐渔，五十有余，女儿唐赛儿，二八年岁。父女原居住江南，因避祸而迁居北方。

两人眼见临近县城，马步稍稍慢了些许。这时，唐赛儿忽而眉目一动，说道：“爹爹，女儿双眼剧跳，心头慌乱，似有大事将要发生。”唐渔微微一笑，应答道：“我父女隐姓埋名于此，仅以经营小店为生，何来非分之事！”唐赛儿说道：“女儿心有灵感，事情就在眼前，且非寻常。”唐渔笑道：“我家大事者，一为天威神锏之安危，一为你的终身大事。”唐赛儿嗔道：“爹爹，女儿极是认真，岂可笑话于我。”唐渔闻之，似有几分伤感，说道：“你母亲临终时，放心不下之事，便是你的终身大事。老夫也……”

未等唐渔再说，唐赛儿手指路旁，叫道：“爹爹快看，那边，似有一壮士奄奄待毙！”唐渔大惊，忙朝唐赛儿手指的方向疾行，转眼看见昏倒在地的张宪。唐赛儿上前，伸出手指往张宪口鼻一探，道：“尚有微弱气息，许是饥饿所致。”唐渔立即从马背取下一只水壶，又从包裹里摸出一张薄饼。唐赛儿急忙掐住张宪人中、虎口之穴位，说道：“爹爹先扶他起来，再灌几口水。”

二人如此一番，张宪悠悠半醒，含糊念叨：“一口水……一口饼……足矣，用宝剑……谁与我换？”唐赛儿喂了张宪几口水，再将薄饼掰了，一点点送进他的口中。

少顷，张宪长叹一口气，一下子坐起。他见唐渔父女援救，便拱手一礼，道：“拜谢两位救命大恩！”唐渔说道：“壮士饥饿过度，全身虚弱之至，不如先到我家调养数日。”张宪说道：“岂敢叨扰。”唐赛儿说道：“壮士不必谦恭，养息身体要紧。”张宪自知浑身无力，无可奈何道：“如此，多谢老丈与姑娘美意。”父女两人将张宪扶上马，由唐渔护着，二马返回城去。

唐家古器店内室，一张木板床，几许用具。张宪一觉醒来，舒展一番筋骨，感觉体力已恢复十分，便信步走出卧房。房外店门大开，唐渔正在店中整理，此时并无顾客。

张宪上前施礼，两人寒暄几句。此时，唐赛儿手挎菜篮从门外走进，一见张宪，忙道：“壮士可觉气顺精爽？”张宪作揖，道：“全凭照顾，好了许多！”唐赛儿放下菜篮，问道：“还未请教壮士大名，何故潦倒如此？”张宪脸有愧色，长叹一口气，轻声说道：“报国无门，一言难尽……”

随即，张宪将家中遭遇，诉说一番。唐赛儿听闻，眼含热泪，说道：“想不到，张壮士竟与赛儿同病相怜。”随即，也将自家大致境况诉说些许。

唐渔道：“既然有缘，张贤侄便在此好生养息数日。”张宪再谢，说道：“唯是有劳二位，张宪心中不安也。”

三日后，张宪体力恢复，执意要去投奔叔父张所。唐渔赠予马匹、食粮，让女儿送别。

漳州通往大名府的官道上，张宪与唐赛儿并辔而行。张宪说道：“赛儿姑娘就此止步。”唐赛儿说：“爹爹昨日言道‘名花有主’四字，不知宪兄怎生理解？”张宪一怔：“想来名花，即指贵府祖传神锏。”唐赛儿说：“赛儿与宪兄邂逅，实是天意注定，必有后会之期。”张宪说：“他日相会，我必深谢救命之恩。”唐赛儿笑道：“他日名成功就，赛儿可充府上使女则个。”

张宪笑道：“赛儿姑娘此言差矣。俺本寒家子弟，你为大家闺秀，让你当使女，岂不折杀俺？”

唐赛儿闻之，若有所失，说道：“宪兄不解此意，赛儿亦无须多言。今日再赠一物，万勿推却。”言罢，唐赛儿取出一个锦囊，递给张宪：“一只玉佩，留作念想，何时成对，自为天定。”

张宪恍有所悟，说道：“赛儿有恩于张某，他日如若业成，必当重报不辜。”唐赛儿略带伤感，浅笑道：“赛儿信天地诸神，然君子不强人所难，一切随缘随遇即可，不必挂怀。”

唐赛儿猛一鞭抽打张宪之马，张宪疾驰而出。唐赛儿挥泪，大叫道：“大丈夫报国，正当其时，休得亏负天缘！”

谁料，天地有眼，竟然让两人在如此场景中，再续前缘。众人唏嘘不已，岳飞命人赶紧请来唐赛儿。

李娃与唐赛儿见面，当即拿出“丹凤朝阳”玉佩，合在一起。但见那玉佩中拼出完整的太阳，竟发出七彩光泽，满堂生辉。

李娃含泪诉说李公大义之举。唐赛儿闻之，放声大哭，几度昏厥。一时，屋内哭泣一片，众人几多委屈，一泄无存。

自此，唐赛儿改回原来姓名李赛儿，留在军营，李娃待她亦似同胞姊妹。

# 第二十六章　金沙抒怀　兀术渡江

话说，岳飞在张渚镇休兵两天，他接连得到来自镇江府的战报，说韩世忠与金军接战顺利。而王贵等军驻守丹阳县城，并无战事，看来金军也没有回攻丹阳的迹象。

岳飞原先对配合韩世忠阻截金兵，或剿除戚方之先后缓急，犹豫不决。如此一来，岳飞下定了剿除戚方的决心，便派姚振和韩清率第七将军马，与刘经共同守卫张渚镇，自己率其他四将军马，进兵溧阳县。

然而，戚方匪军却在岳飞的军队到达之前，逃得无影无踪。岳飞一时竟难以打听戚方的去向，只得暂时又收兵回到张渚镇。

不料，戚方匪军在建康府南部的山区蛰伏了一阵子，又流窜到广德军。建炎四年三月二十七日，戚方匪军攻陷广德军，杀了若干地方官吏。

岳飞接到此探报后，思虑戚方匪军行动会威胁岳家军在宜兴县张渚镇的后方基地，迫使岳家军暂且不能去镇江与韩世忠会合。因而，他决定再率领一千多骑兵，速速奔赴广德救援。

岳飞正待发兵，却接到了由宜兴县转递的宋廷省札。此省札正式宣布撤销江、淮宣抚使司，岳飞由宣抚司右军统制改任御营司统制，傅庆、王贵、张宪、徐庆和刘经五人改任统领，岳飞一军隶属新任两浙西路、江南东路制置使张俊，且令岳飞移军广德军一带，接应和会合北上的张俊大军，共同进军建康府。

岳飞原先位居偏裨，从来没有接受过朝廷的直接命令，如今能接到这份省札，自然是相当振奋备受鼓舞。但他同时也感到疑虑，韩世忠军正在镇江的大江江面上与金军相持，是否应当前去配合和增援。

为此，岳飞召集众将会商。张宪直抒己见道："目前，韩节使军与虏人在江上相持，屡战屡胜，甚是鼓舞人心，然而未闻朝廷发一兵一卒增援。学生以为，王统领等军屯丹阳县城，虽未与虏人交锋，亦得与韩节使军互为掎角，缓急足以防拓县城，以防虏人回犯，不可撤戍。"王贵却说道："闻得建康之虏人，陆增城垒，水造战船，穴山为洞，又有江北挞懒发兵增援，欲以建康为大寨，于江南避暑，以备今秋大举，包藏不浅。不复建康，大宋又何以立国？"众将对王贵之说，有的赞成，有的反对，一时议论纷纷。

岳飞见众说纷纭，便道："本帅认为，据眼下之时势，当以扫灭金军为重，以复建康为轻，复建康亦是断金军归路。俺们既得朝旨，不可不去广德军，迎候张制置大兵！"众将听之，皆道："全凭大帅定夺！"

岳飞考虑到张渚镇的安全，特别命令韩清率第七将的一半人马，协助刘经驻守，自己马上率第四将和第七将的一半军马启程，奔赴广德军。

广德军对岳家军而言，已是情深意切之地。进城之后，岳飞即命军队又重新安抚百姓，整修被戚方匪军残破之城防。为此，岳飞又命令于鹏率二十骑，取道湖州安吉县，南下联络、接应张俊大帅。此后，岳飞焦急地等待张俊大军北上的消息，却一直没有音信。

这日，岳飞和张宪、傅庆率第一将三百骑，出城巡视。他们沿着通安吉县的官道，来到县城东南四十里的山地，只见阳山之上有一座寺院。岳飞向来礼佛信道，他建议道："俺们不如且去梵宫，稍事憩息，拜谒金仙。"傅庆说道："俺亦是口渴，正可乞茶一杯。"于是，岳飞一行来到山下，吩咐军士们驻马休息，只带张宪、傅庆及二十名亲兵步行登山。

此寺为广福金沙禅院，唐代著名诗人陆希声之读书山房。熙宁三年，赐额“寿圣金沙”，隆兴改为“广福金沙”。广福金沙寺院不大，在茂林修竹的环抱之中，极是清幽。

岳飞俯视四周，只见层峦叠嶂，郁郁葱葱，山下是平畴绿野，碧溪如练，仿佛身临仙境，而不知苦难的尘世和悲惨的兵燹为何物。

岳飞一行由敞开的山门进入，一个小和尚出来迎接。岳飞等人通姓报名后，小和尚即报告住持僧。住持僧泽一和尚闻之，亲自出迎。岳飞施礼道：“在下岳飞，特来拜谒。”泽一行合十礼，应道：“久闻岳将军以救苦救难为己任，施恩造福一方，今日光临，敝寺生辉！”岳飞再回礼道：“惭愧！下官虽有区区之志，却未得拯救国祸民殃于万一！”泽一微微一笑，与岳飞携手而行。

泽一边行边问道：“贫僧与将军是故人，可还记得？”岳飞凝视片刻，大喜道：“原是泽一法师，俺得沥泉神枪，还当感谢大师！”岳飞谦逊质直，更使住持僧泽一增加了好感。泽一说道：“小僧自十二岁皈依佛门，今已三十载。然而尘世劫难，佛门亦不得清净。难得将军有菩萨心肠，严明军纪，厚待百姓，教小僧如何不钦仰！”岳飞摇摇手，笑道：“法师之处境界民，方为岳飞羡慕不已。”泽一将岳飞、张宪、傅庆等人请到方丈室，献上寺院所产的山茶。

岳飞等游览寺院，在大殿向佛像进香，虔诚祷告，而后准备向泽一告辞。此时，一个小和尚早已端来一副笔墨，侍立一旁。泽一说道：“将军与敝寺有善缘，敢请于寺壁留墨，以示永怀。”岳飞推辞道：“岳飞乃一介粗陋武弁，岂不愧对天下骚人墨客？”泽一道：“不然，依小僧眼力，将军日后必是中兴名将，功在麟阁，名标青史。得君赐墨，直为敝寺增辉！”张宪知道岳飞之文墨甚佳，便竭力促成题词，说道：“老师少逊，免得辜负长老之意！”

岳飞一见推脱不了，稍加沉思，而后面向粉壁，提笔挥洒，少顷书毕。众人观之，壁上题记为苏轼之体，书曰：“余驻大兵宜兴，缘干王事过此，陪僧僚谒金仙，徘徊暂憩，遂拥铁骑千余长驱而往。然俟立奇功，殄丑虏，复三关，迎二圣，使宋朝再振，中国安强，他时过此，得勒金石，不胜快哉！建炎四年四月十二日，河朔岳飞题。”

全篇八十一字，真切地抒发了岳飞“殄丑虏，复三关，迎二圣”的抗金抱负和“使宋朝再振，中国安强”的爱国宗旨。国破家亡、强敌深入之时，尚且呈现岳飞抗金必胜之坚定信念，昂扬奋发之爱国热忱。这是岳飞在江南独立成军后所作的首篇题记，可为岳家军的一篇讨金檄文。众人观毕，一片赞声。

泽一牵住岳飞一手，“哈哈”笑道：“料凡夫俗子，绝无此等气象。将军功在当代，志在千秋，红尘如何识得？真乃蓬荜生辉哉！”张宪问道：“长老所言‘志在千秋’，却是何意？”泽一应道：“小僧仅重复慧海禅师之言语而已。千年之后，小将军自当明白。”张宪又道：“人生苦短，如何待得千年？”泽一再应道：“生生轮回不休，既已千万年，岂不再千万？”

岳飞一行告别和尚后下山，集合骑兵回城。

然而，哨探报告，戚方这时已转而向西，于四月十四日攻打宣州(今安徽宣城县)。隔天，于鹏打探消息回城，说道：“张节使军唯是虚张声势，敷衍朝廷，制造借口，徘徊临安，迁延畏避，不愿北上会合。小将眼见得催发张节使军无望，决计回归。”

岳飞不禁感慨，说道：“俺们在广德军延颈而俟，却是贻误军机，如今唯有急速进兵建康，方可弥补矣！”当即，岳飞急令全体人马集结齐整，向北开拔。

是夜，李娃拿出岳飞破损的战袍，缝补起来。李娃观此战袍，虽已多次洗涤，然而那斑驳血迹仍时隐时现，尤其左胸之啼血杜鹃格外醒目。细数战袍破损之处，胸、腰、臂、腿，处处有洞，竟有十八处之多，此皆为岳飞受伤之证。然而，唯独背部竟然无一破损之痕，可见岳飞从无在敌前退缩之时。

李娃手抚一个个破损之处，不禁泪湿衣襟。她似乎看到，心爱的丈夫手持长矛、铜锏驰骋疆场，浴血奋战的场景。鲜血从岳飞的伤口汩汩流出，他全然不顾，仍怒目圆睁，威猛如虎。在他的枪锏之下，敌寇颤抖不堪，死伤无数……

且说，完颜兀术谨小慎微，步步为营，金兵的船队顺利地到达镇江。

镇江府地处长江三角洲的西北部顶点，控制着长江下游的水势，历来是兵家必争的一个军事重镇。镇江府东南一侧是地势极为低平的太湖平原，水网密布，沟渠纵横。然而，镇江本身绝大部分是丘陵地带，宁镇山脉、茅山山脉都在境内。这些山脉之间就是中国南方最重要的水系，即长江水系。这里为长江与京杭大运河的交汇之处，也是金国和建炎小朝廷势力分野之地。一旦完颜兀术顺利走出这片水域，南宋小朝廷就再也奈何不了他了。

南宋名将韩世忠预料金军不能久据江南，便大量制造战舰。战舰形体高大，稳定性好，攻击力强。他还令工匠制作了许多用铁链联结的大铁钩，并挑选健壮的水兵练习使用，用以对付金军的小战船。除此之外，韩世忠又命前军驻青龙镇，中军驻江湾，后军驻海口，准备截击金军于归途之中。后闻得金军已由临安经吴江、平江向镇江撤退，韩世忠急率水军八千人，于三月十五日先期赶至镇江，驻扎于镇江东北九里处的焦山寺。

韩世忠对部众说道："这里的形势，是以在镇江西北七里的金山龙王庙为最好，敌人必登此地来观察我军的虚实，我们可以在此设伏。"于是，他命苏德带领二百人，预先埋伏于龙王庙内，以鼓声为号，攻击前来击窥视之金兵。

完颜兀术毕竟是久经沙场的将帅，越到关键时刻，用兵就越谨慎。他命金兵白天行船，晚上停泊守候，随时随地做好战事的准备。又派出了多个斥候，到处打探消息，尽量确保大军自此顺利过渡。

派出的斥候很快回报了一个好消息，探得浙西置制使韩世忠，此时正在秀州与民众欢度元宵节，大肆庆祝金军之撤军。完颜兀术得知，秀州距此几十里外，稍稍可以安心歇息。

黄昏时候，金兵船队停泊在焦山、金山之间唯一的一个码头旁。完颜兀术又找人打听到，金山山顶处有座庙，叫作“镇江金山龙王庙”。那里是附近地势最高点，登上之后足以观察整片区域。于是，完颜兀术立即带上四名贴身战将，骑马上山观察地形去了。

金山之上，沿途树影婆娑，蝉声低鸣；天上月色皎洁，万里无云；山脚之下，江水潮生，声声入耳。

完颜兀术一行距龙王庙还有百步之遥时，山上突然传来一阵鼓响，从庙里冲出一大批宋军的伏兵。完颜兀术吓得魂飞魄散，连忙掉转马头，往山下逃去。此时，更多的伏兵从山腰间和山脚处冲出来，截断了完颜兀术一行五人的后路。完颜兀术忙命令道：“熊坏断后，其余人往山下冲锋。”金狼勇士熊坏立即翻身下马，像铁塔一般横亘在山路上，拦住了庙里冲出来的伏兵。

庙里的伏兵霎时冲到熊坏的身前，两杆大枪、一把大刀同时击向熊坏。然而，“乓乓乓”的几声脆响，击打在熊坏身上的兵器，仿佛是打在巨石上一般，震得那些伏兵的手掌阵阵发麻。此时，熊坏双手猛然一抖，双条手臂上的十八个精钢圆环，即“哗啦啦”地转个不停。他大喝一声，全身劲力鼓荡，左右手各挑一个腕花，腿部和腰腹部齐齐发力，臂开中门似车轮，合手阴阳叠双肘，竟然沿着狭窄的山路向前猛冲。

这一招，乃是罗汉拳中群战的技法。以一敌多，近身至关紧要，务求贴近对手，一击毙敌，尽可能减少对手人多的优势。因为越贴近对手，对方越是投鼠忌器，担心误伤了自己人，反而给自己增添了机会。伏兵没有想到金将如此勇猛，一时措手不及，被熊坏肩打、肘顶、脚踢，登时有三四人或亡或伤。

熊坏正想再次发力，继续向前冲刺，却发现脚下被绊住了。熊坏低头一看，原来是刚才被自己打趴下的一个伏兵，紧紧抱住自己的双腿，死也不放手。熊坏正要变招，几张大绳网从几个方向兜来，一下子将熊坏给困住了。接着宋军用几条粗麻绳把熊坏紧紧捆绑，再用两把尖刀狠狠戳入熊坏的眼窝。金狼勇士熊坏眼窝顿时喷出两股血水，惨叫一声，失去了知觉。

此时，另外三位金狼勇士在前面开路，完颜兀术在后面跟随，已经冲到接近山脚处了。熊坏的惨叫声直冲半空，完颜兀术听到后，心紧如炸。这熊坏统领着完颜兀术最为看重的特种兵部队铁浮图，一旦失去了熊坏，铁浮图的战斗力必定大为下降。

一时，完颜兀术心神恍惚，缰绳乱晃，胯下战马被地上的尸体所绊，竟然将完颜兀术掀倒在地下。三位金狼勇士三匹甲马冲了过来，捞起完颜兀术就往外冲。“绳网、绳网！”宋军又在大声嚷嚷。紧接着，数张大网出现在山路上，朝着完颜兀术一行罩去。

在这千钧一发之际，金狼勇士飞鹰穹牵和飞虎穹挂两兄弟迅速弹起，以身为饵，把这些渔网卷移开，让伏兵也为之一愣。完颜兀术就趁着这个当口，与另外一名金狼勇士，迅速冲开一条血路，赶回大营。

完颜兀术回到大营后，当即写了一封战书给韩世忠，约他择日对打！自然，韩世忠一口答应了完颜兀术的挑战。

建炎四年四月十二日清晨，金兵水军首先在长江发起进攻。韩世忠水军分两路迎战，欲陷敌人于背腹受击之境地。

此时，宋军在宽阔浩荡的江面上，一字排开三四十艘巨大的战船。这种巨舰，源自隋朝杨素所建造的“五牙”大舰，经过宋朝的工匠重新修整而成。巨舰长约三十丈，大船的四周皆开有窗孔，后置兵器。甲板上建有三层船舱，顶舱上覆盖有类似屋顶的棚盖，四周有突出的屋檐，顶上插满旌旗，气势旺盛。巨舰前面是一些尺寸稍小的战船，叫作“蒙冲”。

“蒙冲”只有单层的船舱。船背褐黄色，分明是用了生牛皮来蒙住；舷两侧开棹孔。舱室前后左右开孔洞，可用弓箭长矛攻击。对于“蒙冲”的特点和打法，《武经总要》释解为：“蒙冲者，以生牛革蒙战船背，左右开棹空，矢石不能败。前后左右有弩、矛，敌进则施放……此不用大船，务在捷速，趁人之不备。”

在巨舰之间的空隙处，还有一些比“蒙冲”大、又比巨舰小的战船，叫作“斗船”。“斗船”与“蒙冲”不同，这些战船舷上有女墙。墙下船舷开棹孔，甲板上有棚，棚上又有女墙，棚上无覆背，前后左右竖旗帜金鼓，用来指挥作战，可壮声势。

韩世忠的战舰不多，加起来也就一百多艘。然而这些都是标准的战舰，舰身既长且宽又高，船板厚实坚固，军械装备齐全。这些个战船布置在宽阔的江面上，旌旗飞扬、鼓角齐鸣、军伍严肃、士气勇壮，还没有开战，就已经给了金兵莫大的压力。

忽然间，宋军巨舰前面的“蒙冲”战舰扬起风帆，逆流而上。很快就驶到长江的西域上游处，把所有的主力“巨舰”袒露在金兵水师的面前。巨舰船队中还驶出了一艘巨无霸，船舱足足有五层高，船舱顶部竖着一杆大纛，上面绣着个斗大的“韩”字，迎风招展。这艘巨无霸，自然便是宋军主帅韩世忠所在的指挥大舰。

完颜兀术一见，“哈哈哈”一阵大笑，指着“韩”字大纛说道：“棋谱都有警告，车不入险地。如今韩世忠孤身犯险，犯了兵家大忌。哪位将军愿意出战，捉住韩世忠，可受封为一郡之主。”

重赏之下必有勇夫。完颜兀术话音刚落，已经有七八名万夫长站了出来。“好儿郎，有胆量！”完颜兀术大声赞了一句，然后指着其中一个身材瘦小的将军说道：“蒲察阿里虎，咱军中就数你家三兄弟的水性最好，这次的出击就交给你们蒲察家了。”蒲察三兄弟武功高强，水性好，心狠手辣，心有灵犀，往往能够反败为胜、转危为安，如今派他们出击，确实是最合适的选择。

“呜呜呜呜”，一阵长长的号角声响起，金兵的三百多艘船只出发了，这已经是金兵总兵力的一小半。三百艘金兵船只摇啊摇，慢慢划动，花了一炷香的工夫，距离韩世忠的指挥大舰不到二十丈远了。

# 第二十七章　大江激战　金兵受困

话说，宋军巨舰船队此时依然很安静地停留在原地，什么动作也没有。现在双方都已经处于弓箭的射程范围以内，但是宋军不先发箭，金兵也不射，因为宋军的船高，用弓箭对攻于金兵不利。最好大家都不用弓箭，等金兵的小船接近大舰，用飞铊爬上船，公平决斗！

正在完颜兀术左思右想之际，“韩”字大纛所在的指挥舰上，传出了连串的“咚咚咚”响鼓声。原先停留在西域上游处的“蒙冲”战舰，闻鼓声而扬帆，顺流直下，直往金兵船队冲撞过来。与此同时，几十艘“巨舰”也缓缓上前，朝金兵碾压过去。

“蒙冲”战舰的速度实在是太快了些，竟然一下子把三百多艘金兵船只，从中间截断成两部分。一部分在南边，与金兵的本部遥相呼应；一部分位于宋军的巨舰与“蒙冲”战舰之间。

完颜兀术见状，不由得打了个寒战，心想这下被宋军包了饺子了。南边外围的金兵被“蒙冲”战舰所分开后，一下子急眼了，纷纷抛出飞铊，企图抓扎住 “蒙冲”战舰，上船拼命。

然而，只听得“蒙冲”战船上，“啪、啪、啪”一阵乱响，不约而同地扔下多面带有钢刺的大木板。这些木板叫作“拍竿”，有两个作用：一个是把小船上的金兵拍死；另一个是直接把金兵的小船给击沉。

虽然金兵号称有千艘战船，但这些个船只全部都是在江南地区抢掠过来的民间小船，有一部分还只能称之为舢板。即便是金兵水师中体积最大的一条船只，也要比宋军水师体积最小的“蒙冲”战舰要小许多。此外，金兵船只除了载人和马匹之外，还负载着大量的战利品，沉甸甸的小船移动极为缓慢。

南宋战船乘风扬帆，往来如飞。居高临下用大钩钩住敌船舷，使劲一拽，敌船便随之倾覆。长江江面风大，“蒙冲”战舰速度奇快，拖也能拖垮几条小船。不消一个时辰，金兵三百条船出战，一百条船回营。完颜兀术见状，含着眼泪，鸣金收兵。宋军第一次水战即大获全胜。

完颜兀术回到内帐之中，思虑再三，决定夜间逃渡。

当夜子时刚过，金兵的一千多艘小船悄悄起锚出发，想绕过宋军的大船，往长江的北岸而去。对于这次夜渡长江，完颜兀术没有太大把握，原因在于那个可恶的月亮。完颜兀术完全没有想到，如今还没到正月时分，可是仅仅半边的月亮，已经把长江的江面照耀得清晰可见，无所遁形。

金兵的船只摇啊摇，已经行驶到江面三分之一的水域，对岸隐约可见了。突然，“嘭”的一声巨响，在原本皎洁无瑕的夜空中，炸开了一蓬烟花。完颜兀术帅旗所在的指挥舰恰好就在这蓬烟花的下方，如此一来，完颜兀术的一举一动，都在宋军的观察之下了。

烟花过后不到一盏茶的光景，宋军所有原先光秃秃的桅杆上，均已扯起了满满的风帆。紧接着是一阵阵尖锐刺耳的转舵声，百多艘宋朝战舰分成三队，由左、中、右三个方向朝金兵碾压过去。如果此时从岸边观赏江面的情形，好像百多个大浴缸在千多只小脸盆中横冲直撞，活灵活现，煞是好看。

金兵却不能发射弓箭。一来每艘船上的金兵人数不多，形不成箭雨；二来江面风大，双方的船只在动，增大了射箭的难度；三来宋军全都躲避在战船的船舷内侧，金兵根本找不到具体的目标。

宋军也不用弓箭。如今是水上作战，没办法打扫战场，韩世忠的部队已经几个月没有补给了，长箭越发珍贵，要留在关键时刻才用。其二，金兵为了防止宋军水师的碾压，船只之间距离不断拉大，使用弓箭其实就是浪费。其三，宋军如今有两个攻击神器，即拍竿和飞锤。宋军仗着自己船只大、速度快，单单是用拍竿和飞锤，就可把金兵打得落花流水，狼狈而逃。

然而，金山地段的江面太宽阔了，金兵的小船数量也太多了些，虽然被宋军撞沉了不少，但金兵主力船队还是渐渐越过了长江的中线，向对岸逼近。生机已经呈现，金兵划船的力气也大了起来，整支金兵船队在加速。

正在此时，“嘭”的又一声巨响，一蓬璀璨绚丽的烟花，再度出现在金兵指挥舰的上空。这时候完颜兀术已经下令把帅旗给扯了下来，但是指挥舰体积最大，在众多金兵的小船中如同鹤立鸡群一般，还是非常显眼。

烟花过后，又是“嗖”的一声长啸，一支火箭从在近北岸处的舰队上发出，在半空中拉出一条长长的火线，突然闪出了二十几艘的小型战斗船。这些战斗船比“蒙冲”战舰还要小，两边的船舷上装着两只大木轮，每只木轮上装有四张船楫。这种船是从唐朝辗转流传下来的车轮舸，名为飞轮八楫，行速极快，所谓以轮激水，其行如飞。水军将领却是岳飞手下大将李宝。

原来，南宋之初，国防水军尚未正式成军。建炎元年八月，丞相李纲提出：“水战之利，南方所宜。沿河、淮、海、江帅府、要郡，宜效古制造战船，以运转轻捷安稳为良。又习火攻，以焚敌舟。”李纲不久去职，南宋水军建设也未能得到实质性进展。在混乱形势下，南宋诸大将开始自行组建水军，其中韩世忠军水军规模较大。

岳飞在围剿太湖时，收编数千惯于戏弄风涛的健儿，获战船数百，其中包括几十艘作为主力舰的大车船。这次驰援大江，李宝带领速度飞快的车轮舸先行。

当时，李宝的舰队配备了火箭火器。火箭用“三弓床弩炮”发射，箭矢是长达三尺的重型箭镞，在箭镞上绑上火药袋，用弩炮发射出去，可实施远程火攻。

李宝看得真切，进入射程后，立即发令。一时间，数十支火箭齐发，敌舰箭所中处，烟焰旋起，延烧不灭。宋军将士实施远程攻击后，又跃上对方尚未燃烧的战船，与敌军短兵相接、白刃格斗，金军大败。

完颜兀术见两面夹击，无力招架，只好让传令兵吹响号角，让所有的金兵船只马上回防。金兵果然是军纪森严，令出必行。号角声一响，所有的金兵船只，不论大小，包括那些已经冲过长江中线的船只在内，全部朝指挥舰靠拢，赶来保护完颜兀术。

这时已至寅时，长江开始涨潮了。长江的中线，宋军的巨舰和斗船不断向前碾压过来。而下游的水域，宋军的“蒙冲”战舰趁着涨潮逆向往上游推进，两方面的宋军都距离金兵越来越近了。完颜兀术把心一横，趁着涨潮溯江而上，行向北岸。

辰时，日上三竿，不知不觉间，两军已经交锋了半天，不要说士兵，连完颜兀术自己都相当困乏。完颜兀术知道，假如现在再冲不出去，突围将越来越渺茫。于是，完颜兀术下令，全体冲击，无论如何也要冲开一个缺口，逃出生天！

金兵的号角声重新响起，尖锐而且急速，强烈地催促着金兵的行动。超过半数的金兵扯开大弓往宋军的战船上不停地放箭，余下的金兵发了狂似的朝宋军冲去，想要冲开一条血路。

宋金双方通宵夜战，宋军同样累得够呛。相比金兵，韩家军人数也太少了。八千人分配到一百多艘战船之上，每条船上也就几十人，其中三分之一人手又必须用于驾驶船只。

“咚、咚、咚……”宋军的巨无霸指挥舰上，再次响起了震天的鼓声。这次鼓声与以往的鼓令不同：鼓点的节奏由慢变快，鼓声反而越来越响。这种击鼓的方法有个名堂，叫作“将军令”，意味着战事到了最为关键的阶段，将士们无论如何一定要顶住！

宋军将士均不约而同地朝巨无霸指挥舰看了过去。只见巨无霸指挥舰的五层巅顶平台上，站立一位英姿飒爽、全身戎装的女将，双手紧握擂槌，正领着一众女兵鼓手在敲打鼓令。在指挥舰的“韩”字大纛旁边，新立了一面红旗，上面绣着斗大的一个“梁”字。

宋军将士们马上明白过来，这是韩元帅的夫人梁红玉亲自站出来，给大家擂鼓助威。一时间，所有的宋军将士万分激动，奋勇向前，把手中的武器和军械狠狠地砸向来势汹汹的金兵。

宋军的士气一上来，金兵就没有什么机会了。那些抢来的小船可不比战马，在金兵笨拙的划拨之下，像乌龟一样缓慢前行。心一急，不用宋军攻击，自己就在水面上团团乱转起来，倒惹来宋军一阵阵无心无肺的嘲弄和耻笑。

长江的水面上，惨叫声此起彼伏，连绵不断。大片大片的血迹，混着残肢断臂和越来越多的尸体，在水面上漂浮。一个时辰过后，完颜兀术再也无力硬撑，悻悻然下令鸣金收兵。

接下来的多次长江会战中，梁红玉夫人也同样在船上击鼓助威，宋军军声大震，使金兵无法过江。金兵将士死伤和被俘者不计其数，连完颜兀术的女婿龙虎大王也被宋军活捉了。完颜兀术异常恐惧，向韩世忠请求，愿把所有掠夺的物品退回，借道过渡。韩世忠不答应。完颜兀术又请送名马，韩世忠也不答应。

金兵不得已，沿着长江南岸西上，韩世忠循北岸行，两军边战边走。如此又混战一天，完颜兀术下令，船队驶入前面一条河道中。

此河道叫作黄天荡（在江宁东北八十里），是长江下游位于栖霞山、龙潭之间的一处支汊湖荡，前面没源头，河道很窄，淤泥杂草遍布。完颜兀术不明就里，进到里面才知这是一条死路，再想出来时，韩世忠的水军已经遮住了江面。这一招叫作“关门打狗”。

完颜兀术不禁叫苦连天，只得等待长江北岸的金军派水军前来营救。双方就这样耗了下去，时间一天天过去，一连四十多天，没有任何改变。韩世忠所想的，是让黄天荡里的金兵身心俱疲，处于崩溃之时，再一举歼灭。完颜兀术无法，只有悬赏求计，倘若有人能够指点一条出路，愿赏千金。

果然，重赏之下，必有贪者。当地一乡民前来献计，说起黄天荡北面十多里的地方，本来有一条河，名叫老鹳河，原可直通秦淮河，只因日久干塞，所以不能相通，若命士兵把它掘通，那就有出路了。

完颜兀术听了十分高兴，如法进行，依着旧河的遗迹动工。人手众多，工程也不艰巨，不到一夜的工夫，便凿成了一条长渠，有三十多里，把黄天荡和秦淮河连接起来了。

次日清晨，宋军方才发现，黄天荡里的金兵全部失踪不见了，只留下大量的污垢之物。

完颜兀术由这新开的老鹳河直指建康进发，天将薄暮，行到牛首山下（在今南京南边）。完颜兀术本拟自龙湾(今白露州西南)渡江到淮西，后闻太一率援军至真州(今仪征)接应，乃折返黄天荡，决定自此渡江与太一会师。

韩世忠军闻讯，还是溯江赶来邀击。于是，太一军屯长江北岸，完颜兀术军驻长江南岸，韩世忠泊于金山脚下，形成对峙之势。

完颜兀术为了寻求破敌之计，再次出榜招贤。有一福建人王金海赶来，建议在战船内装土，上铺木板，两舷凿洞安置桨棹。待无风时出击，可用火箭射宋船篷帆。

完颜兀术问道：“此法何为？”王金海答道：“船内装土，可以增大船的稳性，不易倾覆。铺上木板，使对方无处下钩。无风时出击，既可避免小船不耐风波的弱点，又可发挥小船机动灵活的优势。而宋船体积大，无风不能动，成了火攻的好对象。”完颜兀术大喜道：“哈哈，果然妙计，这下子可让韩世忠喝一壶了！”当即采纳了这个建议，颁令施行。

建炎四年四月二十五日，天气晴朗，江上无风。完颜兀术令小船出击，韩世忠迎战江心。金军船小，奋力划桨，快速机动。宋船笨重，无风难动。完颜兀术命善射者，乘小船以火箭射向宋船篷帆。顿时，宋阵烟焰蔽天，漫江大火，被烧死溺死者不计其数，宋军大败。韩世忠撤回镇江，金军才得以渡江北归。

韩世忠虽败犹荣，黄天荡之战前后相持四十多天。此战教训了金兵，使完颜兀术等领悟了一个浅显的军事常识，在大江上往返，非同儿戏，甚至会有灭顶之灾。

且说此战后，韩世忠十分看重李宝，便有心留下他任水师将领。李宝忠诚于岳飞，执意要返回岳家军。经韩世忠与岳飞数次商量，征得同意，李宝方才留在韩部。

后来，李宝任浙西路马步军副总管职，率舟师先后于海州（今江苏连云港）附近之新桥、关子门、砂堰连败金军。又率水军三千人，战船一百二十艘，由江阴入海北上，迎击金军舟师。至胶西陈家岛（今青岛市黄岛区的唐岛）附近海域，借助南风，用火箭、火炮等兵器施以火攻，一举全歼金军舟师，报了当年长江之仇，成为威震四方的水军名将。此是后话，按下不表。

且说，完颜兀术虽然先败后胜，却兵力损伤甚多。事出侥幸，暂时不敢再往南犯。原先从临安分道撤退的金兵，听说完颜兀术连被岳飞、韩世忠杀败，便相继赶来应援，一时兵力又盛。完颜兀术本想在六合歇息些日，引众北归，却又接建康金兵告急之信。他认为建康江左形胜之地，若能保有，既可进攻东南，又可控制西北（指江西襄汉和江北诸州郡），已然到手，不可失去。于是，结集刚刚会聚的几路金兵，直奔建康而去。

此时，宋高宗君臣将驻扎在建康府的金军，视为悬在头顶上的利剑，生怕金军会把建康府打造成下一次进攻江南的基地和跳板。宋高宗赵构为了驱逐建康府的金军，几乎调动了全部可以动用的兵力，先在长江中下游部署了刘光世、韩世忠、张俊三支部队。还依照宰相赵鼎的建议，急召在四川的张浚兵马顺江东下，以相策应。宋高宗任命大将张俊为浙西路、江东路制置使，全权负责收复建康事宜。

然而，这些将官大多拥兵自重，不愿冒风险，更不敢贸然进攻驻扎在建康府的金军。胆怯无耻的张俊宁肯任人唾骂，也不敢向建康城前进一步。如此，勇于承担收复建康重任的，唯有新兴的抗金劲旅岳家军。

建炎四年四月二十二日，岳飞进军建康府句容县城。

当时，完颜兀术的大军已经转移到建康府沿江黄天荡一带，与韩世忠军队对峙，而守城的一支金军则由完颜当海属下千夫长阿里侃留哥统率。阿里侃留哥经历了半年多的战事，颇感厌烦，成天借酒浇愁。这日，他喝得酩酊大醉，不省人事。当宋军突入县城后，金军便作鸟兽散，根本没有什么抵抗，阿里侃留哥也在醉梦中被宋军俘获。王贵等人的队伍也在当天，从丹阳县赶来会合。

岳飞当即亲自主持审讯阿里侃留哥，详细盘问敌情。当时完颜兀术正率金兵重新挖掘河道，准备对韩世忠军实施火攻，但驻守句容县的阿里侃留哥并不知情，他的供词当然也无这项内容。接着，岳飞连夜在县衙召集军事会议，由张宪首先介绍敌情。

建康府成为金军在江南仅存的立足据点，对于金军以后再下江南、吞灭宋朝，无疑具有非常重要的战略意义和军事价值。当完颜兀术和韩世忠在长江上相持之际，建康府的金兵在城东北的钟山、城南的雨花台构筑大寨营垒，开凿了两道护城河，并在山上挖洞，以供“避暑”之用。金人陆增城垒，水造战船，从采石矶渡江北去，继而复返的队伍，也络绎不绝。韩世忠的战败，又使金人留驻建康“避暑”的可能性增大了。

张宪说道：“自移剌古郎君一军由江北移屯建康府城，城中的金军计有五名千夫长，约四千人马，然而近日大挞不野孛堇已自统兵前去，与移剌古共同驻守。虏人于城南雨花台与城东北钟山两处扎立营寨，移剌古已屯兵雨花台，而大挞不野屯军钟山。完颜兀术大军号称十万，麇集城北江岸，虽是损折甚多，其实尚有四万余人。因韩节使水军阻截，不得渡江，我军士气萎靡不振。”

徐庆也随即说道:“既是完颜兀术逃遁建康府,则收复建康与扫灭兀术大军,自是一体。据事势莫须先易后难，可先破雨花台敌寨，以为根本之地，然后渐次北进，与韩节使并力，共同剿除兀术大兵。”众将皆纷纷表示同意。

张其汝却道：“除张渚镇驻守军兵外，俺们人马不足一万七千人，不及虏人半数。韩节使军唯是水战，自家们须以孤军与强敌陆战。闻得雨花台虏寨守御甚坚，若是强攻，必是损折军力，尚须用计。”于是，岳飞决定：“且在此休兵一二日，寻觅战机，乘敌之隙，然后用兵。”

岳飞又派人打听敌情，得知金军另开新河，并且准备火攻。他感到事态可能发生逆转，便马上命令于鹏驰往镇江府，通报韩世忠。然而，因韩世忠军几乎全部生活在海舰，竟通知不及。

四月二十四日，岳飞部署姚振第七将和庞荣第八将计两千多人，坚守句容县城。岳飞嘱咐道：“县城控扼建康东南，使金兵不得回犯。你们务须死守。若有缓急，俺必发兵回救，万万不可有失！”姚振和庞荣说道:“且请大帅放心，俺们当用心防守，不致有失！”

# 第二十八章　克复建康　威震四方

话说，岳飞亲率其余六将近一万五千兵马，向建康府城南进发。

建炎四年四月二十五日，即韩世忠战败的当日，傅庆和舒继明所率的第一将前锋部队途经府城南三十里的清水亭，与金军千夫长斡准斜哥的部队发生遭遇战。

斡准斜哥所部是由完颜移剌古从雨花台大寨派出的一支巡逻部队，约有八百余人，其中一半是重甲骑兵，一半是轻装的阿里喜（下级士兵）。傅庆发现敌情，马上持铁锥枪率先驰骑兵突击，接连刺死四名敌骑。舒继明紧随其后，抡动斩马刀，连劈三名敌军。他们所部的骑兵也个个大声喊杀，奋勇争先。

金军的重甲骑兵很不习惯江南的暑热天气，他们巡逻了不多一段路，早已汗喘力竭，根本无法抵挡宋军的猛攻。斡准斜哥感到形势不妙，就率先飞骑逃跑，于是金军很快败退。阿里喜们都是轻装，逃遁较快，唯独那批负荷很重的重甲正兵，却难以逃脱被歼灭的命运。于是他们纷纷丢盔卸甲，策马狂逃。

当岳飞大军赶到战场时，傅庆和舒继明已经结束战斗，金兵横尸十五里。傅庆向岳飞报告道：“俺等计斩得虏人耳戴金银环者一百七十五级，擒女真、汉儿、渤海军四十五人，获甲胄兵器数千件。”岳飞十分高兴，说道：“俺们初战句容县，二战清水亭，待剪除兀术大兵，一并庆功。”

他当即挥兵西行十二里，来到原定的驻地牛头山。

建康是六朝古都，牛头山恰如都城双阙，故又名天阙山。牛头山位于建康府城南三十宋里，这是城南一处制高点，山上有两峰东西相对。时值初夏，山上树林和草丛郁郁葱葱，并且还有不少泉水。

岳飞对众将说道：“精心选择牛头山，可居高临下，威逼府城。亦可据守山头，易守难攻，使金军骑兵不能发挥驰突的长技。”张其汝用铁戒尺在地图上指指点点，说道：“俺们以孤军奋战，再若分兵，其势更孤。‘游奕’‘背嵬’二军，此时更是不宜轻动。完颜兀术收集各路金兵，已有二三十万之众。若分兵往击，胜固可喜，败则容易减退我军锐气。莫若将全军集在一处，养足士气以逸待劳。详审敌情，运用得当，完颜兀术绝非我军之敌，不知大哥以为如何？”

岳飞赞道：“贤弟之言极是，俺军宜在建康城外多设旌旗营垒，灶烟不断，以为疑兵。暗将全军精锐埋伏在牛头山上，等他过时，突然拦腰猛击。建康城内的敌军以为援兵将至，屡败之余，绝不敢轻易出战。俺却以全军之力，乘兀术喘息未定，专攻他的虚处。另派兵由龙湾那面袭击回援之兵。此计若成，可挫敌人的锐气，以至大获全胜。”

张宪抚掌笑道：“《太公兵法》‘奇兵·龙韬’曰：‘古之善战者，在乎可否造成神妙莫测之态势，可者即胜。可谓知战攻之策，可以语敌；能分移，可以语奇；通治乱，可以语变。’老师此策甚妙！”

岳飞又和众将仔细商量，命吉青、霍锐守在建康城外，虚张声势，多设疑兵，命王敏求、岳亨带领两千“游奕军”和一千步兵，埋伏龙湾附近。自带张宪、汤怀居中，率三千人马移往牛头山，隐伏高坡之上，指挥前军，相机而动。

岳飞再命王贵、施全为左翼，徐庆和新选拔的步将陈经为右翼，傅庆、董先为前锋，届时看清敌人来势，突然加以猛击。后面三路人马同时暴起，冲入敌阵。

岳飞分派停当，严声道：“众将士听令，不许一人后退，违令者斩！”众将领皆道：“谨遵帅令，奋勇杀敌！”

于是，各部埋伏牛头山山腰树林之中，扎好军营。岳飞随即派人迎着敌军来路，仔细打探虚实动静。当日后半夜，却得到了韩世忠的败报。

次日一早，便听探敌的斥候回报说，完颜兀术行军机密，极少人知，本难探出他的动静。后来遇到两个从金营逃出来的乡民，说起兀术昨夜传令全军，收拾辎重粮草，还要多杀牛羊犒赏三军。照着金兵平日行军以前的举动来推测，只恐当日便要杀来。

此时，正在城西白鹭洲江边欢庆胜利的完颜兀术，也得到了清水亭的败报。他立即招来万夫长们训话，说道：“蒙江神广源王护佑，苦战四十日，杀败了韩世忠水军，咱们得以在江上往还。”斜卯阿里插话道：“然岳飞一军新破句容县，又猖獗于清水亭，此人甚是善战，不得小觑。”完颜兀术便问道：“你们之中，何人愿统兵前去杀败岳飞？”不料六名万夫长中，竟没有一人应答。

自从杀败韩世忠军后，斜卯阿里、乌延蒲卢浑、韩常、王伯龙、完颜当海和裴满术列速一应金将，均庆幸绝处逢生，谁都不愿留在江南度过炎夏，更无与宋军再战的勇气了。完颜兀术见六人没精打采，便怒气冲冲地下令：“当海、术列速、王廿六可与挞不野合兵，前去城南，与岳飞挑战。阿里、蒲卢浑与韩十八且留于此处，将财宝济渡江北。咱阿爹在世时，儿郎们只是向前厮杀，如今却多有畏避不前。”

完颜当海一听要他出兵，忙道：“四太子啊，末将实在乏力，难以抵挡岳飞劲旅啊！”完颜兀术闻之，大怒道：“此回猛安孛堇斡准斜哥竟是临阵先遁，若不惩罚，今后又怎生用兵？当海等前去，可先将斜哥洼勃辣骇，当众号令，激励众儿郎，然后用心厮杀，务必取胜！”

完颜当海深悉完颜兀术的脾气，他明白，这个严苛的主帅其实是杀鸡儆猴，心中暗自叫苦，只得与裴满术列速和王伯龙应命退下。

完颜当海当即与部将商议下一步军事行动。完颜移剌古报告说岳飞屯兵牛头山，完颜当海眉头一皱，说道："山上唯利步战，不利马战，不如让王孛堇先率汉儿步兵前去挑战，若是将南虏诱至山下，咱们当以精骑拐子马围掩。"裴满术列速和王伯龙皆赞成此计议。金将们商议已定，当晚就大吃大喝，然后休息。

金军已经富于被宋军夜战劫营的经验，他们在雨花台寨外加强戒备。但因天气炎热，金兵是难以披戴重甲就寝的。大挞不野所部六十四人，大多是渤海人，也有少量契丹人等，并且都是步兵。只有一名百夫长和两名五十夫长骑马，在雨花台东部来回巡逻。

忽然，他们发现来了一队骑士，皆身穿黑衣、披铁甲，黑衣当然是金军的军服颜色。双方接近后，为首的骑士就用女真语喊话，那名渤海人的百夫长便驱马上前回话。不料，那黑衣骑士抡动一杆铁戟枪飞马直前，将那名百夫长刺于马下。此时，金兵巡逻队方知来的竟然是宋军将士。

原来，岳飞命令岳翔和董荣，在第一将挑选了一百名骑兵，乘夜劫寨。岳翔和董荣曾被驱掳在金军中服役，熟悉敌人军情，今夜正好发挥他们的所长。为首持铁戟枪的黑衣骑士正是岳翔。

宋军袭击了敌人的巡逻兵后，立即杀入雨花台敌寨，骚扰一阵，又马上退兵，一百骑兵全师而返。金军惊醒后，在黑夜里不辨敌情，竟自相攻击，骚动了一整夜，死伤几百人，未能安息。

天明以后，完颜当海还是驱迫王伯龙打头阵。金军来到牛头山下列阵，王伯龙挥兵攀山而上，却被宋军几次三番用矢石杀退，但宋军并不追击下山。延挨到下午，完颜当海等眼看诱敌下山的计划无法实施，只能收兵回寨。

完颜当海等人鉴于隔夜被劫寨的教训，下令在雨花台周围加派巡逻兵，每三个到五个谋克为一队。在寨内多点火把，全体军士不仅必须披甲浅寐，还要分批轮流起身警戒。金军忙乱了一整夜，却无一个宋兵夜袭的踪影。金军接连两天两夜未能好好休息，自然更加疲惫。

四月二十九日，完颜兀术又增派韩常率兵来到雨花台。因为完颜兀术明白，韩常虽然是汉儿，却是万夫长中最有智计的一人。韩常即统兵来到牛头山下，他望着对峙的双峰，向部将问道："可知得牛头山高多少，周回有多少里？"完颜移剌古答道："此山高一百四十丈，周回四十七里。"韩常感叹道："四太子的意思，本欲将岳飞全军合围于牛头山，然而四十七里之广，却是围不得。"

金将正苦于无计可施，牛头山上却急驰下二十余骑，边奔边高喊道："斩杀金寇！"为首的是岳翔、董荣和张峪三员宋将，他们皆手持长柄铁掉刀，这种刀双刃锐尖，可劈可刺。

完颜移剌古对渤海人的部属张真奴说道："你可出阵，若能杀了宋将，亦可灭得岳飞全军士气。"

张真奴遵令，手持狼牙棒飞骑上前，宋方则是董荣出马。两人只格斗片刻，董荣大喝一声，一刀劈下张真奴的头颅。此时，曾任建康城留守的金将萧斡里也手执双刀，飞马直前，宋将岳翔一马上前迎战。不消片刻，萧斡里也又被岳翔斩杀于马下。

裴满术列速见势不顺，即命令千夫长奥屯琶八出战。奥屯琶八持剑上阵，与张峪鏖斗多时，感到力不能支，拨马逃跑。张峪也不追赶，弯弓搭箭，又将逃出百步的奥屯琶八射落马下。三员骁勇的千夫长丧命，使金兵军心大伤，似有后退之状。

完颜当海心想，不能再与宋军慢慢纠缠，即率全部骑兵向宋军猛扑过来。不料，董荣等二十多骑却不再迎战，而及时收兵上山了。金将们又是一阵商议，决定派遣汉儿、契丹人、奚人、渤海人等步兵攀登攻山。

岳飞在山上看得真切，将令一出，将士们如同下山猛虎一般，瞬间便击溃了眼前的敌人。金军接连强攻十余次，皆被岳飞挥兵杀退，死伤无数。

这时，大挞不野计议道："且待咱率军绕出山后，攻其不备。"韩常苦笑道："岳飞在山上，大金军马的一举一动，全在他眼底，又岂得攻其不备？"金军迁延到傍晚，只得收兵返回雨花台。

韩常冥思苦想，想到了自己四年前夜袭共城县天门山的战例，就连夜找来其他将领，说道："牛头山天险，不得强攻。他们知大金军马不惯夜战，咱们不如乘夜绕出山后，攻敌不备。"大挞不野说道："连日士马疲惫，不如今夜暂休，明日发些少兵马佯攻，待明夜饱餐之后，再行大举。"完颜当海和裴满术列速皆击案叫好。

他们正在商议时，却有金兵进入报告道："各处巡逻军马俱遭宋军偷袭。"原来岳飞乘夜用兵，攻击者一律身穿黑衣，不入敌寨，而专门袭击金军的巡逻部队。金军在暗夜里只是被动挨打，金将们不得不发兵出寨增援，又是扰攘了一夜，未能休息。

三十日是个雨天，金军总算乘机得以休息。当天夜晚，雨却愈下愈大，韩常对众将说道："雨夜正是兵机，咱们宜连夜用兵。"完颜当海却道："咱与术列速、移剌古守寨，你与王孛堇、挞不野率军前去，待天明，咱们亦当增援。"韩常等人明白，完颜当海的意思无非是要保存女真军的实力，而让非女真人去冲锋冒险，尽管心中不快，也不敢与女真万夫长们争议。

韩常、王伯龙和大挞不野等三军饱餐之后，冒着滂沱大雨，向牛头山后麓进发。金军到达后山时，正值深夜，而骤雨初歇。韩常大喜，对王伯龙、大挞不野笑道："哈哈，雨后更是兵机，今夜必可攻岳飞之不备。"他们下令金军登山，而自率部分军士留在山下压阵。

雨后的牛头山上，虽有茂密的林木和丛草，仍然相当湿滑，况且又是最深沉的暗夜，给攀登的金军带来极大困难。金兵将士连跌带爬，又嘴上衔枚，而不能出声，一些军兵竟在爬山时摔死在山崖。他们好不容易爬了一大半的路程，已经距离双峰不远。

突然，山巅发出一阵惊心动魄的鼓声，火把齐明，霎时照耀如同白昼。宋军早已安排了强弓硬弩，向敌人攒射，又投下了许多大石，把登山的金军打个落花流水，纷纷滚落山下。

原先埋伏的王贵第二将、徐庆第三将、寇成第五将和郭青第六将，也向山下的韩常等军发起袭击。至天明时，金军死伤无数，韩常、王伯龙和大挞不野率领残兵败将，狼狈逃回了雨花台金营。

经过一夜战斗，金将们对战胜岳飞再也不抱任何希望。大挞不野对众人说道："岳飞煞是善战，咱如何守得？你们且留此守寨，咱须去面见四太子。"

五月初一，大挞不野独自率一谋克合扎亲兵，来到城西白鹭洲。大挞不野见到完颜兀术，就行女真跪礼，泣道："四太子须是亲自统大兵留守建康，以便今秋大举。若是教咱统孤军留守，不如将咱洼勃辣骇，以免死于岳飞之手！"说完以后，竟大哭起来。

完颜兀术怒目圆睁，一言不发，只是听任大挞不野哭诉。少顷，他怒气冲冲地站起，说道："你且回雨花台大寨，与众孛堇、郎君坚守数日，不必出战。待咱亲自入城理会后，方与你们同共撤回江北。"

完颜兀术所谓的"理会"，就是在城里大肆屠戮和破坏。依女真贵族的惯例，凡是他们能够占领的地方，当然要保存人口和财产，凡是他们不能占领的地方，就必须进行彻底的毁灭。大挞不野听说完颜兀术允许他与大军共同北撤，就如得大赦一般，说道："末将叩谢四太子！"

大挞不野当天奔回雨花台，向众将传达完颜兀术的命令，众将听说不久可以退回北方，皆转忧为喜。韩常说道："然而岳飞智计过人，咱们坚守大寨，亦非易事，须是用心计议。"金将们经过商量，决定在大寨安排强弓、硬弩、石炮之类，每晚不再派兵出寨巡绰，而是沿寨墙点起几千火把，以三分之一兵力在各处把守，以三分之二的兵力轮流休息。岳飞发现金军不再到牛头山前挑战，也及时休整军队。

五月初二，岳飞派傅庆和舒继明率第一将骑兵到雨花台敌寨前挑战。这次金军只是守寨，不再出战。舒继明单骑驰向敌寨，立即招来一阵密集的箭雨。舒继明的坐骑中箭倒地，舒继明虽然身体极其高大，却又相当灵活，他从地上跃起，舞动斩马刀抵挡敌人的乱箭，逃到了箭的射程之外。岳飞当夜发兵劫寨，又发现金军使用新的守卫战术，而难以袭击。

初三日，岳飞召集众将会议，讨论对策。徐庆道："据俘虏所供，完颜兀术在城西沿江白鹭洲，亲自押送船队过江。守寨的虏人屡战屡败，已无斗志。兵力宜合不宜分，可召句容县姚正将与庞正将前来，共同破敌。"张宪说道："破虏人大寨，须用火攻，虏人攻城，长于用炮，此回俺们亦须用炮。"众将纷纷表示赞同。

正在此时，于鹏赶到了牛头山上。他向岳飞和众将报告道："我去得镇江，面见韩节使，他言道新败之际，死伤甚众，目前不得前来会师。"此种情况倒是在岳飞意料之中，岳飞说道："俺军虽是屡挫虏人，然而以少击众，尤须用计，不可强攻。士马损折过多，最是大忌。"

他即命令王敏求前往句容县，把姚振和庞荣两军抽调到牛头山，又下令全军赶造炮具，准备攻雨花台和攻城。众将明白，岳飞最担心的，是与敌人硬拼而损失自家兵力。

从初四开始，接连五天下雨，这给露宿牛头山上的岳飞全军造成极大困难。将士们难有躲雨的场所，连炊食也相当麻烦。岳飞在雨中只穿一条短裤，与军士们一同赶造攻炮具，众将也纷纷效法。官兵们同甘共苦，度过了艰难的五个日日夜夜。

完颜兀术本拟初四日退回建康城，立即在全城纵火，因为下雨，也延迟了一天。战事的接连失利，使金军统帅完颜兀术虽知放弃建康可惜，却又痛感久留建康无益。

到了初五，完颜兀术焦急不安，不愿再行拖延。他命令斜卯阿里所部驻守建康城外西北的靖安镇和龙安津，负责财物和驱口的押运，自己亲率乌延蒲卢浑军冒着大雨，进驻建康城。自当日开始，完颜兀术便指挥金军，加紧在建康城内大肆劫掠和屠杀。

完颜兀术还是住在由张真奴和萧斡里也留守时另筑的新城中。他对乌延蒲卢浑说道：“大金军马既去，便不得将城中人民与财宝留于康王。可将壮丁充驱口，其余悉与斩馘。房屋待天晴后悉与焚烧。”乌延蒲卢浑当即指挥所部金军，把全城的男子壮丁和官吏一律拘捕于正觉寺，然后一批又一批地用麻绳串絷手脚，押出城外，乘船押往江北。

与此同时，岳飞也挥兵进攻雨花台寨。在弓箭的射程之外，宋军的四十具炮，向金兵营寨抛射了一百二十个火药球，还有大量石块。宋军乘着寨中起火、金军慌乱之际，鼓声大作，第二到第六将官兵从南方攻入敌寨。

韩常等人最初还督率金军，企图负隅顽抗，不料完颜当海竟率先逃遁，于是金人全军溃败。完颜当海出寨北逃，正遇早已埋伏的第一将、第七将和第八将的宋军截击，在宋军弓弩的攒射中，一支弩箭从完颜当海后背贯穿前胸，完颜当海立即毙命。经过一夜鏖斗，宋军占领敌寨，韩常等万夫长率残兵败逃入城。

十日清晨，宋军统计战果，搜索两千多具敌尸，得到一块金牌、八块银牌和四十块木牌，这当然说明有一名万夫长、八名千夫长和四十名百夫长、五十夫长被斩。岳飞下令召俘虏验尸，又逐一证实了以完颜当海为首的一群金军长官的姓名。

十一日，金人焚建康府，掠人民，掳财物。雨花台距离建康城南仅有三宋里，在冈阜上可以俯瞰城池。岳飞与众将在雨花台望见城里的烈火和浓烟，心如刀绞。

岳飞看见城中火起，知道金兵要遁，亲率骑兵三百、步兵两千人从牛头山飞驰而下，邀击金兵于新亭（江宁附近）。完颜兀术在惊慌的混战中，急忙逃往静安（龙湾），再由静安逃经六合县南。宋军穷追猛打，将兀术的留守部队打得溃败十五里，才肯罢休。

金军于宣化渡江时，宋军追至截杀。岳家军将士跳上了那些来不及逃遁的敌船，将刚刚登上舟船的金兵悉数捅下水中，鲜血冒起，满江皆红。岳飞仰天长啸，实现四年前北宋老将种师道热望之“（黄河）半渡邀击金军”遗愿，全歼留在南岸的金军。

岳家军收复建康的战役历时半个月，斩获金兵秃发垂环者之首三千人，擒获千夫长留哥等二十多名金兵将领，得马匹三百，铠仗旗鼓辎重不可胜数，建康城外已无敌踪。

岳家军随即进驻建康城，建康府前通判钱需也纠合乡兵，随同进城。居民早就开城出迎。岳家军所过之处，城中百姓各备香花水酒，夹道欢呼，争先恐后，都想见见岳飞这位所向无敌的常胜将军。

经过金兵洗劫烧杀之后的建康，城中遍地煨烬，尸体纵横，血流遍道，很多伤残者还在呻吟呼号，街巷和屋宇也都面目全非。人们收拾和掩埋建康城内残缺不全的尸骨，竟达十七万余具。此外，还有大批百姓被金兵驱掳过江。这座在当时拥有几十万人口的大城市建康，遭受了毁灭性的浩劫。

岳飞和将士们都久经战阵，敢于直面刀光、正视血影，但面对眼前惨绝人寰的景象，却实在是目不忍睹，人人都感到无比悲痛和激愤。第二日，岳飞便将由金人手中夺回的江南财帛犒赏三军，分散给穷苦百姓。

同时，岳飞向朝廷呈上《建康捷报申省状》，曰：“武德大夫英州刺史御营使下都统制岳飞状申：照对飞自建炎三年十一月二十二日起离建康府，至广德军界，与金贼六次见阵，收复溧阳县。及于常州界以来，邀击金贼，袭遂至镇江府。恭依圣旨，亲提重兵至建康府，与金贼战斗，追杀过江，收复了当。其生擒到伪知溧阳县事渤海太师李撒八、千户留歌及女真汉儿等，今差使臣管押申解前去。谨具申尚书枢密院，伏候指挥。”遂复命报捷。

收复建康等系列战役，是岳家军初步成军以来取得的首次辉煌胜利。

# 第二十九章　献俘报捷　后营生乱

数日后,岳飞将建康城交给上司,归地方官治理,自己将全部人马调回宜兴。

岳飞一举收复建康的消息，犹如给漂泊不定的南宋王朝吃了一颗“定心丸”。赵构虽然害怕敌人，到底平日受尽金人凌辱，到处逃亡，不是当皇帝的滋味。宋高宗为了安定人心，振奋军威，决定举行隆重的献俘仪式。

所谓献俘，是大宋时期封建军制中炫耀胜利和战功的最高礼仪。参战的主将要亲自到朝廷面见君主，向君主呈报胜利的报捷书，将砍下的敌军首级、俘获的敌军将士、缴获的战利品陈列在检阅场上，由君主亲自接受捷报，阅视战利品，检阅参战部队，嘉奖立功将士。

按当时岳飞的军阶品级，他还没有直接参拜皇帝的资格。但是，各路大将都是徒拥重兵，毫无建立。岳飞官虽不大，在朝廷未拨一兵一卒的情况下，竟以孤军抗敌，获得将数十万金兵击溃的空前胜利。鉴于岳飞收复建康的功劳，宋高宗为了树立榜样，破格让岳飞享此殊荣。

建炎四年五月下旬，岳飞亲自押解战俘，携带战利品，前往“行在”越州参见宋高宗赵构，这在南宋立国四年以来，尚属首次。四年前，在相州到南京应天府(今河南商丘)的行军途中，岳飞也许见过宋高宗赵构的模样，但赵构却不大可能对当时的一个无名之辈有何印象。

岳飞抵达“行在”越州之后，首先见到的还是那位曾经受命去收复建康府却又害怕金兵、畏缩不前的大将张俊。

张俊对几年前的旧部属表示好感，且向岳飞透露内情。张俊原来根本看不起岳飞这位农民出身的军官。这次战役本应是他亲自率兵参战，但慑于金兵的威力，他龟缩不前。不料，受他领导的岳飞却不顾势单力孤，一举收复建康。这个战绩是岳飞的，但作为岳飞的领导，他张俊也有一部分功劳，因此他趾高气扬，完全不把与自己地位相同的韩世忠和刘光世等放在眼里。从此，他对岳飞有了特殊的好感，并想趁机把岳飞拉过来成为自己的亲信。于是，他抢先把宋高宗要任命岳飞镇守饶州的意图告诉岳飞。

张俊道：“朝廷仍然非常担心金兵会再次渡江南侵，欲使鹏举镇守江南东路的饶州(今江西鄱阳县)，以防金兵骚扰江南东、西路。”岳飞当即表示异议，说道：“山泽之郡，车不得方轨，骑不得并行，金兵得无断后之虑乎？但能守住淮河一带，何虑江东、西哉！如果让淮境一失，天险既与金人共之矣，首尾数千里，必寸寸而守之，然后为安耶？”

张俊把这个消息告诉岳飞的目的是想把提拔岳飞同自己的美言联系在一起，他以为岳飞听后一定会非常高兴并会对他感激涕零。能够受命镇守一方，这是由中级军官晋升为高级军官的标志，也是从受人节制的将官晋升为一方主将的必由之路。

张俊万万没想到，岳飞对他的好意毫不领情，岳飞的志向是收复失地，希望朝廷能把他调防到抗金主战场上。他对朝廷这样的任命很不满，并且对这种用人不当的做法感到很困惑。当然，张俊对岳飞在军事上的远见卓识，还是十分佩服的。

五月下旬，献俘仪式隆重举行。岳飞按当时的礼节，向宋高宗跪拜，用激动的声音奏报战绩。此时的岳飞，回想起自己的从军经历，不禁心潮澎湃。少年从军，转战南北，历尽千难万险，经过数次生死考验，今日方能目睹天颜，亲自接受天子的接见，这是自己奋勇拼搏的结果，也是朝廷对自己的认可。

奏报完毕后，宋高宗在文武百官及岳飞的顶头上司张俊的陪同下，检阅了军队和战利品。宋高宗赵构亲自审问战俘，通过翻译，打听徽、钦二帝和其生母韦贤妃的消息，表露出十分感恸的神态。宋高宗下令将十八名女真兵处死，其余“汉儿”分隶诸军。

宋高宗对岳飞屡建战功甚为赞许，在岳飞朝见时，便问道：“岳爱卿，治军之要何为？”岳飞应道：“仁、智、信、勇、严，缺一不可也。”宋高宗又感叹道：“天下尚未太平。”岳飞慨然对曰：“文臣不爱钱，武臣不惜命，天下太平矣。”宋高宗对岳飞的回答，大为赞赏，连连称道：“正合朕意也！”

但是，岳飞并没有因为这次接见而忘乎所以。他知道，这次胜利只是收复失地的开始，更大的困难还在后面，他的思路始终没有离开收复失地这一主线。岳飞当即上奏，复述了自己的军事见解，奏道：“建康为国家形势要害之地，宜选兵固守。臣以为，贼若渡江，必先二浙，江东、西地僻，亦恐重兵断其归路，非所向也。臣乞益兵守淮，拱护腹心。”

宋高宗对岳飞的看法表示赞许，立擢岳飞为武功大夫、忠州防御使，并赏赐岳飞铁铠五十副、金带、鞍、马、镀金枪、百花战袍等物品，以资嘉奖。岳飞也趁此机会辞去镇守饶州的任命，表示愿意到淮河流域的抗金战场任职，为保卫朝廷做出贡献。宋高宗虽然对岳飞的抗命有所不悦，但知道他确实是个不可多得的军事人才，有这样一个人对自己忠心耿耿，自己也心安不少，于是便答应了岳飞的请求。

再说，完颜兀术渡江之后，到达六合县南，金军运送辎重的船只从六合县至瓜步口（瓜步山下），舳舻相衔。然而，以岳飞的兵力，是无力继续渡江追击的，只能先带军返回溧阳县就粮。

建炎四年六月初，南宋朝廷又命岳飞配合张俊的大军，征讨已经沦为盗匪军贼的戚方所部。

六月，岳飞刚刚到达溧阳县，就接到了一个意外的消息。后军统制刘经手下的副将王万急匆匆地跑来送信，言明刘经正密谋要杀害岳飞的母亲和妻子，而后吞并岳飞的军队。

岳飞闻讯大吃一惊，他万万没有想到刘经居然要对他的亲人狠下毒手。

自从建康失守之后，岳飞和刘经是在战乱中决意抗金报国的患难兄弟。之后，二人在江南东路并肩作战，一起出生入死，岳飞对刘经十分信任，故而自己出外作战时把留守部队和家属全交给了他。此时，刘经为何有负于自己呢？

然而，他转念一思，在当时的动乱环境中，将士之间争权拼杀并非罕见之事。岳飞当机立断，派张宪率五百背嵬军星夜赶回宜兴，一旦坐实刘经谋逆，当即除去。

提起这个刘经，可用八个字来形容，即"心黑手狠，胆大妄为"。在刘经看来，世上没什么事是他不敢干的。刘经年逾不惑，也是相州汤阴人，与岳飞同乡。他从军早、资格老，先后在宗泽和杜充手下担任统制官。马家渡大战后，他和岳飞合兵一处，在溧水、溧阳、宜兴、广德等地游击抗金，最后一起进入宜兴。

且说，建炎四年四月时，岳家军宜兴驻地。一日午后，刘经忽然想起兵士训练须行队形调整之事，便急急寻找岳飞。不料，岳飞不在中军帐，刘经便直接赶往岳飞住宅。岳飞虽为大帅，然住宅内不设卫兵和佣工，平时里外事务都是家人料理。刘经凭仗是岳飞老乡，又有师长资历，平时与岳飞交往也少有拘束，因而几步便闯进岳宅。

他四顾一遍，见岳飞不在前屋，便喊道："贤弟在否？"话未落音，便一步跨进了内屋。

此时，李娃在院落种菜后，刚刚沐浴出来。她披着淡绿薄衫坐在内屋躺椅上，脸如白玉，颜若朝华，眯眼稍憩。突然发现有外人进屋，李娃不禁一怔，等她醒悟过来，才忙乱整理衣裳，早已满脸通红。

李娃见如此尴尬，便主动问道：“啊——刘将军如此急促，想必军中出了大事？”刘经愣了一会儿，稍微稳定心绪，应道：“弟妹，愚兄唐突了，正有急事找寻岳贤弟。”李娃道：“鹏举刚才与其汝先生同去岭南察看地形，可去那里寻找。”刘经忙道：“那，那，俺去找来，告辞。”言毕，急急退出内屋，离开房门几步，却忍不住又回看了一眼。

五月，岳飞遵皇命率部北上收复建康，刘经负责留守宜兴大本营。这一阵，刘经独自留守宜兴，几日来倒也无战事。他每日早中晚三次巡查军营，又派出几路军探，传递前线及周边军情，有时也处置一些地方纠纷，把整个军营和地方管理得井井有条、平安有序。刘经军伍出身，在外征战数年，无暇返乡，如今尚不知妻儿去向。然刘经身为与岳飞平坐的将军，屡建功绩，虽然脾性粗野，却少有贪色敛财之行径。

这日，他巡营归来，观看前线战报。不一会儿，脑海中却又浮现出李娃的样子，一时挥之不去。刘经自知心生邪火，欲运功压制，却气息难聚，徒生燥热。他无奈走出帐房，深作吐吸，仰视俯瞰，还是心魔难却，竟不由自主地走向岳宅。

刘经进入岳宅，见姚安人、李娃正在缝补衣裳，即上前请安施礼。姚安人问道：“贤契驻守辛劳，难得有暇相见。今来何为？”刘经道：“贤弟在外奋战，愚侄总得尽责守土。故少有关顾，望伯母宽恕。”说话间，连连瞟了李娃几眼。那李娃还礼后，径自低头续做活计，听由婆母与刘经搭话。

一番寒暄之后，刘经告退，姚安人命李娃送客。两人行至门外，刘经轻声说道：“贤弟外出多时，弟妹如有寂寞，可来愚兄帐内叙谈。”李娃一听，此话语分明有调戏之意，然脸无愠色，说道：“刘将军遵军律，小女子守妇道，各有规讳，岂可僭越？”言毕反身回屋。刘经目送李娃身影隐入门庭，狠狠吞咽了一大口涎水，悻悻而归。

再说一日傍晚，刘冬亮携小西施偷偷溜到街头一家小酒肆，找了个僻静的单独厢房桌位坐下。两人嬉笑品尝一番，不觉乏味。刘冬亮喊来店小二，问道：“可有地方小调？”店小二应道：“虽陋乡僻土，尚有几曲可听。”刘冬亮道：“那叫上一唱，看看能抵小娘子几分？”言毕，瞟了小西施一眼。小西施“哼”的一声，道：“只怕小女子的曲子，你听得厌倦了，自然有喜新厌旧之感。”刘冬亮却谄笑道：“只怕还是小娘子的曲儿甜美呢！”两人又是一番调情卖俏不谈。

不一会儿，一老一少两个卖唱人进入厢房，看似一对父女。两人作揖后立于一旁，老者操起坚箫起音，女子微启朱唇放歌。但听得那女伶唱道：“新制齐纨素，皎洁如霜雪。裁作合欢扇，团圆似明月。出入君怀袖，动摇微风发。常恐秋节至，凉意夺炎热。弃捐箧笥中，恩情中道绝……”她用的吴侬软语，曲调悲哀婉约。

小西施不等她唱完，早已泪如雨下。刘冬亮在一旁正听得摇头晃脑，见小西施落泪，大为不解，问道：“小娘子何为？”小西施手执绢帕擦拭眼角，说道：“这是班婕妤有名的《团扇歌》，又名《怨歌行》。”刘冬亮问道：“这班婕妤为何人，讲些什么会如此感人？”小西施应道：“班婕妤是汉代越骑校尉班况的女儿，貌美、聪慧，更有着世间少有的才情，进宫后被选为婕妤。此曲似是一首题咏扇子的咏物诗歌。然虽句句不离扇，却字字不离人，寓情于物，语言清丽，哀怨之情充斥于字里行间，具有深远悠长的意境。诗人以团扇自比，道出这人世间翻云覆雨的变幻。”刘冬亮一听，恍然大悟道：“怪不得小娘子生悲，敢情是感同身受哉。”

不料，那习唱老者却道：“人世间，也有呼风唤雨之能人！”刘冬亮一听，大惊道：“你是何人，为何语气甚为熟悉？”那老者却不慌不忙，顺手扯下粘贴的三绺长须，一揖到地，说道：“刘公子别来无恙！”刘冬亮一看，此人乃是孙观，不禁睁圆了双眼，嗔道：“你，你岂敢在此露面？”

孙观“嘿嘿”一笑，道：“我曾说过，要报公子大恩。如今时机已到，可让公子立功扬名。”言毕，让卖唱女立于门口把风，他即将金兵要让刘经反水之约，对刘冬亮叙述了一遍。

原来，孙观逃走后，直接投奔了完颜兀术，诉说了潜伏经历。完颜兀术本来恼怒，要斩他以泄败军之火。孙观吓得跪地号哭，道：“主帅饶命，小的还可效力则个。”一旁军帅也劝道：“留下可用。”完颜兀术道：“一条断了脊梁骨的癞皮狗而已，何用之有？”军帅说道：“狗用好了胜比人强。”言罢，附耳计议。

完颜兀术听了军师之言，方才饶他一命，直拨军师管辖。之后，军师令孙观与一女子，假扮卖唱父女，在宜兴一带刺探军情。当得知岳飞开拔离开宜兴后，军师便命孙观去会刘冬亮，欲策反刘经并吞岳飞部队，反戈一击。

刘冬亮听罢，吓得不轻，说道：“叔父所辖部队不至小半，岂可并吞岳家军呢？”孙观笑道：“公子勿虑，只要领我见到令叔大人即可。”言罢，从背后包袱里掏出十多根金条，摆在刘冬亮台前。

这刘冬亮是个见钱眼开的主，当即壮了胆子，说道：“那么，俺找个机会，让你见俺叔父。”孙观说道：“事不宜迟，今晚可行。”刘冬亮说道：“那约至寅时。”言罢脱下一件外衣，将台上金条包了起来，夹在右腋下，与小西施走出酒肆。

是夜，刘经在中军帐里独酌，两个兵士门前持刀守卫。

自从岳飞领皇命，赴越州献俘报捷，后方暂无战事，刘经闲暇无事，徒生孤独之感。说来也怪，一直戎马倥偬，倒也心无旁骛，一心理会作战。然而一旦闲下心来，却心猿意马，浮躁不定。自从那天调戏李娃不成，刘经心有不甘，相思不断，却又无可奈何，只能伴酒而过。刘经所喝之酒，虽为村间土法酿制，却有“红友酒”之大名。

“红友酒”原本是常州乡村中的土酒，村酒浑浊而略显红色，因此得名。

元丰七年，前朝大文豪苏东坡被贬黄州五年之后，获赦又移汝州。途中，他不惜路途遥远，绕道来到常州，准备再次买田置房，为移居常州做好充分准备。于是，好友单锡陪他在常州四处察看，选择田地。午间，庄园主人摆下酒宴，款待苏东坡一行。

苏东坡是位美食家，也对各地酒品颇有研究。此时，他见酒品色如血珀、香气清雅，尝之甘醇甜爽，不觉连声夸赞：“酒之雅，酒之醇，佳品也。”当他得知此为“红友”酒时，便将对红友酒酿造技艺做了改良，使其味道清洌甘甜、酒性平和、口感甚佳。

之后，苏东坡每次到达常州，餐间必饮红友酒，逢友必讲红友酒。他还将此收入《东坡酒经》，以传后人。苏东坡终老常州后，人们便称红友酒为“东坡红友酒”，以志纪念。

且说，刘经自喝上东坡红友酒，便爱不释手，一气独自喝下了三斤红友酒，态呈微醺，眼显半花，燥热无比。此时，刘冬亮带着小西施走进帐房，两人躬身施礼。

刘冬亮说道：“叔父大人，好雅兴！可否让侄儿来伺候则个。”刘经眯起眼来一望，道：“呵，是亮儿啊，快来陪俺饮一杯。”刘冬亮道：“遵命！”当即坐在刘经对面。小西施却走在刘经身旁，“嘻嘻”一笑，道：“小女子为大帅斟酒。”言罢，便提起酒壶凑近刘经。

刘经迷迷糊糊间，只闻得一股女人特有的体香，从鼻孔里直钻脑壳，些许毛茸茸的鬓发在脸颊上厮磨，一阵瘙痒直达心头，顿时面赤心慌。刘经抬头一看，面前的女子一袭低领口的大红丝裙，丰满的胸部半露半隐，肌肤如雪，面似芙蓉眉如柳，一对媚眼勾人心弦，鲜红的嘴唇微微上扬，一头黑发挽成高高的美人髻，好一个妖媚的女子！

然而，刘经毕竟是久经沙场的大将，加之平时并无贪色嗜好，稍一镇静，便恢复正常。他使劲地干咳几下，问道：“此是何方女子？”刘冬亮刚要回答，小西施又“嘻嘻”一笑，嗲声嗲气道：“刘帅是贵人多忘事，我是亮公子的好朋友啊！”

“噢……”刘经忽然想起，曾在侄儿屋内见过一面，当时还为侄儿能结识这样的美女感到高兴。眼下，如此面对面一对视，蓦见此女子一张芙蓉秀脸，双颊晕红，星眼如波，羞涩娇憨，不禁心旌摇曳。

小西施斟满一盅酒，提给刘经，又给自己斟满一盅，双手捧起，道：“小女子初次给大帅敬酒，万望赏脸则个。”刘经早已魂不守舍，端着酒盅高叫道：“干，干，与姑娘干，真快活！”言毕，便圈着手臂，钩住小西施的粉颈，来了个大交杯。两人喝完，将空盅对着一亮底，又对视大笑起来。

一旁的刘冬亮，也“嘿嘿嘿”赔着谄笑。接下来，刘冬亮又上敬一盅。如此，刘经一连喝了五盅，说话也不顺溜了。

# 第三十章　李娃设计　智除刘经

话说，刘经在酒桌上正与小西施喝得入港，孙观此时从门外走进来，跪下说道："大帅海量，小的孙观也来敬上一盅。""啊，何人，孙观？"刘经一听，酒兴惊去了一半。他立即拨开小西施，睁大眼睛一看，大喊道："来人，给我拿下该死的奸细！"孙观不慌不忙道："大帅息怒，兄弟们都已歇息，只有吾辈伺候。"

刘经转头看了看刘冬亮，刘冬亮使劲地点点头。刘经道："亮儿，尔等已串通一气？"刘冬亮凑上前，说道："叔父大人勿怒，且听孙观有何见解。"

刘经见状，仍正色道："孙观小儿，想我刘经乃堂堂宋军统制官，岂能与奸贼为伍！"孙观"嘿嘿"几声，道："大帅，可曾思想，你与岳飞辗转多年，并肩重任，立下无数汗马功劳。然而，你在朝廷的地位，在军内的实权，与岳飞比拟，却有天壤之别。"刘经道："你不必挑拨俺与岳帅兄弟之谊。"但声音明显低下许多。

孙观三角眼又转了几转，道："如今，岳飞屡建功绩，受皇上重用，不多久便会压你几头，到时连他们岳家将士皆可骑于刘家头上。""这……想俺刘经护国为民，也不计较功过。"刘经虽然嘴硬，心里却犯起了嘀咕。

孙观见刘经心中已有松动，便朝小西施一努嘴。小西施心领神会，贴着刘经耳边说道："大帅再看，金军强过宋军数倍，皇上早有心议和，你跟着岳飞苦干，是吃力不讨好，还不如另起炉灶，自成根本。"刘经眯起眼来，没出声。

孙观又凑上前来，说道："金国四太子求贤若渴，早有意于大帅。如若大帅归顺，定有上将之职。"刘经微微摇头，低头不语。

孙观又道："如若脱离岳飞，四太子也可赠送甲胄财物，助大帅独立为王。"刘经微睁眼皮一瞟，说道："本帅累了，有话隔日再论。"言罢刚要站起身来，却又重重地摔在座椅上。刘冬亮、孙观急忙上前搀扶，送进卧室。

刘经虽已步履不稳，而一手却拉住小西施不放。他在床上躺下时，顺势也将小西施拥入怀中。于是，刘经这夜乘着酒兴与小西施一番鱼水之欢，醉睡梦深。

次日已逾辰时，刘经方才醒来，他只觉得头晕目眩。此时，小西施业已梳妆完毕，一听动静，便一阵风似的飘至床头，问道："大帅醒了，歇息可心否？"言毕，脸庞凑向前来，美目顾盼，朱唇微启。

刘经一惊，忙一下推开她，厉声问道："你是何人，如何进俺卧室？"小西施小嘴一噘，道："奴家昨晚陪伴大帅一宿，岂能转眼忘怀？"刘经略一沉思，依稀记起梦幻之行，再瞧自身，上下尽裸，方才醒悟，便说道："噢，俺昨晚醉了，亏得姑娘照顾。"小西施重新趋身，嗲声嗔怪道："大帅果然勇猛，弄得奴家好生疼痛。"边说边与刘经穿衣着裳。

刘经被小西施一番摆弄，又嗅着那醇香的体味，不禁兴起，捧起她的脸庞，如小鸡啄米般地亲吻起来。一番颠鸾倒凤后，刘经汗流浃背，粗气直喘，小西施则毫无顾忌地大声哼叫。那明目张胆的风云之战，吓得门口卫兵不敢近前一步。

之后，刘经与小西施整天在中军帐内厮混，日常军务全由刘冬亮一手处置。孙观乘机与刘冬亮谋划了一条三步连环毒计，即诱杀岳飞、火并岳家军、投靠完颜兀术。

三天后凌晨，宜兴张渚镇西郊虬山岭南。清尘道长斜挎素麻乾坤包，身背竹篓，攀登上山采撷草药。

这是他多年养成的老习惯了。初学医药时，师父便告知，山岭是一个天然的“百草园”。野生的蒲公英，既是治病良药，也是食用佳蔬，可消炎抗病毒，保肝利胆。车前草具有利尿效用，可祛痰抑菌，渗湿止泻、清肝明目，且解毒止血。青刺蓟则用于外伤止血，痈肿疮毒。马齿苋虽为一种食用菜品，亦可治疗肠炎、便血，乳腺疾病。“野火烧不尽，春风吹又生”之茅草根泡水喝，可清肺胃之热，生津利尿止渴。此外，节节草、益母草、鬼针草、野菊花、香附子、红牛克膝，应有尽有，皆具药效。清早至巳时，草药生机勃勃之时，采摘最佳。

清尘上山已有半个时辰，此时正埋头用药锄挖掘一株红牛克膝。忽然，他听得有马蹄声响，抬头探望，不禁一惊，那已被杀死的孙观怎么出现在眼前的山路上呢?

来者正是宋军小头领装束的刘冬亮和孙观。两人本来骑马，眼下坡陡，于是牵马而行，几个亲兵随后。刘冬亮说道：“孙兄果然厉害，凭三寸不烂之舌，竟然令老顽固动心了。”孙观“嘿嘿”地干笑两声，应道：“公子过奖，还是众位帮衬之力，那小西施尤为出色。”刘冬亮闻之，猥琐地一挤眼，说道：“嘻嘻，那小骚娘的床上功夫真是了得，她之石榴裙下，谁人敢称英雄？”言罢，两人对视，发出“嘿嘿嘿”“嘻嘻嘻”之淫荡笑声。

少顷，孙观嘱咐道：“所定之策甚妙，先挟持岳飞家人，后赚岳飞首级，并其军伍，大业可成，还望公子督促而行。”刘冬亮道：“这个自然，孙兄之兵也应及时援助。”两人不约而同击掌示赞。

这边，清尘听得分明，心想，刘冬亮明目张胆勾结奸细，意欲谋反，必得刘经支持，此情须及时报于岳夫人。他心里想着，赶快动身，不料起身过急，碰动一块山石，“骨碌碌”滚下岭坡。

“是谁？”孙观甚为警觉，立即喊叫一声。刘冬亮一怔，马上醒悟过来，发令道：“搜！”后边几个亲兵立即散开，呈扇形状，循声包围过来。

清尘见已暴露，索性挺身而出，喝道：“大胆反贼，竟然干此欺世灭祖勾当！”刘冬亮一见是孱弱的清尘道长，稍稍放下心来，走上几步，和颜轻声说道：“呵，原来是清尘道长，你本世外高人，何苦遭此劫难呢！”清尘正色道：“老子曰：‘祸莫大于不知足，咎莫大于欲得。’尔等贪得无厌，必有大祸降至。”孙观挥刀上前道：“不知死活的杂毛道士，让大祸降至你的眼前吧！”此时，几个亲兵也围了上来，同时趋前挥刀相向。

但见清尘并不慌张，只是拧身一旋，顿时腾空而起，早已跃出刘冬亮的包围圈，转头便向岭下奔跑。刘冬亮一挥手，亲兵们随即紧追而去。

眼看亲兵又至身后，清尘暗暗探手乾坤袋内，出手往回一扬，那数十支银针撒出一个半网形，早已射向追兵的脸面。只听“啊哟”“啊哟”前头三个亲兵的双眼被飞针戳穿，顿时血流如注。

正当清尘再要掏出金针，那孙观一刀挥来，挑断乾坤袋的背带，乾坤袋随其刀风被挑向半空，挂在一根树枝上。清尘见孙观来势迅猛，转身躲开刀锋，连连后退几步。孙观哪里肯松，与另外三个亲兵挺刀刺来。清尘再退，不觉已退至悬崖边，脚下一滑，径直摔下崖壁。

孙观向前一望，悬崖峭壁，根本无立足之地，便笑道：“嘿嘿，杂毛这下可就修到头啦！”刘冬亮料想清尘再无生还之能，恐怕再出意外，便催促孙观快快离开。他也带着伤残的亲兵返回军营。

且说，岳飞留下展义平的飞熊队驻扎宜兴，可助刘经一臂之力。

这日卯时，队中有壮士偶受风寒，展义平便来找清尘诊治。医馆小童告知，清尘道长一早上山采药，尚未返回，正在着急。展义平问道：“道长平日何时归来。”小童应道：“道长出外采药，往常一个时辰便回，以免耽搁为将士诊疗。今日却迟迟不见回归，直叫人心里发毛。”

展义平闻之暗暗思忖，难道道长出了甚事？他越思越疑，便带了三个壮士，上山寻找清尘，那小童自愿前头引路。一行沿着清尘平时上山的线路，一直找到清尘与孙观打斗之处。

展义平眼亮，抬头看到树枝上高挑一只素麻挎袋，便纵身而上，将挎袋取下。小童一见，忙叫道：“正是道长之乾坤袋！”展义平见袋上带子被利刃挑断，便说道：“道长一定遇到贼寇袭击！”当即命三个壮士分头寻找。

不一会儿，小童找到悬崖边，急急叫道：“侠士来看，此处有滑落痕迹。”展义平赶上去仔细观察，判断有人在此打斗后，从此处摔下悬崖。小童急得哭喊道：“恐怕道长已遭不测了！”展义平说道：“我们还是到崖壁下沿路寻找，方知分晓。”于是，小童等几人沿来路下山，展义平施展轻功，从崖壁落下。

两个时辰后，天近黄昏，有一壮士喊道：“大侠，清尘道长找到了！”展义平几步赶到，但见清尘摔倒在乱石堆上，遍体鳞伤，惨不忍睹，早已气绝。展义平仔细察看，见道长右手衣袖处，有一血斑，似乎像涂鸦字样。只是上为“卯”下为“金”，尚不完整。

那是什么字，有何所指呢？展义平一时也难以破解。于是便命壮士就近砍下树干树枝，做成担架，将道长尸体担回军营，嘱咐此情不可外传。

展义平回到驻地，便径直找到副将王万。王万，三十岁，高个子，相州汤阴人，与岳飞、刘经皆为同乡。王万为人耿直豪爽，他自幼习武，善用方天戟，功夫了得。自建炎一年跟随刘经后，也经历南征北战。

展义平投军后，与王万秉性相近，两人一见如故，经常相互切磋武艺。王万见展家拳术独特，便有心拜师习拳。而展义平不敢妄自尊大，即以亦师亦友处之。

展义平将清尘道长一事和盘托出，说道：“贤弟，此事蹊跷，如何释疑？”王万答应道：“清尘道长乃医者，与人为善，救人无数，难言仇家诛杀。”

展义平又拿起那片衣袖，细细端详一番，道："我看清尘道长血字遗迹，虽无明确所指，却似'刘'字半边。王万蹙眉沉思，道："兄长莫非怀疑刘经将军所为？"展义平却道："我对刘经将军不太熟悉，然其非小人之辈，岂能有如此下等手段呢。"王万闻之，再道："俺随刘经将军多年，虽见其自大妄狂，终算大丈夫行径。倒是其侄冬亮，颇有龌龊之念。"展义平建议："既然有疑，不如探测一二。"王万应道："可，今夜行之。"

是夜，王万与展义平换上黑色夜行衣，纵奔跃跳，隐藏在刘经营房门外。屋内，刘经与小西施把酒酌饮，嬉笑欢声。少顷，刘冬亮进门，轻轻禀报道："叔父，侄儿今晨杀、杀了清尘。"

刘经猛一听此讯，叫喊道："怎么，你杀了清尘道长？"刘冬亮吓得跪拜在地，哆哆嗦嗦说道："俺送孙观时，被这杂毛瞧见，恐留后患，便杀之崖下。"接着，如此这般，将一系经过诉说了一遍。

刘经边听边摇头，拍着桌子，吼道："这可坏事了，这可要坏大事了！"刘冬亮吓得不知所措，磕头在地，不敢抬起。一旁，小西施趋向前来，为刘经轻轻捶着背，说道："大帅，既然如此，不如当机立断，省得夜长梦多。"刘冬亮也抬头说道："那，明日便动手！"刘经深深叹了一口气，说道："事已至此，也只有如此办了。俺看啊，俺终究要栽在尔等小人之手哉！"刘冬亮当即出门，安排次日半夜起事。

这边，王万与展义平听得真切，也返回商量对策。

是夜子时，忽有亲兵报于刘经，说王万副将突发肠炎，腹泻不止，又一时寻找不到清尘道长。刘经闻之，即传令火速送王万将军至县城，寻医诊疗。

次日一早,刘冬亮召集几个死党,商定提前火并岳家军之事,大家分头准备。

傍晚时分，刘经在中军帐心神不定，来回踱步。他将近几日来的情形捋了一遍，想想今夜要做叛逆之事，忽然心生悸惧。他本是义烈之士，素有忠诚报国之心，想不到一时迷失，如今却深陷泥潭，不能自拔。继而又想，追求富贵快活、升官专权，似也无愧为人一世。如此一想，心里稍稍平静些许。

此时，亲兵通报，有一女佣求见，说有急事面呈。刘经命令带进帐内。那女佣进门，施礼道："见过刘将军，我是岳夫人身边女佣小倩。"刘经一听是李娃身边用人，不禁又撩起对其相思之心，忙问道："你家夫人有何急事？"小倩走上前，附耳道："夫人今觅得一瓶好酒，欲与将军分享。"言毕，朝刘经一眨眼睛。

刘经听毕，不禁一股热气从腹腔升起，直冲头顶，即连连说道："好，好，这就登府拜见。"当即，刘经带了随身八个亲兵，随着小倩，赶赴岳宅。

一路无话，不多时来到岳宅门前，李娃早已门口等候。双方寒暄几句，便进入内屋。

堂屋中央，一张四方草台上，摆了四碟小菜，分别是老醋花生米、红油豆腐卷、山脚木耳、翡翠笋丝，一陶土酒壶置中，两只白色瓷盅分放对边。刘经原是老粗武夫，喝酒从不讲什么礼数，今日与李娃对酌，却显得斯文许多。

李娃先敬一盅，道："相公不在宅院多日，全靠将军照顾，此酒作谢。"刘经笑道："弟妹不必见外！"一饮而尽，又回敬李娃一盅。李娃假意应承，与刘经边喝边谈。

不觉一壶老酒下肚，刘经兴起，站起身来走到李娃身边，悄声说道："如若日后，由俺常来照顾于你，你可愿意？"李娃仍然笑逐颜开，歪着头问道："此为何意，可是酒话？"

"哈哈哈"，刘经肆无忌惮地大笑起来，左手竖起了大拇指，朗声说道，"再过几日，岳家军便可改为刘家军啦！"李娃假意吃惊，再问道："啊，将军真有此能耐？"刘经一把搂住李娃，荡笑道："你这岳夫人也会变为刘夫人……"

然而，未等他说完，只觉得热烫的脖颈上有丝丝凉气，李娃的一柄玉带短剑已架在他的肩膀之上。刘经不禁一怔，呆呆地望着李娃，倒吸了两口冷气。

李娃大声喝道："拿下！"只见大梁上跳下一位好汉，正是侠士展义平。展义平大喝道："大胆刘经，你意图不轨，阴谋已经败露，我奉岳帅之命，在此等候你多时，速速束手就擒吧！"刘经心里一惊，还没抽出剑来，就被展义平一脚蹬翻，另有几个兵士从屏风后拥出，将刘经五花大绑起来。

门外，刘经的八个亲兵也早已被伏兵捉拿，绑着带进屋内。刘经一见其情，知道反叛之事业已败露，却仍指望刘冬亮赶来解救。

不多久，刘冬亮果然带着二十余人赶来。他们刚刚踏入岳宅，便见屋内屋外四周忽然亮起火把。展义平与李娃带伏兵里外夹击，将刘冬亮一行悉数捉拿。

此时，有宋军探子来报，在岭南路口发现三千金兵，冲破宋军的伏兵线，杀将过来了。李娃道："俺们暂且布下马蜂阵迎战，小倩带领家眷向北面撤退。"众将士遵命，各各就位备战。

说话间，孙观引领金兵包围过来，李娃与展义平领兵顽强抗击。孙观高喊道："快快送还刘将军，及早投顺者，可免一死！"李娃喝道："岳家军宁死不屈，叛贼休得梦想！"宋军将士人人忠心赤胆，个个奋勇杀敌。半个时辰下来，眼看李娃等寡不敌众。

但见金兵后面火光一片，一支骑士队伍顷刻便冲到眼前，为首者乃右军都副统制张宪与副将王万。

原来，昨夜王万与展义平商量后，决定由王万装病离开，赶赴岳飞大军营求援。岳飞当即命张宪领五百背嵬军先行驰救。那五百背嵬军个个似狼如虎，斩杀敌军如秋风扫落叶一般干脆利落。顷刻，金兵溃败潜逃，孙观也死于乱刀之下。

张宪与李娃会聚，一旁亲兵带过刘经、刘冬亮及十多个反叛骨干。刘经此时早已酒醒，他一见王万也端着宝剑，面对自己，不禁愧恨交加，低头不语。

此时，张宪高声喝道："遵岳帅之令，刘冬亮等一干反叛，就地斩杀。

刘经受奸人迷惑，随从犯罪，念其曾建战功，不予处死，逐出军伍，永不录用！”

刘冬亮听得此令，吓得瘫倒在地，直呼“饶命”。然而行刑兵士早已上前，挥刀斩之。

张宪命令亲兵给刘经松绑，让他离开军营。那刘经却挺身而立，面对王万问道：“贤弟，俺一直待你不薄，为何负俺？”王万应道：“你与俺，兄弟情谊不假，然小弟岂肯与欺世灭祖之徒为伍呢？”刘经听罢，捶胸顿足，说道：“罢罢罢，俺刘经愧对祖宗，无颜于世。鹏举诸贤弟，日后代愚兄多多杀敌吧！”言毕，撩起左袖掩面，猛然向前一跃，胸膛直对王万手中剑锋而去，顿时穿了个透体。

张宪马上把消息报告给岳飞。三日后，岳飞领兵赶回，面对刘经尸首，大哭一场，命令予以厚葬。

原先刘经的军中，全体将士集合完毕，岳飞不带兵器和亲兵，只带王敏求与王万两人前来。岳飞向刘经的部下揭露了刘经的阴谋，宣布刘冬亮一应奸贼已然被除。又好言安抚他们，希望他们继续随队伍抗金。

岳飞说道：“宋军克复建康，亦有你们忠义将士屯驻张渚镇守护老小之力，功不可没。此回除杀刘经，实出无奈。唯因他阴谋杀害诸将，吞并部伍，卖国叛祖，若有私怨，亦唯是怨俺，俺却必与你们不分彼此，共赴国难。而恢复故土，保我河山，才是至高无上的大计。”众将士纷纷表态道：“唯愿追随岳帅，收复故土！”

岳飞又恳切说道：“军心可用，甚慰俺心。今将本部改为全军第九将，王万任正将，王敏求任副将。心中尚有遗恨者，均可充任俺之亲兵。倘觉岳飞有负报国壮志，有负全军将士者，可随时取俺项上人头，俺死而无怨！”

此刻，有八人出列，跪倒在岳飞面前，说道：“我们曾有私怨，一直想为刘统制报仇。今日既知岳将军大义，俱已心悦诚服，乞请恕罪。”岳飞一一扶起他们，道：“你们乃忠义将士，往日既能不负刘统领，今朝安能负俺岳飞乎？今日便当俺之亲兵。”

刘经原先部下皆知岳飞之为人，故而全都愿意转投到岳飞麾下。岳飞顺利地合并了刘经的军队。自此，岳家军达一万余人，成为南宋抗金前线一支劲旅。

# 第三十一章　力平戚方　张渚题记

转头再说这盗贼戚方，勇悍善射，最初充当养马的教骏军士，作为厢兵。不久又率众投奔杜充，任准备将，又升统制。金兵大举南侵江南之际，戚方重操旧业，于建炎四年一月十五日杀害了镇江府知府兼浙西安抚使胡唐老，当了以劫掠为生的盗匪军贼，为害四方。

建炎四年四月，宣州知州李光获悉戚方正向宣州而来，立即着手布置城池防御事宜，命令城外居民全部迁入城中，把他们安排在寺院、人家及空闲的官舍居住。此前，李光收留了一百多名从建康溃散下来的班直，现在是用到他们的时候了，李光任命班直首领王逸为统制，下令宣州城里的现任及寄居官员分别负责把守城壁，城中的僧道、居民也都执兵器登城，做好了准备。

戚方到达宣州城下时，李光先派遣兵马监押吕执中去尝试招安。戚方这个狡虏佯装同意，想以此麻痹对手，其实暗地里谋划着如何攻城。吕执中察觉到戚方有些异常，于是设法从戚方处脱了身，但有一个名叫石振的随从却还是被戚方抓住了。

戚方逼迫石振说出城中的虚实，石振也有从贼之心，于是详细地讲出了城中的方位和部署，以及攻击、严密之处。戚方自以为了解了城中虚实，拿下小小的宣州不在话下，于是发起了进攻。但李光率众坚决抵抗，戚方无法得逞。这一日，李光让人诈称知州，登城向戚方喊话：“戚统制所部本是官军，怎么能全然不顾国家正值艰难之际，要攻打宣州城？为什么一定要当盗贼？”

戚方喊道：“戚方不敢抗挠朝廷，只是因为士卒都在挨饿，所以不免要寻觅些粮食。”城上又喊道：“我给你粮食，还有银绢，作为犒军之用，如何？”戚方应道：“如果能蒙知州犒军，戚方立即退兵。”于是，李光派人送出了大量的米、肉、银、绢。

戚方照单全收之后，虽然暂时停止了进攻，但并没有打算退兵。王逸看出了几分端倪，对李光道：“此贼不像要退走的样子，我们不可掉以轻心，必须更加小心提防。”

果然不出所料，戚方的贼兵们一边吃着宣州城里送出来的粮食酒肉，一边砍伐树木，制造攻城器械。器械造好后，他们再次发动了进攻。城中军民对这帮恶贼恨得咬牙切齿，同心协力奋起还击。战斗相当激烈，城上箭如飞蝗，城中的百姓出去汲水都必须背上一块门板挡箭。

李光事先已把宣州一带的民兵都聚集在了城中，其中尤以宁国的民兵强壮有臂力，他们用手炮发射石弹予以痛击，打得贼兵叫苦不迭。戚方攻城受挫，但实在舍不得已经到了嘴边的肥肉，对宣州城展开了持续围攻。

李光派人突围出去，向朝廷告急求援。赵构随即下诏命直龙图阁刘宴与观察使巨师古率兵增援，去解宣州之围。刘宴接到命令立即启程，巨师古随后也率军开拔。

此前，刘宴在常州驻军的时候，曾和戚方交过手，当时戚方领着贼兵攻入常州城的西门，刘宴率军把他从城中杀了出去。所以，刘宴并没有把戚方这个手下败将放在眼里。

五月十日，刘宴一军赶到了宣州城下。为了打戚方一个措手不及，他未安营垒，就出其不意地从城南转过城西，然后直趋城北戚方的营帐，发起了突袭。

戚方见刘宴突然从天而降，大大吃了一惊，贼兵们也乱了阵脚，立刻败退了下去。刘宴恃勇，想要就此生擒了戚方，竟然单骑追了过去，部下的士兵们阻拦不及，一些人也急忙策马去追刘宴。

戚方没命地跑了一阵，逃到骆驼山附近时，他发现后面追击的官军不多，于是下令在山后设伏，只放刘宴通过，把后面的官军截住。戚方掉过头来，率领亲随迎战单枪匹马的刘宴。刘宴发现中计，自知寡不敌众，急忙策马往回疾驰。在通过一个小沟时，马陷在泥淖之中，挣扎不出来。埋伏在沟边的贼兵用钩枪搭住刘宴，把他拖了出来。刘宴不肯就擒，手刃了数十贼兵，终于力竭遇害。

在刘宴战死数日之后，巨师古率兵赶到宣州城下，与戚方的贼兵再次展开激战，戚方三战三败，不得不转而向湖州流窜，劫掠湖州安吉县。戚方是东南一带最凶悍的匪徒，有情报说戚方匪军准备再次来广德军烧杀劫掠。

巨师古追及戚方后与之交战，损失了一千余名士卒，仍然制不住这个恶贼，被其逃遁。赵构只得派出张俊，赶往安吉县进行剿灭。岳飞则兼程从越州返回宜兴，计划率兵从广德趋安吉，对戚方形成前后夹击之势。

岳飞自越州（今浙江绍兴）返回宜兴县，便领精兵三千，直下广德军，在军城东南约七十里处于广德军通湖州安吉县要道的苦岭扎寨，旨在截击戚方的匪军。

戚方探听到张俊率军向安吉而来，又掉头向广德流窜。但出乎他意料之外，行进至位于广德东南的苦岭时，前面突然出现官军，这支官军显然是特地赶到这里来截住他的。

戚方不知对方的虚实，不敢贸然接战，命士兵先拆了前面的一座官桥，然后派人去打探。很快，探报就拿着一支箭回来了，说有一个官军将领从对岸把这支箭射在了桥柱上，箭上还刻着字。戚方把箭拿过来一看，上面刻的是“岳飞”二字。他一下就慌了，别看戚方无法无天，但他非常清楚岳飞的厉害。

岳飞行动极快，在宜兴获悉戚方又想往广德军流窜，立即领兵三千直下广德，在苦岭迎头拦住了戚方。岳飞立即命令部将傅庆为先锋，搭桥渡河，先行追了过去，自己则率大队人马紧随其后。

傅庆一路追赶，但未能擒获戚方，而戚方也无法摆脱岳飞一军的追击。戚方被逼急了，突然回过头来反扑，岳飞亲统一千士兵迎战，双方摆开了战场。

两军尚未交锋，戚方觑着岳飞不备，偷偷用手弩发了一箭，这支箭一下射在了岳飞的马鞍上。好险！如果再高一点，戚方就得手了。岳飞拔下这支箭，插入了自己的箭箙（盛箭器），心中愤怒地发下誓言：一定要擒住戚方，让他亲手把这支箭一寸一寸折断，然后杀了这个恶贼。当下，岳飞挥军奋战，十多个回合之后，戚方抵敌不住，败退了下去。

岳飞哪里肯放，一路穷追不舍，把戚方追得上天无路，入地无门。戚方心里明白，岳飞性情刚烈、恩怨分明，自己作恶多端，此时即便是乖乖投降，岳飞也肯定饶不了自己。戚方只得逃往湖州安吉县。

正在此时，张俊派的招降使来了。戚方从来人口里得知，招降自己竟然是朝廷的意思。

原来，张俊、岳飞出兵不久，朝廷里有一位成忠郎赵令佟，向赵构建议说降戚方，于是赵构下诏命他到张俊军前投降。戚方走投无路，只得向张俊投降，交出了六千名匪兵和六百匹战马。此外，戚方还把抢劫而来大量的金银珍宝献给了张俊。兵马是交公，金银珍宝就是用来行贿了。

戚方作恶多端，从钟山大营出来以后，先后在金坛、常州、宜兴、广德、宣州、安吉等地烧杀抢掠，不仅诱杀了统制官扈成，还杀了广德军的守臣，在宣州又杀了刘晏，残害的百姓更是不计其数。犯下如此罪行，岂能没一个交代？所以这个恶贼拿金玉珍宝贿赂张俊，求张俊给他一条活路。

岳飞闻讯后赶到张俊的军营，严厉地斥责了戚方“屠掠生灵，骚动郡县，又诱杀扈成而屠其家，且拒命不降”等罪恶行径。张俊反过来再三劝慰岳飞，说招降戚方是皇帝和朝廷之命，况且自己已经答应赦免，不好再出尔反尔。

岳飞虽须从令，然委实心有不甘，说道：“张招讨有命，岳飞本来应当禀从，但戚方这贼却不可饶恕。此贼若非走投无路，一定还会拒命不降，戚方之凶悍比其他的盗匪为甚，怎么能就这样放过他？”

张俊见状，召来戚方，让他向岳飞谢罪。戚方见了岳飞，拜谢在地，不敢仰视。岳飞道：“张招讨既然已经免了你一死，你今后当思如何报效国家。”戚方诺诺连声，起身立于一旁。张俊从旁再三劝解。岳飞便取出戚方射中自己马鞍的那支弩箭，当面命令戚方寸寸折断。戚方恭谨遵命，汗流浃背，两条腿直打战，俯首系耳，不敢仰视。岳飞和张俊大笑一场，方才罢休。

戚方是南宋初年军贼、盗寇的典型代表，他不敢去抵抗外敌，在国难当头之际趁机作恶、抢劫钱财，把持武装力量等朝廷来招安，招安之后，再用抢劫来的钱财行贿，继续升官发财。这种丧尽天良的混世之道，在当时不但行得通，而且堪称“捷径”，可见时势昏暗。此是后话，按下不表。

且说，建炎四年六月十五日，岳飞再次回到宜兴县城西南约五十里的张渚镇大帅行馆。岳飞大帅行馆即张渚后街张氏宗祠，俗称张家祠堂。房东张充退闲家居，藏书教子。岳家军驻留宜兴后，他见其为忠义之军，便帮助发动民众，做了许多军务后勤。

岳飞和张充相处了一段时日，不免依依难舍。岳飞眼看即将奔赴新的抗金战场，要离开这个风景秀美、有山水之胜的地方，不禁思潮起伏。在此，岳飞写下了题记《题宜兴张氏桃溪园厅壁记》，即《五岳祠盟记》。题记曰：“自中原板荡，夷狄交侵，余发愤河朔，起自相台，总发从军，历二百余战。虽未能远入夷荒，洗荡巢穴，亦且快国雠之万一。今又提一旅孤军，振起宜兴，建康之城，一鼓败虏，恨未能使匹马不回耳！故且养兵休卒，蓄锐待敌，嗣当激励士卒，功期再战，北逾沙漠，喋血虏廷，尽屠夷种。迎二圣，归京阙，取故地，上版图，朝廷无虞，主上奠枕，余之愿也。河朔岳飞题。”

张充阅览，大为赞赏，道：“此可谓震烁千古的雄文，语气刚峻，句句铿锵，斩钉截铁，一气贯通。全文洋溢着高昂之爱国激情和忠愤之气，感人至深。”

再说，平定盗匪军贼戚方的战斗结束后，张俊回朝，向范宗尹盛称：“岳飞可用”，范宗尹为此面奏宋高宗赵构。宣州文士邵缉对岳飞有相当了解，也上书举荐，说道：“岳飞骁武精悍，沉鸷有谋，临财廉，与士信，循循如诸生，动合礼法，有远大的抱负。”邵缉列举岳飞的威名和战绩，“朝廷诸将特然成军如飞者，不过四五人耳。飞又品轶最卑，此正易与时也”，“朝廷宜优擢之，假以事权”，“必能为国家显立战伐之功”，冀望“后世书策中知有岳飞之名”。

宋高宗自五月下旬的那次朝见时，也对岳飞有颇深的印象。建炎四年七月，南宋朝廷发布岳飞升官武功大夫、昌州防御使，并任通、泰州镇抚使兼泰州知州的公告。武功大夫比原来的武德大夫高一官，但按“双转”制度其实是半官，而防御使比刺史高两官，岳飞的虚衔算是连升三官。

宋廷关于岳飞实职的新任命，看起来是考虑到了岳飞本人“乞益兵守淮”的请求。然而，通州和泰州僻处江海一隅，非战略要冲之地，这与他“乞益兵守淮”的本意其实不合，镇抚使是个防御性的职务，也与岳飞光复故土的远大宏图相悖。这个任命也意味着之前他向皇帝提出的军事建议，皇帝一条都没有采纳。

于是，岳飞便上状向宋廷申诉说：“金贼侵寇虔刘，其志末艾。要当速行剿杀，殄灭净尽，收复诸路，不然则岁月滋久，为患益深。若蒙朝廷允飞今来所乞，乞将飞母、妻并二子为质，免充通、泰州镇抚使，止除一淮南东路重难任使。令飞召集兵马，掩杀金贼，收复本路州郡，伺便迤逦收复山东、河北、河东、京畿等路故地。庶使飞平生之志得以少快，且以尽臣子报君之节。……如蒙指允飞所乞，即乞速赐指挥，亦不敢仰干朝廷，别求添益军马。伏乞钧照。”

岳飞上疏，请求赵构给他一个能够杀敌的繁重艰难之任，以便由淮东进兵，先收复本路州郡，然后相机北进，收复中原。赵构只以诏书空言嘉勉，竟未答应。岳飞无奈，只得接受成命。

建炎四年八月十五日，岳飞回到宜兴张渚镇张溪行馆，准备收拾一下，然后前往新的防区。

岳飞久敬已故乡贤张完，临行时即与张充拜谒张完之墓，在壁上题写了《过张溪赠张完》诗。诗曰：“无心买酒谒青春，对镜空嗟白发新。花下少年应笑我，垂垂羸马访高人。”岳飞于诗中慨叹时光流逝，人事代谢，面对青春年少，自己已是白发年华。但也应该骑着瘦马，去拜访这位品格高尚的贤士，表达对他的敬重。这首诗充分抒发了岳飞尊贤重士、珍惜友谊的情感，展示了一位抗金英雄虚怀若谷的君子之风。

张充是宋大观三年进士，自认为一介平民，没有资格与岳帅唱和，即代时任礼部尚书的兄长张崇和诗一首，以示答谢之意。唱和诗曰：“相别相逢不计春，眼前非旧亦非新。声求色相皆虚妄，莫认无疑是昔人。”张充以此诗深情宽慰岳将军，以示答谢之意，然却未署名落款。

鉴于岳飞是为张完题诗，张充和诗后未落姓名，故而他人误认为由张完和诗，以致当朝的《咸淳毗陵志》也误载了。张氏后辈自知有误，却认为只要此事光宗耀祖，也没有必要拘泥于何人所为了。但张渚还是在《张氏宗谱》中说明了原委，让后人知晓真情。此是后话，且按下不表。

且说，完颜兀术在江南失败后，即屯兵江北的六合，他想从江北运河引舟北归。然而，宋将赵立、薛庆分别在楚州和承州扼守这两个运河要冲，而他俩都是忠心耿耿、骁勇善战的将领，正堵塞着金兀术的归路。

建炎四年五月初，金军东路军主将元帅、左监军完颜昌，为打通沿运河北上的水路，救援被堵截的小弟，率军赶赴六合县，想先与金兀术会师，而后冲出要塞北归。

完颜昌本名挞懒，金朝大将，开国功臣。天会三年，金对宋开战，完颜昌为六部路都统，率部随宗望右路军攻宋。不久，完颜宗望接受了宋朝的盟约，班师回国，回到中京。靖康元年八月，金朝再次攻打宋朝。闰十一月，完颜宗翰、完颜宗望军都到达汴州。完颜昌、阿里刮在杞地打败二万宋兵，攻灭了宋兵三个营垒，俘获京东路都总管胡直孺及其两个儿子、南路都统制隋师元及其三员大将，顺利地攻克拱州，降宁陵，破睢阳，下亳州。宋军来收复睢阳，被完颜昌击败，宋军大将石瑱被擒。

建炎四年八月，金国南侵，完颜昌负责淮南战场，和完颜宗弼商定会师攻打楚州(今江苏淮安市)。此时，扬州镇抚使郭仲威得到消息后，态度模棱两可。他起初邀请承州天长军镇抚使薛庆前往扬州助战。

然而，薛庆于八月初九率兵到达扬州时，郭仲威却"置酒高会"，行若无事。薛庆愤急，大怒道："此岂纵酒时耶？我为先锋，汝当继后。"第二天，薛庆出扬州西门迎敌，部下不足一百人，转战十余里，亡骑三人。郭仲威却没有率军跟来，薛庆退回扬州，郭仲威闭门不纳，薛庆率兵奋战阵亡，金兵包围了扬州城。郭仲威看到敌人兵临城下，不思抗敌，却弃城逃往兴化。

金军乘胜攻占了长江北岸的扬州和运河边的承州（今江苏高邮），并包围淮河南岸的楚州。楚州随即成为孤城，形势十分危急。

楚州位于淮河、大运河交汇处，镇守楚州的是右武大夫、徐州观察使及楚、泗州、涟水军镇抚使赵立。赵立生于北宋元丰五年，徐州张益村人，是一个超级猛人。初投军时，和岳飞一样，是一名"敢战士"，打起仗来极为凶猛，每次都冲锋在前，杀敌不眨眼，砍头如切菜，是罕见的猛将。

赵立貌雄壮，善骑射，性情豪爽。虽不识字，却有一股与生俱来的忠义之气。他平时与士卒同甘共苦，每次作战，皆擐甲胄先登，出则居前，入则殿后，众将士畏服，亦乐于为用。他不喜声色财货，个人军饷只领取一半，他嘴里不断念叨着："现在国家困危，做臣子的不能为国事分忧，又怎么能无端增加国家的负担呢？"

靖康之变，金人大举南下，盗贼群起，赵立屡立战功，被升为武卫都虞候。建炎三年，金人围攻徐州，赵立站在城头督战，身中六矢，逾战益厉。城破后，赵立率众兵士与金人展开激烈的巷战，被金人击倒在地，几近死亡。半夜时分，下起了小雨，他才苏醒了过来，杀掉几个守城的金兵，逃了出来。赵立家属在徐州失陷时已全部遇难，其单骑入楚。偶得女子知书者，使侍左右，作为军中书记。城破之后，此女自杀身亡，真不愧为英雄的红颜知己。之后，赵立又纠集了一大帮乡民，继续为收复徐州而战斗。

赵立每言及金人，必啮齿而怒，恨不能生啖其肉，死寝其皮，发誓与金人不共戴天。他和士卒言谈，三句话不离杀敌，且自誓必勇战至死。他为了断绝士兵投降的念头，凡是俘虏了金人，一律"磔以示众"，从来没向赵构献过一次战俘，金兵对赵立恨之入骨。

建炎四年，宋高宗采纳宰相范宗尹的建议，任命赵立为楚、泗州、涟水军镇抚使兼楚州知州，任命李彦为海州、淮阳军镇抚使兼海州知州。赵立奉命从建康率军前往楚州救援，一路上与金人且战且行，经过七场恶战后终于突破了金人的封锁线，胜利进入楚州城内。

赵立进驻了楚州，即命人在城内拆除了一批废屋，挖了很多大池子，在池中生起熊熊大火。完颜兀术从六合县准备北归，曾派人送了大量金银财宝给赵立，希望能从楚州买一条路回家。赵立二话没说，拔出宝剑将金使一挥两段。

# 第三十二章　驰援楚州　忠烈流芳

话说，完颜兀术此时奉命西调，围攻楚州的任务就交给了原来主持淮南战场的金将完颜挞懒。

第二日，金兵在城外布下阵势，分三个战阵邀战。赵立则带了六名骑将出城，也布了三阵应战。他命骑将在护城河上的吊桥前列队等候，自己拍马驰向金兵的营寨，大呼道："我是楚州镇抚使，贼首快来迎战！"

金人用数百铁甲骑兵冲开赵立的步兵方阵，四下合围，将赵立围在正中。赵立手持长槊奋身突围，口中大呼，左冲右突，金人落马者不知其数。此时，金人南寨内杀出两名骑将，手挺长枪，口中"哇哇"怪叫着，旋风一样向赵立杀来。

赵立"哈哈"大笑，枪倚马鞍，空着两手，静立不动。等到金人的两条长枪刺出时，他两手张开如张簸箕，左右开弓，抓住两条枪杆，两臂用力，口中暴喝："过来！"声如焦雷。

说时迟，那时快，两名金将应声坠地。赵立随即抖动两条长枪，对准两金将的面门，用力一插，两名金将当场身亡。赵立放开枪杆，仍旧空着两只手，转身将还，此勇夺双骑之举，令金人惊骇不已。

金人北寨中将士见状，又呼啦啦冲出五十余名骑将，追赶赵立。赵立拨转马头，虎目圆睁，大喝一声，犹如当年长坂坡前的张飞重生，金人竟然人马俱惊，辟易数里，惊吓得控制不住马匹，纷纷退去。

金人一旦登上城头，就被守城将士用长钩钩住，从城头拖曳入火池中。一时间，被焚者鬼哭狼嚎，城外金兵闻之，惊恐万分，军心大沮，进攻受阻。

完颜昌恼羞成怒，在楚州城外设置南北两寨，断绝楚州的粮道。

楚州城内的军民中，原籍的楚州将兵只有两千，楚州辖下的四县民兵约五千，另有几千人是赵立从徐州带来的，其中老弱居半，全军不满万人。金兵刚开始围城的时候，城中尚有野豆、野麦可以食用。八月中旬，楚州粮道被切断，围城时间一长，军民所食皆无生物，只能吃野草、水草和树皮充饥，后来甚至出现“易子相食”的惨状。

赵立只得连连向朝廷告急，告急书一封比一封发得急，使者来往频繁，每每相见于道。然而，南宋朝廷根本就没有集中东南韩世忠、张俊、刘光世三大将的兵力，更没有与金军在淮东进行战略决战的勇气和计划。在宋高宗君臣看来，韩世忠军新败，元气尚未恢复，而刘光世与张俊关系不和，故出兵救楚州，只能是非此即彼。

签书枢密院事赵鼎先找到张俊，说道：“张帅主持长江中上游军务，应该援救楚州！”并让岳飞隶属张俊节制，一同发兵。张俊为人奸猾，认定金兵势大，万不能从，推辞说道：“敌人刚刚会师，气势正盛，挞懒用兵如神，其锋不可当。楚州孤垒，危在旦夕。若发兵拯救，无异于徒手搏虎，自取灭亡。”

赵鼎继续劝说道:“楚当敌冲,所以屏蔽两淮,若委而不救,则失诸镇之心。”张俊仍说道：“救之诚是，但南渡以来，根本未固，而宿卫寡弱，人心易摇，此行失利，何以善后！”赵鼎再三劝说道：“张帅身为朝廷之倚仗重臣，岂有死不救之理！”张俊却一脸无奈，“嘿嘿”笑道：“当下之计，只有坐看赵立自生自灭，不必再投入兵力，枉送士卒性命。”

赵鼎见说不动张俊，只好向赵构申诉道：“朝廷重建，全仗两淮拱卫，如果楚州失陷，则大势去矣。发兵拯救楚州，不但是救垂亡之城，而且是激励诸将尽忠的绝好时机。”赵鼎恳切地提出，南宋政权刚迁到江南不久，在江南地区立足未稳，南宋政权的存在，需要依靠长江以北的两淮地区作为屏障和战略缓冲地带，如果淮河和运河交界处的战略要地楚州被金兵攻陷，那么唇亡齿寒，江南的南宋政权将面临很大的威胁！

赵鼎见赵构犹豫不决，竟慷然涕流道：“皇上，如果张俊同意发兵，臣愿意和他一起上前线，死而后已！”宋高宗赵构亦被他感动，又让赵鼎传命，让张俊发兵救援楚州。

但是，张俊仍然拼命地找借口来推辞，拒不从命。赵构看见张俊畏敌如虎的样子，虽然大为不满，但碍于张俊手握重兵，也拿他没有办法。宋高宗君臣无可奈何，只好改命刘光世发兵前去援救楚州。而命令岳飞、郭仲成及主管镇抚司公事的王林，海州、淮阳军镇抚使兼海州知州李彦先等部，都划归刘光世节制，共同救援楚州。可是，刘光世却以“将在外，君命有所不受”之由，置若罔闻。

宋高宗赵构情急之下，给刘光世连下了五道亲笔手诏和十九道枢密院札。其中的一份手诏明示：“唇亡之忧，于卿为重。宜速前渡大江，以身督战，庶使诸镇用命．勠力尽忠，亟解山阳之围。”

诏令是在建炎四年八月十九日发布的，可到了八月底，刘光世一点儿反应都没有。刘光世是官宦子弟出身，他贪图享乐，养尊处优，贪生怕死，畏敌如虎，向来害怕金兵，作战更是不敢当先。但是邀功请赏却是争先恐后，从不落伍。刘光世本人有数万兵力，却以重兵屯守长江南岸的镇江府，而命部将王德和郦琼率轻兵北上。王德和郦琼率偏师于八月二十四日渡江北上，次日便越过距离承州不远的邵伯镇。

然而，王德和郦琼却再也不敢向北直进了，他们转而朝西北方向绕道，赶往与承州（今江苏高邮）有重湖之隔的天长军（今安徽天长）。单从行军路线看，如此绕道，就表明刘光世和王德毫无复承援楚的诚意。接着，王德谎报若干战功，之后便借口部属不用命，斩杀左军统领刘镇和裨将王阿喜，随后即于九月撤兵南下。如此一来，楚州四面无援，孤城独处，形势岌岌可危。

八月二十二日，完颜昌料他援绝粮穷，调集重兵几万人四面日夜猛攻。楚州被围，赵立昼夜防守，未尝灰心。完颜昌亲自挂帅攻打，重点放在城的南壁。金人用炮击毁三座望楼，想从这个缺口登城。

赵立一边指挥反击，一边指挥改进防御设施。他下令拆掉城内沿墙废屋，将砖瓦石块运上城头，在原地掘一道深沟，燃起火来。又在城上广募壮士，人人手持长矛钩镰枪守着，当金兵缘梯登城时，立即用长钩钩入，投掷火中，守城战士就舀熔炉中的铁汁浇泼他们，金军被烧死无数。

完颜昌又精选了一批死士，开凿地道，企图穴城而入，偷袭楚州。不料赵立早有准备，沿城挖掘重堑。金军方入，全被捉住，一一枭首，用长竿挑出城头。完颜昌怒发性起，誓破此城，遂命从后方运到大批七梢、九梢等飞炮，向城轰击，炮石横空，铺天盖地，多处城墙被击坍塌。赵立率楚州军民随缺随补，仍然使金兵无隙可乘。

且说，赵构数次调兵驰援楚州无果，只好改命泰州镇抚使兼泰州知州岳飞，要他驻守泰州，而后率兵从金人腹背偷袭，缓解楚州的险情。

泰州（今江苏泰州）和通州（今江苏南通）在承州（今江苏高邮）的东南方，僻处江海一隅，并非战略要冲之地，其中通州更为偏远，在长江入海口的北岸。泰州原来管辖四个县，兴化县虽然盛产稻米，却已改隶承州。泰兴县也割属扬州。州治海陵县累遭兵火，全无收成，如皋县收成也很差。泰州和通州两州在当时根本就没有存粮。而大江以南距泰州较近的平江府（今江苏苏州）、常州等地又因遭到金军的严重破坏，无力供应军粮。

岳飞当时刚刚克复建康，喘息未定，人困马疲，尤其军内粮草甚缺。南宋朝廷曾命令距泰州较远的湖州（今浙江湖州），于“封桩米内支拨五千硕，应副本军起发”。岳飞及岳家军将士闻之，一时兴高采烈，不料当地官员却借故拒绝支付。因此，岳家军将士连同家属共七万多人的饭食，上千匹战马的刍草，皆一一窘乏。

自建炎三年秋季以来，岳家军经历长途转战奔袭，衣装弊旧，却未能按照规定，领取春装替换。延挨至深秋，金风萧瑟，岳家军将士的冬衣也无着落。这不能不使岳飞为岳家军官兵们的“赤露失所”而忧心忡忡。尽管遭遇种种困难，岳飞还是毅然担负起救援楚州的重任。赵构让岳飞救援楚州的诏令是在建炎四年八月十九日才正式发布的，而岳飞在十八日，便率领大队人马从宜兴出发了。

八月二十一日至二十三日，岳家军各部相继进入江阴，由于找不到船只，只能滞留于长江南岸待渡。岳飞视军情紧急，立即做出调整，自己率领一部分精干骑兵小分队首先渡江，又命张宪率领其余部众随后分批渡江。

八月二十六日夜二更，岳飞率轻骑先入泰州，辎重在后。岳飞到达泰州后，没有立即采取军事行动，而是贴出告示安抚民心，接着整顿泰州军务，召集泰州士兵比试武艺，在此次比赛中选出一百名身高体壮、武艺高超的士兵充当直系亲兵。

九月初九，张宪率领的大队人马全部渡过长江，一万多士兵到达泰州。为了维护百姓的正常生活，岳飞下令严守军纪，不得骚扰百姓，这些举措深得泰州人民的拥护。俗话说：兵马未动，粮草先行。泰州已受金兵劫掠，既无银钱也缺绢帛。岳家军大部队到泰州已有数日，而开赴前线所需军事物资尚无着落。

岳飞自感为一方父母官要关心百姓疾苦，愧对百姓的事万万使不得，便写了“申状”给尚书省，请求调拨一些钱帛，以便支付本军冬衣费用。因军令急促，岳飞安排完毕后，未及等到回应，即命张宪留守泰州，自己率领数千精兵火速出征，进驻三垛（高邮武宁乡）。

岳飞率领精兵边前行逢敌交战，边等各路宋军援兵前来会战，但迟迟未见各路镇抚使率兵前来。

一路上，但见哀鸿遍地，生灵涂炭，到处都是铁蹄蹂躏下的惨状。而以宋词大家秦观之女被金兵北掳，在故里激起的民怨尤烈。时人宋无诗云："郎罢（旧时方言：阿爸）藤阴老泪潸，黄金谁赎蔡姬还。可怜山抹微云恨，直送蛾眉出汉关。"

当时的形势非常严峻。岳飞的兵力实在太少了，以区区数千之众与实力强大的金军作战，无异于以卵击石。加上楚州告急的探报不断传来，岳飞义愤填膺，在公牍中多次写道："承楚之争，危迫如许""承楚之急，甚于倒悬，不可以顷刻安居……"岳飞几番向时驻镇江的安抚史司刘光世申状，曰："欲望钧慈捐一二千之众，假十余日之粮。令飞得激励士卒，经赴贼垒，解二分之围，扫犬羊之迹。"公牍之主题词"乞兵马粮食"中的一个"乞"字，可谓椎心泣血，令人动容。尽管岳飞望穿双眼，却只是泥牛入海，杳无音信。此时岳飞的部队已处在孤军无援的境地。

然而，岳飞别无选择，他仗剑一呼："此正飞等捐身徇义之秋！"似闪电刺破苍穹，似霹雳震撼山岳。众将士同仇敌忾，山呼海啸；敢死士破罂（携带的水壶）塞井，气贯长虹。岳飞殚精竭虑，运筹帷幄，于瓮子湖设伏，诱敌入瓮而伏兵四起，"杀鞑子"之声响彻云天，直杀得金兵屁滚尿流，魂飞魄散。

岳家军在数倍于自己的金军中，孤军机动作战。岳飞不但每次都亲临战阵，而且经常身先士卒，自己担任"旗头"。所率将士的动止进退，都唯"旗头"是瞻，看岳飞如何挥动手中的旗帜。

岳飞援楚战斗，三战三捷，《承州捷报申省状》中报曰："武功大夫昌州防御使通泰州镇抚使兼知泰州岳飞状申：恭依指挥，选精锐分头会和及率人马直抵承州，掩杀金贼，三次见阵获捷。所有遂次生擒女真、契丹、渤海、汉儿军高太保等，除身死外，见管女真三人：阿主里孛堇、白打里、蒲速里；

渤海一名：李用；契丹一名：毛毛可昱（水旁）；奚人三人：王哥、合主、留哥；汉儿一十二名：李延寿、赵月一、张大、李兴门、侯孝兴、解德、小儿、麻大、曹黑儿、杨四儿、杨章儿、孙公仪。今差使臣某人管押申解前去。谨具申尚书省并枢院，伏候指挥。”

岳飞连续三次出击，取得了“杀金将高太保，俘酋长七十余人”的胜利。无奈高邮自昔号铜城，堞楼连云，有“铁不如”之谓，易守难攻，岳飞一时无破城之策。

此后，完颜昌又接连五次对岳飞这支军队进行围堵，五次均被冲溃。然而，令完颜昌更为奇怪的是，这支队伍每次冲出包围圈，都没有改变行军方向的意图，还是一如既往地直指楚州城。

此时，岳飞在援楚战斗中，表现非常突出。按兵家常识，他心中很明白，救楚州是为了保泰州，一旦楚州陷落，泰州就面临着唇亡齿寒的危险，其他镇抚使可以坐视他人之危，而岳家军责无旁贷，所以在得不到援军的情况下，面对强敌，岳飞仍为救楚而奋力拼杀。

完颜昌继续分兵南下，一方面加紧攻打楚州，昼夜不息，另一方面责令诸将拒岳飞于承州城外，绝不让其靠近楚州城。金兵又将援救楚州的另一支部队，即海州、淮阳军镇抚使李彦先部扼制于淮河边。

不久前失守的承州，正处于泰州和楚州的中间，是援楚的必经之地，这里有金兵重兵把守。岳飞分析当前军情后认为，若使援楚成功并解除后顾之忧，必须先攻克承州。于是，岳飞命令部队对着金兵承州大营扎下营寨。岳飞连续推进了十几站，被越来越多的金兵缠住，军中减员严重，粮草奇缺，孤军前行，始终未能攻克承州，自然解不了危局，楚州危在旦夕。

九月上旬，楚州已经被完颜昌包围了一百多天。赵立孤军无援，想一拼了之。九月十六日，完颜昌调动大批诸如云梯、火梯、偏桥、鹅车、洞子、对楼车等攻城器具，将护城河填平，千梯并举，万军奋进，从东城大举进攻楚州。

楚州军民在镇抚使赵立率领下，与城池共存亡，誓死不降。

又相持数日，赵立率兵在城上抵御，用松枝油焚烧架在城墙上的云梯，九月西风大作，火辄反向，无法燃烧，赵立叹道：“岂天未助顺乎。”他闻得东城炮声隆隆，急上磴道，督兵防守。不料一块大石飞来，不偏不倚，正中赵立头部。赵立大叫一声，翻身倒地，左右赶紧上前将他救回。

赵立的口鼻严重变形，眼珠突出，七窍流血，面目可怖，仍艰难地喃喃自语道：“我再也不能为国杀敌了！”又吩咐将士赶紧把他抬到三圣庙中去，扬言他生了病要进行祈祷，叫敌人摸不清宋军的虚实。未几，赵立气绝，年仅三十七岁。

南宋朝野得知赵立的死讯，无不叹息。宋高宗赞叹：“赵立坚守孤城，虽古名将无以确之！”赞说赵立的功劳，比唐朝的张巡、许远，也有过之而无不及。宋高宗辍朝两天悼念他，追赠他奉国军节度使、开府仪同三司，谥“忠烈”。后来人们在谯楼下找到了赵立那两颊带着箭伤的遗体，官府为他办了丧事，又为他立了祠庙，庙名是“显忠”。此是后话，暂且不表。

此时，城中军民听到赵立殉国之噩耗，皆禁不住失声痛哭。将领们忍悲含泪推举参议官程括权任镇抚使，带领众将士守城。完颜昌的间谍刺探到赵立阵亡，却怀疑他假装死亡以诱惑金人，仍不敢贸然突进，还是以“围”为主。不久，城中防御松懈，原先跟随赵立的徐州人多数溃围离去。

一汉奸向完颜昌建议，从防守薄弱的北城墙进攻，完颜昌采纳了这个汉奸的意见。建炎四年九月二十八日，楚州城墙终于被金军攻破。百姓遭到屠城之难，老少皆被杀绝，财物被劫，房屋被烧，城内一片惨状。

面对敌人的血腥屠城，楚州军民依照赵立生前的布置，在每个巷口都设立砖垒，扶伤巷战，使金军又付出了几千人伤亡的代价。城中火光烛天，有的妇女抓着金兵，一起沉于河中。号称“千人敌”的民兵首领万五、石崎、蔚亨等人，趁金兵入城时的混乱，杀开一条血路，奋勇突围而出。宋军副将左彬不忍抛弃自己的妻子，用一条大绳把妻子绑在自己背上，跳上战马，手提大刀，争门而出，手杀数十金兵，最后壮烈战死，让人睹之肃然起敬。

金人南侵以来，所过名城大都，大多数是虚声恫吓，迫胁守城将士投降，以至攻城掠寨，如探囊取物。宋朝也有很多军民展开了坚决守卫乡土的斗争。楚州保卫战就是其中的代表，这场英勇悲壮的守卫战，表现了宋军宁死不屈的浩然正气。

楚州一战，金人的损失惨重，给金兵带来了极大震撼，如果南宋每一座城池都像楚州、太原、陕州这样抵抗，金兵岂能横行！赵立的威名也因此在金人中广为传颂。

亲身经历此战的完颜昌，看到南宋强大的战争潜力，知道金国无力将其攻灭，强行发起战争只怕会自食恶果，于是，转变为金国的“主和派”。此是后话，按下不表。

在楚州外围，赵立的结义兄弟、海州淮阳军镇抚使淮安军镇抚使李彦先，亲率水师救援楚州,在淮河上被金兵所阻。楚州沦陷后,金兵即全力围攻李彦先，李彦先在北神镇(今淮安北)血染淮河，壮烈捐躯，全家亦全部遇难。

李彦先战死后，南宋在两淮的部队，只剩下岳飞一支孤军，完颜昌集结起号称二十万大军挥戈南下，数万铁骑潮水般扑向承州。岳飞独力难支，无奈之下退至承州白炭村扎营候旨。

此时，宋高宗闻报下诏，命岳飞撤军守卫通州、泰州，岳飞奉诏忍痛回师泰州。按宋朝募兵制的惯例，军队移屯，家属往往要随行。一万多将士，连同眷属，共有两万多人。由于屯驻期间会聚的大量中原难民随军后撤，一种国破家亡、颠沛流离的悲怆使岳飞肝肠寸断、泪湿征衣，更使回师充满了临渊履冰的艰难……

却说，楚州既陷，敌人从楚州东边向南进迫，越过承州，直趋通、泰防区，即要侵入岳飞直接统辖的区域。承、楚战役的失败，是由于南宋统治者对作战没有全局的计划，而张俊、刘光世等又拥兵自重，不听朝廷的命令。岳家军单独应援，无法打开这个局面，反而使金兵发起了更加猛烈的进攻。

岳飞转战弥月，获悉楚州已破，只得奉命由前方撤兵，于十月初回师泰州。岳飞驻兵泰州，立即张贴“安民告示”，颁布社会秩序管理条例，组织民团维护社会秩序，了解地情、民情，安抚百姓。他将军营屯于城外，治理军中事务非常严整，依旧严禁军士骚扰，不允许士兵随便到街市闲游。

经援楚战斗，岳飞驰援部队已减员至不满三千，显然兵力不足以守。刘光世不给予援助，以致岳家军的装备非常差，而且也没有粮草可供补给，许多士兵在寒冷的冬季仍没有棉衣穿，处境十分困难。

岳飞进入泰州城，随即便布防于南通、泰州、江都沿江一线，并针对骄兵轻战的特点，决定与其斗智。此时，岳飞得知，泰州城西北有一个长长的鼍潭湖，早已被一支由梁山泊转移来的抗金水军所占领，可以借用为泰州的军事屏障，沿湖浅水区长满了野生的“茭白”，取之不尽，平时可食，战时可用。

抗金水军首领张荣本是梁山泊一个渔人，他继承梁山精神，拥有舟师二三百人。当金军侵犯此地时，张荣曾率领大批将士多次追杀女真南侵兵马。因此，张荣享有“张敌万”之称。承、楚战争之际，张荣率领一支军队驻扎在鼍潭湖（在江苏高邮东北九十里），截住了金人的后路。可惜赵立守楚州时，没有与他取得密切的联系，张荣未能及时增援。岳飞认为，可利用此有利地形，设计御敌智谋。他便发动民众在泰州西北方圆三十里内，挖出纵横的隔岸，布置了一个“水八卦阵”。

# 第三十三章　移师泰州　血溅柴墟

话说，金兵攻下楚州不久，完颜昌闻报岳飞已回师泰州，认为岳飞已成溃军，如乘胜追击，泰州便唾手可得。于是，完颜昌亲率两万大军从楚州转向泰州。

完颜昌到达泰州境内后，立即发起突袭，才发现这里沟汊纵横，密如蛛网，犹如走进了“迷魂阵”。当金兵接近鼍潭湖时，被张宪、张荣诱敌深入，深陷“茭城”之中。而岳家军从隔岸港汊的深处，飞出无数轻舟，打得完颜昌落荒而逃。

金兵屡攻屡败，成批被歼。完颜昌此战吃惊不小，受此大挫，暂缓了进攻泰州的部署，原地扎营坐等完颜兀术前来增援。

建炎四年十月二十三日清晨，完颜昌和蒲速里酋长又合兵二十万，在北风中浩浩荡荡杀向泰州城，蹄声如雷，惊天动地。金兵汹涌而来，狂奔了三十里，在泰州东北扎下营寨，完颜昌披甲执枪，领军居中，其余将领各率本部人马列阵于两侧。一时间，虏阵横北荒，胡星曜精芒，人马环合，甲兵铁骑十余万人阵列齐整，五色旗按方位分植在中军周围，寒风一吹，猎猎作响。

完颜昌这次攻城的精锐骑兵足足有三万多人，准备将岳家军全部绞杀在泰州城内。城内诸将看到这个阵势，头皮不免有些发麻。岳飞却不慌不忙，下令开城迎战。

岳飞胯下千里追风驹，手持丈八矛，上下翻飞，枪锋及处，金兵纷纷倒地。

在厮杀和呼喝声中，宋军出手迅猛，金兵人马皆仆，践踏成一团。战斗持续到申时，金军损失惨重，力不能支，被迫后撤。夜里，岳飞又遣千人趁黑袭营，杀虏颇众。

金兵虽然暂时败退，岳飞却不敢怠慢，因此时城中粮食将尽。岳飞把金军进攻的消息迅速报告给朝廷，希望朝廷能给予援助。但朝廷迟迟派不出援兵和物资，只传讯让岳家军能守便守，实在不行就撤退。岳飞闻讯，心中十分不满。

完颜昌打探得知，泰州城中已经没有军粮，于是围城不去。

岳飞急中生智，让将士们连夜垒土成山，将仅剩的一些粮食做成锅巴，堆放到土山之顶，任凭飞鸟啄食，一时间吸引了很多飞鸟。完颜昌见状，引弓射下一只，剖开鸟嗉，见全是米粒，立即叫手下兵士登高查探。此兵士看见土山，以为是个饭锅巴大堆，便回报说城中军粮充足，堆积如山。完颜昌认为围城已经没有多大意义，便率兵离去。

“水八卦阵”大捷后，岳飞料定金兵不甘罢休，肯定会改道南渡。而自己的辖境内却是一马平川，无险可据，如果硬拼，兵少将寡，难以取胜。于是，他一面保存有生力量，将主力撤至柴墟（今口岸）；一面分析敌情动向，在柴墟以西江都的郭家庄（今嘶马）、大桥一线设布疑兵之计，狙击金兵。

原来，在郭家庄以西、大桥以东二三里之处，有一段地势低凹的沙土地带，旧名沙洼。那里是“马踏蹄陷沙中，人行沙没足上”，犹如茫茫沙漠。一阵风过，更是尘土飞扬，对面看不见人。而郭家庄一带的村民，家家皆有养羊的习惯。

岳飞探得此情，计上心来，便亲自带领一队人马驻守在郭家庄，分兵把守沿江一线的几处高地。同时又派出两支人马待命：一支部队在郭家庄向百姓征集壮羊，用绳索把它们倒悬在村庄的树干上，并在每只羊的前蹄前放置一面鼓。一支二百人的骑兵到沙洼，在每匹马的尾巴上都系好树枝。

十一月二十九日，金兵完颜昌果然再次来犯，妄图在大桥东乡一路穿插南下，从三江营偷袭渡江。

岳飞当然早有准备，他一面传令在沙洼的骑兵扬鞭策马，来回奔驰。只见马尾所系树枝扬起黄沙，沙乘风势，腾空飞扬，风助沙威，铺天盖地。一面又令郭家庄的部队紧密配合，迅即解开羊的前蹄绳索，群羊挣扎，乱蹬鼓面。刹那间，战鼓咚咚，声震四方，战马嘶嘶，声势壮激，黄沙漫漫，遮天蔽日。岳家军乘机杀出，金兵大败而归。

此时，在宋军营中发生了一件意外之事，即岳飞最亲信的部将傅庆借故闹事。

原来，傅庆本是卫州窑户，跟随他的上百兄弟也多是窑户出身。窑户是个苦力活，无论在金在宋，他们都是生活在社会底层的人。所以金兵占了卫州，这些窑户们并没有揭竿而起。他们只想烧好自己的窑，能吃饱肚子就行。

傅庆骁勇绝伦，却胸无大志。他的爷爷是窑户，他的父亲是窑户，到了傅庆这一辈，依然是个窑户。傅庆每天除了烧窑，最爱的就是喝酒赌钱。烧窑挣的钱全都扔在赌馆和酒馆里了。傅庆本想就这样一辈子过下去，再过两年，找个婆娘，生个儿子，不绝了傅家香火就行。

虽然蒲察石家奴占了卫州之后，经常传来某某富户被抄家灭门的消息，但传到窑场之后，这些窑户心中不但没有同情，甚至还有一丝快意。反正这些大户人家为富不仁。但渐渐地，金兵大军开始整村整村地烧杀抢掠，不论贫富。一次，蒲察定率领几百金兵闯到大山之中的窑场，大开杀戒。几百窑户虽然奋起反击，但血肉之躯怎么能挡住女真铁骑，上千人的大窑场被杀得一干二净，只跑出上百个脚快的汉子。

那一天，傅庆跑到山外赌钱去了。等他输光了身上的钱，吊儿郎当地回到窑场，却只看见一场尸首，满地鲜血。自己的老爹，烧了一辈子窑的老窑户，倒在窑口，身子被斩为两段。望着老爹的尸首，傅庆一滴眼泪也没掉。他领着幸存下来的上百条汉子埋葬了亲人的尸首，然后一把火烧了窑场。

随后的半月时间里，傅庆让其他人藏在庄稼地里，一个人不断地四处袭击落单的金兵。当然，在傅庆看来，只要不超过三十个金兵在一起，就是落单的金兵。十几天时间，傅庆一个人袭杀了上百名金兵，虽然杀的多是仆从兵，但也给弟兄们弄到了一些残破的皮甲，一些劣质的兵器。后来，他们投军抗金，成为杜充建康留守司统制戚方的部属。

建炎三年，戚方叛逃，岳飞招抚其部众，傅庆率军归降岳飞，授岳家军前军统制。建炎四年与王贵战宜兴，大败郭吉，又随岳飞大败叛将戚方。

傅庆勇敢善战，在江南诸战役中，曾建过不少的战功，岳飞很器重他，平时往来，不拘形迹。傅庆却恃才傲物，把长官岳飞视为平交，还不时向岳飞索要钱财，岳飞总是有求必应，慷慨解囊。长此以往，傅庆养成了骄傲自满的心理。傅庆经常对人吹嘘道："岳帅所主张此一军者，皆俺出战有功之力。"

岳飞出任通、泰州镇抚使后，治军更加严肃，对傅庆便不能像以往那样宽纵了。傅庆因此心怀不满，还是依然故态，打仗不肯出力，承州之战也没有立下任何军功。久而久之，岳飞对傅庆的言行产生了厌恶之意，对其态度也有些改变，这更加引起傅庆的不满。

一日，傅庆在迎接刘光世部将王德时，当面向王德表示，愿意重新隶属旧日的长官"刘相公"。王德当即应允，让他寻找适当的时机"离岳投刘"。恰巧，张宪无意中听到两人谈话，便将此事报告岳飞。岳飞闻之非常生气，但未见傅庆动作，亦即隐忍未发。

稍过若干时日，岳飞在军营中命众将比赛射艺。一般将领射箭都限于一百五十步，唯独傅庆连发三箭，都达一百七十步。岳飞即奖赏傅庆三杯酒，勉励众将士要以傅将军为榜样，苦练武艺。

接着，岳飞又颁赏承州城下的战功，命令取宋高宗"宣赐"的战袍和金带，交付王贵。傅庆带着几分醉意和妒意，出面拦阻，说道："当赏有功者！"岳飞即问道："有功者为谁？"傅庆大声喊道："傅庆在清水亭有功，当赏傅庆！"

岳飞见他借酒邀功，立即喝退傅庆，道：“此为奖赏承州战功者，尔可有立功乎？” 傅庆被问无语，却不服，竟贸然下阶，焚烧战袍，捶毁金带。岳飞顿时大怒，喝道：“大胆傅庆，毁坏御赐之物，该当何罪！”

傅庆毫无顾忌，却也大声应道：“好你一个岳飞，好一个忘情无义之辈！俺傅某自打建康跟随于你，鞍前马后，舍命搏杀，立下几多汗马之功。如今，你升官了，竟忘了俺等赤脚兄弟！”岳飞劝说道：“岳飞岂是如此不堪，你休得胡闹！”

傅庆一听，哈哈大笑道：“你岳大帅不是军纪严肃吗？俺胡闹，你斩了俺啊！”岳飞正色道：“军纪对任何将士，视若一致。你若真犯了死罪，照斩不误！”此时，徐庆、姚振上前拉住傅庆，劝他离开。

不料，傅庆拼命挣脱他俩，仍冲到岳飞面前，高声喝道：“先前你斩了俺兄弟蔡大兴，驱逐俺兄弟崔得富，今日你若不杀俺，你岳飞算不得男子汉，俺傅庆若皱一皱眉头，不为大丈夫！”言罢，伸长脖颈直向岳飞身上撞来。

岳飞当即朗声说道，“岳飞此生无他心愿，唯愿直捣黄龙府，灭金虏，复中原。和俺同心者，俺视为兄弟。但若有坏抗金大业者，无论是谁，俺定会手刃之！”傅庆却仍然不依不饶，满口粗言秽语。

岳飞怒不可遏，喝道：“真不可理喻！亲兵，将这厮推出去！”说罢，拂袖而去。

此时，上来几个亲兵，七手八脚将醉酒的傅庆五花大绑，推出辕门。

这边，岳飞走进中军帐，张宪紧随其后。岳飞坐下后，仍怒气未消。有亲兵送上茶水，张宪接过来端放在岳飞面前案台上。岳飞喝了一口水，见张宪一旁躬身侍立，便道：“贤弟，可有言相告？”

张宪和颜悦色，劝道：“老师切不可与傅将军计较。”岳飞轻轻摇了摇头，苦笑道：“傅庆这厮，也太过分了吧。”张宪略略迟疑了一下，轻声道：“父帅曾嘱咐吾等，急火攻心时节，须冷静再冷静！”岳飞恳切言道：“恩师告诫，岳飞不敢忘怀！”

张宪上前一步，道：“那，老师再怎么生气发怒，也不能坏了傅将军性命！”岳飞惊愕道：“谁要坏他性命？”张宪再道：“老师刚才不是令人将他推出去——斩首吗？”岳飞闻之，急切道：“哪里话来，俺只是让人将他推出场外，省得他再胡闹下去。”

张宪一跺脚，道：“不好，亲兵怕要误解老师之意。”岳飞一听，也急了，站立起来，说道：“贤弟快快传令，将傅庆关禁闭三日，酒醒后再行处置！”张宪忙道：“遵命！”转头纵身跃出门去。

张宪刚要运用轻功，飞奔向前，只见吉青慌忙赶来，嘴里大喊道：“傅庆伏法啰，傅庆斩首示众啰！”

那帐内，岳飞闻声，竟一下子惊跌在地，口中连连念叨：“傅大哥，傅大哥……”一时，眼泪“扑簌簌”洒落襟前。张宪和吉青跨进帐中，搀扶起岳飞。

张宪问道：“是谁无令行刑？”吉青应道：“回大帅和张将军，本来亲兵只是将傅庆绑了推走。谁料，他酒疯大发，运功崩断缚绳，夺过亲兵腰刀，手刃三名亲兵，踢伤两名弟兄，连劝阻的徐庆哥哥也被他踢伤了。他像疯狗恶狼，一时无人可挡。后来，还是五个背嵬军将士围住，发弩箭将其击杀。”

岳飞只是流泪不语。张宪发令，收葬傅庆。因他终究违纪杀人，也不做公开祭奠了。

是夜，中军帐正中案台上，摆放着《太公兵法》及香案、烛台，两支盈尺白烛，光亮满堂。岳飞伏拜案前，张宪于稍后处跪拜。良久，岳飞抬起身来，连磕三个响头，神情肃穆，祷告道：“太公在上，恩师在上，负罪后辈岳飞忏悔案前。后辈蒙恩师错爱，授之智慧、功力，方得行事顺达，建业一二，略酬卫国护民、收复河山之志。奈后辈根基浅薄，本质愚钝，尚不得前辈真传，难改浮躁，每每犯错，以致造孽负罪，悔之不及。今再立誓诺：倘若后辈岳飞，再度忘却前辈教诲，当万箭穿心，死无葬身之地！”言罢，起身拈香供奉。张宪随后叩拜，搀扶岳飞后面休息。

夜深了，岳飞仍无睡意。他坐在庭院石凳上，抬头望着天空。透过那云层，他眼前不时浮现出傅庆的音容笑貌，及与其共同战斗的场景……

宋朝时期的将帅治军，主将多对手下将领不是太苛，而是太松，导致很多军队军纪不严，扰民不断，战斗力低下。岳飞虽为儒将之形象，但他出身贫贱，完全靠着军功而在乱世中崛起，必然要具有十分果断的铁腕。从法理而言，岳飞当然有权力处死那些不服管教的骄兵悍将，尤其是傅庆欲私投他军、背主求荣，又擅毁御物、违纪杀人，这无论哪一条，都是违反军法的。然而，岳飞单凭自己个人意气，杀掉一员得力的部将，这表现他在处理问题上，还不免带着粗暴的气息，这也正是他深深懊悔且决心悔改之因。

此时，泰州不但有大敌当前，双方兵力悬殊，而且因兵荒马乱，盗贼蜂起，巨盗王昭竟然趁着纷乱的战火，分头大肆寇掠城东和城北。

建炎四年十一月初，天寒冰冻，金国兵马遂得并力攻其茭城。张荣力不能当，无奈之下就焚掉他们无法带走的东西，弃其茭城，率其舟船和水军转往兴化县的缩头湖中去了。金兵把张荣的水军驱逐出鼍潭湖，这实际上等于打开了诛杀泰州的通路。茭城失陷后，泰州便失去了屏蔽，岳飞再次面临大兵压境、援兵无望的局面。

再说，赵构收到金人要攻取泰州的消息，赶紧诏令刘光世发兵支援。同时下诏给岳飞：“能战则战，能守则守，如皆不可，则暂退江阴军沙上（今江苏靖江），伺机拦击。”

形势危急，岳飞“顾虏势盛，泰无可恃之险”，审时度势，已有撤退之意，便召集部将议事。岳飞问道：“形势如此，各位可有应对之法？”王贵抢先进言：“俺们要死守城池，誓与泰州城共存亡！”徐庆则提议在城外按兵法“阵图”布阵，再与金兵厮杀一番再作定论。张宪说道：“我军屡捷，已经够本了，况且朝廷也已经下诏让俺们保民而退，可以考虑撤退。”

一时，大家争论不下，岳飞转而征询至军下诏使臣的意见。使臣道：“岳帅首次集军政要职于一身，兼知泰州为一方父母官，要以百姓生命财产为重。既然自知兵力不足，难以抗敌保城，倒不如及早告知城内商民百姓，让他们有序出城疏散，免遭屠城之难，我军可暂退柴墟，伺机收复州城，岂不两全其美。”

岳飞采纳了使臣的撤退意见，缓缓站起，沉声指出：“当下形势，敌强我弱，俺们当然不与之较一城一地之得失。俺决定撤退，但撤退之前，背城一战，杀灭金人的气焰，方可在死中求生！”

岳飞领兵撤退之时，金兵即在后面穷追不舍。岳飞便与敌方打起了游击战术，边打边撤退。

十一月初三，宋军按照预定计划，拂晓前各路兵马越过“环溪”，开进泰兴县柴墟镇。在柴墟镇有一道九里多长的城墙，岳飞打算以此为屏障抗击金军，掩护百姓渡江南撤。

此时，完颜昌手下悍将白打里已从承州方向赶来，和蒲速里酋长、孛堇太一合兵一处，前来攻击宋军。

金兵追到柴墟镇，岳飞率军与金兵展开激战。两边战鼓咚咚，岳飞指挥将士们冲杀进去，攻势凌厉，战马长嘶，杀声震天。金军把岳家军层层包围，企图依靠人多势众全歼岳家军。

岳飞驱马挺矛，往来冲突，身负两处枪伤，仍然身先士卒，与全体将士奋勇杀敌。宋军杀死了多名金兵，河水皆变成了红色，金兵的进攻再一次被击退。

这一战，金人被杀得阵脚大乱，金将白打里被擒，枪、刀、金、鼓、旗帜丢弃满地。完颜昌的后军随之阵脚浮动，斗志全失，纷纷弃甲逃跑。

相持了几日，岳家军既无援兵到来，又缺乏粮食，这样作战下去，有全军覆没的危险。岳飞不得已，先渡百姓于沙上，自以二百精骑殿后。

十一月初六，最后一批部队和百姓撤离柴墟。金兵紧追不舍，完颜昌料想，此行可一举歼灭岳家军。

南霸塘桥畔，两军相交，岳飞亲自率军迎战，宋军精神抖擞，毫无惧色。岳飞神态肃穆，告诫大家道："朝廷养兵，就是为了能在危急之时派上用场。现在俺军虽然急挫敌锋，但敌人势大，离俺不过数十里，俺军不宜轻动。如若一退，金兵肯定紧追于后，俺们有父老妻小拖累于后，全军就有覆灭之忧。"

战争是个残酷的游戏，想要玩好，最重要的不是装备，而是勇气。没有勇气的军队，装备再好也是尘渣。而一支军队的勇气绝不是凭空而来，勇气来自不断的胜利。常胜之军都不缺乏战斗的勇气，而常败之军谁也提不起他们战斗的勇气。

岳飞一挥令旗，由十六名将士当头，呈现"一佛冲天""三士结义""五虎下山""七步天罡"之阵，后面一百四十四名将士呈矩形的"铜墙铁壁"之阵，这是背嵬军最厉害的"八卦犁头阵"，领头的白袍将军正是张宪。只见前头十六员将士冲进敌阵，如犁地一般，将敌军分成两半，又从敌军当中，或向左或向右地杀开。

一时，敌军阵脚大乱。而后，岳家军的"铜墙铁壁"，步伐齐整，厚甲重器，长矛弯刀，上刺骑兵，下砍马腿。岳飞身先士卒，策马挺枪冲在队伍最前面，向着层层冲杀过来的金兵大斫大杀。岳家军的勇士们蜂拥而上，立即挥动麻扎刀和大斧，上斩人面，下断马足，金营一时大乱。

岳飞本来安排张其汝先行随难民撤退，然而张其汝坚持要在前营督阵。岳飞只得再派四名兵士跟随清风道长，加强保护。谁知，一金兵千夫长发现张其汝身着便装且挥动铁戒尺指点行军，便领兵蜂拥而上。不一会儿，张其汝的四个卫兵战死，推车士兵也被刺杀，金兵将他和清风团团围住。

此时，但见清风使一对虎头双钩，发起腾飞旋转功夫，走马灯似的围绕张其汝身边，连连斩杀了二十多个围攻的金兵。千夫长见清风功夫了得，一时不得近身，便令弓箭手围成一个半圆圈，齐发箭镞。清风一手将虎头钩舞成一个圆球，罩住张其汝，一手拉着张其汝的轮车向后移动。

然而，金兵发射的箭雨一拨又一拨，且分上中下三层。不一会儿，清风右腿上连中两箭，身子略一歪，长剑稍一迟缓，那无数箭镞竟将他全身穿透。霎时，清风全身被箭镞射得不见人形，鲜血从无数个箭眼里汩汩涌出，然他却仍屹立不倒。

金兵冲上前，撞开清风的尸体，朝张其汝围了上来。张其汝难以行走，仍坐在车上，不动声色。眼见得几个金兵冲到面前时，张其汝突然连连挥动铁戒尺，只听得“嗖嗖嗖”，戒尺内一连打出多支短箭，前面几个金兵应声而倒。

这时，身后两个金将几乎同时从左右将枪戳入他的肋部。一时，张其汝浑身鲜血直流，他咬紧牙关，奋力将铁戒尺掷出，面前一金兵即被击倒。但身后那两金将，却又用长枪将张其汝高高挑起，抛向半空。

一边正杀得眼红的岳飞见状，大喊道：“休伤俺贤弟！”即跃马飞奔而来，连连两点，将两金将挑在枪头。岳飞下马，搀扶起摔倒尘埃的张其汝，连声喊道：“贤弟，贤弟！”张其汝已奄奄一息，强行睁开双眼，朝岳飞微微一笑，继而痛苦地抽搐着，微弱却清晰地喊道：“岳大哥，杀——光——金——寇！”他右手向前一挥，猛然喷出一大口鲜血，气绝身亡。

忽然，岳飞听得耳边似乎有刀风刮过，转头一瞟，只见一大个子金将的鬼头刀劈来，正是“刀劈华山”一招。岳飞立即头一矮，一个“神龙屈体”避开其刀锋。那金将见一刀落空，却乘势向上划了一个小弧度，又来一招“犀牛望月”，刀锋怪异，非常人可避。

说时迟，那时快，祁敬德从旁边飞身而出，挥鞭朝金将头上打去，一着打得那金将脑浆迸裂。却不料，祁敬德未曾避得那金将之刀锋，左臂被削断，一个踉跄摔倒在地。

岳飞见状，上前抱起祁敬德，跃身上马，冲杀出去。

那边，展义平带领飞熊义士队三十余人，保护难民，杀敌数百，全部殉难。

此时，岳飞受创十余处，眼前的形势越来越危急。对岳飞来说，现在身处绝境，敌我悬殊，所有的谋略和战术都毫无用武之地，只有履行一名指挥者的职责，最大限度发挥士兵的战斗力。

岳飞不顾伤痛，仍挥舞着丈八矛和铜锏，在敌阵中横扫直闯。他边冲边喊："冲啊，杀光金寇，为死难的兄弟报仇！"

岳飞那一声声悲壮且血性的嘶叫，犹如冲破阴霾的一道道雷电，岳家军骑士的斗志全被激发出来了，他们疯狂地杀向敌阵。有人战马倒地了，便持刀奋起步战；刀钝枪断了，便施展拳术与敌人肉搏；手断臂折了，用牙齿撕咬着敌人的咽喉；甚至有人死后，依然紧紧抱着敌人不放……

此时，北风凛冽，寒流滚滚，白雪漫天，咫尺之外，人马不辨。金兵拥入河流者不可胜计，而河水冰冷刺骨，落水的金兵身上铁甲沉重，挣扎了几下，很快冻成了冰棍，半浮半沉塞满了河床。

这真是一场惨烈无比的恶战。金兵倒了一批又来一批，而岳飞手下断后的将士已死伤大半。这一战，岳飞血染征袍，铁甲尽碎。这一战，岳家军勇士越战越勇，刀斧齐下，金兵惊呼落马，在地上乱爬乱滚。而沿岸尸积如山，江水尽赤。金兵锐气大失，不敢过分紧追。

英勇的岳家军终于杀退了抢夺桥头的敌人，成功地扼守住了这条过江的唯一通道。

暮色渐起，岳飞在南霸塘桥头上横枪立马，掩护大队人马和逃难百姓安全撤退。

# 第三十四章　退守阴沙　垦荒抚民

话说，岳家军虽在江南获得了辉煌的战功，在江北却遭到了几次失败。

几个月之前，岳飞还上奏南宋朝廷，谋求“重难任使”，不愿当通、泰州镇抚使，请求南宋朝廷给他“添益军马”，然后他将“召集兵马，掩杀金贼，收复本路州郡，伺便迤逦收复山东、河北、河东、京畿等路故地”。那时，岳飞自以为可以旗开得胜，马到成功，很快就能收复故土。由此可知，岳飞自建康胜捷之后，尚存在着不切实际的轻敌思想。岳飞这才真正领悟到，宋军此时的力量尚且不足，尤其朝廷心意不一，还没有形成抗敌制胜的优势，因而导致一些行动之判断误差。

然而，岳飞并未因一时的挫折而灰心丧气，暂时的挫折和艰苦的抗战考验了岳飞坚强的报国意志，砥砺着岳飞败后求荣、光复故土的斗志。正是因为不断地总结作战经验教训，岳飞的军事才能方在实战中不断提升。

寒冬临近，岳家军和数千难民面临衣食住行严重困难，无法生存。爱民如子的岳飞身挑军务、民生两副重担，忧心如焚。他决定寻找一块妥善之处，安置将士和难民。时不待人，他果断决定赶赴阴沙军，这也是宋高宗赵构要他退守屯兵的去处。

于是，岳飞突围后，遂带领岳家军及难民一路撤退，向阴沙军进发。

建炎四年十一月初三，大雪飘飞，寒风呼啸。岳家军在濒江的南霸塘击败金兵，退守至阴沙军上。为使江淮难民免遭金兵铁骑的蹂躏，岳飞带领宋军掩护百姓同时撤退。

岳飞率领大队人马全部进入阴沙军，已是十一月初四傍晚。

阴沙军（今江苏靖江），位于江苏中部，长江北岸，在宋时只是长江中的一片沙州，名马驮沙。传说，原来此地的孤山寺为了重修庙宇，让马驮土上山，有匹白马在负土的过程中突然从孤山上跳入江中。在这白马入江之处，渐渐涨出一块沙洲，这块土地就是后来的靖江。

地理结构上，阴沙军位于扬子三角洲苏北平原地带，境内有一独立的丘陵——孤山，余皆为长江三角洲冲积平原。此处地势平坦，以横港为界，南低北高，多在黄海高程丈余。阴沙军背江襟海，地域宽广，水草丰茂，适宜居住，以此特殊地理位置，竟然“千年无兵灾”。

岳飞先让各部将领清点将士人数，由李赛儿、苏之娴清点难民人数。半个时辰，将士与难民人数汇聚，共有将士一万三千人，难民五千余人。

岳飞知道，夜幕即将降临，住宿事务首先得解决。他当即命令把所有携带的器具全部拿出来，搭设帐篷，分为“大营”“小营”，将士住在大营区，难民住在小营区。

不多时，在北岸平地上，搭起了几百座帐篷，有白色，有黑色，有蓝色，像五彩缤纷的蘑菇群。

这时，李赛儿赶过来，对岳飞说道：“回大帅，当下帐篷材料不够，仍有三千人员不得安住。”岳飞抬头看看天色，冬月的天气，加之阴雪天，夜晚来得早，早已灰蒙蒙的一片。近处只有三十多家本地居民，也安排不了多少人。他沉思片刻，说道：“今日难以再增帐篷，待明日再设法添置。”

此时，几位将军也围了上来，七嘴八舌说道：“那今晚人员怎么安排是好？”岳飞道：“俺想，其一，先将难民安置；其二，安置伤残老弱将士；

其三，剩余帐篷，由各部均摊。”王贵道：“如此，所有帐篷只能住宿一半将士啊。”岳飞“呵呵”一笑，道：“正好一半将士值勤守卫，轮换休息。”众将士皆应诺：“是了。”各各回队安置。

是夜，岳飞在两辆马车间，用一面大旗搭了一个篷顶，他坐在一捆木柴上，点起一根蜡烛，观看《太公兵法》。马车旁，张宪与两个兵士持枪守卫。岳飞观阅一会儿，突然说道：“贤弟，你来看！”“老师，何事？”张宪应声探过头来。

岳飞指着翻开的书页，用手指点了点，说道：“《太公兵法》中‘发启·武韬’篇曰：‘王其修德以下贤，惠民以观天道。天道无殃，不可先倡；人道无灾，不可先谋。……行其道，道可致也；从其门，门可人也；立其礼，礼可成也；争其强，强可胜也。’论述吊民伐罪、夺取天下之策略，其要点即为‘收揽民心，与民同利。’矣！”张宪应道：“学生之前也曾阅到，大凡取胜者，正是修养德行，礼贤下士，施恩惠于民众也。微妙啊！”

岳飞当即起身，躬身走出马车棚，说道：“贤弟，陪俺走走。”言毕，径直向南边快步走去。张宪紧随其后。

一路，各个军营皆有将士守卫、巡逻，帐篷内早已鼾声如雷。岳飞和张宪急步前行，那南边便是三十多家原住民的住房。傍晚时分，岳飞为安排少量伤残将士，曾与那些居民交谈。

此时，原野、村落，雪白一片，寂静一片。但见一茅屋尚有灯光，岳飞记得那是老木匠陈泉根之家，两人便快步走上前去。

张宪正要上前敲门，那门却“吱呀”一声打开了。一老汉一手掌着烛台，一手将门开在一边，说道：“岳大帅、张将军请进吧！”此人正是陈泉根。张宪道：“老丈安好，小将有礼，多有打扰了。”一偏身，让岳飞走在头里。

岳飞和张宪先后走进屋来，陈泉根掩上门，岳飞与他重新施礼相见。岳飞道：“老丈此时尚未歇息，不知何故？”陈泉根不答，微微一笑，反问道：“那大帅又是何因，夜访茅舍呢？”“啊！”“啊！”两人对视，不禁同时笑了起来。

一旁，张宪道：“大帅正为将士和难民日后生计犯愁呢！”陈泉根“呵呵”一笑，道：“大帅身担重任，为国为民，呕心沥血，非吾辈小民可比拟也。”岳飞闻之，正色道：“老丈谬赞了，国家危难遭劫，民众生灵涂炭，末将身为军伍之人，岂敢不挺身而出乎！”

陈泉根听毕，立身一躬，说道：“久闻大帅英名，今日得见，果然名不虚传。请问，小民有何效力之处？”岳飞也起身一揖，道：“老丈为此处老居民，深得地理之利，可否授俺安民之策。”陈泉根道：“说来惭愧，小民原非此地老居民，只是多居几年罢了。”

原来，陈泉根本是常州府武进县人氏，出自商贾人家。后因当地官吏欲夺他家祖传之宝，陈泉根父亲被诬陷屈死，家破人亡。陈泉根流浪在外，靠木工手艺度日。后与难民马氏结为夫妇，避居马驮沙。

岳飞听罢陈泉根的诉说，道：“想不到老丈也有如此不公遭遇，令人唏嘘。”陈泉根说道：“小民半生历尽坎坷，本已不问世间俗事。今尚见有大帅此等忠诚之士，正可谓弥足珍贵矣！”

岳飞言归正传，问道：“依老丈看来，如今安民可有办法？”陈泉根却笑嘻嘻地说道：“大帅担忧的住房，可就地取材而处置。”他边说边拿出来几张图纸，放在桌上，一一展开。

岳飞和张宪一看，图纸上画着大小不一、形式各异的房屋简图。陈泉根解析道：“此地河岸道旁、砂质壤土上，盛产芦竹，住屋均可用芦竹搭建。芦竹根状茎发达，秆粗大直立，多节坚韧，且为多年生，故用之不竭。”岳飞大喜，频频点头。

陈泉根接着说道：“阴沙有田千亩可耕种，只要有三个月的生活资料，之后便可自给。”岳飞道：“这粮草军饷，已申报朝廷，估摸近日可到。”陈泉根又指着图纸上一处大块图标，说道：“此处平原，兼有山丘和溪流，可作练兵之用。如再络绎招兵，军队岂愁不壮大哉！”

不等陈泉根再讲，岳飞起身拱手一礼，道：“本将一夜思虑，竟然为老丈数语释解。”张宪一旁插话道：“老丈一席言谈，可抵当年诸葛先生三条锦囊妙计矣！”陈泉根连连摇手，说道：“只不过为小民粗鄙之见，当请大帅斟酌。”三人对视一顾，不约而同放声大笑。

笑声一时惊动里屋歇息兵士，纷纷起身探望。岳飞微微一笑，扬手示意他们继续休息。三人谈得投机，不觉天将放明，不远处传来几声公鸡报晓啼叫。岳飞拿起桌上图纸，告别陈泉根，与张宪走出陈宅。

次日，岳飞和张宪、王贵、姚振、王万等商量一番，定下屯垦之策。岳飞随即召集全体将领，逐一安排。岳飞道：“先前，曾有多人疑虑，皇上为何旨令俺们渡百姓于阴沙？眼下看来，自有讲究。其一，阴沙四面环江，居住人口不多，又靠近江南，比较安全。其二，此地有大面积沙滩，土地肥沃，可以围垦造田，让安置人员有地可耕，生活有来源。故而，俺们可做长远谋划，立身稳心，养精蓄锐！”

他又向众将领介绍陈泉根老人，由陈泉根详细教授搭屋垦荒之知识技能。各将领命而行。一时，军民在荒地里热火朝天地大干起来。岳飞亲自带领士兵与难民动手，一起铲高墩、填低塘，挖河修路，植树栽竹，搭建生息之家园。

第三日，哨探来报，由刘光世大帅就近调剂的三个月粮草，已经运到岸边。岳飞大喜，即令后营全员迎上前去，人担肩扛车拉，将粮草等一应物资运回驻地。

七日后，芦竹与土墙混制的新居大多完成，仍分为大营亭和小营亭。当时，驻扎范围东西长达二十里、南北宽六里，驻兵一万余人，安置难民五千余人。

这是江阴沙历史上接收移民最多的一次。此地居住的“朱、刘、陈、范、马、陆、郑、祁”八大姓氏家族，便是随岳飞南撤过程中，在此安置留下来的难民。此是后话，按下不表。

岳飞安排将士和难民全部进入新居后，又令李赛儿等人将难民的原先情况逐一了解，登记造册。

这天，李赛儿来见岳飞，递上一叠花名册，说道："大帅，随军难民造册登记皆已完成，请过目审察。"岳飞接过花名册，说道："小妹辛苦，你且坐下，有事询问。"李赛儿便在一旁落座。

岳飞打开花名册，浏览一遍，指着名册上的一栏，问道："此位由曲阜过来的孔若罕，是何来历？"李赛儿应道："此位孔大叔四十年纪，是唱春的街头艺人，却能唱能编。"岳飞问道："他可是识字？"李赛儿答道："小妹也曾问起，他只推说流落在外多年，只是唱春度生，识字甚少。"岳飞说道："好吧，让俺再与其交谈一二。"

李赛儿走后，岳飞即走向小营区。孔若罕住在小营亭中间的新居里，与十多人同居一屋。此时正在静坐，嘴里却在默默地念叨。其他难民，或在打草鞋，或在缝补衣裳，或在闲聊。

众人一见岳飞进屋，全都站立起来，施礼道："大帅安好！"岳飞拱手还礼，道："诸位安好，岳飞打扰了。你等不必拘束，仍行手中之事。"此时，一旁有个小伙子搬上一段粗树墩，请岳飞坐下。

岳飞四顾，问道："谁是孔先生？"孔若罕赶紧上前，应道："大帅，小可便是孔若罕。"岳飞打量此人，中等身材，淡眉朗目，身子单薄却腰板挺直，虽然衣衫褴褛，却浑身透出脱俗气息。

岳飞微微一笑，问道："刚才先生何故念叨？"孔若罕抬头看一看岳飞，应道："回大帅，小可营生之技，每日练习不辍。""噢——"岳飞又问道："闻听先生能自编歌谣，不知能饱耳福否？"孔若罕道："恰巧刚才草编一首，大帅如不厌弃，可做一试。"岳飞双手一拱，说道："那，便请先生赐教。"

此时，屋内难民听得孔若罕要开唱，皆放下手中活计，围绕过来，一起等待欣赏。

孔若罕转身，从墙角拎出一只布袋，伸手取出一面特制的小铜锣、两块绘有龙凤的长板，站稳身子，右手拿敲板，左手持小铜锣。他对岳飞道：“大帅，此谓之‘春锣’‘敲板’，伴奏之器。”随即清了一下嗓子，便启口吟唱起来。

他唱道：“月儿弯弯照九州，几家有欢乐几家愁。几家夫妇同罗帐，几家飘散在他州。咿呀呀得儿喂，几家飘散（在呀嘛）在他州。”

孔若罕起初轻声哼唱，慢慢地便放大声音。歌声飘出小屋，在原野传出很远。不一会儿，屋里屋外围满了将士和难民。

孔若罕接着唱道：“月儿弯弯照九州，几家有欢乐几家愁。几家高楼饮美酒，几家流落在街头。咿呀呀得儿喂，几家流落（在呀嘛）在街头。”“月儿弯弯照九州，几家有欢乐几家愁。几时杀敌报冤仇，几时团聚在家门口。咿呀呀得儿喂，几时团聚（在呀嘛）在家门口……”

岳飞在江南一带周旋两年，也曾听过这种唱春调。

唱春调亦名四季调，一般以七言四句为一叠，是由四句头的吴地山歌和小调发展演变而来。相传，战国四大公子之一的楚国春申君，曾分封于江南，他很关心民间疾苦，为消除江南地方的水灾，发动人民兴修水利。那一年开春，春申君在太湖一带疏浚河道时，常州民工在工地上唱起了山歌，被沿袭下来，便称之为“唱春”，以表示对春申君的怀念。后因在常州一带流传较广，其曲调俗称“常州调”。

孔若罕唱的此春调《月儿弯弯照九州》，诉说了由战乱所导致的妻离子散的凄惨景象和老百姓心中的怨恨。眼前金兵南下，占领了北方大部分土地，南宋朝廷却一味妥协，不想收复失地，致使众多老百姓流离失所。战争的残酷让老百姓怨声载道，十分期盼能有返乡团聚之时。

曲调缠绵悠扬、如泣如诉，孔若罕唱得泪流满脸，几度哽咽。在场的将士和难民们，一下子被勾起思乡之念，想到艰难身世，纷纷淌下了热泪。顿时，屋内门外一片啜泣之声，有几个老妇人竟相拥着坐在地上，大哭起来。

岳飞一抹流到腮边的泪水，一把握住孔若罕双手，说道：“先生此曲甚妙，岳飞谢过！”孔若罕泪眼婆娑，悲声道：“想俺出身书香门第，为孔老夫子第八十二代孙。如今，竟落得家破人亡、流落他乡之地步，惨乎，悲乎！”岳飞扶孔若罕坐下，安慰道：“先生放心，吾辈将士誓死驱逐金寇，恢复失地！”

孔若罕点头应道：“早闻岳家军为正义大军，倘国内将士皆为如此，大宋有望矣！”岳飞道：“如今俺们困在此地，有数百孩童闲散，俺欲请先生出任塾师，教习孩童，不知愿意否？”孔若罕一听，毫不犹豫，应道：“小可曾为塾师，大帅吩咐，岂可有违！只是书本笔墨缺乏，如之奈何？”

岳飞“呵呵”一笑，道：“因陋就简，先生可由唱词教之。笔纸嘛，野外遍地皆是。”言毕，挥手朝屋外一指。孔若罕一脸不解，向岳飞瞧瞧。

岳飞也不作答，径自讲起他幼年用树枝在沙地书写之事。大家一听，都“哈哈哈”大笑起来。孔若罕连连赞道：“甚妙，甚妙！”

又一日，岳飞命后营将士又搭建大型书院茅屋，一次可容百名孩童。几日后，书院茅屋完工。岳飞与孔若罕一应人等观看、检查后，甚为满意。

孔若罕提议道：“此处虽为简陋，然也须有个名目，可请大帅赐名。”一旁，王贵道：“可题名‘鹏举学堂’。”众人皆为称赞，响起一片掌声。孔若罕拈着胡须，笑道：“此名甚妙，既有期望之意，又有大帅善行之纪。”

岳飞连连摇手，道：“不可，不可！公众之处，岂用个人之名。俺想，以地名命名之，为‘孤山学堂’。”王贵问道：“可有何寓意？”岳飞道：“孤山为阴沙最高处，可登高望远，寓意学子开智而志远。且俺们孤军深入，可做纪事。”众人听罢无语，却齐刷刷望着孔若罕。

孔若罕略一沉思，道：“难得大帅心怀天下，光明磊落，称之‘孤山学堂’，亦可让后人铭记哉！”大家一听，顿时掌声雷动，齐声叫好。

当即，岳飞用炭笔在一块木板上书写“孤山学堂”字样，陈泉根依样凿之。半个时辰后，此匾额挂在茅屋门楣中央。

此后，大小孩童分批上学。一时间，屋内一片朗朗诵读声，屋外几番花花涂鸦地。

岳飞安置好难民和孩童读书事宜后,又思考着新的战略方针,实行一边“屯兵养马”，一边“蓄锐待敌”。他将难民中愿意参军的两千青壮年，统一编入军队序列，命令王贵、张宪、王万、汤怀等将领分别进行军事训练，还让孔若罕编写课本进行思想激励教育。

# 第三十五章 壮怀激烈 鹏程万里

话说，两个月来，岳飞动员将士在阴沙北部，修筑江边堤岸，称之为“老岸”，堤内是一大片垦田，约有二百多顷。

一日，有亲兵至中军帐报告道：“大帅，门口有一老汉求见。”岳飞问道：“可问何事？”亲兵道：“老汉手捧一包芋头，说有急事面呈。”岳飞道：“莫非为饮食之事？可请他进来。”

老汉进门拱手施礼，说道：“大帅，小民范春生，虚度五十八，为苏南人氏。”岳飞也即还礼，问道：“老丈，敢问饮食可安？”范春生应道：“随大帅虽无饱食，却也果腹，比流浪时强过百倍！”岳飞道：“岳飞歉疚，老丈在此受苦了！不知带此芋头有何用？”

范春生急急打开小包，指着芋头，说道：“小民原为农夫，今日食此芋头，细腻滑润、独特栗香，知为良种所生。因而，小民设想，留下些许，育苗种植，则下半年可增食粮矣。”

岳飞闻之，喜出望外，上前拿过芋头看看，见芋头呈卵圆形，表皮光滑褐色，一掐芋皮，肉质乳白色，连连说道：“好，好！刚才因琐事，岳飞尚未尝之。当真可种植否？”范春生道：“芋头种植要求土壤深厚松软。小民几天来探测过，阴沙是江中滋生之‘沙上之城’，沉积沙质土壤，透气性强，疏密得宜。

且气候湿润，雨量充沛，堪为种芋之好地。”

岳飞又问道：“那，芋头何时种植为宜？”范春生道：“芋头一般都是春季栽培，种下后夏季末或者秋季初便可收获。芋头食用之法极多，煮、蒸、煨、烤、烧、炒、烩均可。”岳飞再问：“如此，可解决一大难事，老丈可否帮忙办之？”范春生应道：“此事可由小民担承，当下只请大帅发令，芋头不可全部食之，先挑选种芋。”岳飞道：“这个自然。”

岳飞当即传命，由范春生指导，带领百十难民挑选种芋，而后择日育苗种植。

几日后，范春生捧来发芽的种芋，告诉岳飞，出苗后便可大面积种植了。岳飞自然一番褒奖勉励，仍由他统一调配置办。

此日，岳飞记挂祁敬德，便来到陈宅。祁敬德受伤后，一直昏迷不醒，因陈泉根宅内条件相对好些，便将他安置陈宅，由苏之娴照应。于是，苏之娴每日忙完部分登记事务后，便坐在床边，给祁敬德擦洗、按摩，又将汤药、米汤一口一口喂食。

祁敬德常常在昏迷中，挥动着右手和断臂，惊叫道：“大帅，金兵上来了，杀——杀——”每当此时，苏之娴便上前轻轻拍打他的胸口，附耳安慰道：“小将军安心，金兵被杀退了，金兵被杀退了……”祁敬德这才安静下来，自言自语地道：“杀退了，杀退了……”

看着祁敬德略显稚气又伤痕累累的脸庞，苏之娴心疼得直掉眼泪。

宋军屯驻阴沙第五日，祁敬德终于醒过来了。他睁开眼一看，只见苏之娴正帮他擦身，连忙身体一缩，说道：“啊，你是谁？”苏之娴见他醒了，高兴地笑道：“小将军醒啦，俺是你之娴姐啊！”说完，一串泪珠滴在了祁敬德的脸上。

祁敬德定睛一看，也勉强一笑道：“噢，是之娴姐啊，俺还没死啊！”说罢，忽然发现左臂没了，忙问道：“之娴姐，俺咋少了一条臂膀？”苏之娴又哭了，说道：“你，你能活着就算很好了！”

这时，那血战之场面又一幕幕在祁敬德脑海里闪过，越来越清晰。他急切问道："那，大帅呢？"

"小鬼头啊，俺在此呢！"岳飞大步跨进屋内，一边抹拭眼泪一边朗声应道。

"大帅！"苏之娴与祁敬德齐声喊道。

岳飞一步跨到床边，捧着祁敬德的脸看了又看，又抓抓他的断臂，眼泪又"啪嗒"直掉，一时语塞。

此时，祁敬德反而憨憨一笑，说道："大帅，莫愁！俺有右臂，俺有双腿，还能跟着您——杀金贼呢！"苏之娴与跟着岳帅进门的几个将士听罢，皆哭出声来。

这时，陈泉根端着汤药走进屋来，说道："小将军缓过来是天大好事，大家都高兴一点才是。"言毕，他却也老泪纵横。

几天来，陈泉根天天抽空外出寻找草药和野味，煨汤给祁敬德滋补。今日，他一早又去荒野，采摘了一些草药，又抓到一条大黄蛇。他曾听人说，《神农本草经》记载，蛇肉能强壮筋骨，舒筋活血，也能通络止痛，回来立即忙着处理、烹制。

岳飞接过汤药，坐在床沿，一勺一勺喂到祁敬德口中。祁敬德傻笑着望着岳飞，张开干裂的嘴巴，吞咽那一口口汤药，眼角滚下豆大的泪珠。

又一日清晨，张宪见岳飞尚未到厨房用餐，便让李赛儿送些早餐去中军帐。

李赛儿说道："今有一新鲜美食，可否让大帅一尝？"张宪问道："军中粮食紧缺，何来美食？"李赛儿道："今晨厨工做餐，见隔夜所剩菜汤，已经冻结，准备弃之。我突发奇想，将汤冻切成小块，用面皮包之。蒸熟之后，却可食用。此包子既省面粉，汤汁又具鲜味。"张宪道："如此，可试之。"

于是，李赛儿取出五只用菜汤冻块包成的包子，装在一竹制餐筒中，送至岳飞营房。

岳飞是北方人，在家常吃面食，对包子也十分喜欢。然而，他一见李赛儿送来的包子比平时的偏大，却眉头一蹙，道："小妹呀，此包子太费馅了，不可特地为之。"李赛儿掩口笑道："此包子并不费馅，大帅用之即知！"张宪也一旁笑着，劝道："老师食之，下不为例了。"

岳飞见两人神情怪异，不禁再看一下，见此蒸熟的包子雪白晶莹，皮薄如纸，儿近透明，稍一动弹，便可看见里面的汤汁在轻轻晃动，使人感到一种吹弹即破的柔嫩。岳飞夹起一只，一口咬下，只觉满口汤水，又烫又鲜。一下吞咽，顿觉体暖气顺，不禁喝道："甚美，甚鲜！"

张宪见状，道："老师，此为赛儿用剩汤为之。"当即将此事详细说了一遍。

岳飞听毕，大加赞赏，笑着对李赛儿说道："哈哈，小妹妙招，此为'李氏汤包'也！"李赛儿高兴地拍着手，又故意装作认真的样子，行了一个万福之礼，道："谢大帅赐名！""哈哈哈"三人一起大笑起来。

此后，厨房的剩菜剩汤不再随意倒掉，均以冻馅制作各式含汤包子，众人皆喜。

却说，阴沙民众和难民为感激岳飞的恩德，商议着建立纪念之所，后决定为岳飞建祠。于是，大家自发在营地中央，合力用芦竹、木材搭建了一座祠堂。门楣高悬"精忠贯日"匾额，祠堂内供奉着岳飞之画像，民众早晚敬香礼拜。因为此座祠堂建于岳飞生前，故名"岳飞生祠"，又称"岳庙"。

不多久，感恩岳飞的童谣也传开了。大家唱道："栀子花，朵朵开，老百姓最爱岳元帅；初一月半念一遍，国泰民安没灾害。""东南风起浪滔滔，老百姓岳庙把香烧；你磕头来他作揖，岳元帅保佑到今朝……"

虽然岳飞几次劝阻建祠堂、传歌谣，然而民心难违，也只好听之任之了。

绍兴元年正月十二，岳飞接来了李娃等一应将领家眷。

李娃在建炎四年冬月十五已产下第三子，因音讯不通，岳飞尚未得知，如今父子相见，已是两个月之后了，不禁感慨。

当晚，李娃对岳飞说道："相公，三儿至今尚未取名，今日请相公题之。"岳飞见说，沉思片刻，道："《国语·楚语》有句曰：'用汝作霖雨'，俺看取"霖"作名吧。"李娃道："此名甚好！"她又转对怀抱的孩子亲切地说道："瞧，三儿名叫岳霖啰！"

岳飞问道："母亲可有嘱咐？"李娃应道："今日赶来，原是遵母亲大人之命，她年迈病弱，难以行远路。让俺在军中给三儿补过'双满月'。"岳飞道："只是军中物资缺乏，难以办理像样的喜宴。"李娃道："孝娥早有准备，已经携带一应物品。"

岳飞喜道："既然如此，俺看不如将张宪贤弟与赛儿小妹的婚事一快办了。"李娃道："孝娥正有此意。俺午后去看苏之娴妹子，见其钟情于敬德，俺想也可促成其好。"岳飞一怔，道："夫人好厉害，俺在身旁数月尚不知晓，你才几个时辰却已明了。"李娃道："相公心里尽是为国为民之大事，哪顾得情爱之交，这正是相公粗心之处了。"

岳飞自觉愧疚，然略一沉思，却道："只不过，苏之娴好像岁数大过敬德吧。"李娃嗔道："苏之娴十八，敬德十七，相差一岁。难不成，相公已嫌孝娥老了！"岳飞一想，李娃也大自己两岁，知道说漏了嘴，忙用手掌拍拍嘴，说道："俺口无遮拦，该当掌嘴。"李娃见状，笑道："嘻嘻，在儿子面前这般，真正亏了你这大帅了！"两人相视而笑，一旁岳霖却"哇哇"啼哭起来。

正月十五上午，大营亭、小营亭、孤山学堂及农艺社皆休假一日，为张宪与李赛儿、祁敬德与苏之娴成婚及岳霖"双满月"庆贺。

辰时过后，五十余人的迎亲队伍进入军营，将两乘花轿停在青麻布铺成的地毯上。李赛儿与苏之娴皆头戴红罗盖头，身穿红罗绣帔和长裙，脚蹬红罗凤头绣鞋，分别由两位村妇搀扶，缓步下轿。

陈泉根的妻子马氏手持铜镜上前，用镜面照着新娘，另有四名女童，手持红烛站立两边。范春生的妻子季氏手执一个裹有红绣绢的粮斗，掏出五谷、铜钱、果品及切成寸许的粟麦秸秆等，向新房门前抛撒，反复吟咏：“新婚吉祥如意，新婚吉祥如意……”众多孩童，争相捡拾飘落一地的吉祥物。

少顷，李赛儿与苏之娴走过青麻布地毯，先躬身跨过一座马鞍，又跨过一杆横秤，再分别进入洞房。张宪、祁敬德更换了簪花幞头和翠绿绢袍，手执槐简，由录振陪同，也来到洞房。李赛儿与苏之娴各持一段红绿帛带，绾上同心结后，一头套在新郎的槐简上，另一头由新娘手执。新郎和新娘面对面，两位新郎倒行，两位新娘前行，先出得洞房，再进入正厅。

岳飞、李娃端坐于正厅中央上座，另外四位年长将领与老年村民分坐两旁。孔若罕主持拜堂仪式，大声喊道：“一拜天地——二拜高堂——夫妻交拜——齐入洞房！”两对新人按司仪辞令，依次行跪拜之礼。拜天地代表着对天地神明的敬奉；而拜高堂就是孝道的体现；至于夫妻拜，就代表夫妻相敬如宾。

礼毕，张宪、李赛儿与祁敬德、苏之娴又双双面对面，执定同心结，由新娘倒行，回到新房。两位新郎分别为两位新娘挑去红盖头，在辉煌的烛光下，李赛儿与苏之娴光彩照人。

行交拜礼后，男左女右，坐在床上。村妇们用缠彩丝的铜钱和干果撒向板床。孔若罕则朗声致辞：

撒帐东，金明池畔笙歌作，花檐迎得贤惠女，老稚欢喜尽笑颜。

撒帐西，银烛明煌照洞房，英雄淑女成佳偶，美酒千杯醉春风。

撒帐南，锦带流苏四角垂，揭开便见玉人面，秦晋和谐百年好。

撒帐北，夫妇欢爱长唱随，芙蓉帐暖度良宵，绣帏应已梦虎子。

撒帐中，貔貅连营得内助，唯愿旌旗指燕北，山河一统重光辉。

此时，将士、村民将新房里里外外挤得水泄不通。

良久，孔若罕对众人说："诸位且退去，不可延误新人吉时。"大家方才为新人掩上床帐，退出洞房，关上房门。

为岳霖过的"双满月"更为简单，只是在喜宴中加了一大盆"长寿面"，为岳霖佩戴一只"长命锁"。

婚礼、生日礼虽然简洁，酒宴仍为粗饭淡菜，然众将士和村民却个个兴高采烈。姚振、王万、汤怀还带人闹了半夜新房，欢笑声第一次在这荒原上飘荡良久。

转眼到了绍兴元年二月，南宋朝廷决定以张俊、岳飞为淮南路正、副招讨使，命令岳飞率部从阴沙出发，到江西与张俊会师，进剿叛匪。

当日，岳飞彻夜难眠，便起身踱出帐篷，借一弯冷月察看四方。

次日，岳飞巡视营房，又安排撤军南下一应准备事务。随后，他带着张宪、王贵登上孤山。

此时，旭日东升，晴空蔚蓝。岳飞登高望远，阴沙在脚下，另是一番景象。向南看，长江滚滚波浪，奔涌东下。南岸尽头，依稀望见炊烟袅袅，街市攘攘。朝北望，一弯滩水，割断原野。北岸沿线，不时浮现烽火四起，断垣残壁，难民号啕。

抬头见，天穹云彩，变幻无穷，时而幻化为故乡山水，时而幻化为激战场景，时而幻化为烈士面庞：宗泽、纪秀英、李登奎、宋成君、付荆之、时之通、展义平、清尘、清风……

啊，那分明是张其汝掷出铁戒尺，最后之呐喊："岳大哥，杀——光——金——寇！"岳飞不觉心潮澎湃，热血如涌。他喃喃自语道："欲将心事付瑶琴，知音少，弦断有谁听。其汝贤弟啊，你，你在哪儿啊！"

倏忽，他长啸一声，仰天喷出一大口鲜血，一阖眼，泪如雨淋。

张宪见状，一步上前扶着岳飞，急切问道："老师，这是为何？"王贵也上前说道："贤弟，何事大伤肝火？"

岳飞稍一运气，回过神来，望着两位，轻轻摇了摇头，说道："不妨，俺一时想念捐躯的兄弟们了。"张宪、王贵闻之，也不觉黯然神伤。

岳飞伫立良久，口中念念有词，渐而大声咏诵道："怒发冲冠，凭栏处，潇潇雨歇。抬望眼，仰天长啸，壮怀激烈。三十功名尘与土，八千里路云和月。莫等闲，白了少年头，空悲切。""靖康耻，犹未雪。臣子恨，何时灭。驾长车，踏破贺兰山缺。壮志饥餐胡虏肉，笑谈渴饮匈奴血。待从头，收拾旧山河，朝天阙！"

想那岳飞，退兵至马驮沙，在此安置难民，带兵习武，伺机歼敌。然而，面对着金兵步步入侵，南宋小朝廷却施绥靖苟安政策，他心中难平，一片报国之情犹如火山爆发、烈焰奔腾。回想自己多年的经历如同尘土毁于一旦，千里南北转战栉风沐雨，经历过多少叱咤人生。故而，才有此从内心深处发出的呼喊，这也是岳飞的战斗誓言和进军号角。

这便是永铄后世的著名诗词《满江红·写怀》。事实上，岳飞也是以此作为新的战斗历程之起点。

且说，绍兴元年二月十四日辰时，岳家军从阴沙开拔，返回常州宜兴的大本营。

岳飞临行前，带着祁敬德一行来到田间。

阴沙由宋军将士及移民几经垦殖，已与北岸相连。此时，祁敬德身体已恢复如常，他曾数次恳请岳飞带他随军。岳飞执意不准，并将他祖母祁婆婆接过来同住，以免两相挂念。

众人放眼拓垦之处，但见田地成畦，树干成行。那香芋地块业已透出绿茸茸的小苗，犹如一块偌大的地毯，煞是可爱。那些刚刚翻耕的土地上，冒着阵阵水汽，升腾开去，变成了一片薄雾，飘在空中，在阳光下，搭起一座五色彩虹桥。

岳飞对祁敬德正色说道："此处土地肥沃，水草丰盛，负江阻海，襟越衔吴，确是一方要地。你留守此地，责任重大啊！"祁敬德当即跪地，泣道："小将蒙大帅恩重，胜似再造！誓死遵命，不污岳家军之名！"

岳飞搀起祁敬德，从怀里掏出《形意武集》，这是他几个夜晚抄写的形意拳术集汇。岳飞将此书递给祁敬德，说道："此为本帅多年积累之经验，内有'拳法、枪法、阵法、兵法'四篇十六章七十二节，三千六百字。结集于你，可助你练武、布阵、治军。"祁敬德单手接过，一躬到地，再谢之。

岳飞转身又对一旁的苏之娴嘱咐道："今后，有劳小妹照顾一应老少。"苏之娴听罢，掩面痛哭道："大帅啊，一旦分别，不知何日相聚。祈愿大帅与孝娥姐一生平安，上天保佑我岳家军一路旗开得胜！"在场众人闻之，无不动容。

老岸间，阴沙男女老少上千人，手拎肩挎着土特产品，随军送行。相互嘱咐之声，感谢之声，哭泣之声，不绝于耳。人们送了十里路程，仍无回转之意。

突然，孔若罕大声引唱道："栀子花，朵朵开……"一时间，众乡亲齐声唱了起来："栀子花，朵朵开，老百姓最爱岳元帅；初一月半念一遍，国泰民安没灾害！""东南风起浪滔滔，老百姓岳庙把香烧；你磕头来他作揖，岳元帅保佑到今朝……"

走了一程又一程，唱了一遍又一遍。岳飞几次下马，挥手让乡亲们返回，张宪、王贵也在一旁再三劝说，然而乡亲们仍旧送行不止。

此时，岳飞再次下马，脱下身披的战袍，亲手叠好，双手捧起，送给领头的陈泉根，说道："此战袍随俺征战疆场多年，溅血无数，而佑岳飞至今无恙。今赠阴沙，但佑阴沙——八百年无水灾，八百年无旱灾，八百年无兵灾！"

陈泉根双手接过，举过头顶，当即跪落尘埃，眼含热泪，泣道："大帅对小民们恩重如山，阴沙人们铭记千秋！”刹那间，众乡亲也停住脚步，齐刷刷跪拜在地。岳飞与众将士亦即还礼，一躬到地。

岳飞立起身来，跨上千里追风驹，一声大喝：“驾——”领头跑开了。众将士各各归队，齐整整地随后开拔，一路向前。

一阵飞尘之后，众乡亲和留守将士一片哭声和歌声，看着和岳家军渐行渐远……

# 尾 声

绍兴元年二月末，在常州宜兴通往洪州（今江西南昌）的大道上。一支五百骑兵之军伍奔驰而过，为首一骑兵将领手擎红罗大帜，正中一个斗大的“岳”字，格外醒目，这是宋军首次正式打出“岳家军”的旗号。

随后，八万大军浩浩荡荡，一路向前。军中，岳飞银袍金甲，持枪策马，威风凛凛，领头前行。张宪、王贵、姚振、徐庆、汤怀、吉青、傅选、董先、庞荣、李兴、李道等一应将领，精神抖擞，随后奔驰。此行，岳家军正是奉诏命与张俊会合，同讨盗贼，继而北上抗金。

此后，岳家军成为南宋初期抗金的一支生力军，寇贼闻风丧胆，皆不降即退。岳家军参战数百无败绩，连一向傲视天下的金国猛将完颜兀术也大叹曰：“撼山易，撼岳家军难！”岳飞亦名列南宋“中兴四将（岳飞、韩世忠、张俊、刘光世）”之首，为天下瞩目。

岳家军所到之处，军内军外，无不响起那雄壮激昂的军歌：“怒发冲冠，凭栏处、潇潇雨歇。抬望眼、仰天长啸，壮怀激烈。三十功名尘与土，八千里路云和月。莫等闲，白了少年头，空悲切。靖康耻，犹未雪。臣子恨，何时灭。驾长车，踏破贺兰山缺。壮志饥餐胡虏肉，笑谈渴饮匈奴血。待从头、收拾旧山河，朝天阙。”

……

**图书在版编目（CIP）数据**

碧血江南魂 / 肖飞著 . — 南京：江苏凤凰文艺出
版社，2021.9
ISBN 978-7-5594-6189-6

Ⅰ . ①碧… Ⅱ . ①肖… Ⅲ . ①长篇历史小说—中国—当代
Ⅳ . ① I247.5

中国版本图书馆 CIP 数据核字 (2021) 第 158835 号

# 碧血江南魂

肖　飞 著


| | |
|---|---|
| 责任编辑 | 万馥蕾 |
| 装帧设计 | 杨海琴 |
| 责任印制 | 刘　巍 |
| 出版发行 | 江苏凤凰文艺出版社 |
| | 南京市中央路 165 号，邮编：210009 |
| 网　址 | http://www.jswenyi.com |
| 印　刷 | 天津和萱印刷有限公司 |
| 开　本 | 787mm × 1092mm　1/16 |
| 印　张 | 22 |
| 字　数 | 260 千字 |
| 版　次 | 2022 年 3 月第 1 版 |
| 印　次 | 2022 年 3 月第 1 次印刷 |
| 书　号 | ISBN 978-7-5594-6189-6 |
| 定　价 | 88.00 元 |